北京市西城区文化艺术创作扶持项目

景泰之家

尚海 著

作家出版社

序言

张成山幼年的时候,家境已是"虫吃鼠咬,光板无毛",但眼前仍是与生俱来的一种绿色。

中年之后,再回首以往所走过的道路,过去的绿色已悄然转化为红色。

可要到了"七十三八十四,阎王不请自己去"的那一天,这一辈子又会是一种什么颜色?他失去了答案……

但自从心里有了这种追问,他便时常进入一个相同的梦境。梦境里他脸上布满了景泰蓝铜胎上那层密密麻麻已掐好的铜丝,可转眼间又成了纵横千里的沟壑。

醒来之后,他便顺着梦境,幻想着以后要去制作一具景泰蓝的棺材,百年之后躺了进去,真美!可这样的一具棺材皇帝老子也没有这个福分,人世间最为稀少的则为一副水晶棺。

但瞬间心里又一惊:"不行!真做成这具景泰蓝的棺材人躺了进去,吹号打锣,再被家人给抬进了祖坟。可大千世界没有不透风的墙。俗话说得好,'不怕贼偷,就怕贼惦记',要是再有个风高夜黑摸来几个小人,祖坟扒开弄出这副举世无双的宝贝,自己倒被扬到荒郊野岭成了孤魂野鬼,日后恐怕家人流泪上香都找不到个地方!"那就只剩下个"惨"!

再一想，干脆不做这副景泰蓝的棺材，那就把自己给装进景泰蓝的西瓜罐里，或是一只桶子瓶中，或放在花瓶里，既好看且万年牢。

但不免又伤感起来，那是因为它们的造型都是口小肚子大，而自己身为七尺男儿，生前为景泰蓝操劳了一辈子，死后还要被家人给装进这个暗无天日的黑洞里……

不过唯一让他欣慰的是，他可与从未见过面的父亲张艺林，双双化作一阵轻雾；来到了这个小小的天地间，可继续与父亲探讨景泰蓝。

进而，父子俩再一起飘向月坛。在清静的公园里，或沏上一杯香茶，或来一听时下流行的可口可乐，又或是一杯浓浓的咖啡，相互倾听起对方的讲述，及各自从人间走到天堂的道路与脚步……

目 录

第 一 章　　001
第 二 章　　018
第 三 章　　029
第 四 章　　044
第 五 章　　060
第 六 章　　076
第 七 章　　085
第 八 章　　102
第 九 章　　116
第 十 章　　130
第十一章　　139
第十二章　　149
第十三章　　158
第十四章　　171
第十五章　　182

第十六章	•	*196*
第十七章	•	*212*
第十八章	•	*225*
第十九章	•	*233*
第二十章	•	*249*
第二十一章	•	*262*
第二十二章	•	*279*
第二十三章	•	*289*
第二十四章	•	*302*
第二十五章	•	*317*
第二十六章	•	*326*
第二十七章	•	*338*
第二十八章	•	*354*
第二十九章	•	*364*

第一章

大年初十刚过，一场大雪纷纷扬扬疯了两天，紧跟着就到了元宵佳节。

傍晚张艺林走出南营房院门，夕阳之下眼前的月坛更显得有些荒废。如今，每三年皇帝便在秋分之时，前来祭祀夜明神以及诸星宿。那时帝王身旁一定会有精美的景泰蓝相伴，它们也一定会出于造办处珐琅作自己的设计与制作。

天渐渐地黑了，湛蓝的夜色下，拥挤的街道已汇成欢乐的海洋，耍龙灯、舞狮子、踩高跷人群不断，云蒸雾气中各种小吃，四周是"哗哗"作响的风车，且穿绕起一串串火轮般的糖葫芦，更是一齐捧来了阵阵春风。

"啪……"一声震响，瞬间腾起阵阵雾气，一处摊位旁正在围观的人群忙四下里惊散。

前方张艺林拿着一只兔爷快步走近，人群前止住了脚步。

"你个老不死的东西，这叫五仁元宵？个个都是死面疙瘩！砸了它，拿钱来！"

眼前两个横眉立目的家伙，面露得意且怒指着摊主，身前那锅被打翻在地的元宵汤冲向了地面。

"你……你们俩，年年吃饱了元宵，从不……不给钱，还有……有没有王法啦？"摊位前一名老者右手按向胸口，嘴里碾压出了阵阵的喘息。

见此,四周围观的人群里响起阵阵的低语,愤恨的目光也一齐扎向了那两个仍在怒骂不止家伙的脸上。

张艺林忙把手中的兔爷放在一旁,向前扶起老人,随之胸膛里抓来身旁炉膛里的火焰,怒火燃到了这两个家伙的脸上:"人一辈子路走直了,那就是刚刚下完的瑞雪,路走歪了就是被踢出的狗屎!"

"嘻,真有狗拿耗子?那就拿钱来!"摊位前一个家伙向他挥起了胳膊。

"拿什么钱?你们俩年年来这里捣乱,今晚吃了人家的元宵还把这口铁锅给打翻在地……"张艺林右手挥向了地面。

"不拿钱?老不死的东西,他的面疙瘩把老子的嘴给烫伤啦!"

两个暴跳的身影向前蹿来,一人抡起胳膊一拳打翻了眼前的兔爷,一人则抬腿"啪"的一声踢去。随即一个硬硬的元宵闪起一道白光,"啪"又一声击中了张艺林的脑门,瞬间人群里炸出了惊呼。

张艺林热血沸腾,眉头紧锁,转身望向这只被打翻在地上的兔爷,瞬间白白的兔身像是砍去了兔头,股股鲜血在雪地上盛开起了朵朵红梅。

再定睛望去,眼前兔爷全身已结出一层银白的元宵汤,进而其不大的身躯,愈加晶莹剔透,滑润无比。跟着脑海一亮,双眼喷射出一道亮光……

面对眼前还端着架势的两个家伙,张艺林低头将手伸向已冻在地上一个硬硬的元宵。一咬牙,拔起的一摞摞冰凌就切出了其手掌中的血流。又连带着纷纷的冰凌和血迹斑斑的元宵,就被碾碎成了断了线的珠子,遂接连不断地砸向了地面。

"你干什么?"

"不还钱?老不死的东西,等着瞧!"两个家伙相互惊恐地观望,拉扯中匆忙离去。

"老人家,两个无赖滚蛋了!莫要气坏了身子。"张艺林忙向前把老人扶稳在了一旁。

"这位大兄弟,好人啊!好人啊!先不要……"

老人抱拳谢过,"刺啦"一声从摊位上撕来一绺白布,抓过张艺林那被冰凌划开的右手就包扎了起来:"大兄弟,我这就给你重煮一锅元宵去!"

"老人家,不用费心!可否找来个不要的东西,我好把这一地的元宵给买走?"

"这是哪里话?哪有吃地上的脏元宵的?"老人目光追来。

"老人家,今晚我确有事情要办!"

接着,张艺林把地上的铁锅给端上了摊位,接过老人递出的旧竹筐和铲子,便把四周散落的硬元宵和这一摊银白的冰块,还有那只已披挂起晶莹剔透羽衣的兔爷,一齐给铲进了竹筐里。

临走他不顾老人再三推让,口袋里一把铜钱塞去,遂在四周众人不解的目光里快步离去。

半个时辰过后,他匆忙回到南营房院落,灶火捅开后忙把这一竹筐硬硬的元宵和冰块"哗哗"地往铁锅里倒去,已冻僵的兔爷也守卫在了灶台旁。

还在焦急的等待中,炉膛里火龙慢慢舔起锅底,锅里的冰层发出"呲呲"的声响,悄悄炖出了一层轻盈的雾气。

望着灶前这条舞动不止的火龙,火光中张艺林已回到了自己常年所在的造办处珐琅作里的院落。

那还是去年中秋前,造办处便传话要参加一九○四年四月召开的美国世博会,并要各个作坊的工匠们拿出最好的作品以供挑选,现在离世博会还有两个月。明天自己所精心设计和制作的龙凤瓶也到了烧蓝的关头。

但是几百年以来,尽管不论明朝留下来的那些珍宝,还是目前宫里正在制作中的作品,景泰蓝身上所带有的一丝砂眼,尽管可以在后期用补蜡去填补,这如同一个天生丽质的女儿,做父母的总想把她打扮成举世无双的仙女,但砂眼的出现仍没有一个有效的解决办法。

也正因为如此,张艺林时时蹲在炉膛前思考着这个问题。他发现,每当已点完蓝的景泰蓝被送入炉膛,随着风箱拉出的火舌,那炉膛里就会升腾起一些煤灰。稍后瓶体出了炉膛,想必是那些煤灰也重新熔化在了这层层的釉料里,从而形成了瓶身日后的砂眼。现在就是宫里用上最好的大同无烟煤,也难免会留有不可避免的一些瑕疵。

今晚,在那位老人被打翻在地的煮锅前,其眼望着那只洁白如玉的兔爷也披起一层元宵汤,进而兔身无比地冰清玉洁,眼前便飞舞起这道道的金光,也带着他再次来到了天坛回音壁前。

那年造办处珐琅作要制作天坛景泰蓝,他才有幸目睹回音壁的真容。而面前这座浑厚的坛壁虽自明永乐至今已五百多年,眼下仍光华如镜。还有从秦朝建起的万里长城,虽经历两千多年的风风雨雨、地动山摇,但始终是盘踞在大清万里山河之上的一条巨龙。这其中一道奥秘就是世间所传说的,在这些墙体间的每一块砖墙的连接处都是用糯米熬制出的黏米汤所灌注而成。

再看看眼前这糯米做成的元宵汤,也给这只兔爷披上了一件华丽的丝绸外衣。

今晚面对这一切,张艺林脸上已沁出一片晶亮的汗水。眼前铁锅里一块块大大小小乳白色的冰山也在慢慢地消融,进而从中挣扎出一个个硬硬的元宵,又开始悄悄膨胀为一只只自由自在的白色帆船。

今晚一直忙碌,到现在张艺林才感到了疲惫,从炉膛前站起来到窗前,投目望着院里对面那间仍漆黑一团的房间,也清楚哥哥张怀林已多日不见身影,心里刚才的那团烈火上顿时便浇来了一盆冷水。

他清楚地记得,十年前当父母还健在的时候就把他们俩送进了一家景泰蓝作坊，说是日后年景再不好，天底下也饿不死手艺人。也正是从那时起，随着自己手艺不断精湛，才一步步坐到了现在造办处珐琅作的位子。

可兄长怀林虽年长三岁，却在这家景泰蓝作坊只勉强干了一年，终因吃不了苦便逃了出来，日后再学什么也是三天打鱼两天晒网。这几年又学会了吃喝嫖赌，眼下连个媳妇也讨不到，还时常趁着屋里无人把自己刚刚领来的工钱给偷走而挥霍一空，更有几次竟对着自己的媳妇林淑珍也要动手又动脚。

于是，年初在与妻子商量后，他便先送她回老家看看，等住到秋天再返回。

想到了这里，他的心头就堵上了一块巨石。可又一想到自己的大儿子张成林，这块石头又成了一把火炬，也照出了当年自己的身影。

那还是去年儿子上完四年的学堂，人刚十岁就想跟着自己去宫里学做景泰蓝。可他不同意，认为儿子没有这个资格和本事。当看到他那还没有长成的身材和沮丧的面容，最终才把儿子送到街上一家景泰蓝的作坊，想要儿子手艺学精后再来到自己的身边也不迟。

可儿子这一走，他又何尝不清楚这"三年零一节"的学徒生涯要经历什么。按行里的规定，这期间生老病死、投河跳井自杀后果都要自负，不但每月没工钱，平时也不许回家。这次儿子只在大年三十和初一在家待了两天，今天就是元宵佳节也不曾见到他一面。只不过这次儿子回来后站在自己的面前，除了个头高了两指就是额头又多了一块黑伤疤。

紧追问才得知，儿子平时不但吃苦受累，到了晚上还要给半夜赌博归来的师傅去等院门，稍有延误迎头就是一顿拳打脚踢。前几天儿子趁师傅出门，想偷把手艺便拿来把锤子抡向了一个铜胎。可人小没拿稳，"咚"的一声，头撞向了桌角，眼看着从滴落的血水里就爬来了一条"红蚓蚯"。

不料这时师傅走回，见此拉开抽屉从里面拿出针和线，又抓来一把铜灰，拉过儿子便按住了脑袋："来，给你缝缝，消消毒！"说着一边缝起，一边把手里的铜灰就抹在了伤口处。

"师傅，放开我，不要缝！"张成林浑身抖个不停，伸出的双手使劲顶向师傅，且在痛苦的挣扎中紧紧按住了那双粗大的手。

"不让缝，是怕破了相，以后找不到老婆吧？哪个瞎猫碰上了死耗子，也得凑合着活！"说完，师傅就在肉里挑来个黑线头。

儿子实在受不了了，紧跟着一咬牙，双手"呼"地推开师傅的那只还要去缝的右手，遂顶住脑门，一把摸到头上的这根黑线就给拔了出来。又忙抓来把镊子，铁嘴一张就咬在了伤口处。

听到了这里，张艺林一把将儿子紧紧地搂在怀里，泪水接连不断地冲刷起了其额头上的那条黑蜈蚣。

那一刻，儿子双手还背向了身后，像在躲闪着什么。跟着他马上把这双手拉到面前看去，才清楚儿子右手拇指和食指还都裂着几道深深的口子，两个指甲盖也翻了起来。心里已明白，这一定是儿子在用那把铁镊子学掐丝技艺时所留下的伤痕，随即他的泪水又回流去了胸膛。

"爸爸，你掐丝用的是把什么样的镊子？"儿子说着，双手从父亲的面前逃出，一脸的质朴。

"我用的是这把镊子。"张艺林遂把自己的一把镊子递去。

"爸爸，你的这把一定是钢镊子吧？怎么上面还錾着一朵梅花？"张成林接过镊子，翻来覆去地看起。

"我的这把是个钢镊子。咱们景泰蓝有个行规，学徒期间不管你吃多大的苦也要用铁镊子。什么时候师傅给了你钢镊子就可以出师了。景泰蓝从古至今花草鱼虫是个传统题材，掐丝就是要用手中的这把镊子去掐出它们的生命。因此我在这把钢镊子上錾出这朵梅花，就是要自己有这般技艺和本领。

"现在我把这只梅花镊子送给你，但你回去后这几年一定不要用,不论再遇到多大的苦难,哪怕这只右手残了也要在学徒时去用铁镊子。再碰到什么困难,看着这把梅花镊子会觉得父亲就在你的身旁。"眼前的张艺林把心掏给了面前的儿子。

"爸爸,你放心吧!这些话我会始终放在心里。"

还在静静的回忆中,铁锅里的水开始翻滚起来。张艺林站起先把里面的元宵捞出,再把几铲子煤块放了进去,慢慢这一锅深色波浪又逐渐变成了乌鸡汤。

面对要淘出的黑煤堆,想到今晚元宵佳节,自己虽没有吃上一碗元宵,倒触发出这个别开生面的一景。头一抬,不禁开心地对着眼前的兔爷眨上笑眼,也更加觉得可爱的兔爷已换好了新装,进而更加地华润与光亮。

在煮完一锅大大小小的"硬元宵"和黑煤块之后,眼前的乌鸡汤更成了一锅地下开采出的黑原油,且重新换来一锅清水。再把那一盆捞出的元宵用刀子给剥开,只把里面的元宵馅留下,想到现在老家受灾的场面更舍不得扔下。后把这盆被剥开的元宵皮放回锅里,一边用力把它们给碾碎,一边又做好了一锅清白色的原汤。最后还把哥哥屋里的煤块也给煮了一遍,这才放在了一起。

夜深了,空荡荡的街上,一轮明月来到这片被挖去元宵冰凌的地面,随之也陷了下去。

第二天张艺林早早起了床,窗外哥哥的屋里仍没有动静。他找来个口袋就把昨晚这些煮过的煤块给装了进去,几口饭后背上它走出了院门。

匆匆忙忙,张艺林满头大汗来到了宫里珐琅作。眼前静静的院子门上还挂着门锁,忙叫来太监先把伙房屋门打开后,把带来的煤块给倒在了一旁。

接着,他清理起昨天炉膛里的煤块。等炉膛掏空了,右手摸一摸四周发烫的炉壁,手掌上还沾着层层的煤灰,眉头又拧在了一起。

跟着他找来块湿抹布,弯腰探身擦起四周的炉壁。但伸出的双臂够不上炉底,想用把笤帚去清扫一下,又担心那些被扫掉的煤灰仍会逃向四周,这样刚才已擦净的地方岂不再次被占领。

于是,他双手拿上这块湿抹布,一用力半个身子就冲进了这口深井里,"嚓嚓……"阵阵声响从炉膛里喷出。

静寂之中晨光徐徐升起,近在咫尺紫禁城层峦叠嶂的高大宫殿已筑起了海市蜃楼,附近各个作坊里的工匠们纷纷走向了各自的院落。

前方陈世祖来到珐琅作,屋门已开,要去坐壶开水先把茶水给沏上。

可他刚来到伙房门前,抬头就见有人半个身子吞进了那座火炉里,外面留下的两条腿还不停地向着四周乱蹬着,不禁大惊失色,忙回头冲着刚来到院子里的岳家书喊去。

"谁呀?寻死也别这样呀!"他们俩赶紧冲了过来,双手抓住那半个身子就往外拉去。

"是我,艺林!帮我把这块湿抹布拿来!"炉膛里传出一声闷雷,又向着他们俩伸来的胳膊乱蹬了过来。

"干什么?不要命啦!这里火化可不行!"陈世祖眉头一紧。

"快出来!快出来!"岳家书也连连喊起,把湿布在水池里一涮递去。

"嚓嚓……"的声响继续从炉底喷出,稍后一团漆黑的影子从那里弹向空中,"啪唧"一声跌在了眼前,乌黑的一团变成了乌黑的抹布。

陈世祖和岳家书又马上向前,生拉硬扯就把这半个身子从炉膛里给拽了出来。眼前的张艺林头发蓬乱,肿胀的脸庞蒙起道道的黑油彩,划破的脸颊还浸泡起片片的血迹。

"艺林,干吗呢?不活啦!"陈世祖右手挥来。

"我们俩要来晚了,还出得来呀?"岳家书也忙把手绢递去。

"我来的时候不小心把……茶叶筒给碰到了炉膛里,一着急本想拿着这团抹布去把它给弄出来。"

张艺林望着眼前的两位好友心里无限地感慨,但想到昨晚煮出的几锅黑元宵汤和眼前的这堆黑乌金,把想说出的话给咽了回去。

接着大家回到院内,张艺林长袍掸净,进屋把昨天点好蓝的龙凤瓶给小心地抱进了伙房。再把地上带来的那堆黑乌金轻轻投进炉膛,遂双手一边拉起风箱,一边还目不转睛地望着这一对朦胧而多彩的瓶身。

随之炉膛里瓶身被烈火紧紧拥抱了起来,暗黑的瓶体渐渐泛起了光亮,又慢慢变为通红一体的火球。等烧好蓝拿出炉膛后让它静静冷却下来,恢复它原来的五彩光芒。

这时张艺林才拿起它,双手先用砂石快速磨起。等到了下午,瓶体变得平滑后又拿来木炭,进行着细磨与抛光。

一天的忙碌,快走到了西山,当他把这对瓶身从清水里拿起,细细看去,双眼已查不到明显的砂眼;双手再去轻轻抚摸,一种婴儿肌肤般的感觉顿时涌向了心头,那一刻他心中的这股热浪就冲进了眼前的炉膛。

同时,他心里也清楚,景泰蓝在烧蓝后釉料表层里所残留的砂眼,这道几百年以来的难题,现已被自己卓有成效地给予了解决。

很快月底就到了,珐琅作工匠们所制作的景泰蓝已全部完工。

眼前造办处官员们陪同着内务府的几位大臣,一一看过了各个作坊展出的玉雕、牙雕、花丝镶嵌、雕漆等作品,又要挑选出参加世博会的景泰蓝。

下午,张艺林拿回了自己所制作的龙凤瓶。眼前已镀好金的这一对龙耳,镶嵌在瓶身的两侧,八面玲珑又十分地神气,形如从瓶身里横空出世的一对小小的龙太子,又担当起了护花使者,使整件作品更充满了东方的神韵。

接着,他便小心地把这一对龙耳从瓶身上给卸了下来。心里清楚，这对龙耳的底座还要再去加工一下，为的是让它们能更好地紧贴于两旁的瓶身。

今天内务府和造办处前来挑选前他就先把这一对龙耳给安了上去，现在虽说外人看不出来，但是自己的每一件作品那绝不能有一丝一毫的瑕疵，就像是这一对横空出世的龙太子，身披起细细的龙纹，多一錾子那是画蛇添足，少一錾子则伤了龙威，内心都是不能允许的。

就在他细心地一边锉起一只龙耳的底座，又不时把它拿起去与一旁的瓶身做个比较时，不知不觉四周的工匠们都已人去屋空，跟着太监要来锁院门了。

看看手中的另一只龙耳，估计再有个把时辰就能完全放心了。他悄悄把它揣进口袋里，想着晚上在家里把它给做好，明天还要重新设计和制作下一件的景泰蓝。

夜色中他回到南营房家里，先把口袋里这个沉甸甸的龙耳掏出放在了桌子上，对面哥哥的屋子里仍是漆黑一团，他决定干脆先去外面的街上吃盘饺子。

等到皎洁的明月跳进树梢，他回到了家里，抬头看去，桌子上的那只龙耳不见了踪影，顿时惊呆在了一旁。

慌乱中他猜想刚才自己离去后，会不会有窃贼找上门来？猛然一惊，立刻去了哥哥的房间，只见屋里的炕上扔有两件旧衣服，炕桌上自己上次剥开的元宵馅还缺了半碗。

看到这里，他便觉得自己又被人给抛进了元宵之夜的那场雪里，还想到那天下午内务府大臣离去后，珐琅作王大人便向他透露，这次要参加美国世博会，老佛爷不叫送展明朝和清宫里现有的那些前人们的景泰蓝，而要用当今宫里最好的工匠们所做出的最为精美的作品去参会。故这些大臣看到自己所设计和制作的龙凤瓶时，对它的造型、掐丝图案和点蓝的色彩都赞不绝口，更对整个瓶体几乎找不到砂眼而充满了好奇。

为此，王大人嘱咐他月底之前不能有任何的一丝大意，直到内务府和造办处作出最后的定夺。

接着，其浑身又颤抖起来，去年为给慈禧祝寿，造办处和珐琅作特地制作出一批景泰蓝，可最后老佛爷不满意。因为自己所制作的景泰蓝瓶身上数出四十八个砂眼，尽管是众工匠之中所出砂眼最少的，但仍被第一个拉出人群施杖刑。紧跟着徐福禄因"七十三"个砂眼则被怒斥为"大逆不道"，且当场杖毙。临断气之前还高喊："冤枉啊！珐琅作天天大家同用一批釉料，怎么就说我瓶身上砂眼多，这是借砂眼杀人啊！"

还有作为师兄弟的王永利，心中始终怀有"一山不容二虎"的心思时时对自己暗中陷害，最后却"聪明反被聪明误"也搭进了性命。

而师傅赵京城，因身患疾病遂被当场赶出了珐琅作。当夜自己拖着杖刑后的身躯前去登门探望。眼前昏黄的炕桌上留有一张白纸：我这辈子最大的心愿，就是能让景泰蓝瓶身上的砂眼消失……

见此，他手中的白纸瞬间飘下，眼前还有个空空的布袋子。自己忙摸向师傅鼓鼓的肚子，更是泪如雨下："师傅，你把这些釉料给吞进了胃里，可不就硬成了一块巨石！我没有办法，没有办法啊……"

现在要是龙耳出了这等天大的风波，这不但赏了慈禧一记嘲笑，还抽去了自己的精血。

跟着他夺门而出，一路上眼前还闪出有两次自己就是去了锦风楼妓院才找到了哥哥怀林的踪影。

一路匆匆奔跑，前方路边一座三层珠红的阁楼旁悬挂起两串耀眼的灯笼，隐隐约约还飘来阵阵琴音与放荡的笑声。门口前一群涂红抹绿的青楼女子，花枝招展地向着路边的行人在摇来摆去。

"公子，进来坐一坐吗？"眼前的花团向他抛来。

"我找人，闪开！"他忙推开挤来的人群，几步迈进院里，对着前面的长廊便连连怒声喊去:"张怀林,张怀林,出来!"

随着几声炸雷轰起,一旁房间里忙走来个胖女人,粉白的脸上仿佛缀满了珠光宝气,身边还跟着两个横眉立目的家伙。

"哪个吃了熊心豹子胆的,跑到这里来撒野?"胖女人目光扫来。

"我找张怀林,他把我的一只龙耳配件给偷走了,叫他出来!"

"口气还不小!是这只吗?"胖女人听完一笑,遂从身上掏出一只金光闪闪的龙耳欣赏了起来,又目光瞟去,"张怀林这个月包了楼上的彩凤,欠下五十两银子,不拿来这件金器还想继续赖账吗?"

"它不是纯金的,是景泰蓝瓶身上的一只镀金配件!要是不信,可用它的底座去地上蹭一下,可千万不要划伤了身子。"张艺林一听不由烈火烧心,但又不得不守住宫里的秘密。

"是吗?又一个吃了熊心豹子胆的,耍到老娘的头上!"

眼前胖女人脸上的赘肉一颤,目光斜去,转手就把这只金龙耳递到身旁那个一脸杀气的家伙手上。只见其接过,顺手就在地上蹭了蹭底座后再递回。

胖女人接住这只金龙耳,只瞥了几眼其底座,一脸的赘肉里就挤出了一丝的冷笑:"把张怀林给我赶出来。"说着,金龙耳落向了一旁的桌子。

见此,她身后另一个家伙忙转身窜向楼上。稍后张怀林微敞着衣襟,嘴里打着连连的"哈欠",两眼惺忪地被人给推了过来。

他刚一站稳,猛一眼便看见了眼前熟悉的身影:"艺林,你怎么也来啦?"

"我怎么来了,知道你闯下多大的祸吗?"张艺林指向了桌上的金龙耳。

"我怎么啦?来了连一声哥哥也不叫!大冷的天,连我屋里的煤块也给弄走了,一碗元宵馅干得成了石头,也不留下一碗好元宵!"

胖女人看到这里早已忍无可忍,右手挥向了眼前的张怀林:"给我打!打死也要交出那五十两银子!"

其话声落地,那两个横眉立目的家伙向前抄来根棍子,劈头盖脸地就向着张怀林打来。随之满院子里便响起"啊……啊……"的惨叫声与不断翻滚的身影,楼上走廊里也站满了观望的人群。

"不要再打啦!把他打死了今晚也交不出五十两银子。人我先带走,回去想想办法?"张艺林忙向前挡在了那两个人的面前。

"把人带走?今晚交不出银子,那就竖着进来横着出去!"胖女人冷笑而起。

接着院子里继续响起"啊……啊……"的惨叫声和四处狂颠的身影。

慌乱之中,张艺林一眼就看见了那只金光闪闪的龙耳,也立刻想到明天要再次到来的内务府和造办处那些人的身影,和他们对摆出的那缺了一只配件的景泰蓝龙凤瓶时的惊讶面孔,随即另一个恶神的身影也向他扑来。

跟着张艺林一个趔趄撞向桌子,左手忙扶住了桌角。而身后追来的这个家伙则抄起一把利斧向前砍去。只听见"咔嚓"一声,张艺林左手大拇指便被切去半截,还在楼上观望的人群里发出了阵阵的惊叫。

"啊……"张艺林大叫了一声,就在这个家伙高举起的斧头又要砍向这只静卧的龙耳之时,他迅速伸出右手就将其抓了过来,接着飞快地向着院门跑去。

"算了,不要追那个假货啦!"胖女人右手挥向了那两个家伙,"把张怀林给我关起来!"说完转身走回一旁的房间里。

夜色里锦风楼平静了下来,院中那张平展的桌面上滴落的红山茶,一路绽放到了院门口,消失在了朦胧的月光里……

元宵佳节前的一场大雪,到了三月已化为一股清泉来到了昆明湖。

与以往一样,早上慈禧太后沿着长廊,在宫女们的搀扶下坐稳在了石舫。

眼望着静静的湖水,慈禧太后目光凝视,稍后右手指向前方:"看着这片湖水,想到被洋鬼子烧毁的圆明园,你们知道哀家现在心里想的是什么?"

"老佛爷,您想的是修复圆明园的大事?这也是我大清的大事!"一旁的王公公,顺着老佛爷的目光瞭望着身旁的湖水,揣摩起了湖中的一切。

"修复圆明园确是我朝大事。但今天哀家想到的是圆明园大水法那十二生肖。记得那时它们每天按时依次向水池中央喷起水柱,到了中午十二时还同时向池中喷起清泉,场面何等壮观。可现在这十二个孩子已被这群洋鬼子掠走,流落去了各国,哀家心痛!

"如今这些流落的孩子们回不了家。哀家想,眼下宫里造办处汇集着众多天下能工巧匠,那就让珐琅作的工匠们,先制作出全新的一套十二生肖像,还让它们脱去过去那一身的素铜装,换上金灿灿的景泰蓝身子,个个光彩照人,更昭告着我大清江山永固!"

"老佛爷,您时时处处想到的是咱大清国,乃我大清之幸,百姓之福!"王公公忙俯下身去。

"还有,听内务府造办处所讲,珐琅作张艺林已派往美国去参加世博会。这些年来像他这样的工匠所设计和制作的景泰蓝件件都是那样地精美,想必在世博会上也一定能为我大清增光添彩!"

"托老佛爷吉言!老佛爷,这石舫里天冷风大,不宜久坐。"眼前王公公的身子再次软了过去。

仁寿殿前宽阔的院子里,四季常青的松柏点缀起玲珑别致的太湖石而别有洞天。而每次面对瑞兽麒麟时,慈禧太后的心中也总是升起对它的一种敬畏之情。

大殿里慈禧太后坐在了紫檀雕花宝座上,接过王公公递来的茶水,目光投向了众人:"你们都说一说,这一阵儿都听到了什么。"

四周的宫女们望着太后秋水般的面容便放下心来,一旁的恒香说道:"老佛爷,听人说景泰蓝是洋人发明的。"

"放肆!"宽敞的大殿里清脆地刮起一阵台风,慈禧太后的脸上立刻显露出了一股震怒。

随即明晃晃的殿里陷入了死一般的沉静,宫女们谁也不敢再大声地出气。远处湖面上,隐隐传来阵阵鸽群的鸣叫,遂在四下里轻盈地回荡。

慈禧太后的目光继续扫视起四周,稍后也扫去了脸上的无奈,"唉"一声叹息后,口气缓和了下来:"今天,你们都说说景泰蓝的产地在哪里,但说无妨,赦无罪!"

见此,宫女们心中那本已凝固的心脏才涌来湖面上的阵阵微风。

"景泰蓝的产地是在景德镇吧?"平日最为得宠的宫女荣儿看着众人率先说出一句。

"不对吧,听说是甘肃的景泰县。"又一宫女杏儿也悄声跟来。

宽敞的大殿里很快就平静了下来,看到众人不再给出答案,慈禧太后不禁叹出一口气,脸庞抬起,目光凝固在了大殿屋顶上的那些雕龙画壁上,仿佛只有在那里才能得到这正确的答案。

进而,她的目光从大殿屋顶上方收回,原本威严而无奈的眼神就平射到了前方:"你们这些人啊,个个如花似玉,怎么对老祖宗的历史一点儿也不懂?平时就爱争风吃醋且又勾心斗角!"

"说起这景泰蓝,它就起源于咱们的京城,学名叫作铜胎掐丝珐琅。你们看,短短六个字就把材料、物型和工艺说得一清二楚。而它的历史却要追溯到元朝,在明代景泰年间最为流行,又因多用蓝色故叫景泰蓝。如今到我大清已有六百多年的历史,怎么会是洋人的发明?我中华先祖行走于三山五岳之时,那些洋人身上的胎毛儿还没有脱净,身上更没有长出人味来。五千年的灿烂历史无与伦比!"

眼前大殿里声声句句激荡起一股股的洪流,众人们纷纷仰视起老太后。从大殿前方照射而来的阳光,直直地铺设起一条金灿灿的大道。

慈禧看到这里,右手重新指向了眼前的那只景泰蓝仙鹤香炉:"你们再看看宫里所摆放的这些景泰蓝,哪一件不像当年乾隆爷所说'辉煌胜金、温润胜玉、细腻胜瓷',件件都显示着皇威和帝尊,远在金银器之上。乾隆四十四年除夕之夜,也只有乾隆爷的餐具是景泰蓝,那时就连最亲近的家人也全部要用瓷器,可见景泰蓝在历史中有着怎样的地位!正因为如此,景泰蓝几百年来才走到了今天。谁再胡言乱语,灭我大清尊严,杖二十,看还长不长个记性!"

"老佛爷,您也最爱使用那只景泰蓝的花碗,一会儿用膳就让奴才们给拿来。"还在一旁的王公公随即脸庞抬起。

对此,慈禧太后摆了摆手:"除了景泰蓝,还有玉雕、牙雕和雕漆,这就是京城有名的'四大名旦'。咱们老祖宗几千年以来就崇尚玉石,玉的生命就是人的生命,早在两千多年前的秦国,一块和氏璧就能换来一座江山。还有牙雕的'嫦娥奔月''天女散花''麻姑献寿',件件都叫人如痴如醉。

"再说雕漆,这要用朱砂掺入大漆里去涂层,涂好一层,晾干后再涂一层,一件器物少则几十层,多则三五百层。要使用几十把不同的刀具,刀刀雕刻出璀璨的艺术之光!

"金漆镶嵌也是这样,就拿屏风和家具上所常采用的玉石、贝类、珊瑚所营造出来的华丽世界来说,还有谁不会向往?

"再看看你们,头上插的、手上戴的,又有哪一件不是花丝镶嵌的杰作?就连宫里一年四季到处要用的宫灯也是如此。京城崇文门一带还诞生了绢花,这才能在寒冬里使得宫中景色如春、百花争艳,要把它们与鲜花摆放在一起,又有谁能分得出哪个是真,哪个是假?

"这'四大名旦'又与花丝镶嵌、金漆镶嵌、宫毯和京绣并称为'燕京八绝'。咱们老祖宗的好东西啊,那可真是三天三夜也说不完!你们这些人,每日里不但要伺候好各自的主子,更要知道咱们老祖宗的这些历史和珍宝!"

始终站在一旁,还在察言观色的王公公脸庞微起,遂轻声说道:"老佛爷,时候不早了,用膳吧?"

眼前慈禧太后身子靠向了紫檀雕花宝座,他便身子挺起,目光投向了下面的宫女:"还不谢恩,老佛爷就是老佛爷!"

第二章

四月的春风从太平洋西岸跨到了东岸,遂在眼前的大街上放慢了轻盈的舞步。沿街众多的建筑物上悬挂起圣路易斯世博会和各参展国五颜六色的广告,来自世界各地的游客和商人们穿行在附近的街区。

进入世博会场地,此处已搭建出一座中国风格古色古香的牌楼,一些当地的华人纷纷拖家带口,从四面八方赶来,世界各国的展品更是在此争奇斗艳。

大厅一处铺着紫色金丝绒的展台上,摆放起一对十八英寸高的景泰蓝龙凤瓶。其瓶身光泽无比又鲜艳夺目,瓶口左右两处两只金灿灿的龙耳,更成为一对护宝天使,整体筑成这虚无缥缈的世界。

而中国展位左侧则是来自日本的展台,上面摆放着一对十六英寸高的七宝烧花瓶。(注:七宝烧为日本传统工艺美术品,类似于中国的景泰蓝。)其周身上下晶莹剔透,可直视出里面的一层如婴儿肌肤般细嫩的胎纹,散发翠绿的光芒,且开满层层叠叠白色梅花,呈现出明媚的春光。

持续拥挤的人群,时时在中国展台前流连忘返,又在一旁日本展台前停步不前。一些穿着时髦的西方贵妇人,连连与身旁的朋友和家人做起低声交谈,雪白的手套惊叹地指向这对景泰蓝龙凤瓶,随后又移向那一对七宝烧花瓶。其女主人礼帽上的薄纱轻轻摇曳,也做起了一场势均力敌的拉力赛。

临近上午十点，大厅里前来参观的人群仍在不断地增加。而在中国和日本展台前，"咚……咚……"接连响起两声清脆的声响，摆放在这里的景泰蓝龙凤瓶与七宝烧花瓶，先后被拥挤的人群撞得倒向了地面。随即眼前的人群立刻闪向一侧，阵阵惊呼炸出了人群惊恐与惋惜的面容。

随之前来参展的清宫造办处珐琅作工匠张艺林，和来自日本的七宝烧艺人佐藤正芳一同走来，先后弯腰捡起各自的展品。张艺林手中的这只龙凤瓶，其表面出现了两道不大的裂纹。而佐藤正芳面前的这只七宝烧花瓶已脱落出一块麻将牌大小的胎体，先前上面的几朵白色梅花也看似被人折断之后给扔了出去。

张艺林目光抬起，面有所思，稍后便对着眼前的人群举起了手中的这只景泰蓝："先生们、小姐们：请大家等一等！"说完，他拿着这只龙凤瓶，走向身旁右侧同来参展的一处中国苏绣屏风的后面。

眼下佐藤正芳眉头皱起，弯腰要找出展台里面的包装盒，一看没有，便对着另一个参展的日本朋友低语几句，遂拿起它走向大厅入场处。

继续跟来的游人也拥挤到了这处苏绣屏风前，观看起那上面的七只小猫儿。它们相聚起不同的毛色和品种，有的憨态可掬，有的挠头翘尾，有的玩耍打闹，在众人的面前进行起一场势均力敌的选美大赛。

惊叹之余有人拿过放大镜，弯腰俯身，嘴里细数起眼前一只小猫儿嘴上的根根胡须，瞬间也拉出了他脸上的万分惊叹。

展台前另有多只白嫩的右手，跟着移向了苏绣屏风前正不断晃动而起的张艺林那朦胧的身影。

"瞧，这个中国艺人是不是正在里面发功，要把这个摔坏的景泰蓝给修好？"

"神奇的东方，神奇的中国，他的头上梳着辫子，双腿还套着裙子。"

"不可能！生出的孩子难道还会变成胎儿，重回到母亲的肚子里，要再次降生吗？"

"嘘……别着急，这里好看的东西多着呢！"

眼下隔着屏风这道薄薄的纱帐，张艺林隐约听着外面低低的喧哗，其心身已投入到了一场烈火里。

面对这突发的场面，他心里清楚，这要在宫内珐琅作，碰到景泰蓝表面有砂眼，或有一些裂痕，都是先在火炉上把它给烤热，出炉后再趁这股热度把同样颜色的蜡条在那上面去涂抹，并让这被熔化的蜡液去填充此处部位上的瑕疵，最后再用麂皮去反复抛光，那些砂眼和细微的裂纹就会消失。

可眼下身处异国他乡，四周空空如也，只在一旁放置着一把暖壶。

随即，他拿来一根同样颜色的蜡条，壶盖打开投入其中，静静的暖壶筑起了一座火炉。

接着，其目光回到身上，又落在了其左手大拇指所戴的这枚景泰蓝扳指儿上，心头更是一热。

于是，他掀起长袍露出右腿，把这只龙凤瓶摔坏的地方放在裤子上，便立刻反复不停地摩擦了起来。稍后停下手拿到眼前摸了摸，温度变化不大。一扬手干脆卷起裤子裸露出光滑的右腿，拿起它就直接在腿上又来回来去地摩擦。

稍后这块皮肤便烫起手来，这只龙凤瓶如同被送进了炉膛里，更成了一把锋利的刀子，还在每一次摩擦中要撕下右腿上的这块肌肤，又切割起了他的心脏。

进而右腿上的这个部位就泛起片片的殷红，往外渗透出斑斑的血迹，这把利刀又剜出了他额头上的那一层亮晶晶的汗水。

趁着这只龙凤瓶在有裂纹的部位还保留着一片热度，他便立刻把暖壶里的热水给倒在身边，拿来了这根已经烫手的蜡条，就在这个部位上来回用力地补起了蜡。

忙过一阵,他看到裂纹的地方仍有些浅色的蜡痕还没有完全地吃进去,便再卷起左裤腿把它放在这条裸露的腿上又急促地打磨起来。很快这块皮肤也堆起一团红色的浪潮,手中的这把软刀子继续啃去了此处的一块肌肤。

直到这时,他才把龙凤瓶放在衣服上反复搓净,使之更加地光洁与明亮,脸上紧皱的眉头舒展了开来。刚抬起双腿要走出这里,其脸上便立刻炸出阵阵的颤抖,双腿被磨掉血肉的地方还引发起阵阵的痉挛。其被迫停下脚步,紧闭的牙关更把眉头咬成一块铁疙瘩。又一挺身,他向前走出屏风,弯腰把这只龙凤瓶放稳在了原来的展台上。

眼前始终还在围观的人群纷纷挤来,众多双目圆睁的脸庞像是观赏起一只刚刚从太平洋深海里打捞出来的稀世宝物,但却没有见到刚才落地时受损的部位,随即贵妇们便纷纷讨论起来。

"中国的景泰蓝真奇妙,难道这是刚做出来的另一只?"

"古老的景泰蓝,就像这古老的东方,处处充满了神奇!"

见此,张艺林左手抬向脸前,其拇指上的这只漂亮的景泰蓝扳指儿,也轻轻地碾去那里的一层细细的汗水。

人群里一名少妇抬起不解的脸庞,目光紧跟而来,又忙低头双手掏向身边精美的手包,从中拿出些美金举起来:"请问,你手上的这个花环能卖吗?我十分喜欢!"

"对不起,这个扳指儿不卖!"张艺林脸上带起了微笑。

"这些够吗?"眼前的少妇又将手包里的美金全部掏出后递来。

张艺林仍面带微笑,抬起的右手向她轻轻地摆来。

"这回可以了吧?"少妇明白了过来,忙将右手指上的一枚钻戒摘下,连同这沓子美金一齐递来。

"谢谢,我来世博会是展示中国的景泰蓝,不是来卖这个扳指儿!"

不远的前方，佐藤正芳手里抱着另一只已换好的七宝烧花瓶走了回来，把它放在了原来的展台上。随即那个同来参展的日本朋友忙把他扯向一旁，向其悄悄讲述起眼前发生在张艺林身上的这一切。跟着，佐滕正芳的目光就立刻贴向了这只龙凤瓶。

十天之后世博会就要结束了，当晚所有参展国代表欢聚一堂。大会主席走向讲台，手里的证书缓缓打开："先生们、女士们：晚上好！本届世博会在各个参展国大力支持和参与下，今晚将圆满闭幕。请允许我代表组委会并经各方评审，授予中国景泰蓝龙凤瓶为本届世博会金奖！"

万人瞩目的评审结果水落石出，会场上立刻响起阵阵热烈的掌声，中国代表团也马上被许多国家的代表围住了。

欢庆晚会也随后举行，在阵阵优美的乐曲声中，各个国家、各种肤色的人们，成双成对地走向前面的舞池，跳起了优美的华尔兹。

夜幕之下，临近大街层峦叠嶂的各类建筑流淌出淡淡的灯光，沿街世博会和各参展国的标志与广告，还在夜风中轻轻地摇旗呐喊。大街上，时而响起汽车的轰鸣，时而又是清脆的马车声相伴而来。街边一些咖啡馆里更是人满为患，来自不同国家的人们，或在轻声交谈，或观望起沿街的风景。

张艺林从晚会现场走了出来，对于洋人的舞会他不感兴趣，现在要去街上的药店，要为这两条受伤的腿去买些药品。

正走着，迎面佐藤正芳走近，俩人找到一处咖啡馆坐了下来。

这次对于中国参展的景泰蓝龙凤瓶获得了本届世博会金奖，佐藤正芳先是不服气，接着心中又涌来郁闷，刚才也是从晚会现场溜了出来，不料大街上又与张艺林碰在了一起。

面对佐藤正芳眉头闭锁的脸庞，张艺林咽去一口浓浓的咖啡："怎么，心里还不顺畅？那今晚咱俩就再探讨一番！从历史上来看，我们明朝时的景泰蓝就已传入了日本，于是你们日本人就开始了仿制。但你们不知道这釉料的配方为何物，结果就做出来了这种非景泰蓝的宝烧类器物。

"再则，我们的景泰蓝已有六百多年的历史、一百零八道工序，而你们这种模仿而来的七宝烧只有五百年、三十多道工序。我们的国粹岂能轻易学到？它是我中华民族几千年来悠久文化与历史的沉淀。这次获奖那也是名副其实、众望所归。你大可不必耿耿于怀啊！"

"我们七宝烧美丽华贵，恰如佛经里所经常提到的七种珍宝，故以'七宝'而称之，表现珍视惜爱之情。用你们中国人的话来说'青出于蓝而胜于蓝'。它整体光华无比，亮丽而夺目！难道不能与你们中国景泰蓝并驾齐驱吗？"佐藤正芳仍在摇头不止。

"我们中华民族讲究君子之风，内敛有致，所以从古至今更喜爱温润的和田美玉，而超过光艳逼人的翡翠。'七宝烧'的风格过于追求表面的浮华，少有空灵和追求，艳丽而有余，人文内涵的拔高也有不足。

"还有，你们这种半透明的材质实际上是玻璃质，远在瓷器之下，只是有些个性和特点罢了。而我们景泰蓝釉料是各种矿物质的有机结合，虽不透明，但它美在厚重，更是一种历史的悠久与文化的结晶！"此时的张艺林又回到了闭幕式现场，聆听起评委会的颁奖词。

不知不觉已到了晚九点，眼前的大街上依然是车水马龙，仿佛这里的夜生活才真正开始。他们俩兴趣不减，从眼前街景的繁荣，又聊到了之前举世有名的芝加哥火灾。

为此，张艺林还打算在回国之前，去逛一逛这里的动物园。再去看看那些大象、长颈鹿和犀牛，也一定去瞧一瞧海豹和海狮，这些也会对日后景泰蓝的设计有所帮助和启迪。

然而，佐藤正芳的脸庞仍在街灯的笼罩下，呈现着半边明亮半边的昏暗："我说艺林，七宝烧这次没有拿到世博会金奖，完全是意外掉在地上造成的。如果没有这种闪失，那么这块奖牌的归属就不好说了。我讲得对吧？"

"你们的七宝烧掉在了地上，难道我们的景泰蓝飞到了天上？此一对难兄难弟也，大难来了各东西！依我来看，七宝烧所用的是玻璃釉质，又没有景泰蓝的掐丝工艺，所以它天生骨头不硬、脆性还大，且难有大件作品，所以稍有震动就很容易造成作品表层的开裂和剥落。这次你们参展的那对七宝烧花瓶，不能完全说是马失前蹄。同时这也是景泰蓝能够马上修复好的原因。"张艺林放下手中的咖啡，身子一扬笑起。

听到这里，佐藤正芳手中的咖啡也马上回到了餐桌，眼前一亮："艺林，当时你走进了屏风的后面，可出来后这只景泰蓝龙凤瓶就已找不出所摔坏的痕迹了。你在这样短的时间内是如何修复的？铜胎上的掐丝又是怎样粘牢和焊上去的？咱俩不如今晚好好交流一番？"

面对佐藤正芳的追问，张艺林餐桌下的这两条大腿，瞬间就成为两把剔骨刀。然而其心里更明白佐滕正芳追问的目的，便强忍着笑了笑："修复景泰蓝那要掏出心血，铜丝的焊接也更要有丹田之气。不论是中国的景泰蓝，还是你们日本七宝烧，世界上凡搞工艺美术的都是如此。难道你们日本艺人另有捷径？"

佐藤正芳遂站起："还有这次世博会，咱们两国参赛品种不同，大小高矮也不等。正因为如此七宝烧才吃了亏，没拿上金奖！但要公正比赛，就要在下一届博展会上，咱们双方各拿出一对同样大小，又同样造型的二十英寸花瓶。如何？"

"中国几千年的历史，无比灿烂辉煌，这是工艺美术的深厚底蕴！"张艺林嗓音也高了上去。

"艺林，今晚在此一叙，大有裨益！我邀请你在明年春天之时来趟日本共赏樱花，再切磋技艺如何？"佐藤正芳说完站起，伸直的右手架在了空中。

"如果下届世博会能在日本举行，我一定去。但要在其他国家还要听从于宫里造办处的安排。今晚咱们暂叙到此!"张艺林右手也伸了过去。

俩人分手后,张艺林在一处药店买上两盒药膏,回到住处已是半夜时分。

临入睡,他打开两腿包裹起的伤口,重新去上好药膏。霎时两条大腿便跳来一阵阵撕心裂肺般的痛苦,冲起一个个的恶浪,让人一时无法入睡。

透过窗外明亮的月光,他眼前闪现出了这次在屏风的后面,自己用这两条大腿反复修补这只龙凤瓶时一系列的动作和过程,如同刚刚发生在了眼前。

再伸手去轻轻按摩这两处的伤口,现在仍感到其与别处的肌肤有着不同的温度,如同自己的腿长在了别人的身上。为此,他幻想着能生出长长的臂膀,去摘下窗外这一轮明月,它定是天下一服最好又最大的药膏,把它贴在这两腿的伤口之处,瞬间便能长出最为完美如初的新肌肤。

紧跟着阵阵痉挛又再次袭上他的心头,还带动起上次左手大拇指被切去一截时的剧痛。随即他右手移来,轻轻摘去套在左手大拇指上的这枚景泰蓝扳指儿。眼前这口不大的天井,陪伴起了这半截的手指……

那天晚上自己去了锦风楼,本想把哥哥怀林和那只已镀好金的龙耳给找回来。可没料到哥哥却把它抵押给了妓院,抢回它时又被切去了一截左手上的大拇指。

可为了第二天内务府和造办处最后的评定,自己拼死跑出锦风楼,忙找到一位郎中把这伤口给包扎了起来。后半夜回到空无一人的家中,左手大拇指上那团鼓鼓裹起的白纱布,还是被血水给染成了一条红河谷。

接着,他把这只金闪闪的龙耳放在眼前的桌子上,强忍着阵痛用左手按紧后,右手拿来锉刀便向着它的底部锉去。一边锉起,一边双眼"哗哗"地奔流出了阵阵的热泪。一直坚持到了天明才总算把它的底座给锉好,身旁更换的白纱布又堆出了一束红牡丹。

随之他想到并找出家中的这枚景泰蓝扳指儿。一咬牙就把伤口上的这团红丝绸给揭去,且把这枚金闪闪的紧箍咒套在了左手这根半截大拇指上,后拿来一包云南白药填满了这座天井,随即昏倒在了地上。

静静之中窗外阳光来到了脸上,醒来后自己才暗暗攥紧手心里的这枚景泰蓝扳指儿去了珐琅作,在众人面前始终紧握成个拳头而做起了掩护,坚持到最后从大清国来到了万里之外的世博会。

直到现在看去,这左手大拇指还没有完全长好,洗脸时这只紧箍咒又在脸盆里绽放出了一朵无比奇异的水仙花。

跟着,他又想到昨日当世博组委会把这届金奖授予中国景泰蓝时的欢呼场景,和昨晚在街边与佐藤正芳相遇时,他那忧郁与心怀不满的面容。

随之他还想起在出国之前,妻子林淑珍来信说起要回京城之事。

那信上讲,现在老家还闹着灾荒,地里时常看见堆放着被剥光了衣服,一层又摞上一层的男尸,成了屠宰场里的猪羊。还有的地方同样堆放着一大堆被剥光了衣服的女尸,这些衣服遂被送到了当铺。侥幸活下来的饥民大多奄奄一息,附近的野狼和饿狗还时时啃食着已倒地难民的尸骨。

从接到妻子来信的当晚,他一连多日无法入睡。实在太困了,可刚一闭眼,脑中就是信上所写的这一个接一个悲惨的场面。

三天过后,张艺林和佐藤正芳共同登上一艘海轮,踏上了回国的旅途。

波浪起伏的太平洋天水相连,只在遥远的前方呈现出一道美轮美奂巨大无边的弧线,一群群的鱼儿引领着轮船,在这湛蓝的海水里自由地翱翔。

一路之上,张艺林和佐藤正芳时时相聚在一起,或谈天说地,张成山双脚站在河边，身子探向前方，左手拉住王祥的一只胳膊，右手则伸向四周的水里摸索了起来。

"叔叔，是在这里吗？"流淌的水面浮起清澈的童音。

"就在那一片，再摸一摸。"王祥一面继续抬头向着四周巡视着，一面冲着张成山尖尖地说去。

随之其脸庞再次拧起，瞬间那一对眼珠就变成了两颗射出的子弹，还拉住张成山的左手且用力一甩，嘴里便狠狠地吼道："找你爸爸去吧！"

"扑通"，宁静流淌的河面上，跟着炸起一片盛开的浪花。张成山双手扬起跌进了河里，且在挣扎之中越来越离开了河边。

接着，王祥的脸上便闪现出阵阵的冷笑，右手在不慌不忙地伸向长衫，掏出御盒的盖子看了看，转身投向了河里，嘴里又是一声的细软："去与他们父子俩做个伴吧！"

"咕咚"又是一声，御盒的盖子飞向河水中的身影，遂一起冲向了前方。

随之其脸上泛起冷淡的夕阳，反身来到岸边的土坡，向着远远冲去的身影望去一眼，且背起双臂，弯起那几十年不变的腰身，不慌不忙走向了前方。

前方寂静的院子里，响铃来到这几个鱼缸前，俯身观望起水中那一群自由自在的鱼儿，它们也在这落日之前跳起了最后一场的水中舞蹈。

随之院中花草树木之间，响铃双手敞开翱翔而起，嘴里始终快乐地叫道："成山哥，给我多做一只泥兔子，好吗？我要它在这里做个好伙伴！"

远方的夕阳已铺满了这片河道，成群的鸟儿也来到这片自由的天地，同在这片草地上尽情地玩耍了起来。

第五章

连续多日,响铃早早来到了捏泥人老人那里,脸庞连连摆向大街。

老人看出响铃的心思,放下手里的泥人:"闺女,在找人吧?"

"我找前几天来这里的那个成山哥,他说要给我捏个泥兔子。"

"那个男孩子过去常来,可有一个星期不见了。你叫什么?住在哪里?"

"爷爷,我叫响铃,住在前面的那个院子里。"

"你说的是那个宅院,这么说你是王公公的养女啦?"老人双手停下。

"我不是养女,我爸爸就是王祥!"响铃噘起了小嘴。

老人一听笑起:"闺女,日后长大就明白了。喜欢什么,送给你一个吧?"

"不要你的!"响铃说完,继续站到一旁等了下去。

渐渐街上的行人多起,张成山出现在了远处的大街上。刚才在家里,妈妈前脚出了门,其后脚气昂昂地来到上次的宅院,响铃和她爸爸都不在,这才来到了这里。

上个星期,他如约来到前面的河边,不料被人推到河里,又一块硬物飞来击中了后背,顺着河水漂去很快失去了知觉。醒来时自己已躺在了草地上,眼前有个牧羊人站在身旁。原来是他赶着羊群经过这里时,看见还在河水中漂浮着的身影,丢下羊群跳入河里才把他救起。

渐渐草地上的衣服已被微风吹干，张成山谢过牧羊人悄悄回到了家里。随后两三天里他每每刚做起一场噩梦，可马上又被阵阵的冷笑声拖出梦境。

为此他始终都不清楚，自己与响铃认识的当天，拉出了掉进河水里的这个新伙伴，而后却又一次被人给推进了同一条河里，这个人竟是响铃的父亲。但他不敢对母亲讲出实情，随后便浑身烧成了火炭，直到昨晚才慢慢好起。

前方响铃看见已走近的身影，马上欢快地追出，一眼看见他两手空空嘴巴噘起："成山哥，这几天你去哪儿了，给我做的兔子呢？"

"不给做，你爸爸是个坏蛋！"张成山脚下不停，来到老人的地摊前。

"我爸爸不是坏蛋，你说话不算数！"王响铃不服气地跟来。

"你爸爸不是坏蛋，那为什么我去你家的第二天，他叫我去了河边，还把我给推到了河里？刚才我去找你们。不信，回家问问。"

"你胡说，我爸爸不是坏蛋！"

"不要欺负她，你知道她爸爸是谁吗？王公公！当年慈禧老佛爷身边的人！"一旁的老人右手招向了张成山。

"谁欺负你啦？就是不给做！"张成山头一扭，便向着前面的大街跑去。

"就是你欺负我啦！为什么不给做？"响铃眼里有了泪光，看着正快速离去的张成山，一扭身也向着大街另一头的家里跑去。

多年之后，张成山长成了个十六七岁的少年，清瘦得成了被砍掉树冠后地上的半截树干，只在闪动的眉宇间还刻画出当年张艺林的一些身影。

这之前他进了几年学堂，面对日渐衰老的母亲，遂偷偷辞学来到了街上。看到一家家景泰蓝作坊里，一群与他同样面容的孩子，有的敲打起手中一个个的铜家伙，有的在这些铜器的身上抠着什么，还有的又在这些瓶子上画出了五颜六色的图画。

这一切勾起了他对以往的回忆，那年自己第一次跟着响铃来到了她家里，当王祥听到父亲名字时，他那胆怯的脸容成了一只蜷缩成一团的老鼠。

又想起，随后自己在与响铃争吵后的第二天，再去她家那里已人去院空。接着他走进一家景泰蓝小作坊，一群半大的孩子们中又多了一把锤子。

年底时母亲知道了真相，抚摸着儿子头上长出的伤疤，再看看他那已磨出茧子不大的双手，老人泣不成声，随后病了一场。

多日之后母亲病情稍有好转，晚上把张成山叫到床前："儿啊，今天娘有话要对你说，跪下！"

"娘，你说吧，我好好听着！"张成山跪在了母亲的面前。

"儿啊，如今你已长大，有些事情该让你知道了。你父亲过去曾是清宫造办处珐琅作里制作景泰蓝的工匠，为人正直，手艺精湛。一九〇四年还在美国世博会上得过金奖，为大清争了光，回国后还受到了慈禧太后的奖赏。

"跟着他接受老佛爷的旨意制作起一件金胎景泰蓝御盒。可也就是这些奖赏，你父亲没有与别人一样，去向当时的王公公进贡，这为日后的人生埋下了祸根。随即王公公便趁着一场大火的到来，陷害他窝藏起了这个御盒，后被老佛爷下旨押往菜市口砍了头！"母亲从身旁拿出半个御盒递去。

"我不要这个坏蛋，不要这个坏蛋！"张成山伸出双手连连挥去。

母亲老泪纵横，暗淡的油灯下，御盒闪闪发光，仿佛深藏着一颗永不熄灭的夜明珠。

"娘，王公公诬陷我爸爸，可这个狗东西怎么会在咱家里？"

"出事的当晚，你父亲把它带回家，本想着一定要把它做成老佛爷的心爱之物。随即他去宫里要取回几张画稿，可眼前珐琅作一带的院子已起了大火，等火被扑灭了，这套御盒的上盖却丢失了。

于是王公公趁机诬陷你爸爸窝藏了它。我去死牢时，他告诉我说把御盒带回家本身就犯了重罪，自己就是说出这一切，太后也定要他交出其上盖。可现在它已经找不到了，自己更是死路一条。与其如此，他就要坚持自己一生的清白，哪怕是含冤而死也不承认！"母亲浑身颤动，手里的半个御盒闪烁起道道的寒光。

"娘，我不要这个坏蛋，等我找到了那个上盖，就把它们一起杀光！它现在躲到哪里去了？"

"它在哪里没人知道。还有你的那个不争气的大爷也丢了性命，还有你上面的那个哥哥，外出去买几根黄瓜人就再也没回来。那时我正怀着你，处斩时你爸爸最后嘱托，等你长大了就是逃荒要饭，以后也不准踏入景泰蓝！不要再去做手艺人！

"还有这是你爸爸的遗物，是他用命保存下来的。娘的年纪大了，你把它收藏好，时时要想到娘的叮嘱！"

"娘，孩儿把这些都记……记在了心上了。"

张成山泪水横出，面前也立刻闪现出了那年在响铃家里前后所遇到的事情。还有自己去这家景泰蓝作坊时所受的苦和罪。也更不明白，景泰蓝作坊里做出的那些好看的东西，怎么会变成了一把杀人的刀。

面对眼前的母亲，苍老且体弱，又是刚刚大病一场，若把自己这些经历讲出来，岂不在她的心口再去捅上一把刀？

半个月后，母亲带着儿子回到了农村，张成山遂给一户人家当起了长工。

"白露"之后，闷热天气止步在了原野里，晶莹的露水挂满了庄稼。

临近中午，王响铃从县城回到了自家的田地。眼前缤纷而出的玉米棒子显露出重重叠叠的满口金牙，与邻近的秋景形成了鲜明的对比。

她一路观看一路喜悦，踏进院门来到了姨妈的屋里。从谈话之中听说家里的长工，一天到晚手脚勤快，所以今年的庄稼才长得这么好。

这些年来姨妈孤身一人且年老多病，养父当地有这样一处家产，所以就把姨妈给接了过来，既可让她好好地调养，又顺便帮助照料一下这里的家业。

后半夜起了雾气，直到天空微微发白也没有退去，随即院子里便发出一声不大的开门声。响铃马上坐起，轻轻掀开窗帘向外看去。淡淡的雾气里，那个长工扛上锄头走向了院门。

一天的忙碌太阳已早早落了山，院门又被推开，长工走了回来。听到外面的动静，姨妈屋里响铃把目光投去，看到了走近的身影，目光又跳到他的脸上。一直瞅着他进了自己所住的屋里，她呆呆地愣在了窗前。

等晚饭端来，姨妈说起那个长工叫张成山时，她不由得放下筷子。童年时的那只泥兔子，现在它又跳到了心里。

这一天下来，她的心始终投在了磨盘上。晚上孤身一人，翻来覆去，更觉得身子下面有团烈火。于是她披好衣服窗前坐下，两眼向着张成山所住的屋里望去。静静的月光之下，眼前的这间屋子鸦雀无声，只有皎洁的月光洒在它的前面，笼罩起一层神秘的面纱，反射出以往的岁月和自己的身影……

尽管那年自己还是个孩子，但过去的记忆却长久地刻在了心里。

至今她仍然记得，那一年与成山哥在街上相识后来到河边，草地上放起了那只不会跑动的泥兔子。当晚他与她回到家，见到了父亲。可不知为什么，这之后一连多日不见了他的身影。等再见面时，张成山不但没有给自己送来那只更好更大的泥兔子，还说自己的父亲是个大坏蛋。

而且自己当晚回到家对着父亲说起这件事情时，父亲的脸色阴沉得可怕，一句话也不多讲。只说这里是一座凶宅，第二天就搬了家。

这之后父亲便一步步病入膏肓，咽气前的当晚把她叫到床前："响铃啊，我看自从搬了家，你是天天地闹，要我带你去找成山哥玩儿，又问我为什么要急着搬家，这些都是那个景泰蓝御盒给闹的。"

"爸爸，什么景泰蓝御盒？"响铃不解的目光直直投来。

"唉，这话说起来长啦。张成山的父亲张艺林，原为造办处珐琅作景泰蓝工匠。先前他老家受灾要提前赊些银两，我没有同意还故意用话题给支开。后来他在美国世博会上获了奖，回国后还得到了老佛爷的奖赏，但他却一毛不拔。

"这之后张艺林奉老佛爷旨意，为太后制作一个金胎景泰蓝御盒。不料有天夜里，那一带的院子发生了火灾，我便趁着四周混乱之机，把滚到身边的这个御盒的盖子藏在了身上，可它的底部说什么也没找到。那晚又看到张艺林正好在现场就诬陷其贪污了御盒，最后让老佛爷送到菜市口给砍了头。看来张成山知道是我陷害了他的父亲。所以……"王祥连连咳嗽了起来。

"我明白了，所以第二天你就把他给推到了河里，成山才骂你是个坏蛋！又忙着搬走。你是怕……"

"我怕夜长梦多，怕日后他的复仇，还怕他会伤害到你！"

"现在这个御盒的盖子呢？我怎么没有见过它？"

"这个御盒盖子在我把张成山推进河里后，也把它给投了过去，让它去陪伴它的主人。老佛爷前几年就归西了，做御盒的工匠也上了断头台，我的日子也不多了，留着它干什么？拿着它我时常做噩梦，心也是烫的！那么好的一位宫里的景泰蓝工匠，就让我给断送了。我这一生啊……"

"你真做过这样的坏事，怎么不早点儿对我说？"响铃眼里涌出了泪水。

"都过去了，但要记住，人不要去做昧良心的事。否则，早晚要得到报应！"王祥脖子支起，呆滞的目光像要马上就会熄灭。

那天晚上，她听完转身哭着跑向屋外，独自坐在眼前的台阶上，抬头望向了静静的夜空……

而如今，又一个半夜来到了自己的身边，响铃仍直坐在屋里的窗前。

想到这所有的一切，她不知道要是某一天迎面见到了张成山，那只可爱的泥兔子是否还能放飞到河边？

眼前漫漫的雾气悄悄来到了院子里，四周的蟋蟀还躲在这自由的天地里，正在热歌劲舞。

很快又走过了一天，张成山赶着马车从地里进到院内，先卸去车上的玉米秸，再把玉米棒子给晒好，喂上牲口后才回到了屋里。

眼前昏暗的房间里飘起阵阵饭香，炕桌上已摆好了五六个雪白的馒头、一盘葱花炒鸡蛋、一碗猪肉炖粉条，旁边还摆着一壶白酒和一双筷子。

看到这之前已多次摆放在面前的饭菜，张成山还是有些不解。以往他每天从地里回来，忙完了一切还要点火做饭填饱肚皮。

可现在不但饭菜摆在了面前，而且每天花样翻新。本想过去看看东家那个老太太，可又觉得老人体弱多病多有不便。又一想，可能她也看到和听说了今年自家的地里，又是个少有的丰收年，而特地改善些他的伙食。

晚饭吃饱喝足了，他依附在炕旁环视起了四周简单的一切，目光落在了对面的墙壁上所张贴的那幅已发黄的仕女画上。

画中那个年轻而貌美的女子，依附在小桥流水旁，遂抬起俊俏的脸庞，举目观赏着眼前鸟笼中的那只漂亮的鹦鹉。

那一刻，他忘记了这一天来身上所有的疲劳，稍后也会进入到甜美的梦乡。还会时时在梦境里，望到那画上的年轻女子飘落而下，帮助收拾起四周，再去一旁点火和做饭。

进而，他也会常常在梦境里微笑着醒来，忙抬头望去，蒙眬中墙壁上的这位画中人仍旧含情脉脉注视着自己。对此他睡意全无，也会继续端详着她那秀美的脸庞而迎来了天明。

一天的忙碌再次迎来了落日前的夕阳，还在地里的张成山开始往马车上搬去收获的玉米。转身抬头望去，不远之处田埂上有个年轻的女子正往这里不停地张望。

　　他回过身继续装起了马车，再转身时那个年轻女子已落在了面前。

　　"成山哥，还记得我吗？我是……响铃！"

　　"你是……响铃？记得。不但记住了你，更会一辈子记住你的父亲！"

　　面对这张多年之前曾经烙下的印迹，眼前的张成山脸上先闪过一道惊异，很快又变为了愤怒。

　　"成山哥，我有话要对你说。"

　　"有什么好说的？你走吧！"张成山边说，边赶上马车走向了地头。

　　"还能去哪儿，我姨妈就住在村里。"响铃急得喊出一声。

　　"你姨妈跟我有什么关系？你不走，我走！"张成山扬起了鞭子。

　　马车在辽阔的原野上成为一架天马行空的战车，响铃则一面不停地呼喊，一面被远远地甩到了后面。

　　张成山回到院里来到了屋内，眼前的炕桌上又摆满了几盘有肉有酒的饭菜。他先出门喂好马，再把这桌美食全都划进了肚子里，一切忙完这才躺在了炕上，困意随之袭上头来。

　　后半夜王响铃从院内另一间屋子里悄悄走出，来到了张成山所在的屋前，轻轻推开屋门后闪入进去，小心抬脚移步来到了炕前。

　　朦胧的夜色里，她坐在炕沿前望去，眼前张成山的嘴里还均匀地冲出阵阵的气流，那只粗壮的左臂也从薄被里跑出，又被寒气击倒后压在了胸前。

　　见此，响铃轻轻起身，双手触到了他那带有凉意的左臂，遂慢慢抬起移向了身旁。随之张成山身子动了动，继续毫无知觉地进入梦乡。

响铃的目光又移向了他的脸庞，尽管眼下的他已长成了一个高大而英俊的青年，但从其硬朗分明的五官里仍能看出其幼年时的面容，恐怕就是他日后进入了暮年，也不会失去以往这些年里所留下的印记。

还有当年他们俩来到了河边，同在草地上放飞起那只泥兔子。进而俩人时时伸出双手，一边不断地推起它的屁股向前蹿去，一边还在其身旁拍起了双手，又在这片绿草地上尽情地歌唱与玩耍。

在这一个连一个的回忆里，响铃的脸颊慢慢贴在了张成山的脸庞上，眼眶里悄然流淌出泪水，且在慢慢滑动中滴落在了那一片让她心动的肌肤上。

很快张成山连连闪动起眉宇后张开了双眼，见到面前的情景立刻双手支向身后，挣扎着坐起："你……你是谁？要干吗？"

"成山哥，是我，响铃，我姨妈住在这里。"响铃身子抬起。

"你姨妈住在这里？这么说我在给你家种地，每天饭菜也是你给的？"

"这里原是我父亲的一份田地，他十年前就去世了。现在这里一直由我姨妈帮助照料，我有时回来看看。"

"王祥是陷害我父亲的坏蛋，这个仇我还没报呢！"张成山怒目而起。

"成山哥，我知道你恨他！在宫里的那场大火中，我父亲不但私藏起御盒盖子，还反过头来去诬陷你父亲，这才给父亲招来了杀身之祸。不过，他不也……"

"什么？是你父亲私藏起了御盒盖子？我父亲在砍头的那一天还蒙在了鼓里，我妈妈更不知道这御盒盖子的下落！我父亲就是让你父亲给砍了头！"张成山愤怒地挥起了双手。

响铃一时沉默了下去，泪水更是沿着脸颊连连而下。

昏暗的屋子里静了下来，眼前两座无言又怒目的泥塑像，连连对视而起。

"现在那个御盒盖子呢？我要让母亲好好看看。"稍后黑暗里张成山右手再次挥去。

"在你被我父亲推下河里后，我父亲就把它投进了河里。不过，他在临死时也表示了忏悔。成山，你安静一些，不要让我姨妈听见……"

"走吧，我不想再看见你！"张成山右手挥向了屋门。

"成山哥，你不要……"响铃的泪水再次奔流而出。

"出去！出去！"黑暗里张成山又击出了低沉的鼓音。

响铃面带泪痕，一步一回头出了屋门，转身轻轻关好，向前跑去。

接着，张成山目光重新回到屋内，朦胧的夜色里下了炕，目光慢慢移向了前面墙壁上的那幅仕女画像上。稍后猛然双手伸出，"哗哗……啦啦……"把它给揭下、撕碎，扔向了地面……

天明之后仿佛一切都没有发生，姨妈家的玉米随着张成山每天早出晚归而被运了回来。

自从那天半夜里与张成山见了面，响铃依旧每天天亮之前便偷偷爬起，来到炕上窗口前，只要看到张成山走出院门，跟着就开始了一天的忙碌。

姨妈年纪大牙口不好，要先给她做一顿可口的早饭。接着料理家务，稍后再给姨妈做好午饭，同时也要为张成山的晚饭去操持一顿，遂悄悄送去。可随后这顿可口的饭菜，就成了庙宇佛堂里的一道道静静的供品。

无奈之中她只好悄悄取回，一顿自己吃不下这么多就分两顿来吃，下次再给张成山重去做好一顿特供餐。

白露一过又到了中秋，张成山原本应歇工一天。可他还是天不亮就扛起锄头出了院门，一直忙到傍晚也不见返回的身影。

院子外面余庆生来找张成山，走到院里透过虚开的屋门，他便看到眼前的响铃正摆上几道饭菜和一盘月饼。心想：成山这小子艳福不浅啊,还要东家的姑娘给做饭?又一想,右手拍向脑门,笑着转身跑去……

直到远方的天空里透露出一轮十五的明月,这时张成山才赶着马车从地头走回,院门前与余庆生遇到了一起。

"成山,你这个家伙今天没歇工?没与响铃在屋子里,那个……"余庆生不怀好意地眨起双眼,伸出的右手往院里指去。

"给你一鞭子!不上地里去哪儿?"张成山怒目而来。

"嘿,跟我装糊涂?这饭菜,香啊!"余庆生失声叫起。

"再胡说八道……"张成山又要举起鞭子,余庆生趁机跑了出去。

张成山来到屋内,双手推开饭桌,端起桌上的饭菜和月饼来到院子里,双手一扬就把这一盘盘的鱼肉全部倒在了空场上。随即院子里还在四处游荡的鸡群纷纷赶来,在"咕咕"的欢声中相互拥挤过起了中秋节,又追逐起这一块块滚动中的月饼。

院门外余庆生已把这一切都看在眼里忙跳了回来,面对着眼前这群争风吃醋的"鸡大王",右手挥向了张成山:"你……你不吃叫我来呀,脑袋瓜子刚才是不是让驴给浇了一泡尿啊?"

眼下响铃始终躲在自己屋里的窗户前,目光盯着窗外的这群得意的"鸡大王",眼眶里也再次托出了晶莹的泪水。

不久母亲听说了儿子与响铃间的传言,当即把成山叫到面前,人还没有开口两眼已充满了泪花:"儿啊,娘没有多少日子可熬了,还记得你父亲是怎么死的吗?"

"娘,儿一辈子都不会忘记!"成山跪在了母亲的面前。

"那你为什么还跟那个叫响铃的好上啦,知道不知道她是王祥的养女?对得起你死去的父亲吗?说!"母亲震怒而起。

"娘,我没跟她好上!"张成山眼前闪现出了王祥的身影。

接着,他流出的泪水便点燃起心中的一把烈火。火焰中他看到了王祥先是把那个跌落在面前的御盒盖子藏起,随之这个狗东西押上父亲去了刑场。

母亲从屋里拿出父亲的灵位摆在面前:"现在你当着他的面给我发誓,决不与仇家之女相好,决不去做手艺人,更不能去碰景泰蓝!"

张成山眼含热泪,跪在父亲的灵位前,颤抖的嘴角连连接起顺流而下的泪水。

母亲摇晃地听着,稍后努力支开双眼,昏黄的目光停在了儿子破损的衣袋上显露而出的尖尖的东西,右手抖去:"递给我。"

"娘,这是我拿来玩玩的……"张成山掏出一把镊子,预感到了不安。

"这是掐丝用的镊子,我太了解了。当年你爸爸也有这样的工具,但最后却把他送上了刑场,刚才说的话要记牢一辈子!"

说着,母亲接过张成山递来的这把镊子,放在眼前望着。瞬间几粒干枯的泪水涌出,且双手握住往下撅去。无奈双手一松,身子向下倒去。

张成山边呼喊边扶住母亲,忙拿来老人的双手望去,只见这把镊子已将母亲的右手扎破,手掌和口中也血流不止……

随即张成山忙扶稳母亲靠在炕上,环顾一下四周跑出了院子。

村里土路上,张成山遇到了朋友余福海,忙停下脚步上前嘱咐几句,转身又跑回了母亲的住处。

前方外出的王响铃把一切看在了眼里,紧走几步就追了过去:"余大哥,慌里慌张干啥哩?"

"成山母亲流血不止情况不好,我去找下李郎中,他先赶回去看着老人。这些事儿都让他赶上了,能不急吗?"

"余大哥,我这里有两块大洋,先给李郎中吧,不要对成山说出这是我给的。他这个人性子直,不接受别人的帮助。"

"放心吧姑娘,救人要紧!"余福海接过两块大洋继续向前跑去。

几天过后母亲还是走了，张成山埋葬好老人，晚上回到了这间长工屋。眼前昏暗的屋子里，炕头摆放起一张白纸，上面还放着一摞大洋。

张成山拿起这张白纸来到窗前，就着外面投来的朦胧月光，依稀地念起："成山哥，母亲走了，我心里也万分悲痛。这些大洋是我的一点儿心意，也是你的工钱。希望收下，有困难对我说。响铃"

看完这张字条，其目光回到这些大洋上，和前方墙壁上自己所撕下来的那张仕女画像的边边角角。

回身又拿出这半个御盒，其目光紧盯把它举向了夜空。在蒙眬的泪水中，心里也在追问着自己：现在害死父亲的仇人已上了西天，而自己的手里还留着这个狗东西。同时又是母亲声声泪泪的叮嘱。

跟着他甩下这张字条，其旁边的那摞大洋更不去触动一下，找出自己的两件衣服后就走出了屋，夜色里向着前面的村子走去。

清晨村外寂静的荒山坡上已筑起了一座新坟。响铃也早早来到这里，先在林淑珍的墓前插好三炷香，放好供品，随之跪在墓前，不断抽动的脸庞拔出了两眼热泪。

起身后，其发现老人的坟前还放着一个东西，拿起一看是个光闪闪的粉盒状的物体，里面还压着块不大的石头。细细看去，瞬间其心里就燃起了一把烈火，也照亮了眼前的这一切。凭内心的知觉，她清楚自己的父亲害死了张成山的父亲，眼前这个东西就是一个害人精。成山把它放在母亲的坟前，就是让它成为害死精忠报国的岳飞坟前下跪的秦桧，永遭后人的咒骂。

涟涟的泪水中，她向前把它里面的石块掏出，轻轻擦净后放进上衣里。再把墓地四周的新土给往上培了培，拔去附近的一些杂草。打算过几天再来这里时，要把老人坟前的这块木牌给换成一座石碑。还想到要是有一天，能帮助张成山把父母重新给合葬在一起，那时她的心里也许会好受一些。

张成山夜里赶到前面的村子，找到李郎中给他家当起了长工。随即他收完地里的玉米，不等吩咐便种上了冬小麦。

再过半个月就是除夕，夜里下起了一场雪。天明之后张成山去了地里，看到附近的路上撒有一些牲口粪便连连铲到了地头。

附近的土路上，这时王响铃急促而来。抬头望到那个熟悉的背影，已灌到了嘴里的汗水，不知是苦还是甜，遂继续向着前面跑去。稍后她来到李郎中的家，告之姨妈现在面色青紫大汗淋漓，二人随即双双一起走出。

一直到了晚上，姨妈的病情才有了好转，后半夜里已能平静地入睡。

王响铃重新来到院子里，院中这片平整的积雪就映照出了张成山的身影。更使她激动不已的是，她又终于看到了这片将要消失的孤帆。

转身回到屋里，她拿出五块大洋，一张红纸包好后出了屋门。在漆黑的夜色里，向着前面的村子快步走去。

渐渐地天明了，张成山来到地头，先前堆起的粪堆旁，开起一朵红色的莲花，到了面前才看清原是一团鲜红的纸张，打开后里面还放着五枚大洋。

一天的劳动快到了天黑，张成山从地里回来先到了李郎中的面前，掏出五块大洋和红纸递去："先生，这是您丢在地里的，把它收好吧！"

"成山，我没丢过这五块大洋啊！"李郎中面露出惊奇。

"您一天到晚出诊不断，走东村去西镇的，肯定累得给忘了。"

"噢……噢，想起了，这是我清晨去接生路过了地里，人家给的喜钱，看这记性。"李郎中在片刻的迟疑中右手拍向了脑门。

五块大洋收好，李郎中眼里涌流出了暖流："成山啊，这以后天寒地冻的，地里的活儿也不多了。我看你人诚实又能干，上次你母亲生了病，还叫余福海先送来了两块大洋，人就是不错。我想着,让你也跟我出出诊学学医,日后能有一技之长。你看怎么样啊?"

"您让我想一想,我先回去吧。"

张成山来到了自己的屋内,但耳边仍回响着刚才李郎中所说的那句话。这次母亲生病,自己并没有事先给余福海那两块大洋,日后找他好问个明白。

远处的夕阳再次斜挂在了地平线上,也给这一望无际的原野熔化出了斑斑块块青玉般的麦田。

这天已出诊半天的李郎中路过响铃家门,想起她姨妈的病情就走了进去。

王响铃迎进李郎中递来茶水,看完姨妈的病情后右手伸来:"先生,在家里吃完了饭再走,听说家里来了个长工,人怎么样?"

"不吃啦,天黑前赶回家去。噢,你是说那个张成山,人好!前几天我丢了五块大洋,那个冰天雪地哪有人啊?可他在地里捡到后还给我送到了面前。就冲这一点收了他,日后跟着出出诊学学医。"

王响铃一听嘴上乐了,但心里清楚张成山所捡到的这五块大洋其实就是自己那天晚上放好的,原本要作为他在自己家里时的工钱而想出的妙计,可没想到这个张成山仍是个榆木疙瘩。

可再一想,只要这五块大洋能换来张成山跟着李郎中学了医,日后有了好的归宿自己心里也就满足了。

"先生,这个想法不错!成山是个好人,您上次看好了他的母亲,这次也治好了我姨妈的病。这样吧,我这里有两块大洋,快过年了,上次他在我家当长工,平时一有空儿就帮助我姨妈,这两块大洋您平时多给张成山做些饭菜,节前再给他扯身儿衣服,不要对他说就行。"说完这一切,已来到院门的响铃,赶紧又掏出身上的两块大洋递给了李郎中。

一路奔波,天黑之时李郎中迈进了家门,酒过三巡叫来张成山陪上了桌。

继续再喝，李郎中有了醉意，摇摇晃晃掏出身上这两块大洋晃在了眼前。

"成……成山，我……我对你好……好吧？可……可是响铃也对你不不……不错！看见这两……两块大……大洋吧？"摇晃之中李郎中被张成山赶紧扶稳了身子。

"先生，这两块大洋怎么啦？"张成山不安了起来。

"这……这是响铃给……给的，让我……给你多做些……饭菜，再……再扯身儿衣……衣服，好……过年。"

李郎中断断续续地说着，一头便趴向桌子。稍后脸庞又摇晃地竖起："还……还有，上次你母亲看病的那……那两块大洋，也……也是响铃给……给的。"

张成山帮助家人把李郎中扶回了炕上，告辞后回到了自己的屋内。

夜色里他没去点上油灯。否则，他的脸庞也会点燃而起。且来到窗前，抬头仰望着天空中的那一轮明月，回想着这些年来自己的身影。

自从那次从响铃的姨妈家里走出之后，他就想到自己这一辈子再也不想见到这个仇家的养女了。可没想到，如今来到李郎中的家里，响铃竟会在毫无知觉里又贴在了自己的身旁。

为此，他感到了愤怒。如今自己是个顶天立地的男子汉，不需要任何人的怜悯和帮助。就像是眼前的这一轮明月，不论其面前会涌来任何的乌云和风雨雷电，瞬间过后它依然会显露出自己的轮廓。

想到这一切，他回到炕上就着点燃的油灯，找来一张发黄的旧纸写下几笔压在了炕头。又找来自己的衣服，然后和衣躺在了炕上。想到天明之后再从这里走出，至于飘向何处也全然无知……

第六章

一年之后张成山回到京城南营房,又去了护城河边。

坐在静静的河岸上,其目光投向了那青灰色的河面。河水还在缓缓地流淌,时时打起一个接一个的漩涡,也把一些野草和杂物卷入了河底。

眼望着这一切,他回到了幼年时的自己,在被王祥抛进河里后还在不断挣扎的身影,和王祥那一副冷白而又毫无表情的面容。

还有,如今也不知那把鬼头刀的盖子会沉没在何处,及那半个同伙,日日夜夜跪在母亲的坟前,会受到怎样的惩罚……

再有,如果有一天这个盖子能水落石出,遂与父亲所留下的索命盒重合在了一起,自己会是一种什么样的感受。而目光重回到身边这片绿草地上时,又觉得那时的响铃也来到了自己的身边。她那一双灵巧的小手连连推动着这只不大的泥兔子跳向了河边,其开心而清脆的笑声还在四周静静地回响。

几天过后,张成山走进一家药铺做起了学徒。看到客厅里摆放着一对景泰蓝花瓶,细细看过几眼,拿来块软布把它擦了又擦,再小心放回原处。接着打开店门,店前店后忙上一天。

很快年底要到了,白掌柜越看张成山越成了一根多年生长的东北野山参,人又很能干便对他有了好感,只是心中那个疙瘩还始终无法解开。

白掌柜生有三个女儿,大女儿玉喜早年生产时得了大出血,不但孩子没保住，还落得个从此不能再怀孕的结果。二女儿玉珠两年前则嫁到了外地。如今三姑娘玉芳也早到了谈婚论嫁的年龄，遂产生了把张成山招为上门女婿的念头，也得到了老伴的同意。三姑娘听娘一说脸红着跑了出去，也跑来了爹娘脸上的欣喜。

当白太太找来张成山透出心里的打算，那时他还在用一块白布擦拭着这对景泰蓝花瓶。

再追问，张成山头也不抬，只自言自语地说道："花瓶上的牡丹花儿开了。"

"花瓶不用天天搬来搬去地擦，小心别给摔了！我问你，喜欢不喜欢玉芳？"白掌柜走来脸上闪起一丝的不悦。

"我也有个景泰蓝，那是父亲的命根。"张成山仍在自言自语。

"成山啊，你也不用跟我打哑谜了！刚才所说的，你也想想。"白太太说完甩手走出了客厅。

可没想到，这一等就是半年多，张成山成了佛堂里的一尊神像，天天见其影就是不开口。

白掌柜和白太太背后商量起来，觉得这药店每天人来人往眼多嘴杂，三姑娘和成山没有接触的机会。干脆让他们俩代替自己去趟江西进一批草药，说不定从此俩人就成了一对掰不开的鸳鸯。主意拿定白掌柜叫来了张成山。

三天之后张成山与玉芳上了路，来到当地忙碌了半个月，现在还要去县城，再收购一些草药就可以返回京城了。

九月的江西虽已过了三伏，但山区里仍旧闷成了一口蒸锅。

从早晨出来后，玉芳便一路跑在前面，时而高唱几句刚刚学来的山歌，时而把采来的鲜花编织成一个美丽的花环戴在头上，回过身欢快地叫道："成山哥，好看吗？"

张成山抬起右手，擦去脸上的把把汗水，连连点上了头。

"那你等着，不许看！"

玉芳说完跑向前面，沿着山路采集起一把把的鲜花，把它们编织成了另一个美丽的花环，双手背后跳回："成山哥，眼睛闭上，让你看才准看。"说完，她抬起双手就把这个花环也戴在了他的头上。

进而拉着他的手来到一条小河旁，双手才松开："好看吧？"

"好看，现在我是一个国王！命你再做三百六十五个这样的王冠，我要每天戴上一个。哈哈……"五彩缤纷的水面，打扮出了一个英俊的王子。

接着，玉芳也伸过头来，欢声与笑语里双双又一齐向着河里望去，两边的杂草和灌木也倒伏在了路边。

始终在前面蹦跳着的玉芳，跟着"啊！"的一声惨叫，随之身子跌倒，双手捂向了右腿肚子，前面草丛里传来一阵"窸窸窣窣"的声响。

张成山立刻冲到面前，只见一条黑黄色的身影，正扭动起尾巴向着草丛深部爬去，且高声指去："毒蛇！"

随即玉芳蜷缩在山路上，左手支住颤动的身体，瞬间惨白的冷汗就挂满了红润的脸庞，右手颤去："把……把裤脚给撕开！"

张成山面带起犹豫，双手掀开其右裤腿，只见她那粉白圆润的腿肚子上呈现出两个毒蛇牙齿咬过的痕迹，还正往外溢出黑紫的血水。

"把这里给……给捆上。"挣扎中的玉芳微睁着眼睛，右手又指向了腿肚子的上方。

张成山快速放好怀里的玉芳，斜起身子双手伸向自己的长衫，"刺啦"一声撕开个长长的口子，又是"刺啦"一声，再扯下一根布带子，抱起玉芳的右腿就在它的上方给系了上去。

"用刀子拉……开伤口，血水挤……挤出来。"虚弱的玉芳勉强支起身子，又跌了下去。

紧跟着张成山站起，摸出身上的一把匕首移向她的右腿。眼前玉芳的这条玉腿虽已乌血横流，但在他的眼前早已成了一只美丽的白天鹅,要在它那上面再来一刀,无疑是斩断了它那高飞而起的翅膀。

不能再拖了,玉芳朦胧的面容已成了山路间还在飘荡的蒲公英。

紧跟着他颤动的刀尖就移到了玉芳的伤口处,遂在那两个乌黑的蛇牙咬伤处划上了两道口子,跟着一股股黑血水就冒了出来。

随之这道道彩污也要凝固而起,张成山又"刺啦……刺啦……"地从长衫上再撕来两条布块,拿来后给她的右腿轻轻地擦净。

进而张成山俯下身去,嘴巴贴在她的这处伤口上,用劲往嘴里吸去,一扭头就把这口乌血吐向了身旁,转身又拿来身边的水壶,冲着这道伤口浇去。

接着,他背上她更不顾一切地向着刚刚离开的那条小河跑去。玉芳柔软的躯体遂在他的后背上不停地颠簸着,时时其冰凉的脸颊甩来,紧贴在了他那炙热的脸庞之上,更点燃起他心中的这团烈火。

等到了河边,他忙把玉芳靠向一块石头,让其双腿也伸向河里,"哗哗"捧来一把把的河水,向着她那伤口处连连地冲去,层层河水也在阳光里反射出道道的彩虹。

张成山终于也倒在了水里,俩人浑身湿透,他斜身靠在了玉芳的身旁。

稍后微微抬起脸庞,他看到她依旧惨淡地进入了梦境。想到山下还有个村子,于是他强撑起身子,背起玉芳向着前面山下的村子跑去。

实在跑不动了,他忙把路边的一些金银花、蒲公英、决明子等塞进嘴里快速地嚼碎,去贴在玉芳的伤口处;又从身上扯来根布条包裹在了伤口处,继续背上她向前跑去。

远方的红日落在了眼前山林的背后。村子前方的土路上,张成山背起玉芳正跌跌撞撞地撞来……

月底之前,玉芳和张成山押送着这批草药回到了药店。当晚家里做好一桌丰盛的宴席,白掌柜和白太太坐在了一旁。

"成山,今晚我得好好谢谢你!三姑娘一回来就说了,是你救了她。"

"白掌柜,这是玉芳让我这么做的,没有什么可感谢的!"

"你当时还用草药嚼碎之后给她敷上,实则帮她不断地排毒,之前又用河水不停地给她冲洗伤口。"白太太脸上欣喜不断。

"太太,我小时候有时在外面被虫子叮咬了,或是长疱化了脓,母亲就找来些草药给我敷上,慢慢就好了。"

"那时你背着她跑到了村头,你的嘴唇也已黑紫了。这也是中毒的表现,多危险啊!"白掌柜的身子抽回靠在了椅背上。

"那几天上了火,嘴里长了口疮。现在才明白过来,那时我不停地喷着河水,路上又嚼了些草药,这也救了我自己。"

"说得好!所以说嘛,好人就应有好报。玉芳,你说是吧?"白掌柜的目光投向了三姑娘。

"爸,看你把要紧的事情给忘了。"玉芳脸庞微红,站起出了客厅。

白掌柜看着三姑娘的身影,再看看一旁的老伴,俩人会心地笑起。

酒过三巡,白掌柜脸庞微红而起,精神也越加明亮:"成山啊,这次让玉芳与你一块去进药材,不必多说了。以后这片家业,也只有交给你啦……"

"白掌柜、太太,你们的好意我领了。可我……"

"有什么直说,以后进了一家门就是一家人!"白掌柜目光投来。

"我……我……"张成山有些张口结舌,不知如何去说清。

"你就别追问啦,孩子脸皮薄。"白太太满意地看了一眼身旁的老伴。

"不……不是这样,我……我想继续学徒,以后再……再说。"

"还等什么?我像你这么大的时候,早就是三个孩子的爹啦!"白掌柜右手抬起,一杯白酒进了嘴里。

酒杯放回,他看了一眼身旁的老伴,目光又转向了张成山:"就这么办吧。我和你娘商量好了,十天之后中秋佳节,热热闹闹把喜事给办了!"

已退出餐厅的玉芳,始终还躲在里屋偷听着,脸上泛起了红晕。白掌柜说完推开眼前的酒杯,白太太向前扶起,俩人走向了卧室。

第二天张成山还是与以往一样,天不亮就起身,店里和店外忙碌了一阵。等白掌柜起床后递来十块大洋,让他从今以后就不要在店里学徒了,去到街上购置些自己喜欢和需要的物品,准备着中秋时的婚礼。

接住十块大洋,张成山放回到了柜台里,转身又与别的店员忙碌起来。

很快一个礼拜过去了,白掌柜从外面回到店里,接过别人递来的这十块大洋。晚上与太太商量一番后就把张成山叫到了面前:"再过两天就是你与玉芳大喜的日子,怎么还不上心?"

"白掌柜、太太,这个婚我……我不想结……"张成山心吊了起来。

"胡说!现在家里都备好了,亲戚朋友们也都通知了。你不结,我们老两口的脸往哪里放?玉芳没人要了吗?"白掌柜右手挥去。

"我……我不是这个意思,玉芳是个好姑娘。可我……"

"你什么你?别人八竿子还打不着呢!这个婚结也得结,不结也得结!"

白掌柜说完,向前拉住张成山的右手走出房门,来到近处的婚房,一伸手就把他给推了进去,又对着身后的太太瞪起双眼:"把玉芳叫来。"

孤独的婚房里,墙壁上已贴好大红喜字,双人床上叠放着几床崭新的丝绸被褥，两旁垂挂着绣花纱帘，近旁的桌子上那盏古朴而漂亮的台灯，柔和的光柱更成了新娘头上的那块神秘的盖头。

"成山，这对景泰蓝花瓶，原本是明代传家之物，看你天天拿下来，没有灰尘也要擦一擦。现在，我把它拿来也摆在了这里，还看不懂我的心意吗？"白掌柜对着已来到面前的三姑娘和太太，右手指去。

"白掌柜，我懂。这是您的一片心意！可我……"

"你什么……看样子，白说了，也是一只喂不饱的狼！"

说完，白掌柜拉开太太，也让玉芳进了婚房，转身掏出铜锁，"咣当"几下便从外面锁上了房门，抬头就冲着屋内喊去："我……我这是图个啥……"

婚房里张成山和玉芳彼此相望陷入了沉静。身旁桌子上的这盏朦胧而晃动的台灯，更成了个能说会道的媒人坐到了俩人的中间。

前面夜色里走来用人，"哗啦"几下打开了屋门。其手里提壶热水和衣物进来后放好："老爷吩咐，早点休息吧！"人离去屋门又被重新锁上。

"你趁热洗洗，洗完睡觉吧！"

张成山拿来脸盆将热水倒出，放在了玉芳的面前。又回过身来："我……我有自己的事情。"说完走向前面的柜子，拿起上面所摆放的这对景泰蓝花瓶，遂在手里翻来覆去地看去。

玉芳眼眶里渗出了泪光，床前坐好目光静静地投去。眼前的张成山仍双手转来转去，细细观看起这对景泰蓝花瓶。

"你看，这对花瓶真是完美无双，而我之前也有个不完整的景泰蓝，它却成了阎王爷，里面饱尝着一个凄凉的故事。想听吗？"

看着玉芳点上了头，张成山便把父亲张艺林悲惨的一生，及与王响铃的相识等都向她细细地道来。

抬头望去，眼前的玉芳已由原先的含泪静听到床前流淌起了一道溪水。张成山放下手里的花瓶走到床前，坐在了她的身旁。

"我爹娘只看到了你的外表，可你的内心却埋藏着这么多的辛酸与磨难。可你要不这样，以后怎么办？"玉芳抬起了泪眼。

"我也不知怎么办，只是不想就这样下去……"

"成山哥，现在响铃人在哪儿？她不好吗？"

"她的养父图财害命，她还……还不能说也是个坏蛋。现在人在哪儿我也不清楚。"

"成山哥，那我呢？是好人还是个坏女人？"

"你当然是……是个好女孩啦！"张成山说完，也清楚玉芳下一句要说什么，起身回到了桌子旁。

"那你为什么不要我……为什么不娶我……"玉芳泪水闪动而起。

宽敞的婚房里，张成山有意回避起玉芳的直视，仍静坐在桌子的一旁，目光投向眼前的这对景泰蓝花瓶。那瓶身上两朵牡丹含苞欲放，不禁让人在怜香惜玉之时也想去闻一闻这花中之王的芬芳。

接着，这芬芳的牡丹就溶进了玉芳的身影，也让他饱受着心中的煎熬。想到这所有的一切，张成山的目光从这对景泰蓝花瓶身上移向前去。

眼下玉芳没有了声息，还歪起身子蜷缩在了床上。张成山轻步来到其面前，俯身望去，玉芳白皙的脸庞上还挂着两行晶莹欲滴的泪珠，遂两手扯来一旁的花被给她轻轻地盖好。

天亮之后，用人送来了早饭。随后大女儿玉喜和二女儿玉珠也带着两个姑爷和礼物回到了家中，院子里人群涌动忙碌纷纷。

婚房里玉芳洗完脸，转身与成山坐在一起吃好了早饭。又一起来到窗前，目光向着外面投去。

"成山哥，我想好也想通了……"还在观望的玉芳两眼红起。

"玉芳，这辈子对不住你了。日后有缘相见，我还是你的成山哥！"

张成山说完来到屋门前，右手用力"咚咚"敲起，且大声地叫道:"来人呀,我要去方便!"

"屋里不是有便桶吗?这是老爷的吩咐。"屋门外跑来了用人。

"不行,我不习惯,开门!"张成山语气越发急迫。

"吱呀……"两声过后屋门打开,张成山两步迈出向着前面的茅厕走去,用人跟在了其后。

同时,玉芳也来到门前,眼眶里充满了泪水,连连向着他的身影望去。

前方就是茅厕了,张成山转身一看,用人还跟在后面:"麻烦你帮我去取一下厕纸。"

话声落地,面前的用人脸上闪现出了犹豫,他右手再次举起:"我憋不住了,你快点儿去拿吧!"

随即张成山走进了茅厕,马上悄悄收住脚步站在了墙门里,竖起耳朵监听而去,脸上显露出丝丝的不安。见此,面前的用人转身向着玉芳的屋子走去,时时回过头去还看上两眼。

灿烂的阳光下白家大院的门前,高悬起两盏大红的灯笼和大红的喜字,院里一片火红的牡丹也兴奋地成了一群群跑前忙后的家人。前面的马路上正走来一群群携带着礼品的亲朋与好友。

紧临茅厕的墙门里,始终在监听的张成山听到稍稍远去的用人脚步声之后便两步迈出这里,冲着眼前墙根下码放的一堆砖料就跨了上去,并伸手扒向空中的院墙头,双手用力往下一按就蹿了上去。

随即他一个鹞子翻身坐在了墙头,双手抱拳,冲着前方的玉芳和那个正要回头的用人便高声喊去:"老爷、太太对不住啦,玉芳,多保重!"说完,双手一松就从墙头跳向了院外。

第七章

黎明之前，张成山再次来到了护城河边，眼前的河水继续默默向东流去。沿岸长长的芦苇如同刚从水里打捞而出，还来不及弹掉这一身的翠妆。从小到大，每次到来的感觉都不一样，而今天却感到自己又主动跳进了这条河流里。

从河岸回到了街上，路边有几家景泰蓝作坊，他脑袋一硬就走了进去。

跟着师傅给了一把铁镊子，心里也清楚要把手中的这把铁镊子给换成钢镊子，无疑还要经过多少年的磨炼。

这之后张成山每天坐在案子前，手拿这副铁镊子心中就握上了一支彩笔，可一干才清楚这其中的苦。平时不但要把每只景泰蓝瓶身上的每朵云头掐丝均匀，还有些花瓣或是嵌进去，或是凸出来，更有些细细的花蕊小到要用指甲尖去使劲地顶，一天下来每每大拇指就被啃出了一个连一个的血泡。

为此铁镊子还常常变了形。晚上他便悄悄打来盆凉水把大拇指放了进去，眼看着水里流出的鲜血长成了一朵红牡丹。第二天手中的这把铁镊子，仍旧一下接一下地啃起了大拇指。

进入九月底师傅带着师娘回了一趟河北老家，半个月之后才能回来。

晚饭之后，张成山走进厨房，迎面就是自己刚买来要做菜的绿冬瓜。再一看，更是个漂亮无比的景泰蓝大瓶，心里就一动。

等晚上大家都已睡下，他来到厨房，小心地搬起这个冬瓜就去了前面的作坊放在了木案子上，一旁的油灯拨小点儿，一条旧布单还把窗户给挡严。

面对这只翠绿色的景泰蓝大瓶，他抽手就勾来了"怦怦"的心跳，拿起手中的镊子和一根铜丝就掐起丝来，想在它那墨玉的肌肤上去完成一朵盛开的菊花，或再去掐条龙，或是绘只凤。也清楚这在景泰蓝以往的传统题材中技术要求高，再有师傅一直不让人干，想必是"学会了徒弟而饿死了师傅"！

还有这冬瓜皮上长有一层白膜，粘不牢白芨和掐好的铜丝，他便拿起块抹布重新抹去了这一层的绿盔甲。

接着，他兴趣高昂地拿起手中的镊子，先把眼前的铜丝一点点比好尺寸后剪完，并把它们一一做成一朵朵的云头，已被整完容的冬瓜上，渐渐掐出一朵心中的玫瑰。

后半夜里，张成山始终不断地亢奋，更觉得自己成了一只微小的蚂蚁，现在却要暗自爬上这万丈高山，即使途中会被摔得粉身碎骨，心却是甜甜的。

直到天快亮时，他才收住手放好镊子。眼前碧绿的冬瓜粘满起几层暗红色的云头，看似这个景泰蓝大瓶就穿上了一件花裙子，还成了冬瓜的新品种。

随即站起抱着它悄悄回到了厨房，拿个旧筐把它罩上。好歹师傅走时交代过，这些日子还得由他去做饭。

两天之后厨房里别的青菜没有了，眼前这个绿色的景泰蓝瓶身上的菊花已抽出几片新叶。张成山想了想，拿刀把冬瓜这一头没有掐上丝的冬瓜皮切下，这块没皮的冬瓜上火炒成了菜。

当天的晚上，同屋里的两个徒工聊到半夜才转身睡去。而由于连续几个夜晚去了前面的作坊，眼下张成山已感到全身给抽去了筋骨。

稍后他去了厨房，把舍不得扔掉的冬瓜皮包好后走出，从作坊里再拿来镊子和一小盘白芨,回到屋里躺在了炕上,身旁的那两个伙伴仍在深沉地睡着。

接着他身子往窗前挪去,薄被里摸出两块冬瓜皮就着窗前的月光,朦胧中掐出一朵盛开的梅花,往枕旁的白芨里一蘸就粘在了瓜皮上。又望到那轮明月身旁的朵朵乌云,拿来一小截铜丝掐起了它的图案。

直到天快亮时,他强支起的双臂和冬瓜皮时时在脸前砸去,这才把手中的镊子、铜丝和白芨匆匆掖在枕头下面,睡上会儿起身再做早饭。

随即在梦境里,他托举起这只绿色的景泰蓝花瓶,还蒙起一块红盖头,成为一个披红挂绿的新娘。一阵微风拂面,红盖头飘落在了一旁,眼前的新娘万道金光,随之一只孔雀飞到了人们的面前,遂在阵阵欢呼声中展翅飞向了东方。

远处的天空终于放晴了,小王和小赵先后醒来,看见以往空空的铺上多出的身影,忙伸手摇去:"成山,醒一醒。"

睡梦中的张成山,这时脸上还挂着甜美的微笑。遂被摇醒的刹那间,其两眼一动也不动。稍后脸庞移向了窗外,他忙伸出右手向这里被压住的脸庞下面抹去,只感到还贴在那里的一块冬瓜皮被他抓了下来,顺势又被他捅到了枕头的下面。

"成山,你脸怎么啦?"小王见他下了炕右手指去。

"没怎么,睡得太死了!"张成山有些不自在起来。

"还说呢,脸上面长出了一朵花!"小赵也来到了跟前。

"胡说,这是让手给压出来的。"

听到这里,张成山右手忙伸向脸庞摸了几下,立刻心里明白了过来。这是自己掐好的一朵梅花,睡觉时被压在脸庞上而留下的花痕。

"睡觉能压出花儿来?疹子吧?"小赵和小王更是瞪大了惊奇的双眼。

"别胡说,我睡觉就是这样!你们要是不饿,早饭不做啦!"张成山边说边向屋外走去。

晚霞落向了远方的西山,也给院子里抹上了一层紫铜般的光彩。眼前院门"吱呀呀"几声过后,师傅、师娘从外面走进来。

师傅抬头望见前面作坊里还传来干活的声响,脸上闪出一丝的得意,转身就冲着屋里喊去:"成山,做饭去,来个冬瓜羊肉籴丸子,快点啊!"

张成山接过师傅手上的袋子,原本再过三四天回来的师傅,没想到提前站在了大家的面前。

走进厨房,其目光立刻就投向了那个旧筐,忙伸手拿出下面的半个冬瓜,那上面已掐好了层层的铜丝。

时间等不及了,他抄来菜刀,"嗖嗖"几下就把这层变异的瓜皮剥去,白白的瓜瓤做好了冬瓜羊肉籴丸子,剥下的那堆冬瓜皮仍投进了那个旧筐里。

屋子里师傅坐在炕桌旁,喝上了徒工沏好的茉莉花茶,询问起其不在家里时的情况。师娘拿着从老家带来的一包东西,回到了院子里。

迎面张成山双手端个托盘,上面放好两副碗筷、汤匙和一个汤盆走来,放在了炕桌上。一股香气迎面而来,四周几个徒工也马上要流出了口水。

"哎,这冬瓜皮呢,谁叫你给剥去了?"师傅一睁眼看到了眼前汤盆里白花花的冬瓜羊肉籴丸子,面露惊奇右手指去。

"我怕……怕不好吃,就……就剥去皮给扔……扔啦。"张成山的心也缩成了一个不大的肉丸子。

"嘿,这趟老家上了火,现在想吃的就是这个冬瓜皮!你倒好给剥了,去捡回来。再放上一把薏米,重新给我熬碗汤端来!"

"师傅,这冬瓜皮不鲜了,明天再……再重做一顿吧?"

他俩正说着,师娘手里端个大碗走来,转手放在炕桌上,目光投向了面前的张成山："你这搞的什么鬼？"

师傅马上抓出一把碗里的冬瓜皮探身看去，只见其上面都粘满了层层的掐丝图案，另有些被切到的铜丝松散地钩起了这一个个翠玉般的瓜皮吊坠。

"这是什么？你干的好事！"师傅右手挥去。

"师傅，我……我想用这冬瓜皮，去……去练练掐丝。"张成山的心再次缩成了眼前盆里漂浮而起的肉丸子。

"鬼心眼倒是不少！"

师傅两眼冒火，双腿迈下炕沿，一看四周没有家伙便向前一巴掌重重地打在了张成山的脸上，又一声怒吼："去，把冬瓜皮都给我捡回来。上面的铜丝少了一根，扒了你的皮！"

说着，师傅怒火未消，又冲着身旁的那些徒工挥来胳膊："你们几个，还搞了什么鬼花活？说！"

张成山来到厨房，忙把这些冬瓜皮放在盆里，双手搓洗起那上面的铜丝。可这冬瓜皮上的层层铜丝就是一道道带刺的铁丝网，每一次手起手落都是在这片荆棘上的摸爬滚打。

身旁炉子上的水壶开了。跟着他把水壶取下，心里一动就把这盆里的冬瓜皮倒进铁锅里，放回到了火上。

"又干吗呢？锅里煮着什么？"不经意间师傅来到了厨房。

"我煮冬瓜皮呢，等熟了铜丝就好弄下来啦！"

"要不说你鬼心眼多呢？这冬瓜皮熟了，上面的铜丝就脱落了下来，再把这瓜汤一块给扔了，是吧？"师傅又怒视而来。

对此，张成山不再多说一句话，只是两眼直直地望着师傅。

"想得倒美，铁锅端下来！冬瓜皮上的铜丝，怎么给我弄上去的，怎么给我弄下来。弄坏了一根铜丝，敲掉你一颗牙。这些活儿白天不许干，弄下来的这些冬瓜皮就是你后几天的饭！"师傅站在一旁，气还是不打一处来。

张成山走向炉台，双手重新端下这口铁锅，倒去了锅里的热水，遂把这些冬瓜皮捞出后放在一旁，目光投向了还在一旁观望的师傅。

等到了年底，张成山右手上的几个手指肚儿已磨出了厚厚的硬茧，自己都觉得像戴上了一副皮手套。在做出一批云头后摆在了面前："师傅，学会了。"

"都学会了，可有本事啦！"

师傅说完扬起右手"啪"一声，重重打在了张成山的身上。跟着案子底下又是"咣咣……"两脚，四周见怪不怪的徒弟们谁也不敢去多出一口气。

张成山不再多说，重坐在凳子上，低头干起了活儿。师傅来到几个徒弟的面前巡视一遍后走了出去，大家这才东张西望地有了气血。

随即张成山快速离身，几步来到师傅的案子前，抬头望着那里所摆放的一些掐好的云头，其大小一样、形态一致，心里明白了一切。

一天的忙碌伴随着落日前的余晖走到了尽头。张成山起身整理好案子，看到屋子里已没有了别人，便快速拿来一张白纸和一支铅笔，再把这张白纸用左手按在师傅刚掐好丝的那只花瓶上，右手则用铅笔在这张白纸的上面快速地拓印了下来。直到这一切都做完了，才忙揣进怀里走出了屋内。

夕阳之下，徒工们来到附近的河边，纷纷甩去衣裤扑进了水里。瞬间平缓的河面笑声琅琅，托举起团团雪白的莲花。

眼前的秋生更成了一条白鲫鱼，忽而在人群里四处出击，忽而扎向河里。随即在远处的水面上又猛然蹿起，一面惊恐地向着河边冲去，一面大声地叫道："水鬼！水鬼！"

"在哪？水鬼在哪？快跑呀！"众人纷纷喊起，慌忙中向着岸边逃去。

稍后大家聚在一起，一面惶恐地望向河面，一面堵住了秋生：

"水鬼在哪？吃人吗？"

"水鬼就躲在那边的河底，还高举着一把尖尖的刀子……"秋生连连抹去脸上流下的河水，四周人群更是不断地张望。

"我不信！"张成山来到大家的面前，说着走向河边，向前游去十来米，跳起后一头扎向了水里。

平缓的河面恢复了平静，大家聚在一起，默不作声的目光追向了河面。

清凉的河水，时时出游的鱼儿陪伴着夕阳的余晖，还在四处穿针引线，再一齐来到水草中展开着你追我赶。且一条鱼儿跃向水面，还在观望的人群连连向着身后退去。

眼下张成山屏住呼吸、睁大了双眼，一面快速游着，一面搜索起前方。随即在一处水草上发现了一具平躺起的尸体，其右手向前还高举着那把刀子。

接着张成山冲到其面前，来不及细看忙取下这把刀子，转身向回游去。

随即那只始终还在高举的右手，像是与久盼的亲人做出最后的挥手告别，而缓缓地落下。同时从其手中跳出个圆圆的泥团，也缓慢地滑向了水底，仿佛一个新生命的诞生，前方不远之处一群群欢天喜地的鱼儿也赶了过来。

张成山快速冲出水面，右手高高举起，向着岸边游去，与之冲出的激流也纷纷砸在了身旁。

远方灿烂的夕阳也来到了故宫，犹如缕缕金色瀑布流向了宫中一处水池前，跟着一群金鱼来到了这枚沉睡已久的景泰蓝扳指儿周围。随着其表面尘土的落去，进而它们之中一些幼小的躯体，来回来去穿越起这个彩色之门。与之同行的兄弟姐妹们也纷纷用嘴角去轻轻地亲吻，滚动起这个无比开心的新家园。

"成山，看见水鬼了吗？"顿时众人向前紧紧围起。

"成山，水鬼没把你拉住？就是这把刀子吧？"跟着又有人喊起。

随后，张成山抓来身边的一把青草，并用手中的这把刀子擦去几把。拿到眼前看去，手中的这把刀子就成了一把乌亮的镊子。

"嗨，是把普通的镊子。成山，水鬼的东西可不吉利！"

"对，扔了！快扔回河里去！"随之四周纷纷喊起。

"那水鬼人不大。我看这镊子不错，泡在河里这么久了还不生锈，一准是个钢镊子。你们看，它上面还錾着一朵漂亮的小梅花呢。"张成山边说，边把这只镊子举向了众人。

"瞧，上面是有朵梅花，真漂亮！"

"我也是第一次见到这样的镊子，有什么用，扔了吧！"

"对！那也是水鬼手里拿来的！"四周仍喊声不断。

"你们担心，我不怕！看它到现在一直不生锈，挺拔的身子又是严丝合缝，一定是把好镊子。再说，它的主人也一定不希望它永远躺在这河里，一定想让它日后重新派上用场！"张成山摇摇头，目光重望向了众人。

同时其脑海里还闪现出当年在农村，给王响铃姨妈家当长工，母亲临去世之时一面要撅断自己手中的那把镊子，一面口吐鲜血时的场面。随后母亲去世，自己就把那只铁镊子埋进了坟里。而这只刚刚从河中水鬼那里取来的梅花镊子，他实在舍不得再重新把它扔回到河里。

夕阳将要落入远方的河里，大家这才穿好衣服往家里走去。人群后面，张成山右手还始终拿着这只梅花镊子，时而把它举向头顶，时而又来到了眼前……

从这以后，他也摸透了师傅的脾气和规律，只要一到礼拜天，师傅准去了赌场。这一赌就是两天，直到大后天的中午才两眼乌黑地晃荡了回来。

于是只要到了师傅外出赌博的这一天，后半夜里他就悄悄爬起，来到前面的作坊里，仍用一块旧布遮挡起窗户，油灯也罩住，便照着师傅在白纸上的掐丝图形就做了起来。且每掐完一个，就放在白纸上去与师傅的那些丝工做起了比较。

接着，他拿来这只梅花镊子掐出几个，再去比较，无疑的是这只梅花镊子运用起来更加得心应手。稍后还要把它藏好，以免师傅得知后将它收走。

那一次直到快天明了，困意使得他手中的铁镊子一下子就戳在了两眼间的脑门之上，瞬间鲜血与眼泪就冲出了《西游记》里的二郎神。

又过了两年当天气再次转凉，师傅才把一只钢镊子递向张成山的手里。按照景泰蓝行里的规柜，他心里清楚：自己终于可以名正言顺地出师了。

同时，他也把这只梅花镊子拿来，目光仍久久地停在了那上面，幻想着日后自己也要做出这样的一把梅花镊子……

明媚的春天来到了富士山，山脚下怒放的鲜花簇拥成为一汪多彩的海洋。

附近众多的游人拖家带口来到了这里，围坐在绿草坪上谈天说地，以及最近有关日军在中国的战况。远处大街上也时隐时现地传来电台里阵阵高昂的战争演说和《君之代》的歌声。

前方佐藤正芳坐在轮椅上由家人推来，大儿子佐藤林木和妻子佐藤惠子在草地上打开毯子，扶好母亲坐去，面前摆放了些食品。

"林木，现在日中两国还在交战。我想让你去趟北平，你看怎么样？"

"爸爸，北平早在七月底就打了下来，我去那里干吗？"

"北平有我过去认识的一个清宫中国景泰蓝的工匠，可惜后来被砍了头。现在他的家人也不知怎么样了。"

说完，面对家人的不解，他便把三十三年前圣路易斯世博会上如何结交了张艺林，及在展会上日本七宝烧失去了金奖，而张艺林回国后不久却遭受到太监王公公的陷害，最后还让慈禧在菜市口砍了头的故事一一讲述了出来。

"爸爸，这个故事真让人感动，结果却又十分凄凉。那后来呢？有没有张艺林家人的消息？"始终都在倾听的惠子也投来了询问。

"时至今日几十年过去了，还觉得张艺林就在我的面前。再有，这些年我半身不遂，出门离不开轮椅了。让我万分遗憾的是以后自己再也去不成世博会，也恐怕看不到日本七宝烧夺取金牌的场面，这一切让我的心都碎了。

"今天我讲这个故事，还想让你去趟北平，以满足我的这个心愿。再则，中国人有句至理名言'知己知彼方能百战不殆'！你只有去北平认识和了解了景泰蓝，回来后才能搞好我们的七宝烧，有朝一日才能在世博会上去夺取这块金牌！"

"爸爸，我愿意去趟北平，只是家中七宝烧的生产，还有您的身体……"

"你放心去吧，家里还有别人呢。"佐藤正芳接住了老伴递来的茶水。

很快十月底到了，佐藤林木从香港坐船来到了上海。眼前已持续近三个月淞沪大战的场面，使其不敢停留，又去了曾为六朝古都的南京。

临近中午，远方天空传来阵阵的轰响，瞬间五六架日军飞机冲到头顶。随即一把接一把的空中鬼头刀轰鸣着俯冲而去，机枪扫射起了四周的人群。其又连夜逃出市里，一路风尘仆仆，经过十天的颠簸来到了北平。

随即他凭着父亲的回忆去了菜市口，但现在的大清国早已不复存在，眼前的刑场也已退去了当年的血雨腥风，张艺林及家人的去向更是石沉大海。

接着他去了京城有名的琉璃厂，此处一家挨着一家的商店，门前悬挂着五颜六色的招牌和广告，叫卖起文物、文房四宝、古籍图书及名人字画等。又有不断穿行的人力车夫与达官贵人和商贩们匆匆走过的身影。

在这里佐藤林木时而转向路南，时而又甩到了路北，一切对他来说都是那样地新鲜，也想象着这要是能搬到家乡，必定是东京一条最为著名的街区。

继续行走来到一家商店摊位前，他一眼就看见那上面所摆放的一些大大小小且造型各异的景泰蓝，显然是个五彩缤纷的珍宝馆。

在这里他看中了一对景泰蓝六面瓶，摊主开口十块大洋，没有商量的余地，还讲道："这条街上的东西有些是宫里过去的那些太监和宫女们偷来的，有的是从那里流落出的。如今大清国早就玩完了，那些宫中珐琅作里景泰蓝的老工匠，这些年来也是死的死、老的老，还病的病。眼下北平又失陷了，能买到这样的景泰蓝容易吗？"

听到这里，佐藤林木拿出身上的五块大洋递去，并讲好明天再送来余下的那五块大洋，这对景泰蓝六面瓶一定要给其留下。

继续向前走去，其心想着等回到日本，把这对景泰蓝六面瓶送给父亲，老人定会把它与七宝烧摆在一起，还会在他的心里展开起另一场的打擂赛。

第二天佐藤林木上午去了琉璃厂，来到昨天的那个货摊前，递出五块大洋，店主进到身后的店里要找来包装盒。

稍后街上跑来一辆人力车。车子停稳，车夫搀扶起一位老者，他双腿慢吞吞地蹭向了地面。

"您老今儿怎么得了工夫？快进屋里喝茶吧。"从店里走出的店主马上走来，脸庞露出了喜悦。

"我朽木不可雕也，活到这把年纪，也是来一次少一次啊！"老人摆摆手，坐在身旁的凳子上，双手支住了拐杖。

"岳老，您别这样说，且活着呢！这不，您的这对景泰蓝六面瓶，这位先生给买走啦。"眼前的店主边说，边拿来纸盒先放好了一只六面瓶。

"噢,你也喜欢景泰蓝?"老人目光投向了佐藤林木。

"是的,我父亲是搞七宝烧的,也十分喜欢你们的景泰蓝。这对六面瓶就是回国之后送给老人的。"佐藤林木点起了头。

"什么,你是日本人?"老人深陷的双眼怒睁而起,挥手指向前面的这对景泰蓝六面瓶,"吴掌柜,给我放回去,十块大洋给他,不卖!"

"老人家……为什么不卖给我,难道因为我是日本人?"

"不卖就是不卖,没什么好说的!"

"您不卖给我,总得给个理由吧?"

"用说吗?你们日本侵略军在自己的家里不好好待着,先是出兵占领东三省,建立起什么伪满洲国,这三个月来又把好端端的一座上海给炸成了废墟,还屠杀掉南京几十万老百姓,干尽了人间一切坏事!

"现在还跑到紫禁城里,眼下就连老百姓的口粮也都被你们给搜走,让我们去吃什么'混合面',畜生都不如!"

听到这里,佐藤林木看着眼前那对已被收起的景泰蓝六面瓶,脸上涌现出了阵阵的无奈。回头再看一眼身旁的吴掌柜,脸庞转来:"岳……岳老,我在来北平之前去过上海和南京,多次亲眼见过那些场面。但我不是日本军人,我父亲也是一名国内七宝烧的手艺人。那次在圣路易斯世博会上就认识了你们宫中珐琅作里的一个工匠。"

"你说……你父亲参加过一九〇四年圣路易斯世博会,认识我们珐琅作里的一名景泰蓝工匠。你父亲叫什么名字?"

"我父亲叫佐藤正芳,我叫佐藤林木。刚来京城不久……"

"叫什么?佐藤……正……芳,这么说你真是日本人?"老人打断了佐藤林木的说话,随即脸庞抬起,浑黄的眼窝里挤出了两道虚散的亮光。

"那你父亲说过张艺林没有？还说过陈世祖和岳家书没有？"老人语气急促起来。

"我父亲说过那次在世博会上，认识的宫中珐琅作里的工匠就叫张艺林。后回国不久就被王公公陷害而死，是他与陈世祖和岳家书一块偷走尸体，还帮助他的妻子林淑珍把人给下了葬。"

"哎呀……老天有眼，老天有眼啊！我就是你父亲所说的岳家书！"面前的老人马上双手甩开还挂在地上的拐杖，颤动的右手伸来。

"岳老，我父亲要是知道了您，一定高兴坏了！您知道张艺林的家人吗？父亲想让我去看望看望。"佐藤林木的心中燃起了希望。

"知道就好喽！那一晚我们仨安葬了张艺林，他的妻子林淑珍还怀有身孕，说是先回老家去。张艺林生前还给要出生的孩子起好了名字，男的叫成山，女孩叫成凤。那孩子要是能活到今天，也跟你的岁数差不多！"

"那陈世祖呢？要是也能见到他……"

"他呀，找张艺林去喽！我这把老骨头没有多少天了，也快要见到那老哥俩啦！人这一辈子啊……"

说着，岳家书右手拍向了脑门："看我这个记性，这对景泰蓝六面瓶不要钱啦！就当作我替艺林给你父亲的报答。你要是喜欢景泰蓝，走之前再去我那里看看。到了月坛街上的大清阁作坊，一打听老岳头就行啦！"老人说完，右手指向身旁的吴掌柜，要他重拿来这对景泰蓝六面瓶放在了眼前。

"岳老，花瓶我可以买走，但这十块大洋您必须留下。否则，回国之后父亲要骂我！"佐藤林木重掏出十块大洋，紧紧压在了老人的手中。

中午张成山带着马京卫和陆成仁来到了月坛。前些日子师傅出了大事，星期六出门去了赌场，三天后死在了路边。接着债主带着几个打手找上门来,一阵翻找,所有的师徒也给轰了出来,人去房空,师娘也不见了身影。

眼下他们仨路边花完最后的两个铜板,又一路向北走来。拥挤不堪的街道两旁,散落着一些低矮的杂货店、黑白铁匠铺。想到今后的出路,他们仨连连走入路边的这些景泰蓝小作坊。可如今兵荒马乱,家家连混口饭都不容易,谁还要雇人再去多添几张嘴,无奈之中继续找去。

临近下午两点,旅馆里佐藤林木醒来,目光落在眼前的这对景泰蓝六面瓶上。想到父亲对自己的希望和家族七宝烧今后的发展,人力车拉着他来到月坛,眼前一座院落里见到了岳家书。

老人很是高兴,颤巍巍的右手拉上他,俩人就去了前面的这几间平房。在此佐藤林木仔细观看起来,眼前还时时闪现出七宝烧的身影。

重新回到前面的屋里,俩人边继续聊着天,边喝起了茶。稍后院门响起,张成山带着马京卫和陆成仁走了进来。

"师傅,这里要人吗?我们都干过景泰蓝!"马京卫转身看到一旁屋里的岳家书和佐藤林木的身影右手挥起。

"不要人,你们去别处问问吧。"屋里传来了岳家书的干咳。

"师傅,我们没说假话,几句就走!"心有不甘的马京卫说着,便拉上张成山和陆成仁,来到了岳家书和佐藤林木的面前。

"师傅,您不要我们俩没关系,他可不是一般的师傅!您看,他的这双手能左右开弓,剪起铜板比裁件衣服还要快,没有十年八年的功夫那是练不出这样的!"

岳家书听完,伸出胳膊拉来张成山的右手,再看了看其左手:"哼,这两手上的老茧都快磨成了牛皮。可我不是掌柜,你们还是去别处看看吧。"

张成山看到这里面色淡定,伸出双手拉起马、陆两人就向着外面走去。

"我师傅这样的人,现在不好找!他父亲过去就是宫中珐琅作里的景泰蓝老工匠。走,前面还有一家!"还走在后面的陆成仁遂抬头冲着空中喊去,仨人走向了前面的院门。

"等等,你刚才说他父亲过去是宫中珐琅作里景泰蓝的老工匠,叫什么名字?"岳家书右手向前挥去。

"我父亲叫张艺林,但已……已经不在了!"

跟着,岳家书脸上一颤,目光立刻投向了身边的佐藤林木,脸上的皱纹已抖成了一片:"张艺林……那你母亲叫什么?还在吗?"

"我母亲叫林淑珍,也去世多年了。"

"你清楚你父亲是如何死的?又如何下葬的?"

"母亲对我说过,父亲是被王公公诬陷后砍了头,是他的两个珐琅作里的朋友陈世祖和岳家书,还有一个日本七宝烧的艺人叫佐藤正芳,仨人一起把他的尸体偷运出来,连夜帮她葬在了南郊。"

"艺林兄……天不绝人,天不绝人啊……"

刹那间岳家书的眼眶里涌出了泪水,两手一松,手中的拐杖横向地面,伸直的双手向着张成山摸去,且连连说道:"艺林兄,能闭眼了吧?孩子,我就是岳家书啊……"身旁的佐藤林木忙向前扶稳住了他的胳膊。

"师傅,真的吗?"紧跟着张成山也忙扶稳岳家书,两眼跌出了惊喜。

"是真的!我就是佐藤林木。当年是我父亲佐藤正芳、陈世祖和岳老一起把你父亲的尸首给偷运了回来,又连夜把他埋在南郊的一片树林里。我们俩也是刚刚相遇的,我父亲要是知道了,多高兴啊……"

见此,张成山"扑通"一声双膝跪在岳家书的面前,连连给老人磕起头来,扭身又跪在佐藤林木的面前,一面泪流满面,一面继续磕去。

"孩子快起来说话,别把头给磕坏了。说说现在的情况,怎么也学起了这门手艺?这碗饭不好吃啊!"岳家书和佐藤林木伸过双手,忙把他拉了起来。

接着,张成山便讲出父亲去世之后,母亲带着他回到老家当起长工。后来母亲也走了,自己才回到京城,前后两次走入景泰蓝等等经历都讲了一遍。

"你父亲为了制作慈禧御盒最后命都丢了,而且也不准你长大之后再步入景泰蓝。可你……为什么还要受这样的苦和罪,值得吗?"岳家书不断点起头,时时与佐藤林木对视起目光。

"师傅,不瞒您说,之前那个御盒曾在我的手里,但没有盖子。"

"什么,曾在你的手里?那当年王公公诬陷你父亲,又是怎么一回事?"

看到这里,张成山便把那时父亲的所作和所为,以及经历全都讲了出来。

"艺林兄啊,你为保住自己一生的清白而断送出生命,理解你啦!这罪魁祸首就是王祥!"岳家书深深叹出了一口气。

随之张成山的眼眶里又闪出了泪光:"师傅,尽管那个东西曾在我的手里,可每次看着它心里就无比憎恨这个刽子手,是它夺走了父亲的生命。所以后来我把它押在了母亲的坟前,好让它成为人人所咒骂的秦桧。尽管这些年吃够了各种的苦和罪,也知道那个东西是用黄金打造的内胎,会值些钱,但我始终没有丝毫动摇过!"

"好孩子,有志气,像你的爹!这样吧,这个作坊尽管不是我开的,但我在掌柜面前说话还有点儿作用。你们仨就留在这里吧。从今起有一碗粥,咱们分着喝。林木也是大家的朋友,欢迎常来看看!"屋子里大家又兴奋起来。

"没想到我这次来京城满载而归,不但完成了父亲多年的心愿,还结交了你们几位新朋友。晚上我请客,咱们再聚聚!"佐藤林木右手挥来。

"这叫什么话？要请也轮不到你呀，还等什么，走吧！"

岳家书说着费力地站起，张成山和陆成仁连忙扶向前去，马京卫也赶紧搬开其身后的椅子，大家一起朝着院门走去。

第八章

　　天亮之前，一觉醒来的岳家书便再也睡不下去。

　　辗转之中，他想去故宫看看老朋友田英才。其过去也是珐琅作一名景泰蓝工匠，直到清朝被推翻又日渐年老体衰无处可去，便托人在故宫午门东西朝房做起了看守。再则，心里始终还牵挂着要被日军拉走的文物的命运。

　　主意拿定，他颤颤巍巍先去了不远之处的大清阁，嘱咐好众人，并在徒工郑重的搀扶下出了院门。

　　等到他们俩前脚离去，后脚大街上一队日军便向着这里开来。

　　岳家书和郑重来到了故宫，眼前高高耸立的午门前已没有了往日里的喧哗，楼下的城门还关闭着，其深红色的墙面已在不少的地方显露出浅灰色的肌肤，形成一道道还没有愈合好的伤口。

　　眼前午门东西朝房的空地上已把守起一队队荷枪实弹的日军。从这里搬出的铜缸、铜炮、铜灯亭和铁炮堆放起一座座高高大大的铜山和铁岭，看似正准备向着眼前的这座巍峨的城门发动起最后的攻击。

　　在这里岳家书找到了田英才，他已被日军给轰出，现正无处可去。随之他们仨便与四周的一些人停下身来，向着这里观望起来。

　　"老田，东西朝房里的这批文物都被日本鬼子给掏空了吧？这可都是当年老祖宗留下来的，不能落入这些强盗的手里啊！"

　　"老岳，日本鬼子在这里搬了三天。这些铜缸、铜炮、铜灯亭，还有铁炮都有账可查,看样子今天要拉走。这些强盗不但毁了上海,还一手制造出南京大屠杀,现在又打起故宫的坏主意,罪该万死啊!"

俩人正说着,宫门外走来一队日军,前面的士兵三八步枪插上两面太阳旗,高桥少佐的身边跟着一只晃荡出半尺来长血红舌头的狼狗,把把枪刺在阳光的照射下挑出闪闪的寒光,还押着一群被抓来的京城百姓,推上几十辆的板车,"轰隆隆"地来到了朝房前这一堆堆的铜山与铁岭的跟前。

接着到来的车队就在四周日军的监视下,几个人合抱住地上的那些沉重的铜物和铁器搬在了一旁的板车上。随之这些器物发生着碰撞,在东西朝房前宽阔的场地上,响起了总攻前的"咚咚"震响。

附近观望的人群骚动而起,人们怒目而视,暗自流泪,个个咬牙切齿。

人群里岳家书在郑重的搀扶下颤动个不止,左手费力地支撑起身下的拐杖,右手抬起又抖向了前方,田英才的眼眶里则泪水涟涟。

眼前几十辆板车已经装满,被抓来的京城百姓被迫拉上车子。一辆辆板车上,有的装着被刮去金箔的铜缸,还有的板车上支起铜炮或是铁炮,其粗大的炮口直指拉车人的后背,看似这颗颗炮弹都要首先穿过眼前的这具血肉之躯而飞了出去。长长的板车队伍,且在四周日军的看护下,走向前去。

眼下岳家书的脸庞在连连的痉挛之中已烧成绛紫,随即左手甩去拐杖,右手又猛然推开身旁郑重的搀扶,跌跌撞撞冲出人群,双手便死死地拉住前面这辆车的把手:"不能拉走!不能拉走!"

前方日军里,高桥少佐双手戴起一副雪白的手套,一把长长的军刀斜着支向地面,随即右手挥来。其身旁的狼狗那条长长的尾巴也连连抽打起地面。

紧跟着一名日军走向前来，枪托砸向了岳家书的身上和脑袋，右腿也狠狠地踢去。老人"啊啊"地惨叫起来，但拉住板车的双手仍然铸在了那里。

人群骚动起来，田英才一把甩开郑重的搀扶，冲出人群疾步来到岳家书的面前，伸出双手要把他拉起，还回挡起那个日军连连抡来的枪托，跟着身子也跌倒在了地面。长长的板车队伍停下脚步，纷纷投来同情而愤怒的目光。

"八嘎！"高桥少佐怒目而视，凶残的目光挑起军刀，举向了半空。

接着两名日军来到俩人的跟前，其中一人怒目圆睁，嘴里"呀"的一声吼叫，又"噗"的一声闷响，步枪上的刺刀就杀入了岳家书的胸膛，两手一扭刺刀抽出，脸上也拔出了一片冷笑。

另一名日军也双眉拧起，又是"呀"的一声，和"噗！"的一道闷鼓，其枪上的刺刀便直直地插入了田英才的胸膛。

岳家书和田英才先后松开拉住板车的双手，一前一后跌向地面，脸庞仰望起头上的蓝天与白云。稍后脑袋一挺，两双胳膊缓缓伸来握在了一起。

慢慢地从俩人身边流淌而出的股股鲜血，遂缓缓向前蔓延而去，在这片几百年以来干渴的地面上，盛开起了一片片无比艳丽的罂粟之花。

"师傅！师傅！"人群里郑重痛哭而起，不顾一切地向着这里跑来。

"啪啪"，跟着就是两声清脆的枪声，还在奔跑中的郑重一头跌向了地面，不断挣扎中胸前奔流出阵阵鲜血，遂在静静的流淌之中向着那两片黑红的田地渐渐地汇去。

"快快地，开路！"东西朝房前的日军挥起了手中的枪支。

长长的板车队伍重新启动了，一辆辆的板车"吱吱呀呀"地从这两具尸体前走过。人群眼含热泪，向着岳家书和田英才望去。近处两位老人在睡梦之中仍各自伸出胳膊,手紧紧地拉在了一起……

眼前东西朝房前仍堆放起大量的铜山和铁岭,一群群的麻雀也一步步向着这里涌来,纷纷跳向了石板路上那三处干涸而起的紫色原野。

"隆隆"的车轮也来到郑重的身边,其身子时时蠕动,嘴里微微向外吐出游丝。长长的板车队伍"吱吱哟哟"唱起安魂曲,拉向了前方。

清晨,就在岳家书去了故宫之后,月坛一带的日军开始挨家挨户地搜查。

静静的后院里,大清阁院中人们正在低头干活儿。前方院门"咣当"一声震响,两扇木门被重重踹开,随即闯进来一队日军扑向了四周。

跟着几个日军举步窜到前面一间屋里,张成山、马京卫和陆成仁等人对视起了目光。随即野村中队长来到他们面前,目光扫向屋里和木案子上所摆放的一些景泰蓝铜胎和烧完蓝的瓶子,戴着白手套的双手又拿起身边的几个刚刚掐完丝的盘子看去。"咣当"一声丢来:"八嘎,八路军枪炮子弹的干活!"

跟着四周的人群被赶向一旁,几把步枪扫向案子上的那些点蓝用的瓷盘。在"哗哗啦啦"的响声里,这片片的盘碟掉在地上摔得粉碎,浸泡在了五颜六色的釉料里。一些放在地上的釉料袋子也被一把把的刺刀所挑破,四周扬起的尘埃遂在空中形成团团的彩雾。双双皮鞋又踩向地上的铜胎,一些刚刚烧完蓝的花瓶也被砸坏。从这些瓶身上所坠落的各种釉料,在窗外阳光的照射下,在地面绽放出片片耀眼的金星。

张成山看到这里怒火胸中起,遂把滚落在身边的一个花瓶弯腰捡起,右手掸去其上面的一层灰尘,愤愤的目光投来。

"你们的良心大大地坏啦,八路军枪炮的干活,统统带走!"

"噗噗",跟着又是两声闷响,眼前那个鬼子抡起枪托就砸向了张成山，就在他晃动起身子要倒下之时，马京卫和陆成仁忙伸出胳膊把他给扶住，其手中的这只花瓶又重重地砸在了面前。

同时四周的日本鬼子，挥动步枪逼迫着面前的这些工人，去用屋里的铁丝筐装上那些破损的景泰蓝，向着屋外拉去。

野村中队长又来到前面另一处房间，一些还没有裁剪的铜料，几对刚刚磨好的景泰蓝也被搬走。眼前一对已镀好金的八英寸观音瓶，其通体绽放着生命。其拿在手里看了看，转身投进了身后一个士兵的怀里，院子里十几名工人已被看押了起来。

凝固而起的天空终于坠落到了下午四点，月坛附近沿街分布的那些景泰蓝的小作坊已全都大门敞开，店里更不见有什么人影，只在远处聚集起一些居民，边向着这里张望，边在小声地议论。

昏淡淡的街上，佐藤林木从西面的街道走来，这一天下来他先去了天桥，再来到大清阁，急忙进到院里，眼前已发生了一场地震与海啸。

他不知所措走出院门，眼前一名青年找来。这才清楚了岳家书与田英才上午已被日本鬼子杀死在午门前，而郑重被人救下后，眼下生死不明。

面对这突然而至的厄运，他呆呆地靠在院门前。等回过神来要去午门料理好两位老人的尸首，又被这个青年告知，两具尸体也不知给弄到了何处。

随即他掏出身上的几块大洋，递向这个小伙子，让他找到郑重后先去治伤，还再三嘱咐要是知道了两个老人尸首的消息就来旅馆找他。现在他心里还惦记着张成山的下落，忙询问四周的人群。

接着，他一路向南来到永定门，在一处日军驻地见到了野村中队长。其办公桌上还摆放着一对景泰蓝观音瓶，在一排枪架前盛开起两朵艳丽的花朵。

时间紧迫，佐藤林木做完介绍后便马上讲道："野村中队长，你们上午抓来的那些手艺人是不是全都关在了这里？那里有我的一个朋友叫张成山，能不能放了他？"

"林木，不要忘记你是大和民族的臣民，也是天皇的臣民。"野村中队长的脸庞阴沉了下去。

"野村中队长，我不会忘记，但张成山确实是个良民。大和民族和天皇也敬重这样的人！"接着，佐藤林木就讲出了其父亲佐藤正芳与张成山的父亲张艺林之间的交往及后来的友谊。

"林木，你讲的故事很动人，我也看过那次在圣路易斯世博会上，我们的七宝烧输给了中国景泰蓝的报道，这对我们大和民族是莫大的羞辱……"

其说完身子一转，右手挥向了办公桌上那对八英寸景泰蓝观音瓶："你看它们多么像两朵迷人的罂粟，让人爱之又恨！现在我们要征服支那人，不但在肉体上要打败他们，在精神上也要完胜。七宝烧是我们大和民族的国宝，景泰蓝也是中国人的国粹，世界上不能同时存在。所以这批抓来的手艺人要被送往司令部，三天之后与那里被抓来的一齐送往上海要去日本当劳工。你不能用自己的感情，去伤害天皇和大和民族的精神！"

听到这里，佐藤林木目光重新回到办公桌上："请问野村中队长，既然如此，您为什么还把它们摆在了这里？是不是心中也无比地喜爱？要是这样，咱们之间可否做一桩私下里的交易？我想，您也十分想得到慈禧老佛爷的一个宝物吧，它可是一件以黄金做内胎的景泰蓝，简直就是件稀世珍宝！要是得到了它，我想就不必多说了。但您必须放了张成山！"

接着，佐藤林木就把张成山手里的那个宝物讲了出来。平心而论，尽管当初与其见面时，张成山也讲出慈禧御盒被他押在了母亲的坟前，但这只是其一面之词，何况那件稀世宝物还搭上了他父亲的性命，就这样简单一说，难以相信。但事到如今时间紧急，那就先死马当作活马医。

"这个张成山还真有不少的故事。"

随即野村中队长的脸上勾起了沉思,稍后头抬起:"……我可以答应你,但他要把手里的慈禧宝物交出来。否则三天之后……"

"现在我去见张成山!"

野村中队长点点头,佐藤林木站起与叫进来的士兵走了出去。

跟着俩人来到附近由几个士兵把守住的一排平房前,佐藤林木上前喊起。等到房门打开,两名看守在屋门外重新站好。

屋内眼前的两个后窗户已被封死,昏暗的空间内只有从敞开的屋门外照射来一股巨大的亮柱,闪现出四周或坐在地上,或站立在一旁的众多身影。

"林木,你怎么找到这里来啦?岳家书和郑重回来没有?"这一天下来,张成山的心里始终在牵挂着他们俩。

"成山,下午我去了大清阁,见到找上门来的一名青年,带信来说岳家书和田英才在午门前已被杀害,郑重也身负重伤下落不明。现在我要……"

"什么,他们俩已被杀害!郑重也受了重伤,谁杀的?"张成山语气急促起来,四周的人群也都投来了目光。

"谁杀的?"佐藤林木自语着,脸庞转向了屋门外那两个看守的日军。

"又是这些日本鬼子干的!今天把我们这些人全给抓来,捣毁了那一带的景泰蓝作坊,铜料也全部抢走,说什么这是给八路军做枪炮子弹和弹药的,还不是为了日后的侵略?可两位老人的尸骨……"张成山泪水流出。

"来到的青年说是两位老人的尸体已被拉走,有消息会来告诉。"

佐藤林木说到这里忙看看四周,嘴角贴向了张成山的耳边:"现在有件事情与你商量一下,我把你父亲给慈禧所做的那个御盒对野村中队长说了,他答应你只要把它给交出来就放你回去。你看……"

"放屁！你这是来看我？出去！没有你这个朋友！"张成山右手杵到佐藤林木的脸庞，又硬硬地划向了敞开的屋门。

"成山，冷静些。那个御盒虽是个金胎，但现在也不过是个半成品，把它交出去就可以……"佐藤林木不知再去说些什么，四周的人群里也投来不解的目光和窃窃的私语。

"做梦！它就是个普普通通的铜胎景泰蓝，是个死胎，我也不会把它交出去，东洋小鬼子甭想，死了这条心！"张成山更是怒目而来。

与此同时，在愤怒的烈焰中，他看到了被他押在母亲坟前的那个秦桧。眼下就是还在他的手里，要是让他把它交给面前的鬼子，那无疑就是把这个刽子手，又交给了另一个刽子手和强盗的手里。

"成山，你还是要冷静下来。否则很快就要被押送到日本，后果难……"

佐藤林木说着，忽然脸庞一闪贴去："成山，你不想交出手里的御盒，我可以把岳家书所做的那对景泰蓝六面瓶送出去，只要能放你出去就行！"

"林木，亏你还披着一张人皮，这对景泰蓝六面瓶是岳老的心血，如今他又被这群畜生给杀了！你就是把自己的命送出去，我也不会答应你，要死要活认啦！"张成山两眼冒出火来。

佐藤林木已无话可说，面容沉重，目光扫向了眼前的人群。

"师傅，把那个御盒交给野村算了，反正是个半成品，以后咱们出去再做呀。"面对此场景，人群里刚来学徒不久的青年沙里金，急急挥起了手。

"跟他讲把我们都放了，就交！日本我不去！"近处的人群骚动起来。

"对，好汉不吃眼前亏，先出去再说！"又一句附和声。

"你们都别着急，想听听这里面的故事吗？"张成山右手砍向了人群。

接着,他身子转回目光又怒视起了佐藤林木:"你可以走了。回去告诉野村,他能让今天被小日本给杀死的岳家书和田英才重新站在大家的面前吗?否则,我宁可粉身碎骨!"

佐藤林木心里已明白了一切,转身后沉默无语地走了出去。

"当啷……"几声过后,随之屋门被重新锁上,刚才屋内那股巨大的亮柱也马上斩去了身影,四周又呈现出一片昏淡淡和众多张凝固而起的脸庞。

前方就是队部,但眼下佐藤林木不知再见到野村时,能去说出些什么,还有他的那阴森而嚣张的面色。他在不时望向这几间平房后,走出了驻地。

忙忙碌碌回到了旅馆,佐藤林木已两腿发软。岳家书老人的这对漂亮的景泰蓝六面瓶,已成了一座发出金光的死牢,也关死了时时涌来的困意。

直到又一个天明的到来,他头脑昏昏仍想不出什么好办法。到了下午看看时间,想到野村所说的日军司令部的计划便马上去了火车站,正好赶上一趟火车就去了上海。

老牛似的绿皮火车行驶了两天终于停了下来。佐藤林木快步走出车站,直接去了吴淞港码头,看到了已停在这里的"丸和"号客轮。当即买下这趟回国的船票。又想到可能的变化,那就到了日本再说。

终于又熬过两天,佐藤林木再也躺不下去,七点刚过就退掉了房间。

匆匆忙忙来到吴淞港码头,其一眼就看到从"丸和"号客轮上斜拉向岸边的几根粗大的缆绳。船上两座巨大的烟囱也正往外喷吐阵阵的青烟,近处两座铁桥则分别从船身伸向岸边,不时车辆驶来卸下物资后送上了客轮。

渐渐阳光爬上了轮船,码头上的旅客多了起来。佐藤林木右手提起行李,左手不断地抬起去看看手表,前方入检处更成了一道深渊。

"嘀嘀……嘀嘀……"

这时远处传来阵阵汽车的轰鸣,很快五辆卡车来到码头一块空地前停下。跟着从前后两辆车厢里跳下一队手持步枪的日军,把守在了这些车辆的四周,车厢打开后那些被反捆起双手的中国人下车排起了队伍。

眼下还停留在入检处外的佐藤林木心头一震,尽管还一时看不到张成山的身影,但凭着直觉感到他身上的那股热度已烧到了自己的身上。忙大步向前,递出了船票和护照。

来到客轮通道里,他马上停下脚步,转身望向码头。前方这些被押来的中国人站成了单行,且在四周日军严密的看守下,挪动起缓慢的步伐,向着通向客轮的另一座铁桥走去。

随之他一眼就认出了那个熟悉的身影,尽管现在还看不清楚其面容,但从他迈出的脚步已点燃起他内心的烈火。又看到这些中国人还都被反捆起的双臂时,目光立刻就盯在了那上面。

接着,这些中国人被日军押解着走向了轮船,并在四周旅客们的纷纷观望和议论之中,穿行在层层的看守和眼前的通道间,向着客轮下面的船舱走去。

稍后佐藤林木一眼就看见了,后面被押解而来的队伍里出现了张成山的身影。这一刻他热血一下子涌上头顶,胸腔里也传来阵阵"咚咚"的撞击声。

"请问,二等船舱101室在哪里?"

跟着他手里举起船票有意向前移去,还大声询问起从身边经过的一名旅客,这时张成山也正好转过脸庞。这一刻俩人目光里两颗飞逝的流星便在空中撞击在了一起,佐藤林木则连忙向着他不动声色地微微点了点头。

"哗啦!"又是一阵声响。

跟着佐藤林木暗中打开手中行李箱上面的铁锁,且顺势往上一提，里面的衣服和一些杂物就在人来人往的通道旁筑起了一座小山丘。

"快快地！快快地！"

跟着一名日军端着步枪走来，一面注视着通道里这些押解中的中国人，一面对身旁的佐藤林木面露出十分的恼怒。

"嗨……嗨……"

佐藤林木面露慌张，嘴里连连地说着，连扒带塞地收拾起手提箱，遂把摸出的一把折叠刀偷偷攥在了手里。

眼前的通道里，此时身边这名押送的日军走了过去。跟着张成山正在走来，而其身后两三米之外另一名日军也端着步枪紧跟在了后面。

不能再等了，佐藤林木提起手提箱，身子刚要离去脚下故意一滑，就势向着旁边一歪便贴在了张成山的身后，一面用自己的身体遮挡住后面这个日军的视线，一面立刻就把握在手里的刀子递向了其身后这双被捆绑的手。又不动声色赶紧站直身子，向着走来的那名日军鞠去一躬，快速地离去。

通道里一行行的中国人在日军前后的押解中走向了底舱，被关进附近的三个房间，房门从外面被锁上，一旁还站上了两名士兵。眼前不大的房间挤进十来个人，只在对门的墙壁上设有一个比脸盆还小的舷窗，沉闷而阴暗的空间成了个铁壁合围的活棺材。

眼前已冷静下来的张成山，手里还悄悄地攥着这把刀子，刚才这一瞬间佐藤林木的那个动作和他那无言的目光也连连闪现在了眼前："弟兄们，咱们这些人就要被押送到日本去当牛做马，咱们绝不能让他们的阴谋得逞！现在我手里有了把刀子，不要慌张一个一个地来……"

说完他转过身去，摸索着用反捆起的双手，伸向马京卫那同样被反捆起的绳索。且一点点摸清后，这把刀子就切割起了这道绳索。

"嚓嚓……嚓嚓……"

无声的船舱里响起了低沉的呻吟，随着一根绳索的斩落，马京卫得以解脱的双手便抓起这把刀子，转身就插进了张成山被反捆的双手。俩人上下左右不断地扭动起身子，很快这双手上的绳子也无声地飞向了地面。

前方码头上最后的这座通向轮船的铁桥已经移走，近处两座耸立而起的烟囱上方飘浮起了阵阵的浓烟。

船舱里马京卫双手揉搓起手腕处已被勒出的道道痕迹，且立刻与张成山一起来到陆成仁的身后，很快又一条毒蛇被斩死在了眼前。拥挤的人群里，连续地响起阵阵"噗噗"的声响，已割断绳子的人们紧挨在了一起。

"张师傅，下一步你说怎么办？跟小日本儿拼了吧！"

"可这轮船要是到了海上，就是跑了出去，还能去哪儿……"

听到四周人群的议论，张成山右手移到了嘴边："嘘……小点儿声！要跑就不能等船到了海上，现在这么办。"说完，其双手抬起示意大家围拢而来。

"呜呜……呜呜……"

码头上空响起了几声长长且浑厚的汽笛声，"丸和"号缓缓离开了码头。

静静的船舱里人们彼此之间沉默无语，只有脚下的机器发出阵阵的轰鸣和阵阵的颤动，众人的目光也一齐投向了前方。

"现在开始行动！"张成山说完便冲着门前的马京卫和陆成仁点了点头。

"开开门，我们要去厕所！开门！"

马京卫和陆成仁挺起身子，抬起双腿便轮流向着眼前的屋门使劲地踢去，沉闷的空间里立刻响起了"咚咚"的震响。

"啪啪……啪啪……"，屋外把守的一名日军抡起枪托向着屋门砸去，另一名日军嘴里也凶狠狠地骂去。

"开门，开门！"屋里阵阵的叫喊和踢门之声还在不断地传来。

"八嘎！八嘎！"屋外的日军更是怒吼起来。

"咣当当"又是几声过后，屋外的铁锁就被打开，一名日军端着步枪一脚踹开屋门就探身闯来。

屋门后张成山迅速扫视一遍众人，看着已伸来的步枪便一把抓去，又顺手牵羊向着屋内一拉，就把这个日军带到了面前，还没有等他反应过来，两旁的众人一拥而上就把他解决在了地上。

稍后附近另一个日军已感觉到了异常，跟着端起步枪也一头扎了进来。

对此，马京卫和陆成仁早有了准备，面对已伸过来的步枪，一人则顺手抓来枪筒，另一人就势扑去，众人更是一拥而上，这只困兽很快塌落下来了身子。

跟着张成山两步来到门前，先探头向外看去一眼，右手一挥跨出了房间。又立刻把手里的这把刀子向着一旁的那个房间塞去。同时其身后屋子里的人们也纷纷拥出房门，紧随其后向前跑去。

"亚美罗！亚美罗！"（注解一：站住）

正在这时前面来了一名日军，立即大声地吼叫起来，跟着拉开了枪栓。

张成山继续带领着大家在通道上狂奔，一边还迅速地躲开前面的一些旅客和物体。"砰砰"枪声随之响起，顿时四周的人群更是不顾一切地扎进了一旁的房间里。

狭窄的通道里，一路追来的子弹撞击着四周的铁壁，连连迸发出阵阵的闪光，周围的空气中也散发出一股股呛人的火药味；还在奔跑之时有人被击中倒地，后面的人群继续奋不顾身地向前冲去。

眼下的佐藤林木自从"丸和"号客轮驶离码头后，他就始终站在了甲板上。目光凝视着江面，可脑海里却早已掀起了滔天的海浪。随着浪花的跌落，船头一遍又一遍接受起浪花与阳光的沐浴。

曲径通幽的通道里，"砰砰"的清脆枪声还在追逐着前面奔跑之中的人群，前方另有一些日军正向这里赶来。

张成山气喘吁吁地跑上了甲板，其身后紧跟着一群被抓来的中国人。"砰砰"的枪声和赶来的日军也在一步步地逼近着前面的人群。

见此，佐藤林木迅速来到这里，看见张成山快要跑来的身影，忙顺手摘下通道旁的一个救生圈就向着江里扔去，嘴里还大声地喊道："快跑！快跑！"

喊声之中，张成山来到了船栏旁，瞬间向着佐藤林木望去一眼，两腿便跃上船栏翻身跳向了江面。其后紧随的身影，也一个接一个地跨过船栏杆，向着身下的江面奋勇地跳去。

与此同时，正在逼近的日军则一面射击着，一面也紧追了过来。

趁此机会，佐藤林木顺手又推去身旁一个灭火器后便快步跑向了楼梯。眼前这个红彤彤的水雷，一路发出"轰隆隆"的声响，向着那些日军滚去。

紧追而来的日军，见此则慌乱地停下脚步，且连连跳过这个红彤彤的水雷，继续举枪向着江面上的那些身影射去一排排的子弹。

"丸和"号客轮来到了入海口附近的江面，船身下的江水已由混浊变成了清澈，还时时把一团团冲起的红色浪花给压到了身下。遥远的天边微微起伏的山峦，身披起层层的霞光，高举起了一簇簇的圣火……

第九章

一年多之后，风餐露宿的张成山已成了一个破衣拉撒的活济公，还带着陆成仁和沙里金等人回到了京城。

最让他难过的是马京卫等八九个兄弟，从"丸和"号客轮跳向江面后，当即有的遭受到日本鬼子的枪杀，有的已永远沉没在了这条江河里，还有人在回京沿途的路上留了下来。

稍后听到消息的白老板找上门来，一心劝说让他回到自己的药铺，还说当年自己的那一套做法确有不妥之处，更为重要的是三姑娘玉芳现在心里也只装着他，还给他带来些礼物。

张成山心里十分感谢，但既然从那里逃了出来就不能再去吃回头草！

白老板走后，他去了护城河边，想到押在母亲坟前的那个坏蛋秦桧，其眼前闪烁出了钻石般的光彩。

接着他去了月坛，眼前的大清阁里过去的那些工人都不见了身影。为此，他想到那天从这里走出去的岳家书和郑重，俩人从此再也没有返回，只留下心中深深的仇恨。于是便带上陆成仁、沙里金等人走进景文阁，重新操起了景泰蓝。

如今张成山三十有五，每天独来独去仍是一只孤雁，大家看到眼里记在心上，更不时劝说他要早日成个家。可连着介绍了几位姑娘，不是"龙虎斗"就是"鸡猴不到头"，最终还是"一江春水向东流"。

前不久张成山外出办事，见到这难得的机会，几个伙计趁着刘掌柜不在身边开了锅。

"我看师傅嘴上不说，可心里还是喜欢漂亮的。"

"废话，秃子头上的虱子明摆着！"

"这次回趟老家，临村有个姑娘长得好看又苗条，岁数与师傅差不多。朋友也托我给她在京城找个好人家，可惜人不在跟前呀。"贾德来的脸上泛起了愁云。

"这还不好办，人不在，那不会画一张呀？干了这么多年的景泰蓝，还不会画个仕女，那这碗饭可就白吃啦！"

听到这里，贾德来把一张白纸递向身旁的周宝庆，陆成仁也顺手把墨盒和毛笔递来。熙熙攘攘的人群里，周宝庆手中的这支毛笔就成了一架立体照相机，顺着其流畅的笔锋，拍照下了这个美女俊俏的脸庞和传神的眉目。

接着，大家掩口捂鼻"哈哈"笑起，这个漂亮又轻盈的媳妇便马上又被众人给夺了过去。贾德来说这画得要比相片都好，因为相片没这么大，那个姑娘就是这个模样；有人讲这姑娘就是七仙女，师傅一见保管喜欢；还有人讲师傅找上了她，那就是英雄爱美人天经地义。最为得意的周宝庆更说是，人要不漂亮就是一头猪八戒自己也画不出七仙女。

说完笑声一片，众人也统一了意见。盼星星望月亮，两天后众人终于见到了张成山。贾德来见机把他拉向一旁，故意背着众人掏出来这个媳妇，脸上盖住了神秘。

张成山手里接过七仙女，几句话之后脸庞打上了一层红霜印。

贾德来一看当即就表示要把这边师傅的情况，尽快去向七仙女讲出。如今这美事一晃半个月，张成山不去多问一句，可伙计们心里又开了锅。

星期五下午，刘掌柜叫上张成山一起出门办事。"山中无老虎，猴子称霸王"，伙计们相互之间交换着会意的目光，边干着活儿，边身子探来。

"宝庆，这次你的那个七仙女可勾住了师傅的魂儿！还等什么呀？干脆，你再写封信，好趁热打铁！"贾德来停下手拿来了纸和笔。

"我那是照猫画虎，笔上装着七仙女，这才画出了李秀琴。可这情书咱一窍不通啊。"周宝庆面带起了犹豫。

陆成仁一听笑起："宝庆，写吧，李秀琴画成了七仙女，那师傅就得是董永。咱们大家一起说，你听着好就往上招呼。现在我来第一句，张大哥：上次听贾大哥一说，知道你人好，像是地里结出的红薯，从皮儿到瓤儿吃在嘴里心都是甜的。"

"什么乱七八糟的，李秀琴是七仙女，咱师傅却成了一块大红薯？哈哈……哈哈……"陆成仁刚一说完，屋里笑倒一片。

"我看挺好！咱师傅人就是不错，穷人嘛，就要找个老实的。对吧？我也来一句：你我要是都同意，日后一定就成了你常做的景泰蓝！"笑声中沙里金也挤了过来。

"这红薯还没有走呢，怎么又来了景泰蓝，你当做花瓶呢？"

"好，就这么写！景泰蓝漂亮，咱也让这情书美！让他们俩看完之后，那就是掐丝粘上了白芨，银焊药一撒火里再一烧，这辈子想拔都拔不开啦！"

"又是景泰蓝，哈哈……哈哈……"大家纷纷说着，屋里持续荡漾起阵阵开心的笑声。

"这封信是李秀琴写给师傅的，俩人怎么见面啊？"笑声中有人问道。

"真笨！干脆你再用师傅的口气，原样也给李秀琴写上一封信，让俩人心里都喝了蜜。再让她十天之后来北平，到时候让师傅手里举着李秀琴的牌子去接人，不就结啦？！"

"好主意，俩人都有了情书，又能接到人，就这样办！"众人欢叫起来。

很快周宝庆手上的白纸写到了头，拿起后先在大家的面前摇头晃脑地念完一封，迎着众人的笑声，又读上了重新抄完的另一封，大家笑驼了腰。

笑声里贾德来右手拍向了胸脯："我现在赶紧去趟前面的邮局，买好信封和邮票，先把师傅的这封信发出去！李秀琴怎么办，总不能从其老家给师傅寄来呀？"

"你这个笨蛋，再想也白搭！李秀琴给师傅的这封信有邮戳吗？"沙里金右手搓来。

话说到了这里，刚才还无比热闹的屋子里一下子便沉默了下来，稍后大家在相互的观望中又聊了下去。

"这事儿还得让宝庆来，他能画能写手也巧。干脆，我这里有块圆木头，现在就让他给刻个邮戳。到时候往买来的信封和邮票上一盖，李秀琴不就齐活啦？师傅的情书明天再寄也不迟。"一旁的牛大力也拱来了牛头。

"不行，不行！师傅心细要是看出来，那就坏事儿啦。"

"我看不会！师傅现在的心早就让这个李秀琴给勾跑了，还能注意这个？再说，咱们这些人的手艺那是闹着玩的？"一旁的牛大力又摇起了牛头。

"反正是假戏真唱！"夕阳渐渐落向了前面的大街，遥远的天空中层层的火烧云也燃烧到了眼前。

张成山这时从外面推开院门，回到屋里案子前拿起了梅花镊子。

"师傅，这里有您的一封信。"陆成仁说着，来到面前把手里的信封递来，转身后偷望着一旁的众人，两眼往上一挑差点儿笑出声来。

张成山不经意地把信封给撕开，几眼看过马上停手，目光扫向了众人。瞬间脸上烫了一遍，起身拿上信封走出屋门，来到窗外双腿就势蹲了下去。

夕阳静静地来到院子里，遂给附近的花草镀起层层的金粉，看似从天宫抛撒来一株株经久不衰的礼花,也映照起了身旁的这尊铜铸般的雕像。

眼下陆成仁马上站起来到窗户边,小心地踮起脚尖轻轻探身,朝着窗户外面还蹲着身子的张成山望去,脸上立刻爆出一片得意的光彩。

紧跟着众人便纷纷鲤鱼跳龙门般地来到窗前向着窗外探去。见此,周宝庆忙伸出双臂,右手刚把窗前牛大力的牛头给拽了下来,再一翻过左手,又把贾德来的脑袋给切了下去。

随即窗户里大家半蹲半跪地瘫在了一起,有人刚要偷偷大笑,且忙用双手捂起嘴巴;有的人则想重新站起也被同伴给死死地扣住;还有人一眼望见近在跟前的锤子连忙拿来,虚张声势"咚咚"敲打上了几声,清脆的锤音更是要把众人的肚皮给胀破。

夕阳之下,一直还蹲在窗外的张成山已把手里的来信连看了两三遍。随即"当啷!"一声不大的回响,还拿在手中的梅花錾子跳向地面忙捡起,李秀琴的画像再瞅去几眼,遂一同揣进了怀里。

同时,随着梅花錾子飞向了地面,屋子里的人们脸上一惊,这才忙猫着身子窜回到各自的座位。在纷纷响起的锤声中,目光仍纷纷砸向四周的身影,脸庞转来后烙出了一张张得意的微风。

星期天临近中午,李秀琴跟着前后拥挤的人群走下了车厢。出了车站就是那高大的前门楼子,身边又是各种连续不断的吆喝和车辆跑过的身影,眼下还没见到前来接站的张大哥。

前方路边一个摊位前,这时有人抢走个提包,四周响起阵阵的叫喊。见后她马上放下手中的包袱向前追去。可无奈人多路挤,最后还是没能追上那个窃贼,反身回来自己的那个包袱也长了腿。

随即她脸上流起汗水,气喘之中一抬头就看见车站前面的人群里有人高举起一块纸牌,上面正写着自己的名字,心里泛起阵阵的喜悦。

跟着她快步走来,刚要开口,瞬间两道喜悦的目光就迷茫在了来人身后那座雄伟的前门楼子。稍后目光重回到眼前,遂禁不住脱口而出:"你……你是来接李秀琴的?……是张大哥?"说着,她那惊喜的脸庞甩向空中,又激动地叫道:"成山哥吗!"

"我是来接李秀琴的,怎么,你……你就是?"面前的张成山脸色迟疑。

"成山哥,我就是李秀琴!"面前的响铃激动得一把拉下张成山高举而起的这块纸板,扔向了一旁。

"我……我没接你,你走吧。"张成山说完,脸庞涨红扭头就走。

"你怎么没来接我?还有那封信。"王响铃一面说着,一面紧跟在了张成山的后面。

无奈之下张成山回过身,看见王响铃一直跟着便停下脚步,右手怒指而来:"你不要老跟着,我不想跟你这个骗子有来往!"

"谁是骗子?刚才有个骗子偷走了我的包袱,你才是个骗子!信上光写着张大哥,可你为什么不说出名字来?出来前村里的人都知道,我进城做了人家的媳妇。可你却这样对待我。"王响铃的眼眶里有了闪光。

"我是个骗子?"张成山抬起右手指向自己,脸上涌起一股嘲笑,"我行不改姓,坐不更名。可你呢,明明是王响铃,却骗我说是李秀琴!要知道这是个圈套,我干吗……"

王响铃听完苦笑起来,右手回指向了自己:"那些年在乡下你当长工,我确实一直都叫王响铃!可后来你跑了,还一直仇恨我的养父,更不喜欢我的这个名字,所以就改成了现在的李秀琴。而你呢?明明叫张成山却说成张大哥,又不肯说出自己的真名大姓。要知这样我才不会来呢。"

"好啦!好啦!跟你这种人讲不清道理,走吧!"

张成山说完扭头便向着崇文门走去。等快走过一个路口,一回头，没想到王响铃仍跟在了后面，无奈止住了脚步。

"你这个人没良心，我现在被人偷光了东西，无处可去！你不但视而不见，还一个劲儿地赶我走。"王响铃泪水滚落了下来。

"好好，我这里有几个铜板，够你回家的路费了吧？"张成山从身上掏出一把铜板递去。

"不要，我不要你的施舍！"王响铃站在对面，身子一动也不动。

"嗐……"张成山摇头又叹气，转身继续向东走去。

直到连连走过几个路口，他不由得一回头，王响铃仍成了个甩不出去的尾巴。随即他大步奔去，而后面的尾巴更是摇来又晃去。接着他慢了下来，她的脚步也放了气；他又站立不动，她更是立正看齐，目光投来……

一路奔走太阳偏向了西山，俩人才一前一后来到了花市。

张成山走进了街旁的景文阁，转身院门扣上来到屋内。大家一见喜笑颜开纷纷撂下工具，陆成仁更是高声而来："师傅，七仙女领回来了吧？"

"去！去！去！捣什么乱？！"张成山抬起胳膊就把他给推了出去。

看着张成山阴沉的面容，还时时把脸庞转向眼前的院门，已看出名堂的周宝庆离开屋内来到院门外，一眼就看见了正坐在门前的王响铃，便急忙上前问起。然后回到院子里，隔着窗户悄悄向着屋里的人群使上了眼色。

已感到大事不妙的贾德来、陆成仁、沙里金、牛大力等人，趁机一个接一个地溜出屋门来到院门外，众人便马上围起了王响铃。随即有的唉声叹气，有的好言相劝，有的眉头紧皱，还纷纷把身上的铜板都掏了出来。

天渐渐地亮了，这一晚前半夜张成山几次起来掏出这封信和李秀琴的画像看了又看。这像画得很美，难怪伙计们一口一个地叫着"七仙女"，还想出这么个馊主意。后半夜里他把信纸和画像放在了枕边，随后的梦境里他回到了过去当长工时的那间平房里，对面墙壁上的仕女图也泛起了层层的雾气，接着那个美丽的古代女子就从画上飘落到了自己的身边。

早晨忙完后，张成山要到前面的景文阁里去干活儿，院门一打开看到王响铃坐在这里。他心里马上就明白了，这一定是她暗中跟着自己又摸到了此处。

随后俩人一前一后来到了景文阁，张成山直接进了院子里。王响铃则站在院门外，脸上泛起阵阵的犹豫与无奈，目光投向了街上那些游动的小商贩。

第二天清晨，张成山走到这里的大街上，迎面就看见王响铃脖子上挂着块木盘，一边双手托起，一边嘴里还高声喊起："香烟、火柴、糖果的有！"

迎着阵阵叫卖，张成山来到了王响铃的面前。这一股股清脆的花腔女高音更是冲天而起。进到院里眼前的伙计们还在窃窃私语，显露出隐晦的笑容。

很快秋风一起天气转凉了，路边的银杏树披挂起满身的黄金甲，日日夜夜为路人支撑起一把把鲜亮无比的天伞。

临近中午，张成山走出院门，前方不远处传来阵阵叫喊，人群围起。走近停步望去，眼前几个地痞流氓围起个年轻的姑娘。

"小娘子，这细皮嫩肉的天天站大街，哥哥心疼死啦，快跟我享受荣华富贵吧！"面前的那个无赖一边说着，一边向前动手动脚地拉扯了上去。

"就是嘛，看看，这双描眉绣凤的手都快成了鸡爪子，让我焐焐！"另一个无赖也向前挤去。

"你们这些不要脸的，少碰我！"人群里的姑娘还在努力抗争，一扭身，双手托在胸前的木盘里纷纷落下了香烟、火柴和糖果。

张成山这才看清楚面前的姑娘正是王响铃，刚要离去，双腿又扎住。人群里的王响铃仍在不断地抗争与躲闪，几个无赖已把她挤到路边一家卖景泰蓝的摊位前,身后已没有了退路。

"小娘子,还跑哪儿去?"几个无赖得意地叫起,纷纷伸出了胳膊。

"再上来,跟你们拼啦!"王响铃一侧身,右手抓来摊位上的那个景泰蓝油锤握在了手里。

"小娘子,打呀!打呀!舍得吗?"眼前的那个无赖依然要扑上去。

跟着,王响铃右手挥舞起这个景泰蓝油锤,就朝着那个无赖的头上重重地砸去,吓得那个无赖双眼吊起身子一偏,"咚咚……咚咚……"几声爆响,这只景泰蓝油锤不偏不歪正好砸中摊位前的铁架子。随之从其表层崩裂来的釉料飞溅到了地面,迸发出一地的星光。

前方不远之处,外出归来的王掌柜,正从小巷里向着这边走来。眼下这几个无赖脸色灰白,相互望去几眼又要一起扑来。

"嗨,嗨,别欺人太甚!"人群中的张成山攥紧的手心里已有了湿润。

"谁欺负人了,眼瞎啦?"几个无赖目光投向了张成山。

"人家一个妇女,天天在这里可没招谁惹谁。"张成山目光扫过了眼前这几个无赖和一旁的王响铃。

"警察来喽!警察来喽!"

围观的人群里不知谁高声喊起,几个无赖骂骂咧咧地向前逃去。

王掌柜回到了摊位前,面前的王响铃手里还拎着那只景泰蓝油锤在和张成山对视着。其赶紧向前,一看便大叫而起:"我的油锤,我的油锤啊!你怎么单单把它给毁啦?"

"王掌柜,您听我说,她不是成心要毁掉这只油锤,刚才是那几个无赖在纠缠!"张成山忙向前扶稳住眼前的王掌柜。

"不行!这件景泰蓝油锤是个老物件就这么一只!"王掌柜仍心

痛不已。

"这样吧,我跟您走去做三年保姆,分文不要,您看行吗?"满脸惆怅的王响铃把手中的这只油锤放回到了摊位上。

"行啦,不懂就不要瞎说!"张成山向前推开王响铃,目光又投向了王掌柜:"您说这件油锤是个老物件,不对吧?这样不饶人,好吗?"

"怎么说话呢?年轻人!"王掌柜黑白错位的眼珠,落在了张成山和王响铃的身上。

"王掌柜,我父亲过去是宫里造办处珐琅作里的老工匠,我就在前面的景文阁里耍手艺。咱们天天同在一条街上混,低头不见抬头见。您老是个前辈,大人不记小人过!这样吧,我半年之内按照这个油锤的原样给您做一对,分毫不差,保管让您老满意。您呢,就当今天什么也没有发生。她呢,一天到晚跑东跑西的,不就是混口饭吃?让她以后长好眼,该干吗就干吗去!"

"这嘴刚抹完萨其马吧?是个耍手艺的。那就半年之后,我坐在这凳子上,捧起这对景泰蓝油锤晒太阳!"

看到事情解决了,张成山拉着王响铃谢过王掌柜,拿起这个破损的景泰蓝油锤向前走去。

"我站在城楼观山景,只听得城外乱纷纷……"王掌柜说完,仍坐在那里,望着俩人远去的身影,脖子一昂,嘴里得意地唱起了《空城计》。

在回景文阁的路上,张成山一语不发,王响铃倒成了一只被重新放归到山林里的花喜鹊:"成山哥,那个景泰蓝油锤真好,上面的花草像是路边采来的。可举在我的手里,怎么就成了一把铁榔头?你真能在半年之内给那个王掌柜做好一对吗?"

张成山仍一言不发,来到景文阁院门前脸庞转来:"这件事情不用你去管,明天回老家吧,这里不是你待的地方!"说完迈进院里反身关好了院门。

随即王响铃眼眶里泄出了泪水，已三天没见到这个熟悉的身影。张成山回到景文阁，拿来梅花錾子就要干活儿。

　　前面院门响起，周宝庆向前打开院门，王响铃走来。周宝庆见了又惊又喜，忙叫来刘掌柜，又悄悄挥手从窗外叫来了屋里的陆成仁和沙里金。

　　刘掌柜来到王响铃的面前，听她讲完那天自己在王掌柜摊位前的经过。又讲现在自己不能一走了之，想在这里找个活儿干但不要一个铜板，只图能帮助张成山好尽快地去完成这对景泰蓝油锤的制作。

　　听到这里，周宝庆、陆成仁和沙里金也忙把刘掌柜拉向了一旁，悄悄把上次大家所导演出的"七仙女李秀琴"的故事宣讲了一遍。刘掌柜听到这里，又见王响铃不要工钱，这找上门来的便宜哪有不占之理。

　　跟着，王响铃来到众人面前，收拾卫生又做饭，还抽出工夫学习起掐丝和点蓝。傍晚伙计们都走了，张成山买来块铜料，做起了这对景泰蓝油锤，王响铃更是镇守在了一旁。

　　如今随着"三九"降临，眼前的这块铜板渐渐长成了一对光亮亮的油锤，掐丝完工后又点蓝出了生命，傍晚张成山与几个朋友去小聚了一场。

　　王响铃回到住处，临睡裹紧棉衣去趟厕所。回来时放心不下，夜色里来到张成山的住处，眼前平房的门上还挂着铁锁，窗外也看不见屋内的炉火。

　　重回到街上寒风中向前跑去，一处昏暗的路边墙角下有个人侧身蜷缩在了地下，迎面刮来阵阵的酒气和含糊不清的话语。

　　随即她从旁边跑了过去，但从那人躺在地上的身姿和熟悉的气息中，又猛地把脚步停住。再转身来到那人面前，踮起脚跟向前看去，又把那人的身子往外拉了拉。见是张成山躺在了这里，棉衣还敞开着，摸向脑门更是热得烫手。

"成山哥，成山哥，醒一醒，这里不能睡！"王响铃立刻弯下了腰。

可昏睡中的张成山没有任何的反应，眼前寒冷的夜空里也见不到一个人。随即她摇晃着把张成山背起，先靠在身边的墙上喘好几口气，这才向前跑去。

等她磕磕绊绊来到张成山的住处，一头撞开屋门把他放在了床上。

接着，她马上打开炉门，从床前拉来一床被子给张成山盖上。又见昏睡之中的他右手不断地抓扯着衣领，可屋里没有热水。随后她倒来一碗凉水，回身看了看炉火，自己便先喝下一口含在了嘴里。稍后转身抱起张成山脸对着脸，缓慢地把自己嘴中的这口温泉给轻轻地顶进了他的嘴里，随即又含起了一口温泉。

这一刻她的两眼紧紧地盯住这张熟悉的脸庞，既担心这双让她所牵挂的双眼长久地没有睁开，又担心在张开后会立刻地锁死。

慢慢地，炉子里开始往外吐出了火苗，屋里也温暖了起来。王响铃走向前去，打来热水要给张成山擦擦脸庞，伸手一摸还是烫得吓人。可身边没有任何药物，要送医院自己连个铜板也没有，去找那几个伙计也不清楚他们都住在哪里。再则，屋子里又找不出别的被子，跟着她便躺在他的身边，伸出双手就把他连人带这床被子给用力地抱紧。

稍后，张成山在她的怀里开始了挣扎，但她还是双手紧抱，右手再伸进被子里摸去，其身上已透湿。那一时刻，她觉得自己也跟着掉进了这片深水里。

眼下看着张成山实在难受，于是她重打来盆热水，毛巾湿好趁热伸到被子里擦净他的脸庞，再一遍遍伸到上衣里去擦洗起身子。

一阵忙碌过后，她双手继续从外面隔着被子抱紧了张成山。过了一会儿再打来热水，又反复给他擦洗了下去。

不知不觉已是后半夜了，眼下出透了汗水的张成山高烧已退，身上的衣服没有一处干燥的地方，人又毫无知觉地睡去。响铃回身再看看被里上面那片被汗水浇出的水印，分明是正安卧在山林里的一只猛虎。

随之王响铃筋疲力尽地倒向一旁，又坚持着爬起，轻轻去把张成山身上的被里给翻了过来再盖好，也好让这只"山大王"能睡得舒服些。

进而，她找来张成山的一套旧衣服，来到床前轻轻掀起其身上的被子，伸出双手去费力地把他身上的那套湿淋淋的虎皮给脱去，换上了这套新战袍。

一切忙完，她坐在床前静静地看去，脸庞突然间绯红而起，双手抬起忙捂在了发烫的脸颊上。接着她站起脱光身上的衣服，显露出丰润而白皙的胴体，轻轻掀起被子便跑了进去，遂解开张成山的上衣，将他紧紧搂在了怀里。

静静的夜空里，她的眼前连连闪现出童年时两个快乐的孩子，连连追逐起河边的那只可爱的泥兔子。如今泥兔子又成为李秀琴，而再次来到了他的面前，跟着眼里闪现出养父的身影。想到这一切的一切，其眼里闪现出了晶莹的泪花……

渐渐寒风停下了脚步，眼前窗户上开始透露出初升的朝阳，还在蒙眬之中的王响铃突然间醒来。回头看去，身旁的张成山依旧陷入在深沉的山林里，这才小心翼翼地起床穿好了衣服。

临出门，她先把他那身衣服给淘净，再找来纸和笔低头写去。

稍后她走出房门，与此同时周宝庆迎面走来，一眼就看见了前面的王响铃刚从张成山的屋里走出。见到眼前的"七仙女"脸庞疲惫和这一头蓬乱的长发，其刚要喊她瞬间便闭紧了嘴巴，脸上也顿时闪现出了丝丝的坏笑，忙悄悄转身离去。

渐渐窗外的阳光来到了面前，还在沉睡之中的张成山慢慢醒来，遂感觉到了什么，忙伸手掀开了被子。低头一看，身上的衣服敞开着扣子，全身反盖着汗迹未干的被子，不远处还垂挂着之前所穿着的那套已洗净的衣服。

　　目光收回，床旁还放着一张白纸，他便斜身拿来：成山哥，昨晚你发起了高烧。现在才刚刚退去，要好好休息。

　　眼下手中的这张白纸还没来得及放下，瞬间这一床红被面又立刻窜到了他的脸上……

第十章

与以往一样,清晨佐藤正芳起床后,总要把儿子佐藤林木从北平带回来的这对景泰蓝六面瓶,与上次世博会所参展的七宝烧拿来,用一块细布把它们擦了又擦。

现在以他几十年生产七宝烧的经验来看,眼前的这对景泰蓝六面瓶,可谓老友岳家书的经典之作,也是他毕生的心血。其瓶身呈现出均匀的六面体,每一面又有不同的掐丝图案和娴熟的点蓝技术,处处表现出中国古典风韵。对此,他坚信要把它送往下一届世博会,无疑又会是金牌有力的竞争者。

接着他让人推起轮椅,带上景泰蓝六面瓶就去了自家工厂。在这里他要让全体员工一一过目一遍,口中且齐声朗诵道:我们大和民族是世界上最为优秀的民族,七宝烧也要成为世界上最为灿烂的工艺美术之花……

在这周而复始一遍遍的声浪之中,同时会在他的面前闪现出下一届世博会日本七宝烧夺得金牌的场面,也只有等到这一天,其心才能安生下来。

如今走在这里的大街小巷,铺天盖地的报纸和电台宣传,都在营造一场旷日而持久的战争气氛。日军在中国大陆、东南亚的辉煌也都迎面而来。

春节之后,张成山的这对嘴长肚子大的景泰蓝油锤,开始了磨活儿。王响铃始终天天跑来忙前又忙后,伙计们相互间眨起了会意的目光。

"渐长,您倒是饱汉子不知饿汉子饥,还天天有人伺候,命好啊!"周宝庆看着王响铃倒完茶水,微笑的眼神儿勾向了张成山。

"瞎说什么?别拿师傅打岔!"张成山扭头冲着周宝庆瞪去一眼。

"报告渐长,他老不听话。"陆成仁也别有用心地先要向周宝庆敬去一个军礼,半路却拐向了张成山。

"哈哈……哈哈……"屋子里响起众人开心的笑声。

"你们这帮子坏家伙,瞎叫什么?"

看到张成山直视的目光,周宝庆放下手里的锤子来到了他面前:"不对,渐长就是师傅,师傅等于渐长!为什么呢?想当年您不是被日本鬼子押到上海要送往日本,黄浦江里不是停泊着外国军舰?那上面最大的官就是舰长。您现在也是一名大家所公认的渐长,多响亮!"

"哎,对吧?渐长!哈哈……"众人听完,更是笑声一地。

"你们这些坏小子都不学好,是吧?"张成山假装挥起拳头,伙计们更是欢快地笑为一团,王响铃也不知所措地窘红了脸庞。

很快月底到了,伙计们干完活儿都已离去,张成山和王响铃停下了双手。

"我说,你看再过几天,等刘掌柜镀金时把这对油锤给带上,镀好后给王掌柜送去。你就可以走啦!"张成山头也不抬地说去。

"成山哥,你只想赶我走,可也不问一问……"王响铃说着,右手指向自己的肚子,眼前闪过了前几天周宝庆贴近自己脸颊时的窃窃私语。

"那里怎么啦?不舒服?"张成山目光投来,看着响铃绯红的脸颊,不解的目光又转了过来。

"不是,都……两个月了,你向来也不问一问。"王响铃低下了头。

"什……什么？你是说……"张成山拿起茶杯的右手马上给烫了回去。

"成山哥，就……就是上次你喝醉酒又发起了烧。等把你给治好了，你却干起了那种事，还不承认！"

张成山半信半疑伸出右手，遂被王响铃给挡了回去："你要是不信，还能瞒住那些兄弟，连我也逃不掉，倒成了'渐长'！"

"舰长怎么啦？我就是想当一名舰长，要是能开动一艘炮舰，就把这些小日本儿给打回老家去！"张成山说着头昂起，心里马上就闪现出了那次从"丸和"号客轮跳向江面时的场景。

王响铃捂嘴笑起，眼前又闪现出周宝庆贴近自己脸颊时的神秘面容。

眼望着王响铃的肚子，张成山胸膛里的这把火烧向了脖子，"当"的一声，杯子坠向地面。

面对这清脆的震响，王响铃不忍心眼前的"山大王"变成个老绵羊："既然如此也不为难你。那你就陪我先回趟老家，然后你就回来。我日后把孩子生下来，对外人也好有个交代。"

"可这样……"眼前的老绵羊抬起了无奈的目光。

很快刘掌柜的这批景泰蓝镀完了金，张成山和王响铃便带着这对油锤给前面的王掌柜送了过去。看到手中的这对精美的景泰蓝油锤，已从原先的单打独斗变成了一对宝物，王掌柜在连连的赞叹声中，客客气气地送走了俩人。

接着他们俩买回来些礼物，再带上两只花母鸡就上了路，两天之后来到了前面一带的山林里。

临近四月底山林里已是春回大地，一望无际的小草与各种鲜花开出静静的瀑布，延展到了遥远的山顶，一路还伴随起鸟儿的欢唱。

不知为什么，张成山看着始终跟在身边的响铃，心里倒有了一种越来越难以说清的东西。这也让他想到了过去药铺学徒时的玉芳。这些年不知她的蛇伤怎么样了,现在玉芳的身影已离自己而去,可如今自己却要当上……

继续往前来到一片树林,前后的山路也被丛林给遮挡了起来。

"站住!东西放下!"随着凭空一声炸响,俩人的面前跳来了两个手持长刀的强盗。

"快跑!"张成山立刻拉上响铃转身就要跑。一回身,身后也站着个拿着匕首的同伙。

紧跟着三个路匪两步窜来,一个家伙用长刀抵在面前,另一个家伙向前抢去张成山身上的包袱,两只花母鸡也"扑通"的一声,双双瘫在了地上。

接着那个抢去包袱的路匪便快速翻动起里面的东西,怒视起张成山:"钱交出来!"且右手又划向了王响铃:"还有你!"

"她身上没钱!"张成山看着眼前的场面,稳住的目光投向了响铃,掏出身上仅有的几块银元后递去。

"黑头,今天的干货不多啊。"还是那个路匪一把抢过,递给了身旁另一个始终把目光盯在响铃身上的匪首的手里。

"干货不多,鲜货嘛……"

说着,那个手拿匕首的黑头紧盯住响铃的脸庞遂跳出了淫欲的闪光,嘴角流出的口水也冲向了脖子。一转身右手挥向了张成山,且对着身旁的那两个家伙吼去:"先把他给捆在那边的树上,狗蛋去河边洗干净鸡,狗剩去山下的村子里弄个锅回来,咱们就地炖!"

张成山一看心里已清楚,遂一面大声地吼道:"放开我,放开我!你们不能这样!"一面奋力挥动起双臂,挡在了响铃的面前。

狗蛋和狗剩一起上来后便死死地按住张成山,合力拖向附近一棵大树前,拿出绳子把他捆住,看见他还在不停地吼叫,又用刀子割下他的一块上衣硬塞进了其嘴里。俩人的目光这才滑向近处的王响铃,小声发泄起各自的不满后,一步一回头地走向了不同的方向。

直到这时，黑头才双手拖住王响铃，向着身边的树林里拉去。

"成山哥，救救我！救救我！"

王响铃一面哭喊，一面扬起右手向前挥去，其扎进地里的双脚豁起一道道的灰尘和黑头一声声得意的号叫。

寂静的山林里已被捆牢在树上的张成山，青筋暴跳的头上冲出的汗水淹没住了双眼，破损的衣服下露出通红的肌肤，阵阵"呜呜"吼起。

其遂用力甩下头上的汗水，目光与汗珠就扑向了身前的一块石头。随即忙努力蹲下，一点点用右腿钩来移到了身后，双手摸向这里后，手上的绳子就飞速地在这块石头上面来回来去地切割了下去。

接着，他稍感到双手上的绳子刚刚有了一丝的松动，便一咬牙关双腿用力一蹬，双手且猛地向着两边扩去。瞬间这根绳子就被他那股强大的冲击力所撞开，两个手腕处连带着皮肉也立刻打出了一副鲜红的烙印。

张成山来不及甩下手上的绳子，跑向还发出阵阵声响的一处丛林。眼前的王响铃上衣已被撕开，袒露出那对白皙而隆起的乳峰，下身的裤子也被拉掉。刚刚被她所掀倒的黑头再次扑来，又把她重重压在了身子底下。

见此，张成山双眼已煮成血红，就近抓起身边的一块石头，连带着手上还没有脱去的那根绳子，高高举起来到黑头身后，双手奋力向着其脑后砸去。

眼下还在狞笑之中的黑头流着长长的口水，裸露的胸膛随着"咚咚"两声闷响，其身子立刻僵硬而起，双手停在了空中，且两眼向上翻动起了死光，遂被王响铃掀倒在了地面。

"成山哥！"王响铃翻身而起，悲泣中扑向了张成山。

"响铃，不怕！有我这个舰长在就不能让你……"

张成山破损的上衣裸露而出的胸膛，与王响铃雪白的乳峰紧紧地贴在了一起。瞬间两股流淌而出的汗水，滋润起这两块丰润的田地。

"不行，咱们得赶紧跑！"张成山猛然推开了王响铃的双手。

"成山哥，我不让你走。"王响铃双手不放而泪流满面。

"你去那里先藏起来，我去河边再干掉一个！要不还有危险……"

张成山说完忙扶着王响铃来到一处密林里，再快速跑向了前面的河边。

"这个黑八戒，真不是个东西！"眼前的狗蛋还站在一块石头上，双手抓住一只花母鸡正"哗哗"地洗着，嘴里还不停地嘟囔着。

跟着张成山抓起块石头，放慢脚步悄悄摸到狗蛋的身后，高高举起后嘴里便大吼而去："找黑八戒去吧！"瞬间这块石头就射向了其脑后。

"扑通……"一声，水面上激起阵阵雪白的浪花。

狗蛋摇晃起僵直的身子，一头栽向河面，慢慢被河水冲向了远方。

张成山再次跑到王响铃的跟前，双双泪流满面在地上翻滚了起来。

"你的养父害死了我的父亲，这让我怎能忘记？它在我心里是个无法解开的疙瘩！"张成山喘起了阵阵的粗气。

"这一切就让它永远过去吧！你就是一块石头，我也要把它给焐热！我就是要当你的渐长，当你一辈子的渐长！"王响铃闭起双眼，一股股的热泪流进了嘴里。

"响铃，这里不能久待。咱俩干脆不回你的老家了，先去县城再回京城，我要大大方方地把你给娶到手。你看，行吗？"

"成山哥，你说好就好，听你的安排！"王响铃眼眶里又满是泪水。

俩人说完站起，扑打净身上的衣服。张成山又从黑头的身上找回那些被抢去的银元，双双一面快速向前走去，一面注意着前面山路上的变化。天黑之前赶到了县城,住进一家小店里这才放下心来。

当天的晚上,王响铃拖来张成山的双臂,要把手腕上的那道已脱下一层皮肉的双手给重新包扎好:"成山哥,上次你从我姨妈家里离去后,我来到了你母亲的坟前,看到了你放在那里的这半个御盒,离去时把它拿了回来。"

"什么?你把那个狗东西又带了回来?"张成山一把推开响铃的双手。

"成山哥,先别急,听我……"王响铃面露难色。

"我把那个刽子手押在母亲的坟前,就是让它成为人人所痛恨的秦桧!"张成山右手怒起。

"成山哥,我心里明白。你父亲当年制作慈禧御盒就是把自己的心给掏了出来。可我的养父却丧尽天良,尽管他后来内心忏悔,但还是把那个御盒的盖子投向你的身上,也把它给抛进了河里。现在你把它的底座留在了老人的坟前,那么这一对双胞胎就彻底分离了,这也许不是你父亲生前所希望看到的。"王响铃眼眶里浸出了闪光。

"可我……"张成山泪水流出,轻声呜咽而起。

"成山哥,也许我说得不对,又伤了你的心。慢慢你会理解的……"王响铃拉过张成山的双手,灯光下重新给他包扎起来。

远方寂静的山林里,一轮明亮的月光来到面前的这根杂乱的绳子上,遂与近处已经脱落的花草一起,悄悄之中重新等待着黎明前的绽放。

临睡之前,张成山脸庞红涨而起,一把抓过响铃的双手:"秀琴,不,响铃,也不行,舰长最好!我不让你改过去,我……我憋不住了……"

"哪里憋不住了?哪儿不舒服?"王响铃脸庞一紧,"是不是刚才你的那盘炒土豆丝闹的?"

"不对！不是！我……我那………那里憋不住了。"张成山不知如何去说清楚，双手一伸就把响铃抱在了怀里。

静静的旅馆里，其院中耸立起两三棵高大的槐树，正涌来层层叠叠的浪花，也把股股的清香送到了四面八方。窗外皎洁的月光也追到了屋里，朦胧之中两个光滑而裸露的维纳斯已蒙起了一层迷人的色彩。

已是后半夜了，夜色里他们俩仍紧紧抱在一起倒向了床上。张成山把脸庞深深陷在了眼前那座高高隆起的乳峰里，深吻着这两座高耸在面前的香坡地，闭上双眼后仍陶醉在了激情里，耳旁遂响起"咯吱咯吱"床体被摇晃而起的震响。

看到这里，俩人笑起。张成山干脆把床上的那两床被子直接铺在地上，又抱着响铃翻滚而去，阵阵激情继续在夜色里飘浮着。

"舰长，今晚你就是我老婆了。等回到京城，再把那些坏小子都叫来。"

"还说呢，一盘土豆丝就把媳妇弄到手，这辈子可忘不了你这个当官的！"

王响铃始终躺在张成山的怀里，幸福地含起了泪水。在一股股涌来的激情中，其耳边再次回响起那一次周宝庆的窃窃私语。

进而她又推想着，这个迷人的官称，是否能让成山永远地叫下去，也永远长在了她的心里，更是她与他一生之中，最为美好的回忆。

"舰长，你的那封信写得真好啊，简直说到了我的心里！我是个铜胎，你就是掐好的铜丝，用白芨一粘，再一烧焊，咱们俩这一辈子就再也掰不开啦，那就是一个完美的景泰蓝！"

"成山哥，我只接到过贾德来的信。但那上面所写的也是我要说的，一定又是你那几个朋友干的，他们的内心也是一个个漂亮无比的景泰蓝！你说，我说得对吗？"

王响铃的脸庞更紧贴在了张成山的心口上，静听起他那颗心脏在"扑通……扑通……"无比有力地跳动着,这就像当年他给她做的那只可爱的泥兔子回到了主人的家园,随后它还会来到自己的心房,撞击出那更大的回声。

张成山又来了激情,再次把响铃压向身下:"那也写得好!响铃,不,舰长!现在我更加喜欢上了这个官称,以后天天当舰长,一辈子都是舰长!"

说着,他一个猛然站起,翻身抱起响铃继续在地上滚去,来到前面那张发黑的桌子旁,接着"当"的一声震响,俩人这才停了下来。

"这个桌腿这么硬?脑袋都快让它给撞裂了!"张成山被迫抽出右手,不断地揉搓起了后脑勺。

"谁让你不管不顾,这么大的劲?鸡蛋非要往石头上撞!"王响铃双手伸来一个劲地给他揉搓着,努力强压住笑声。

"我的脑袋是鸡蛋,那你的脑袋是什么?噢,明白了,就是我从前给你的那只泥兔子送坏啦!现在成精了,几十年也甩不掉!"

张成山笑起,又随手拿来脱去的衬衣蒙在头上,且抓起其两只袖子伸向空中当起两只兔耳朵。无奈这对兔耳朵被抽了筋就是挺不住,遂把衬衣扔去。

接着,俩人不知不觉之中又滚到这个桌子的跟前。"当"的一声,响铃的脑袋也撞了上去……

第十一章

冬日里的富士山落起了雪花,远远望去山顶又戴起一摞厚厚的白幔帐。

随之佐藤林木也应征入伍,作为一名日军翻译来到了京城。这以后他便去月坛一带做起了暗访,半个月过后走进了景文阁作坊。当场俩人百感交集,两对目光久久地停留在了对方的脸上。

临分手,林木讲到这几年经过日军司令部和北平日本领事馆的操办,正在京城贡院建筑的北京神社快要完工了,以作为迎接"皇妃2600年庆典"项目之一。同时,日军还要为国内的靖国神社去供奉一些有特色的贡品。

这天早上街上响起阵阵汽车的轰鸣,跟着从车厢里跳下一群群的日军,手持上了刺刀的步枪封锁住街口,又分成多路闯进了此处众多的各类手工作坊。

景文阁里众人正低头干着活儿,院外传来跑动的脚步,前方两扇院门遂被一脚踹开。跟着一队日军闯来,手举刀枪威逼着众人站起,抬上那些已经镀好金的景泰蓝走出院门,几名鬼子看守起了院子。

同时这一带其他的作坊里,也随着阵阵鸡飞狗跳,前来的日军遂把抢来的景泰蓝、玉器、漆器、牙雕、绢花、料器、宫灯和京毯等等的工艺品,全部集中到了附近一座四合院里,一同被押来的各家手艺人也正向着这里汇来。

眼前宽敞的院子四周已站起一排排的日军,前面一排桌子上摆满了这些被抢来的五光十色的各种工艺品,桌面一角架起了机枪。

日军少佐吉野双手戴着雪白的手套,右手杵住面前的那把长长的战刀,身旁一只吐起长长鲜红舌头的狼狗,"哈哈"的潮气连连喷向了面前的人群。

其"哇啦哇啦"讲完一通,一努嘴伸向了身旁的佐藤林木,伸手拿来张成山做好后送给王掌柜的那对景泰蓝油锤,嘴里还一个劲地翻滚起了日语。

"日军司令部讲了,你们这些人都是京城的能工巧匠,今天把大家请来就是要共谋日中亲善。这些展品也有幸要送往庆祝即将建成的'北京神社',连同各家那些快要完工的,日后都要去我们日本供奉到靖国神社,日中两国要齐心协力共建大东南共荣圈!"佐藤林木走出两步,面对起了众人。

人群躁动起来,不等他再说下去便有人喊起,有的要回去,还有的挥起了胳膊,但都被站立在四周的日本鬼子举枪后给挡了回去。

见此,吉野少佐把手中的这对景泰蓝油锤放回了身后的桌子,随之这两个艳丽的瓶身就在这一片片的百花丛中摇晃起了双臂。

张成山与王掌柜等众人站在前面,王掌柜的目光马上就落在了这对景泰蓝油锤上,忙两腿向前双臂伸出。

"八嘎!"

眼前吉野少佐恼羞成怒,抬起高筒皮靴就向着王掌柜的胸口重重地踢去。

"咕咚"又是一声闷响。

人群之前王掌柜瘦高的身子在空中连连晃动几下,一头向前栽倒在了桌子旁,从其嘴里碾压而出的鲜血,喷向了那些摆放中的各种工艺品。

四合院里寂静的会场上,有人开始了哭泣。已跌倒在地的王掌柜左手支撑向前爬出两步，右手伸出还要拿回桌子上的那对景泰蓝油锤，从嘴里喷出的鲜血也"滴滴答答"在其身下铺成了一条彩虹之路。

"哟西……"

吉野少佐瞪起血红的目光，向着地上的王掌柜又踹出两脚。其身旁的那只狼狗也早已按捺不住寂寞，射出尺把长的舌头就向着地上的身影扑去。

紧跟着他右手一挥，两个日本鬼子架起王掌柜的双臂，另一个端起步枪，向前跨出两步且嘴里大吼一声，步枪上的这把寒光四射的刺刀便重重地刺进其胸膛，还在连连地扭动几把之后这才拔出。

"你……你……"在连连喷发而出的血泊里，王掌柜伸向景泰蓝油锤的右手，颤巍巍地落向了前面的吉野少佐。

人们惊恐而起，在慌乱和哭泣声中被四周的日军平举起带着刺刀的步枪，和凶恶的狼狗团团地围住，架在桌子上的机枪也对准了过来。

接着，吉野少佐又"哇啦哇啦"地说完一阵，右手挥来："你们回去后，每天在干活儿前先要集体进行朝会。一律面向东方，向着东京去朝拜。现在要你们跟着演习一遍，要大声地念：我们是天皇陛下的臣民，一生一世紧相随！"佐藤林木再次走近而来，说完后脸庞朝向了众人。

会场再次混乱起来，有人怒视眼前的日本鬼子，有人大声地叫起："我们是炎黄子孙，一生一世不背离！"还有人则趁机喊出："小日本鬼子，操你八辈子祖宗！"

吉野少佐瞪起充满血丝的眼睛，看着人们不同的嘴形，还发出不同的声音，便每每叫上两人再一齐发声，且盯着嘴形去察看。稍有不同，右手一挥就上来两个日本鬼子把人拉出，或是一顿痛打，或是立即枪杀。

一直到了下午三点，院子里的人群才逐渐被一队队日军押解回各自的作坊，继续去完成各种工艺品的生产。

随即街上各家作坊在天亮之后，外面还在把守的日军就闯入而来，逼迫起人们先来到院子里进行朝会。到了中午大家才吃上半桶混合面所做出的饭团，晚上十点才算熬过了一天，除此每日的吃喝拉撒睡人不能迈出此地半步。

这些日子王响铃见不上张成山心里备受煎熬。那天上午她要去景文阁，远远望见一队队日军封锁住这里的各条路口，已感到出了大事。事后才从路人的嘴里知道了这一切，眼前的景文阁已成为无法攻破的监狱。

由此她在日夜苦思与煎熬之中，设法找到佐藤林木，无论如何也要见上张成山一面。对此林木倒想出个办法，要她扮成送饭的才能进到景文阁。

这天中午她挑起担子，装上半桶混合面所做好的午饭，跟着一名日军来到了景文阁。周宝庆、陆成仁、贾德来和沙里金前后来到木桶前，每人弯腰接过半碗混合面，向着她默默投去一眼后离去。

接着张成山来到面前，望着眼前王响铃两眼通红，猛然间回想起，那天大家被日本鬼子押到前面的那座四合院里时，在摆满各种工艺品的桌子上还挂起两串要用来庆贺的鞭炮。于是在弯腰接过那半碗混合面之时，其斜眼看了看一旁的那个日本鬼子，遂不动声色低语出一句后离去。

临近六月底天气一天天地炎热了起来，东交民巷租界里时时走过一些西装革履的洋人，街道两旁日渐丰满的树冠，也把两旁那一排排的院落和西式洋房揽入到了自己的怀抱。

前几天从日本而来的"御灵代"（注：日本神道教名词）已到达北平，接着日伪各界联合举行了隆重的"北京神社御镇座祭"的典礼。而今天"北京神社"就要在城中心地带的贡院正式举行庆祝仪式了。

清静的东交民巷里，这一天日本使馆前的两道铁门"吱呀呀"

地推开后,总领事和日本外务大臣的代表,及从日本国内而来的各种团体和组织,在北平日伪军政大员的陪同下走了出来,纷纷坐进了路边等候的多辆轿车。前面开路的两辆卡车上已站满手持步枪的日军,车头上架起了两挺机枪。

紧随其后的两辆车厢里也坐满了日军,且个个手持步枪,上面插有一面面的太阳旗,两只虎视眈眈的狼狗更是孤傲地站立在上面,从嘴里吐出长长的舌头连连晃向了大街的两侧。

车队启动阵阵的轰鸣冲向一侧的长安街,很快来到了东单,又向着前方"北京神社"的方向驶去,沿街而立的市民纷纷涌起万般憎恨与厌恶的面容。

与此同时,附近各处的艺人们再次被日军押到这座四合院里,随之已完成的各种工艺美术品,集中放在了院中一排长长的桌子上。

人群里周宝庆、贾德来、陆成仁等人走向一侧的屋里,去搬出上次被日军抄来的那些工艺品。并看准时机悄悄拿出事先在景文阁里,由王响铃得到张成山的暗示已浸好煤油的一些棉线,且事先藏在了送来的午饭里。现又不动声色地裹到眼前的那些绢花与宫灯里,随之这些工艺品摆向了桌面。

院子外面的大街上,这时驶来两辆日军的卡车停在了院门外,稍后准备把院子里面的这些工艺美术品,要全部送往同一地点的"北京神社",这也是今天日军司令部要献上的一份厚礼。

听到院门外的动静,吉野少佐抬起胳膊看了看时间,右手挥向了身旁的日军,院里的手艺人遂在刺刀的威逼下开始起了朝会。

随着人群中各种各样的怪腔怪调在持续地发作,两名日军拉出两名年轻人,各拿起桌子上的两挂鞭炮,双手高高举起后便点起了欢送的焰火。

"噼里啪啦……"

"砰……砰……"

瞬间这两挂鞭炮就在人们的眼前爆响开来,徐徐升起的烟雾发出刺鼻的气浪，淹没住了这阵阵的朝会之声。

很快两名青年手上的鞭炮就炸到了胸前，并随手向前扔去，已散落在地的爆竹翻滚起一片耀眼的火龙。紧跟着一股火光蹿向眼前所摆放的绢花和宫灯，"呼"一声点燃起几道火柱，瞬间桌上雪白的台布就成了一片火海，吞没了眼前的这些奇珍异宝。

面对这熊熊燃起的火光人群冲向院门，又被四周那些手持步枪的日本鬼子给挡了回去。进而一堆堆无比艳丽的绢花与仿古宫灯且在不断的燃烧中化为了浓烟，一些景泰蓝也在四下里翻滚着，更与玉器、牙雕和雕漆等产品被踩在纷乱人群的脚下，发出一阵阵"扑哧哧"被击中而受损开裂的声响。

持续混乱的人群里，张成山猛然看见了自己曾为王掌柜所精心制作的那对景泰蓝油锤，想到不久前刚刚在这里惨死而去的王掌柜便蹿了过去，抬起双腿就向着这对心爱之物重重地踩去。

同时，一旁还有块不大的五英寸景泰蓝圆盘，正独自在这片火海里长成为一朵无比艳丽的荷花仙子，其忙把它拿起揣进了衬衫里。

"八嘎！八嘎！"

随着一声声的怒吼，吉野少佐涨起青紫的脸庞，右手挥向了四周的日军。

"哒哒……哒哒……"，跟着阵阵清脆的枪声射向了眼前的人群。

"汪汪……汪汪……"，吉野少佐身边的那只凶狠的狼狗，也张开血腥大嘴，向着奔跑中的人群连连地扑去。

在继续燃起的火光中，人群极度恐慌，还有人身中数枪，跌向一旁燃烧中的火堆，一池池的鲜血则在这平整的地面上缓缓地向前滚动。

与此同时，紧临身旁的长安街阳光灿烂，前去"北京神社"庆典的日军车队，正高速驶向已显露出身影的贡院会场……

十月的深秋，一片片暗红的枫叶在一次次霜降的亲吻之下，给这远山与近岭披起重重叠叠的彩衣，还在摇旗呐喊之中站稳了这里的座座山林。

前几个月里，从那座硝烟四起又是枪声大作的四合院里，张成山与一些残存下来的人们，被一群群的日军拖出门外，随后押上路边停放的两辆卡车，当天就被赶进密云山区里这座长有六七百米、两米宽和两米高的"人圈"，其上面还筑有几尺高的垛口，并设有巡逻用的马道。

眼下，周围方圆几十里建起了无人区，众多村民如猪羊一样都被赶进了"人圈"，且一年四季，二三十人拥挤在一个个破旧不堪的棚子里，处处污水横流，蚊蝇成灾。

然而最为可怕的是瘟疫的暴发，形成一波接一波吃人的恶浪。先是大人们死了被拉出，更多的是孩子们的尸体，直接抛向"圈"外的墙边。这些尸体一层层堆积而起，不见了衣服，成为刚刚从泥塘里挖出的残肢与断藕。

更有衣不遮体的女人们只把无法再穿的碎衣，给拼成一件坎肩遮挡在了胸前，没有裤子可穿的姑娘则在家中挖个土坑，遇有来人就马上跳入进去。平时村民们不能自由走动，也不能奔跑。否则垛口上巡逻的日军举枪就去射杀。夜间也不能闭户与上锁，妇女随时又会遭到日寇和汉奸们的凌辱。

昨晚，吉野少佐带着两百多人的日伪讨伐队，搜索起此地的抗日游击队，但一无所获。回来后便向着附近的山头胡乱地一顿射击，漫天飞舞的火药蹿进四周的窝棚引发起大火。一处处漫天的火光中，人们纷纷从塌落的棚子里跌倒而去，且伴随着阵阵震耳欲聋的哭喊声，那些还站在垛口上"哈哈"大笑的日本鬼子，遂举枪进行起了射杀人群的比赛。

天亮之后，张成山等人就被一队日本鬼子押来，要去修建另一座"人圈"。

附近一口污水坑旁，一个小女孩不慎跌进了坑里，其不大的身子一番挣扎到水边要站起。跟着走来个日本鬼子，向前便把她给重新抛进了污水里。进而小女孩几次挣扎重新来到了水边，又被这名日本鬼子给踢进了坑里。近处还引来一队日本鬼子的狂笑，直到这个幼小的身子完全沉没到了水底。

前方另一队进山"清剿"的日伪讨伐队，押解着一队有四五十人的村民走来。

接着，从垛口上的岗楼里走来日军小队长坂田，从抓来的人群中挑出十个男人，拖到一旁的杀人坑前，退出两步便猛然挥动起手中的战刀。随即一声接一声"扑通……扑通……"的震响，十颗头颅连连砸向了地面，转身再把这些尸体给踢进坑里，完成了他在每一批押来的人群前的下马威。

在这处"人圈"前，张成山摇晃起身子，双手吃力地去抱起一块石头，挣扎了几下，双手一松，身子连同手里的这块石头就要一起倒下。

附近还在监视之中的坂田，嘴里大吼几声走来，一把将张成山拉出人群，拖向一旁的死人坑前，举起了军刀。

前面已来到这队日军队伍里的佐藤林木，见此脸上一惊，马上走来："吉野少佐让把这些人押回去清理昨晚的火场，把他带上！"

张成山倒在了地上，嘴里喷出急促的气流，伸手就能摸到刚才倒地的那些已经变凉的肢体。在蒙眬的泪光中他向着眼前的佐藤林木投去几眼，随即人群里走出两个同伴忙把他拉走。

押解的人群重新走进垛口，来到了昨晚的那片火场。眼前的这座"人圈"，几百具七扭八歪乌黑的尸体筑成荒野上的一块块的山石。等扒开那些倒塌的棚子，还有许多妇女光着身子窒息在了那里的土坑中，除了其脸庞在平时怕受到日本鬼子的凌辱而被抹成漆黑外，有的部位裸露出玉石般的肌肤。为此，大家尽量把这些裸露的女尸给找来一些东西去加以遮挡。四处更是人们的哭泣和咒骂，及

"哇哇"的呕吐。

人群里张成山勉强支撑起身子要去搬起具乌黑不堪的尸体，跟着"啪哒"一声闷响，那块还藏在他身上的五英寸景泰蓝圆盘跌向了地面。前方几步之外现正有个日本鬼子走近，挥起手中的枪支叫上了他们几个。

见此，他忙使上浑身的力量掀开身旁的另一具黑焦炭，并借着其尸体的掩护，悄悄把这块景泰蓝圆盘给捅向了这具黑焦炭的下面。

现在随着日头的升起，四周持续清理出来的空地上黑焦炭在不断地垒起，尸山再被一趟趟拉出"人圈"，抛向了荒山。

一直到后半夜，窝棚里张成山仍难以入睡。眼前还时时闪现着前不久在那座四合院里，众多的身影在日本鬼子一排排枪口下倒去时的场面，还有王掌柜那被狼狗撕咬起的惨状。

再有，那块从王掌柜身边带出的五英寸景泰蓝圆盘，尽管它尺寸不大，但做工精良，无疑是他的又一件心爱之物。为此，他不能让它流落在这一带的荒野里，更不能让它日后落到日本鬼子的手中。

想到这里，张成山悄悄起身摸向棚子的外面，并向着白天抬起死尸的那个地方一步步地爬去。后半夜深沉的月光下四周早已悄然无声，只在不远处的垛口上还能看到，那些走动中的日本鬼子的身影，和不断扫来的探照灯光。

等他摸到这里，前方一支日军巡逻队来到了附近。于是他赶紧倒向近处的那片废墟，筑成了白天还没有来得及拉走的一具死尸。

在静静的等待中，日军走向了朦胧中的垛口，换来另一队巡逻中的日军走向了相反的前方，他才轻轻动了动身子。

接着，他凭着白天里的记忆，小心地掀动起这一处处的废墟。还在连连不断的抽泣和泪水中，终于在一具孩子的尸身旁找到了这块五英寸景泰蓝圆盘。

同时也感到自己的双手在安慰起这个孩子不大的心脏，而已去了天上的王掌柜也一定会重流出了泪水。接着，他在近处撕来一块破布条，重拿来这块圆盘贴向自己的胸前，并用这块布条把它与自己的胸膛紧紧缠绕在了一起，外面仍穿上那件日日月月无法去换洗的衬衫。

　　静静的山林终于迎来了天明。佐藤林木回到了军营，昨夜他站在垛口之上，眼前时时晃动起了白天所看到的张成山遭遇的那惊险的一幕。还有他那颤抖而虚弱的身体，及马上会被瘟疫夺去的生命。

　　天亮之后，吉野少佐要回京城日军司令部，佐藤林木与其前往。随后他设法找上门来，王响铃听完那一刻当时就死去活来。眼下她正为那天大街上响起阵阵的枪声和烟雾后，就不见了这些人的身影而日夜煎熬。

　　现在丈夫总算有了消息，可却身处鬼门关……

第十二章

天渐渐地亮了,附近一群光屁股的孩子,拥挤在一处处棚子前。望着远处走来的这群张牙舞爪的恶魔,接着大人们跑来,忙把身前的孩子给拉了回去。不远的前方"吱呀呀"地走来两辆平板车,正在把昨天死去的大人和儿童的尸体给拉走。

已经到来的日军还在继续不断地搜查和进出着四周的棚子,号叫声中再把一些可疑的瘟疫病人给拖了出去。

继续向前就是张成山所在的棚子,佐藤林木的心快要跳了出来。等来到了这里,眼前光线昏暗,空气混浊,铺有野草的地上横七竖八,或坐或躺着的人们,目光里始终牵挂着深深的恐惧与死亡的烙印。

顺着人群望去,张成山斜身靠向棚子,面容惨淡,且在身旁两个难友的搀扶下,站到了几个日本鬼子的面前,以接受瘟疫的巡查。

人群中,佐藤林木无言的目光向他递出深邃的眼神,并趁着面前这几个日军向外走时有意落在队后。恰巧这时身旁有人要倒下,两个难友忙伸出双手去搀扶时,他便快速地把一个东西塞向了张成山的手里。

临近中午,张成山来到四面透风的茅房里解手,忙把手中的这个纸团儿打开,在这张被揉成个疙瘩的旧纸上认出了上面的几个字:把它吃下,不许声张。尽管这个小纸团儿给搓成了歪七扭八,但张成山还是一眼就认出响铃的笔迹。跟着他泪水涌出，微微张开的嘴巴就着泪水冲进了这几粒白色的珍珠。

远方的夕阳落在了重重叠叠的山峦之上，眼前连绵不断的垛口所围起的"人圈"里也与以往一样，此时更不见家家户户所飘起的炊烟和忙碌的身影。

天空再一次放晴了，佐藤林木跟一队日军开始了巡查。身后那两辆木板车已装上了一摞摞大人和孩子的尸体。从他们的身上和嘴里还时续时断地涌流出一股股的血水，且顺着车上的木板滴落在了土路上。队伍的后面还不断从眼前的棚子里冲出号啕大哭的家人，又被身旁的这群恶魔挥舞而起的步枪与刺刀给赶了回去。

稍后，佐藤林木跟随日军走进了前方的棚子，昏暗而拥挤的天地里人们勉强地站立在了四周。跟着前面两人忙伸出胳膊，摇晃起仍躺在地上的张成山，嘴里急急说道："快起来！快起来！"

眼前的张成山身子软软的，嘴里发出"咝咝"的气息。看到这里，佐藤林木的心里慌乱起来。

跟着日军小队长坂田目光盯去、眉头紧皱，右手伸向着脸庞连连扑打起迎面而来的浊气，右手一挥就招来身后的两人。随即这两人走向前来，双手架起倒卧在地的张成山，拖到棚子外面一辆木板车前就给抛了上去。两辆木板车远远跟随着眼前的队伍，继续走向了另一片的草棚子。

慢慢地夜幕降临后，昏暗中的"人圈"垛口上，忽明忽暗地映衬出一个个游动的幽灵。等到垛门开启，前面的两个村民拉起那两辆已装有满满尸体的木板车，在一队日军的押送下走向了夜色中的山林。

随即这两辆孤帆便日日夜夜"吱呀吱呀"地走向前面的山路，附近漆黑成一团的树林里传出阵阵凄厉的鸟鸣，哀婉地唱起一首首的"安魂曲"。

夜色里，佐藤林木悄悄跟随在了这支队伍的后面。在这之前，他借口说是要去另一个"人圈",而事先从垛口里走出就躲在了附近。眼下当他看到这两辆木板车走来后,便悄悄跟了上去。

再往前就是一条山谷,先前那些已运来的尸体也都堆放在了四处,随即泼上汽油给烧掉。皎洁的月光之下,那些还没有烧透的尸体漆黑地堆成从山里开采出来的一批批大大小小的废石料。

车队来到这里后,随队日军持枪守在一旁,前来的那两个村民便开始抬起板车上的尸体扔向了前方。

寂静之中,佐藤林木循声摸来,朦胧的月光下躲在附近一处居高临下的山石旁,估计那两辆木板车快要卸完尸体时,轻轻掏出手枪举向了半空。

"叭叭……叭叭……"几声清脆的枪声划破了这片宁静的夜空。

车队前的人们惊慌而起,人群中抬起的一具尸体"咕咚"地滑落到了车下。四周还在看守的几名日军"哗哗啦啦"地拉动起枪栓,又在"叽里呱啦"的吼叫声中漫无目标地举起手中的步枪,搜索着漆黑的山谷。

佐藤林木看到这里,身子快速爬向另一处山石旁,再举手枪向着空中"叭叭……"地连连射去几发子弹。

人群越发慌乱起来,木板车上的最后几具尸体一齐滚向了地面。四周的鬼子也沉不住气了,一面押解着车队,一面举枪跟去,车上的那桶汽油还被一把推到了车下,"吱吱呀呀"的车轮在这崎岖的山路上快速地远去。

紧跟着附近的山坡下跃起个身影,一面高呼:"成山,成山,你在哪里?你在哪里?"一面跌跌撞撞地跑向了前面的尸群。

同时,佐藤林木也从这座山石的后面跳出,向着同一个地方跑去。现在他心里已经清楚,王响铃按照自己给画出的地图和交代已经找了过来。

他们俩跑到了这里,慌乱之中谁也顾不得去多说上一句话,连连翻找起眼前的尸群,有的一看就知道是个死去的孩子放在了一旁；有的则要凑到脸前，面对那些满脸污物的面孔时，还要用双手去擦上几把才能认得清。

在连续翻找过十来具尸体后，他们俩的双手便同时停在了一处。人群里张成山脸色黑灰，没有任何知觉的肢体成了个任人摆布的软体动物，再摸一摸口鼻气若游丝，即将耗尽最后的生命。

"成山，成山，醒一醒，我是响铃！"

王响铃在痛哭声中把他紧紧地搂在了怀里，忽然感到其胸膛硬硬的似有块不大的山地，连忙掀开衬衫看去，只见其胸口处还紧紧缠绕着一条破旧的布条子，连忙解开，一块五英寸景泰蓝圆盘随即从胸口上坠落在了眼前。

"成山，你逃出'人圈'，得救啦！"佐藤林木也扶稳了张成山的后背。

在连连的呼唤之中，张成山仍没有任何的反应，还在俩人的怀抱中不停地前仰后合。看到眼前这个死人谷不断吹来冷风，于是佐藤林木背起张成山，王响铃去看清脚前的山路，俩人来到了附近的一处岩石下。

"你看，成山一直不醒，是不是给他吃的安眠药太多啦？"王响铃不安的目光，一会儿看着张成山，一会儿又投向了佐藤林木。

"我怕不保险多给了两片。现在要让他尽快地醒过来。"佐藤林木也愈加不安。

"我白天摸过来的时候，前面有条小河，咱们去那里让他喝些水催催吐！你看，他的嘴唇都干着。"王响铃右手指向了前方。

说完，佐藤林木继续背上张成山，王响铃前面探路，在不停的磕磕绊绊之中来到这条河边，把他靠在了一棵柳树前。

可现在手头没有盛水的家伙，于是佐藤林木扶稳张成山，王响铃一次次走向河边，弯腰后嘴里吸足了水快速走回，抱起张成山嘴对嘴把水给顶了进去。但这样仍会有不少的水从张成山的嘴里流出，弄湿其胸前的上衣。

俩人一商量，再次把张成山背到河边，佐藤林木抱稳他，王响铃则一次次就近把嘴里的河水给压入了其胃里，连续的忙碌使得俩人累得喘起了粗气。十月的深山里冷风阵阵，犹如已提前进入了数九寒冬。

低头看见张成山湿透的胸口，王响铃马上就把自己和他的上衣解开，裸露出洁白的乳房就贴了过去，并和他紧紧地抱在了一起，随之身子在冷风之中不停地颤抖起来。

佐藤林木心中一热，也马上脱去外衣把它披在俩人的身上，解开内衣敞起胸膛从后面把张成山抱起，从而与响铃一起把他牢牢地夹在了俩人的中间。

已经平静下来的河面，时时在微微颤动之中勾画出一组神女之峰。

慢慢地，张成山身子开始有了轻轻的蠕动，从嘴里流出的液体也成了一股股细细的暖流滑过响铃的脸颊，直到这时他们俩才背起张成山离开了河边。

后半夜大山里的气温还在不断地下降。安排好张成山之后，佐藤林木去了死人谷，拿回那桶汽油，还找回来刚才丢弃在那片尸堆旁的这块五英寸景泰蓝圆盘，半路上又打着了一只野山兔。

接着，他们俩就烧起柴火，再把张成山移近而来。艳丽的火光在这漆黑的山林里升起一轮轮跳动不息的朝阳。渐渐地张成山在响铃的怀里发出平稳的呼吸，脸上渗出了红润。

佐藤林木则在柴火旁烤熟了野兔肉，附近很快传来一阵阵树枝的抖动声，原来不知从哪里跑来了一只半大的黑狗。见此，响铃扯下一条兔腿扔去，那只半大的黑狗猛地蹿向一旁，且在不断的观望中走近，伸出小腿儿香喷喷地吃了起来。

远处的山岭静静地披起一轮光亮，时间不早了，佐藤林木这才返回。

深山老林里的枫树在又一轮霜降之后，从眼前的山坡层层叠叠地烧到了山顶。与以往一样,张成山和王响铃从近处的一处草棚里走了出来,身后还跟着那只墨如焦炭的黑娃,现在他们俩要出去寻找些野果和野菜。

这之前王响铃不顾张成山的反对,偷偷下了山,想办法弄来些食物。如今生活就是再艰苦,俩人也不想离开这方圆几十里地的无人区,只觉得这里是一块无比自由的天地。

离前面的山岭不远了,俩人正挖着野菜采着蘑菇,从那里就传来阵阵的枪声,还伴随着不断响起的厮杀声,便赶紧找到一片灌木丛进去藏了起来。

过了个把时辰,前面的枪声渐渐远去,俩人才走出灌木丛小心向着那里摸去。眼前这片山岭上满是被击落的枯枝和树叶,四周散落着弹壳和一些杂物。一直还跟在身后的黑娃,来到稍远之处便"汪汪"叫起。

循着叫声俩人来到这里,此处树下躺着一具尸体,从他的这身军装来看明明是个日本鬼子。刚要离去,黑娃又连连用嘴咬住其军装往上使劲地拉着。

他们俩感到有些奇怪就走了过去,张成山伸手把这个尸体给拉平了身子,细看而去原来是佐藤林木。人已昏迷,受伤的右腿还不停地往外流着血水。

见此,他马上扶起佐藤林木,响铃也上前撕去一缕布条,俩人边把他流血的右腿给包扎上,边连连地呼唤。

稍后佐藤林木在他们俩怀里慢慢地醒来,面对着张成山和王响铃,脸上隆起的阵阵痛苦舒展了开来。

"林木,没想到咱们在这里又相见了,你右腿受伤刚刚包扎好。"

"痛,我忍得住。上次我帮助你逃出'人圈'。这次我躺在你们俩的怀里,心里甜!"佐藤林木苦笑了笑,又说道,"我还以为你们俩已离开了这里。"

"成山，这里风大，快背着他去草棚子里。"王响铃说完，张成山拉起了佐藤林木的双臂。

后两天里，佐滕林木发起了高烧。张成山和王响铃伸出的双手时时在他的身子上被击了回来。

俩人一番商量，张成山偷偷下了山，还要走出这方圆几十里地的无人区，去请一位医生来。可人家一听要进山，那里经常有日伪讨伐军的"扫荡"，说什么也不肯。无奈之中他把来时采到的蘑菇给了医生，换来几个鸡蛋和一把盐粒。又偷偷进城来到了过去的景文阁，眼前早已败落的院中空无一人，只找到散落在墙角处的一些白芨后反身而回。

又过几天，佐藤林木受伤的右腿化起脓，肿胀了不少，时时昏睡而去，俩人看到这里心里不安。随之张成山拿来佐藤林木的钢盔，里面放些盐粒就在火堆上烧起了开水，再找来块布头堵进了其嘴里。

很快钢盔里冒出热气，张成山拿起刺刀，憋住呼吸，就在这条红肿的右腿伤口上慢慢地划出一道刀口，紧跟着一条血龙便跟着刀尖追了出来。

眼前佐藤林木发出阵阵的哀鸣，脸庞梗向一侧，与一旁的黑娃对视起了目光。黑娃则时时伸出小腿儿，轻轻抹去他青筋暴跳而出的洪水。

王响铃始终不忍心时时扭过脸去，一面不停地用热水冲洗起这道伤口，一面还要不断地擦净，双手再轻轻挤出伤口里的血水。

钢盔里的热水慢慢退到了头顶，眼前这道伤口处的浊水也已断流，佐藤林木更是昏死了过去。接着，张成山就把这次从景文阁找到的白芨粉撒在伤口上，俩人这才小心地把其右腿给包裹了起来。

忙完这一阵，张成山更是筋疲力尽。但仍放心不下，还想起过去白老板的三姑娘玉芳在山区里被毒蛇咬伤时，自己采来些金银花、决明子等中草药给她敷上，这才挽回了其生命。

想到这里,他嘱咐响铃照看好佐藤林木便快步爬上四周的山坡,寻找起自己所认识的那些草药。一座山坡前,他看到一些生长得墨绿的马齿苋,心里清楚它既能当菜吃,又有清热解毒的作用,忙向前弯腰就采摘了一把。

很快脚下的山坡在不断地隆起,他的脸庞更是扎向了地面,再用力拔起一片草药时,脚下一滑,身子在摇晃之中向后倒去,脑袋碰向了后面的石头,且顺着一股股飞扬的尘土滚下了山坡。

静静的山林里,秋日的阳光来到张成山的脸上,也带来了丝丝的暖意,他才慢慢醒来,睁开双眼愣住片刻后明白过来,又继续向着土坡爬去,捡回来了那一路撒播而去的草药。

重回到林木的面前,他来不及喘口气就与响铃一起先把这些草药给洗净弄碎,重新敷在其右腿伤口处后再给包扎了起来。

忙完这一切,西边的太阳已躲到了眼前这道山坡的后面。

随之张成山和王响铃各自斜倒在了佐藤林木的身旁,很快进入了梦乡。眼前的余晖泼洒起重重叠叠的树影,秋日的山林又多了一组静静的岩石。

在梦境里,佐藤林木望见高高的富士山,及妻子和木榻上躺着的年迈的父亲,一旁还摆放着一些精美的七宝烧。

而在张成山的梦境里,他也回到了父亲当年在世博会上获得金奖的那一时刻,和自己接替父亲所做出的那个十分精美的御盒,竟也得到了慈禧太后的赞赏。接着他来到御花园,继续在这美若仙境的天地里畅游了下去。

且梦境也融进了响铃的脑海,她和成山回到了结为夫妻的那个夜晚,及成山一声声地称她为"舰长"时的甜美笑容。

终于,佐藤林木痊愈了,俩人还把那几个鸡蛋,变着花样硬送进了其嘴里,为的是让他能更快地强壮起来。

但是佐藤林木知道后却泪水流出:"现在的日本是谁把那么多的孩子、丈夫、兄弟、亲人和朋友送到中国,让他们去卷入这场残酷的战争,杀害了那么多无辜的人民,难道还要我继续去闯入这场罪恶吗?"

说到这里,仨人取得了共识,还要带上黑娃,要一直住在这片无人的山林中,就是再苦再难也要呼吸这片自由的空气。没有吃的就去采野果和打猎,春暖花开之时去种上一些不易被发现的土豆和红薯;有时再偷着跑下山去弄回些食物和衣物,这片广阔的天地才是他们栖身的最好家园。

进而闲暇之时,张成山还掏出这块五英寸景泰蓝圆盘,俩人做起了交流。当佐藤林木得知这次其深负重伤的右腿能够痊愈是因为用上了白芨,不禁感慨万分:"中国的景泰蓝真是太奇妙,掐丝不但用上了白芨,还可以用它来治病!"

听到这里张成山笑道:"白芨本来就可以活血和化瘀,也说明你命不该绝!"俩人笑起。

生生不息的山林,从春暖花开,一路走到了白雪皑皑的山顶。

白雪皑皑的山坡,又化为道道清泉,浇灌出了千姿百态的世界。

转眼间两年过去了,这一天偷偷下了山的张成山从远处一路高呼而来,时时跌倒爬起,再不顾一切地跑来,嘴里不断地高呼着:"响铃、佐藤,快出来,日本鬼子滚蛋啦,咱们回家喽!回家喽!"……

第十三章

临近月底回到久别的月坛南营房，随即张成山重开起一家景泰蓝小作坊。

如今的京城日本鬼子走了，但国民党来了。街上时时发生着反内战、反饥饿的大游行。半空中铺天盖地般的传单落向人群，很快一队队警察赶来，警棍纷纷砸向前面的人群，一批批青年学生被拖进了警车里。

接着更大的一股抗议浪潮涌来，一路追赶的警察看到一些出售工艺品的摊位上铺起花花绿绿的传单，一群群游行的青年学生也在此跑来跑去，跟着就把心中的怒气撒向了这些手艺人。当晚有的坐上老虎凳、灌入辣椒水；有的用上电刑；双手钉入竹签、双腿又压起木杠，牢房里声声惨叫昼夜不断。

楼道里迎面押来了葛永生，一见面前被拖走的身影就瘫在了地上，眼前冒出的虚汗里闪现出刚刚新婚不久的妻子，没等主审官发问，便把张成山所藏有的秘密给倒了出来。

"我不知道什么共产党，就是个手艺人！"张成山目光直视而来。

"还有呢？把慈禧御盒交出来。"听到这声吼叫，张成山眼前闪现出原先的那个秦桧，现在又跳到了面前。

"刚说过，我就是个手艺人，没有那个东西。"

"嘴硬，来，给他上一道'金魂出窍'！"主审官怒起。

话声落地，张成山眼前的这个秦桧，成了面前的刽子手。两个警察把张成山双膝按向地面，先用根麻绳在他头上绕上几圈，再向着绳里插进一根细铁棍儿，双手又同时向着左右一圈接一圈地拧动起了绳子。

眼下随着一圈连一圈收紧的绳子，张成山的脑袋里像是抽出了脑髓，还在连连的挣扎之中，身旁的这两个身影仍死死地咬住他的双臂。随之昏死过去，脸上又泼来一桶凉水，直到没有了任何的反应才被拖向楼道。同时被抓走亲人的家属们联合起来，去警察局要求放人。

直到两天之后，钱局长开会回来，听完主审官的密报，踱步来到窗户前，透过眼前玻璃窗向着楼下扫去。稍后其眼珠子卡在了楼下人群里王响铃的身上，转身叫来了手下人。

王响铃来到了办公室，钱局长马上迎来，笑眯眯的胖脸成了一座笑佛。

"张太太，这些被抓来的共产党嫌疑犯，扰乱社会治安，煽动民怨，罪行不轻啊。"钱局长拉来王响铃的右手，轻轻抚摸上了这让他心跳的肌肤。

"钱局长，我丈夫不是共产党嫌疑犯，这些人也都是正经的手艺人！"王响铃盯着钱局长的举动，收回双手心里涌出一股股的厌恶。

"是不是共产党嫌疑犯这不难下定论，为什么不去穿旗袍？"

钱局长说着就前后左右围着王响铃转过两圈，且伸出手比画道："开气，开到这里最好！"说着其右手就摸向了她的大腿和臀部，目光又紧追而来："张太太，张成山要真是共产党嫌疑犯，那就……"

"那你要把他怎么办，还讲不讲道理？"王响铃怒目而视。

"我想，张太太是个明白人，那咱们就打开窗户说明话。张成山是不是手里有个慈禧的……"

随即王响铃心里一颤，眼前闪现出那天与成山在山林里脱险的当夜，自己告之已取回了放在母亲坟前的那个秦桧，也更加体会到了他当即的愤怒。

"你要怎样？"王响铃心里又是一紧。

"现在国家有难匹夫有责，当兵上战场不是很好吗？张太太好好想想噢，欢迎随时来找我！"

"哼，我要见张成山！"

"可以，识时务者为俊杰！"钱局长右手伸出，贪婪的目光追着她的背影，直到消失在了前方的楼道里。

在走向牢房的路上，王响铃想到张成山这些年来的经历。依着他的性格和脾气，哪怕瞬间让他的躯体化为乌有，也绝不会让这个被押在母亲坟前的秦桧，又重新逃脱而落入另一个秦桧的手中。但她也渴望，现在去见一见成山，哪怕他还能呼出一口气，这对于她来说都是一种强烈的追求与牵挂。

从牢房回来的路上，张成山的身影和话音还始终钉死在了她的眼前。

前面就是南营门的家门，她想了想没有进去，转身去找了那些同时被抓走的手艺人的家属，想让大家共同出出主意。

重回到街上时起风了，路面上一元和五元的法币裹在风沙中，有的挂在电线上摇来又晃去。如今在路边喝碗粥、买两个包子也要一万，眼下这些一元或五元的法币，更没有人去追逐它的到来。

眼前面对家家户户的艰辛，她想去买个小果盒谎送给钱局长，可市面上的景泰蓝全是一些盘盘碗碗，或是一些瓶瓶罐罐的老产品，何况面对的是一只狡猾的恶狼。

连续奔走三四天，王响铃清楚不能再等下去，遂去了钱局长的办公室。

"来，来，你看脸上的汗水，先坐下！"钱局长见到王响铃的到来，脸上的囊肉立刻堆成个超大的烧卖。

"钱局长，张成山现在还有些想不通，您大人不记小人过，别再让他去吃苦头！"王响铃的眼前闪现出了在路上所想到的办法。

"看你说的，百姓的父母官嘛，我向来不放过一个坏人，也不冤枉一个好人！"钱局长双手攥紧王响铃的右手，且在上面轻抚起来。

"噢，这么说局长大人觉得我是好人喽？"王响铃的心里喷出一股怒火。

"当然是好人啦！你看看，这阵子受了不少的苦人都瘦了，我这当局长的能不心疼？今晚带你去大栅栏扯上两块好料子，做两身好旗袍，下馆子听听戏。人吗……"钱局长走向前去，插上了房门。

"钱局长……"王响铃一见忙站起，无助的目光向着空荡的窗外投去。

"丁零零……丁零零……"，眼前办公桌上电话响起，钱局长脸上的肥肉一颤，脚步粘住后伸手钩来了电话。

王响铃趁机快步来到房门前，双手拉开门锁，转身跑了出去。

再次回到家中，面对空空的屋子，她一屁股坐下痛哭而起，眼前还时时晃动着刚才钱局长那张烧卖似的脸庞里所挤出的污浊。

进而眼前又闪现出在第一次去牢房所见到张成山时的场面。那时当她小心地说出钱局长的目的，他猛然站起："你要是把它交出去，我就死在这里！"

想到这里，她抹去泪水来到屋外的白杨树下，找出上次还给张成山的这半个御盒。回到屋里昏暗的油灯前，把它用块旧布擦去两把，只见它立刻便环绕起一颗巨大无比钻石般的身影。遂把它贴在脸上，渐渐，它由通体冰凉，又慢慢温润到了心田，眼前也连连闪现出这些年来俩人所走过的身影。

寂静的夜色里，其泪水涟涟，直到窗前透露出一丝微白，响铃起身出了家门。

战后的日本，祖辈的家园成了一片废墟，弟弟和叔叔也在广岛受到了核辐射的伤害。面对种种困境，佐藤林木背着父亲把从废墟里扒出的一些七宝烧做了处理，眼下首要的任务就是去医治好两位家人的疾病。

不久，父亲佐藤正芳的心梗得到缓解回到了家里，一见没有了心爱的七宝烧，气得犯了病，很快再次出现大面积的心梗，第二天便去世了，半个月之后母亲也随他而去。

面对这连连的打击，佐藤林木掩埋好父母，寻找起那只过去曾参加过美国世博会的七宝烧。最初自己变卖从废墟里扒出的那些七宝烧时就没有找到，想到它可能已被埋在了四周的这一片废墟里。

再则，弟弟和叔叔所要医治核辐射的药没有了，佐藤林木只好先去了一趟东京。等月底回到家里，这里的废墟已被运到了百里之外的一座填埋场里。

接着，他放下手中的药品，交代好家里的一切，连夜便赶了过去。

月光之下的这座填埋场，看似已成了广岛和长崎那两颗原子弹爆炸后的现场。四处清运出来的各种垃圾垒起半壁江山，七零八落的各种杂物还散发出一股股的异味。那一刻，他不知从何处下手。

从此每天天刚亮，他就在这座"花果山"旁一点儿一点儿寻觅起心中的猎物，渴了就去附近河沟里喝上几口水；饿了则来到附近的山林里去寻找一番；晚上就在这座"花果山"旁睡上一觉。此时的他更觉得自己又从一只白天流浪的狗变成了一个出入于荒野的野人。

进而在一天的夜间，他被一场突降的大雨给浇醒，来到一处山坡下避起了雨，双眼向着这里投来，脑海中则闪现出张成山和王响铃的身影。自从几年前他们仨从无人区里的山林中走出，这些年也不知道他们俩怎么样了。这一切又是一个无法解开的谜。

随之他们俩的身影闪过，其耳边又响起父亲刚刚生病时的话语:"我这一生最大的遗憾就是不能再去参加世博会,更没有为家族和国家去争得最大的荣耀,今后这个任务也只能让你去完成。等你得到世博会七宝烧金牌的那一天,一定要到我的坟前。我也能在天堂里,当着张艺林的面好好得意一番!"

很快当地百姓知道了,纷纷赶来,一起帮助寻找了下去。这座毫无生气的"花果山"又充满了生机。终于半个月之后,这只大家久盼的宝贝被找了出来。当佐藤林木双手接过这只沾有污物的七宝烧,且小心地用衣服把它擦拭干净,显露出它那原本的光泽时,其两眼湿润且向着四周的人群长跪了下去。

进而回来的第二天,他找来些废旧料,还把捡来的一些旧金属卖掉,建好家园更要重新创业,同时一些社会团体和组织也给他送来了捐款。当地群众更是大力支持,人们有的把家里残存的七宝烧给送了过来,说是供个参考;有的把以前带有七宝烧的相片也拿来,盼望日后能建个博物馆。

看到眼前的这一切,佐藤林木热血沸腾,在他的面前那只在下一届世博会上将能获得大奖的七宝烧,正从这里生产了出来。

经过两天连续的奔波,天黑之前王响铃回到了老家,无意中看到一户人家有个旧铜盘,想到现在的京城要找到一块铜料有多难。她便以此处姨妈家的一块田地,换来了这块旧铜盘。

继续一路奔波回到家里,一碗冷水吞下,她再次出门找上张成山的那些朋友,说出了心里的打算。

众人分析钱局长没有见到过这个御盒,按照响铃提供的尺寸,用手头仅有的几个铜板买来一点儿材料,随即有人在这个铜盘上下起了料;有的接过它遂用锤子做起了铜胎;有的拿来镊子掐起了铜丝;还有的配好釉料准备点蓝。大家歇人不歇工,眼见着心目中的这个独生子,分分秒秒都变换出另一种身姿。

自古以来景泰蓝的生产都要由制胎、掐丝、点蓝、磨活和镀金这几大工序组成，完成一件产品要有三四个月，或者更长的一些时间。

可如今六天之后，这件御盒奇迹般地摆在了面前，拿在手里光润如玉，通体掐丝工整，点蓝晶莹剔透，看着就不同凡响。

临近傍晚，王响铃与众人商量完之后，大家就直接去了警察局。

"怎么想通了？早给你沏好了西湖龙井，快坐下！"眼前钱局长肥胖的脸庞撬动起这个超大的烧卖，从眼皮挤出的目光死死地盯在了那个锦盒上。

"钱局长，您说话不能失约，我要接人。"王响铃语气坚定，目光盯去。

"当然，君子一言驷马难追！"

钱局长说着两步窜来，脸上这个巨大的烧卖早已冒出了油光。心里也在想着：当年那个不是玩意儿的孙殿英炸开了东陵地宫，弄走了那么多慈禧生前的宝物，如今自己也总算有了老佛爷身边这么一件可心的宝物！

跟着，他把锦盒里的御盒掏出，赶紧一看："你在耍我？盖子呢？"

王响铃一听心里更明白了，尽管那个葛永生向钱局长泄密出张成山手里的慈禧宝物，但真正的底细和情况看样子他还是没有搞清楚，同时这也是大家出谋划策，而事先留了一手。

"钱局长，我可以把这个御盒的盖子给你，但你必须把那些手艺人全部放了。因为他们不是共产党嫌疑犯，这一点你心里清楚！"

"要是不放他们呢？连你我也不想放！"钱局长得意的目光里闪现出了淫秽的神情。

"别得意得太早。那明天这个御盒的盖子就会上了报纸，现在你到窗前去看看。"

听到这里，钱局长忙走向窗前，身子裹在窗帘的后面。警察局外面的大街上，还在等待中的上百人的家属队伍里打起了横幅，白玉芳挥起双臂正带领人群高呼着口号，一些身背相机的记者则在时时采访。

"我……我可以全部放人，现在把御盒盖子拿来。"钱局长慢步踱来。

"现在你马上打电话过去，家属们还要去牢房等着接人。等放了人，明天上午给你送来！"王响铃面容平静，口气生硬。

"还想要我……"钱局长的脸上闪出了犹豫。

"俗话说得好，跑得了和尚跑不了庙！现在这些手艺人的作坊还不是被您局长大人封着吗？人要是跑了，这饭碗可就砸了！"

"丁零零……丁零零……"，稍后无声的办公室里电话响起。

钱局长接完电话后抬起胳膊看了看手表："放人，明天上午你把这个御盒的盖子给送到这里。"说完，他重新拿起电话，拨打了出去。

王响铃看到时机已成熟便快速走出警察局，与在此等待的一些家属会合在了一起。还在赶往牢房的路上，附近夜空里升腾起阵阵鞭炮的炸响。大家也清楚了，现在那些被关押的人们已全部放了出来，这是另有些家属在牢房外燃放起的胜利的礼花。

进而路上众人还商量起，明天要找个路边的流浪汉，托其给钱局长送去这个御盒盖子。而当他发觉已到手的是个杂牌货时，一定还会反扑回来。因此等今晚把那些被关押的手艺人们接出后，大家要赶快地分散，或是隐蔽起来。

同时王响铃也在路上想好了，稍后接出成山，俩人连夜出城，还是先回到姨妈家所在的农村去。

冬去春来，一九四九年的初春，眼前昆明湖里的冰层还没有完全苏醒，而远方的燕山山脉，正在一浪接一浪地向着这片湖里浇灌起了阵阵的清泉。

春风来到了二月三日这一天，人民解放军要举行盛大的进驻北平的入城式，而年初之时张成山和王响铃也从农村老家重新回到了京城。

这一天天刚亮，他们俩就进了城。一路从永定门跟到了前门，无数次地与汽车上的解放军战士握手欢呼，一路滚出的行行热泪，连连冲向了路面。

连续多日的忙碌，直到晚上张成山才兴冲冲回到了家，还滔滔不绝地向着响铃讲述着白天所看到的一切。

"还有一件喜事呢，你猜猜？"王响铃的脸上闪出了红润。

"那还用猜？新中国就要成立了，咱们的苦日子熬到了头！"张成山拿起窝头，两口就吞下多半个。

"你舰长、舰长地叫了多少年，这次可真要当上啦。"

"真的！怎么不早说？"张成山马上放下手里的那小半个窝头，俯身听起响铃的肚子，面露出万分的惊喜。

"已经快三个月了，你这个当爹的，还自称为司令呢！"

随即张成山忙伸出双手扶着响铃上了床，先把枕头放在她的脖子下面，再伸过胳膊把她搂进了怀里，两张脸庞也烙在了一起："从今后不许干活儿，舰长就是个当官的，哪有当官的还天天去干活的？"

响铃笑起："不让我干活，咱们每天吃什么？"

"新中国成立了，我有一身景泰蓝的手艺，还养不活你这个女舰长？"张成山得意地晃动起了脑袋。

"那等孩子生了下来，叫什么？"王响铃脸庞扬起。

"先头的两个命苦，保不住。这个孩子命好，与新中国一起来到了世界。那就要生五个孩子，老大叫张一舰，老二就叫张二舰，老三就叫张三舰，一直到张五舰，合起来那就是一个舰队！"张成山又摇头晃脑了下去。

"还多带劲呢，难听死了！一听就是一个窝里出来的。那要生出个姑娘,外人叫白了,喊她为'小贱人',怎么办?不行,不行!"响铃伸手推去。

张成山仰头"哈哈"笑起:"那你说叫什么?反正别叫什么铁蛋、狗剩,也不叫什么花呀、草呀什么的。新中国马上成立了,咱们的孩子赶上好年景,就叫他迎新吧!迎接新中国的到来,男孩女孩都好听。日后老二叫保新,老三叫建新,老四叫筑新,老五叫爱新。知道为什么吗?这五个孩子日后长大了,就让他们分别从事于景泰蓝的制胎、掐丝、点蓝、磨活和镀金。有了这五道主要工序,我就能制作出天下最为精美的景泰蓝,咱们这一家也就在月坛出了大名,你也成了英雄的母亲——景泰蓝娘娘!"

"去你的!一个孩子还没有出生,就打好了五个的主意。"王响铃右手挥向张成山的脑门。

"知我者舰长也,就这么定了。抓紧给我生出五个孩子来!"张成山更是得意而起。

跟着他转过身,心里猛然就有了冲动,双手忙解开响铃的上衣,脸庞就贴在她的胸脯上,且嘴巴伸来,在其肚皮上一下又一下地亲吻起眼前这个圆圆的和田美玉。一扭脸,又一头扎进这一对白嫩而高挺的乳宫里。

稍后张成山这才右手伸出让她躺好,且上下左右不停地按摩起其双腿:"这次可要当好舰长!以后我每天都要检查一番,看看咱们的舰长是不是称职,当好了就有嘉奖,官儿还能越当越大,最后当成元帅。我再给你制作一套元帅服,上前门大北照张相,多气派呀!"

俩人正笑着,从屋外跳来股股青烟。王响铃这才双眼圆睁,竖起了耳朵。

"坏了,饭煳啦!"跟着她摇动起了身边的这座大山。

"是舰长,坚决执行命令!"张成山忙从响铃的身边跳向地面,笑声中三脚两步蹿出了房门。

前两天乡下的姨妈写信来说最近身体大不如前，想要见个面。王响铃决定自己先回老家看看，快去快回。

到了晚上，附近制作绢花的高丰文，半夜里所封的火炉崩出个火星，很快燃成一片火海。天明之后，面对还冒着阵阵青烟又被熏成漆黑一片的残壁断梁，人群痛哭起来。张成山含泪找到几把已烧去木柄的锤子头，还有一把变了形的剪刀和一些点蓝用的碎盘子。

直到这时，他才忽然想起儿子，忙转身奔去，打开屋门儿子迎新跌坐在了冰冷的地上，薄薄的棉裤已被尿湿，桌上的那块景泰蓝圆盘和梅花錾子还一起砸在了身旁，心里更是一惊。要是这个尖尖的錾子扎向儿子的眼睛，岂不要了他和响铃的命？忙解开棉衣把儿子搂进怀里，泪水夺眶而出。

天亮之后，当地政府和军代表就送来了救灾款，还把大家召集起来，动情地说道："你们这些手艺人都是国家的宝贝，更是新中国的主人。现在你们受了灾政府要管，一方有难八方支援。希望你们能战胜这场灾难，尽快恢复生产，为新中国的建设去添砖加瓦！"

会场里张成山与众人一块，高呼而起的口号带出人们不断流出的泪水。

等到了下个月，眼前的废墟已建起一片崭新的平房。张成山等人也都搬了进去。大家做好两面锦旗，敲锣打鼓送到了当地政府和军代表的手里。

王响铃回到老家见到了姨妈最后一面，接着张成山就用她的钱，购进几张铜板和一些生产辅料，以及三把剪刀、两把锤子、两张木案子，连同这间不大的作坊，在随后的公私合营中以五万元旧币入了股，每月领取一百元的股息。

可张成山万分感谢新社会，感谢共产党的好领导，要放弃这每月一百元的股息，最后被政府找去谈了话，还是要按照党的政策去执行。

到了一九五六年一月十五日，京城各个手工艺品行业迎来了合作化的新高潮。

在这一波又一波社会主义建设的高潮中，同年则由几十家景泰蓝的小作坊，再结合"四大名旦"和"燕京八绝"成立了总厂，市里还投资建起两座崭新的三层楼房，厂名由郭沫若所题写，全体职工群情激奋，历史悠久的国粹景泰蓝再一次获得了新生。

在连续忙到月底之后，星期六的晚上张成山回到了家，眼前五个孩子勾胸搭肩地缠在一起进入了各自的梦乡。

晚饭过后，张成山坐在外屋悄声听起了广播。同在一旁的响铃也在灯下，一针一线地缝补着孩子们的衣服，随之皱起双眉，左手食指含在了嘴里。

"舰长，慢点！明天忙吧。"张成山忙关上收音机，拉来她的左手。

"嘘……"王响铃向他使个眼色，回头看了看床上的那一排身影。

可没想到，张成山扭头一笑，右手大拇指昂起："舰长，你这几年可立下了军功，又连续带出四个兵，舰队司令啦！"

"别瞎叫，孩子们该听见啦！"响铃抽回左手，向他瞪了几眼。

"毛主席说了，新中国要人多热情高干劲大。建国之夜我就说过要五个孩子，眼前这个心愿实现了。咱们这个家就能做出一只只最美的景泰蓝！"

"你这个老东西一直在打这个谱儿，名字也不叫舰了，全是新了。"响铃右手又杵向了张成山的额头。

"这还不好？新社会就要有新思想，就要跟得上新形势！老大叫迎新，就是迎接新中国的成立；老二叫保新，美帝国主义要打过来，咱们就要保卫它；老三叫建新，眼下就要好好地建设咱们的新家园；老四叫筑新，如今上级要咱们多提意见，就要更好地建设咱们的国家；老五是唯一的女儿爱新，更要处处热爱咱们的国家。你说对吧？还得让咱们这个家焕发出新的光彩。

"还有，上级要对我们这样的老人评定工资级别，是以三个月的计件作为平均来定日后每月的工资。以后我回来会晚一些，你这个舰长可要多吃点儿苦了，吃饭不用老等着我！"

"你现在就睡吧，明天还要早起。"响铃停下了手里的针线。

张成山一听脸庞贴向了响铃的耳根："舰长，今晚趁孩子们都睡了……"说完，悄悄站起。

"瞧你这份出息。"响铃右手再次杵来……

第十四章

星期五上午，张成山先去工艺美术学校查看图书资料，回到厂医务室看了看感冒，再找上厂办公室的韩军开好证明。下午去了故宫，要临摹些景泰蓝，好为国庆十周年设计出图纸。

故宫一间平房里，仓库王管理员把一些景泰蓝的藏品给他找了出来。

张成山看到这一件件美轮美奂的艺术品，感觉成了自己一辈子也读不完的《四库全书》。又想到稍后这里只剩下他一人，附近还有工作人员，就让王管理员先把自己反锁在这里，下班前打开后自己再离去。

王管理员走后，他把还没来得及吃上的一个馒头和一个窝头放在附近，面前拿来了纸、笔。接着小心地在窗前放好一只景泰蓝细细地观看，又掏出梅花镊子移到面前，便对其掐丝图案双手不断地移动起来，还时时在带来的一张白纸上用铅笔画着。那瓶身上的精美图案，细巧的做工，艳丽的色彩，也马上把他带入了一个远古和精彩的世界。

眼下已到了立冬，窗外冲来了阵阵寒意。渐渐，远方的夕阳淹没在了太和殿的身后，平房里暗淡了下来。张成山起身要去打开电灯，望向窗外附近的员工，其右手停在半空，心里清楚如员工们到来自己则肯定会被请出去。

随之他就着窗外的余晖继续画了下去，脸庞抬起，目光穿过窗户,瞬间仿佛副厂长赵德才站在了面前。

想起来刚刚过去的上个月,赵德才召集老艺人召开座谈会,右手时时挥来:"我们工艺美术'四大名旦'要突出三面红旗,要用手中的铁锤敲打出飞机和大炮!"可自己听完却顺口说来:"大炮和子弹用黄铜,红铜才能敲打出景泰蓝!"此话一出四周阵阵笑声,也扑来了赵德才的一脸怒火。

座谈会后,赵德才留下了自己:"我是为了你好,现在社会上就有一股不正之风,你要注意自己的言行和举止。"

看着张成山转身淡淡一笑要离去,其又挥起手来:"我的话你要引起重视。对了,这一忙还差点忘了。我有个叔叔得了一种难治的病,要配上几味中草药,最好能用个老物件去煎服才能去根儿。听说你手里有件……"

听到这里,自己以往几十年的经历也历历在目。前些日子自己也从生产科长老郑那里,得知这位新调来的副厂长及子虚乌有的叔叔。于是自己也张口扔出:"那不是用来煮药的!"遂气愤地要离去。

"你看,我刚刚说完也是为了你好,要注意自己的言行和举止。现在,你孩子多生活不富裕,又是能吃的时候,要不卖……"

"孩子多也养得起,谢谢!"说完自己头也不回地离去。

接着来到厂区里,正遇到一队少先队员前来参观景泰蓝的制作。走在后面的一个女孩子,拾起从半空中跌落下来的两只奄奄一息的麻雀,交到了自己的手里。随即自己就把这两个小绒球儿放在了一堆景泰蓝铜胎的旁边,小女孩高兴地跟上了前面的队伍。

稍后走来两个胳膊上戴起红袖章的人,遂在身旁这座楼顶上,那个同样挥舞起小红旗的身影和喊声的指引下,发现了这两只还在瑟瑟发抖的身影。

于是这俩人来到这堆铜胎前,一下从地上抓起这两只幼雀,"噗噗……噗噗……"两声不大的声响过后,瞬间这两团毛线球儿就被碾平在了路面。而从厂门走回的赵德才也来到了面前,向着自已投来了冷笑。

紧跟着星期一厂务会上，赵德才首先做了发言："现在咱们工厂要准备向国庆十周年的献礼产品，可是张成山却公然利用两只麻雀去对抗'大跃进'，反对三面红旗，手段十分恶劣！在当前的形势下，张成山和同时在场的于得水也不能成为漏网之鱼！"

眼下望着手里的这只景泰蓝，想到这所有的一切，张成山一次次摇上头，努力想把眼前出现的这个阴影，要从自己的脑海里给甩出去。

这一天下来直到窗外完全暗了下来，也没有见到王管理员的到来。抬头望去，一轮明月来到了这一片巨大的皇宫之上，平坦的砖面铺满了层层的银浪，倒映出这古老皇城的雄伟身姿，营造出了海市蜃楼般的仙境。

直到这时，张成山才停下双手，朦胧中摸向前方一处水池，双手捧来一把清水灌进了嘴里。

重回到窗前，眼前的这些景泰蓝已无法再画下去，他便拿起它们——用双手去抚摸它们每一个的胎型，昏暗里挥起手中的梅花锓子，继续向着其心目中的那个展现出的图纸掐起了丝，且伴随起"咕咕噜噜"胃肠的欢声，这才把余下的那个馒头给吞了下去。

面对这幽静的空间，实在太疲劳了，他便裹紧上衣后背靠在一个木架子前，坐在地上想休息会儿，片刻过后就跌进了梦乡。梦境之中又感到身上着了火，遂身子在眼前这片青砖地上不断地碾压了下去。

家里已连续两天没有见到张成山的身影，眼看着外面又漆黑成了一片。王响铃擀好面条，嘱咐完老大迎新后便出了家门。夜色里先去了工厂，寻找几遍但谁都不清楚他人去了哪里。

随即她心里有了阵阵的不安，还在回家的路上去了护城河，担心老伴厂里受到了批判而跳进了这条河里，又沿着长长的河道向前找去……

与此同时，孩子们从天黑就盼着爸爸的出现，可眼下妈妈也一去不回头。筑新和爱新便趴在地上玩起了拍洋画，保新也从球鞋里掏出一把多日以来早已沤臭的杨树叶，与建新和迎新做起了拉钩比赛。最后大家饿得闹成一团，爱新更是哭个没完。

"你们都别闹，我给你们煮面条。"看到弟弟妹妹们始终望着面板上已切好的面条，张迎新挥起了胳膊。

"哥，你会煮面条吗？"小妹爱新忙擦净了脸庞。

"当然会煮啦，看我的吧！"张迎新捅开火炉，端来的铁锅里放上了水。

在焦急的目光中，几个孩子又在炉火前围起了一排小炉灶，一面等待着水开，一面还七嘴八舌地乱在了一起。慢慢铁锅里的水面升起一股股的热气，张迎新双手抓来面板上的面条，转身就要放进去。

"哥，锅还没有开呢，能煮面条吗？"小妹爱新泪光中看去。

"当然能煮啦，你们就等着吃吧！"张迎新得意地把面条推进了锅里。

平静的锅面继续升腾起阵阵的热气，一团面条沉淀在了水底，推出层层的白雾，慢慢粘连之后煮成了一锅面糊糊，几双下到锅里的筷子也在连连的游荡之中碰到了一起。

"哥，你不是说会煮吗？怎么一根都没有？"

"哥，妈妈做好了面条，你给煮成了面汤，你赔！你赔！"

几个孩子围坐而起，阵阵哭闹之声也连连冲进了桌前的那团面水之中。

前两天太平洋里发生了强震，随后波浪滔天的大海里，猛然间像是蹿起无数只凶猛的怪兽，一齐发出惊天的吼声，层层巨浪冲过海滩，又撕向眼前的民宅、街道和田野，向着还在睡梦中的人们凶恶地咬来。

随之房倒屋塌，人们无力地呼喊，佐藤林木一手抱上小女儿佐藤艺枝，一手拉上儿子佐藤亿代，妻子惠子也带上亿雄，和一些工人向着山坡逃去。

　　且慌乱的人群里，佐藤林木忽然看见从屋里冲出的海水中漂浮起几只七宝烧，脸上一颤停下了脚步。

　　"你抱着艺枝、带上亿代先走，我去把这些七宝烧给收在一起。"佐藤林木转身对着身旁的工人田中庆男说完，将小女儿艺枝递去。

　　"不行啊，现在海浪太大！危险，咱们快走吧。"田中庆男接过艺枝，且不放心地冲着佐藤林木喊去。

　　"不要管我，这些七宝烧不能再毁了！"佐藤林木头也不回地冲去，双臂连连阻拦起从屋里冲出的这些物品。

　　等快步来到屋里，眼前许多木架子已被海水击倒，面前漂浮起一个个七宝烧的包装盒。他忙把这些儿女抓起后，往高处没有倒塌的架子上放去。

　　在连连的抢救中，从敞开的一处门外冲来一块木板，随着一股涌动的浪头，一下子就撞向了其右腿。他趔趄着差点摔倒，左手忙扶住一旁，稍后才眉头拧死继续摸向了水里的这些彩色的生命。

　　月光之下已冲到外面的人们，在一波接一波海浪的冲击下伸出双手拉在一起。田中庆男怀中紧抱着佐藤艺枝，还让佐藤亿代拉住自己。不料从一旁冲来块木板，又猛然撞在了他的后腰上。他身子一晃，身体向着水面跌去，怀里的艺枝落入水里，瞬间就被冲向了远处。

　　田中庆男强撑起身子，连忙拉上亿代，双臂拼命地向着四周划去，遂在人群里狂呼而起，眼前扑来的海浪一遍接一遍地吞没住了他的身影。

　　远方的天空终于慢慢地点亮了，青青的山坡上已筑起一处处的人群孤岛，远处的海面还漂浮着一片片流动中的垃圾场。

前方一处空地上，佐藤惠子正在给另外的两个孩子分发起身边仅有的一点儿食物。

"妈妈，妹妹去哪儿啦？"倚在怀里的小儿子佐藤亿雄，水灵灵的目光落在了妈妈的脸上。

"她到大海那边找你的祖父去了。"惠子的目光留在了远处的海面。

"他们俩什么时候回来？我想艺枝。"亿雄的目光又回到了妈妈的脸上。

"海枯石烂的那一天！"惠子脸上缓慢地流下了泪水。

"什么叫海枯石烂？那时他们俩一定能回来吗？"亿雄抬起右手，轻轻擦去了妈妈脸上流出的泪水。

佐藤惠子脸庞转回，默默地把怀里的艺雄抱得更紧，脸庞随之贴去。

身旁不远之处，坐在一旁的佐藤林木右腿缠着纱布，脸上还挂着两行晶莹的泪痕，面容凝重地望着远处的海面。其面前还摆放着一张已发黄了的父亲佐藤正芳的遗像和一张全家福的相片，相片上小女儿佐藤艺枝双手抱起一只玩具熊，微笑的脸庞贴向了这个毛茸茸弟弟的身上。

浑浊的海面仍在上下舞动，一群群水鸟落在这些杂物上，构建起它们一个个的幸福家园……

一连三天，王响铃都在外面奔跑，出了厂里又一趟接一趟地徘徊在了护城河边，哪怕是活不见人死也要见尸。

星期二上午她再次来到厂里，别人让她去找找韩军，因为上个星期五曾看见张成山去找过他，可不巧的是韩军那天下午就出了差。赵德才则右手挥起："一定要严查，旷工两天就要开除！"

眼下她不知再去哪里寻找之时，韩军从上海返回，于是俩人去了故宫，也见到刚刚到来的王管理员。原来他当天把张成山反锁在屋内，就接到怀柔远郊区家里的电话，得知父亲病危当即坐上长途客车，这一忙就把此事丢在了脑后，现在丧事告一段落这才返回了单位。

他们仨当即来到库房，屋门打开，眼前张成山光着上身，人昏迷在了一处木架子前，身边一摞已临摹好的图纸、铅笔、镊子，逃向了四周。

再一摸，其身上滚烫，右手紧握的毛笔在肚皮上还留有一道道断断续续的线痕，看似曾在这里动过多次手术，又早已干涸成了一条条的断流。

王响铃大惊失色立刻扑去，双臂紧紧地抱住张成山，胸膛又是滚烫，后背则为冰凉的一片，一面大声呼唤，一面痛哭流涕。王管理员和韩军忙喊来了人。大家小心地把张成山抬上一块木板，盖好了棉衣。不料，这时王响铃右手捂向胸口，脸上直冒虚汗且呼吸困难，一头栽向了张成山，随即到来的医护人员把俩人给一块抬进了救护车车厢里。

天渐渐地亮了，从窗外而来的阳光直落在桌上那些七零八落的碗筷和眼前这些七零八落的身影上。还在睡梦中的迎新、建新、保新、筑新和爱新先后醒来，眼前仍见不到爸爸，妈妈也没有身影，小爱新哭起来。

眼下还抠着鼻孔的保新左手缩回，且一边揉着一边往左脚心上按去，回头便冲着爱新叫道："哎，奇怪不奇怪，睡了一觉，脚心长出个瘊子。"

"是吗？让我看看！"爱新止住哭声，转身来到保新的面前，右手伸向其脚心，一抠瘊子掉了，拿到面前一看，脸色马上大变："鼻涕妞儿，你坏！你坏！"

"都别哭，我给你们做疙瘩汤，吃完就不饿啦！"老大迎新挥起了胳膊。

"哥，你会做吗？上次面条给做成了面汤，可现在什么也没有，拿什么做？"筑新和爱新目光投来。

"哥有办法，你们几个等着吧，吃完妈妈就该回来了。去，把妈妈的面碗拿来。"张迎新右手挥向了保新。

说完他动手捅开炉火，端来铁锅放了上去。老二保新和老三建新把找到的那只盛着半碗面的碗递来。

在焦急的盼望中，五双手支起五颗小葵花，一齐围在了黑黑的铁锅前。

锅里开始冒起阵阵热气，张迎新右手伸向碗中抓起一把面粉就向着锅里撒去，清静的水面沉淀起层层的云雾。又随着几把面粉的扑来，这层层的云雾煮成了淡淡的面汤，那只盛着半碗白面的碗也见了底。

"哥，这是疙瘩汤？又做坏啦！"保新、建新和筑新闪动起怀疑的目光。

"白面才有半碗，水放得太多了，要不一定能做好疙瘩汤！"张迎新的脸庞也盯在了锅里。

"哥，这里还有白面。"小妹爱新手里举起个不大的纸袋子从厨房里跑来。

"好啦，一会儿疙瘩汤就成喽！"迎新接过爱新手中的纸袋子，随手就往锅里倒去。

接着铁锅里开始翻滚起层层叠叠的乌云，迎新的脸上飘来了一片的彩霞："香吧？你们别喝光，记住给爸爸和妈妈留下一些！"

铁锅终于被迎新给小心地端下了炉火，且给每人面前盛好一碗疙瘩汤，这才高兴地叫道："喝吧！每人最多喝两碗！"随即保新、建新、筑新和爱新的脸庞就挂在了碗前。

"哥，你这疙瘩汤什么味啊？"筑新和建新刚喝进一口便马上叫起。

"哥，怎么全是渣子？难吃死啦！"爱新一把就推开了眼前的饭碗。

"哥，你又把这锅疙瘩汤给做坏啦。"保新也瞪起了双眼。

见此，张迎新端来饭碗咽进一口，随即舌头一动不动地定在了半空，目光一一扫过众人和眼前的这个铁锅："疙瘩汤是这么做啊！"

"你赔我们这锅疙瘩汤，你坏！你坏！"

"你根本不会做疙瘩汤，骗人，你不配当哥哥！"

"我找妈妈，我饿……我饿……"眼前保新、建新、筑新闹个不停，爱新大哭而起。

听到这阵阵哭闹，街坊李姥姥找上门来。听孩子们说完，右手沾去还撒在铁锅旁的一点儿面粉，又看清了地上的那个不大的纸袋子上的字，长叹一口气："这可不是面粉，是你妈妈的去污粉。你们看，纸袋子里还有锯末呢。"

李姥姥说着抱上爱新，擦去她脸蛋上的泪珠，再叫上其他的几个孩子去了自己的家，早饭后便带着孩子们去了工厂，见到了刚从医院里回来的韩军。

随即韩军带上孩子们去了医院，见到了刚刚醒来的妈妈，也终于有了爸爸的下落。但这时还不能去见他，医生反复交代后，王响铃带着孩子们就去了病房，大家只能从房门上的那个不大的窗口里去观望一下。

那一时刻，张成山吸着氧气，胳膊上还吊着输液瓶，正向着窗口上一一出现的迎新、保新、建新、筑新和爱新挥起了右手。孩子们也由护士们抱着在窗口上刮过了阵阵的呼喊。看到这里响铃早已泪流满面，而病床上的张成山继续输进的药液，瞬间又从眼眶里奔流而出。

从病房回来王响铃当即就要出院，更听不进医生劝她等心脏稳定了再走。但她心里放不下孩子们，更不能让张成山有任何的思想负担。等到了家里，便开始了与医院两点成一线的长跑。尽管每天筋疲力尽，但心里已找到了护城河边草丛里跳出的那只可爱的泥兔子。她要用一生的心血去保护内心的最爱，也要更加地爱护这同窝而来的一群小兔子们。

一周之后张成山的肺炎得到了控制执意要出院，但响铃不同意。

"现在，你知道我住在这里每一天是什么感受吗？"

张成山拉起响铃走出病房，右手指向了前面的另一间房门："你知道那里曾住过谁吗？大名鼎鼎的林徽因！就是她在刚解放时，看到国粹景泰蓝快要消亡了，才一次次地奔走和呼吁，挽救了景泰蓝。那时医生们一次次发出病危通知，可还在丈夫梁思成的陪同下，带着钱美华等几个助手，多次跑到我们那里去调查，了解景泰蓝的方方面面，提出了解决的办法。

"可我呢，能吃能喝又能跑，肺炎算什么？不就是出气快了些？干活干活，干了才能活；活动活动，活着就要动！如今我人好好地躺在这里享清福，手里这把跟我多年的梅花镊子掐不出所设计好的景泰蓝，不就成了一根铁条！你跟我也这么多年了还不了解吗？现在浑身的力气不知要往哪里使啊！"

王响铃听完眼里含着泪水，一步一回头地走了。紧跟着从事金漆镶嵌的老友宋福来坐在了面前。

"老宋，现在厂里忙着要向国庆十周年献礼，你就不要往我这跑了！老于头怎么样啦？咱们几个可都是老家伙啦！用车间主任的话来说，老家伙就是老得给你加些活儿，一刻也不得闲住！"张成山说完，自己先大笑起来。

"那个，老于头啊……"

听到张成山的追问，宋福来眉头一紧："这个老于头跟你一个模子！搞了一辈子的牙雕脾气就是根象牙，一竿子捅到底还不会拐个弯儿。上次因对生产安排有了意见，原定的国庆游行不让他参加了。昨天，他手里那只做了一年多的香炉穿漏了。人当即从凳子上跌下来，口吐鲜血送到了医院。

"你也清楚,咱们搞牙雕和玉雕的老艺人都是这样,人辛苦了一辈子,手艺精湛、声望极高。可要是出了这么一档子的事故,不但本人要承受赔偿,更重要的是这一辈子的名望与地位也要毁于一旦。

"还有,本来他的大儿子于大海'国庆'去游行,可学校知道后就不让他再去排练了。昨天大海和另一位同学去学校树林里玩耍时掉到了污水井里。他的同学跑回学校叫来体育老师给打捞了上来,可大海早就断了气。唉……"

张成山听完,双目一动不动地看着屋顶,两行热泪从眼眶里涌出。

宋福来走后等到查完了病房,张成山看准机会脱去病号服就跑了出去,来到了学校里的这片树林。继续走向林中的这口污水井,离得不远便可以看到在井口旁,还丢弃着大海生前所身穿的衣服,其间流出的污水筑成了一群群苍蝇和蚂蚁的家园。

张成山无声的泪水再次冲下了脸颊。其眼前也仿佛看到了那名体育老师勇敢地跳入这个黑乎乎的魔窟,奋力托举出了大海;还有当年大海与迎新这一群孩子成天在一起玩耍时的欢快身影。随即身子依附在了身后的白杨树上,远处的扩音器里传来阵阵嘹亮的歌声,像是国庆节当天,天安门前群众游行时的实况转播。

医院里赵德才带上两个人来到了病房,一眼望见放在床旁的病号服,右手挥去:"这是什么?这说明张成山拒绝改造、畏罪潜逃!"

张成山回到工厂,完成了国庆十周年景泰蓝大瓶的设计稿和效果图。

"这是什么?现在你要交的是自己内心的深刻检查!"赵德才右手一扬,其手中的这份设计稿和效果图飞向了空中。

眼前望着这张正在落下的巨大飞毯,张成山本想再去讲一讲自己对于这份设计图的灵感与想法,瞬间这空白的大脑也飘向了半空……

第十五章

　　星期一张成山早早就去了工厂，随即被安排到成品库里做起了搬运工。

　　离开多年来的生产环境，也听不到四周"叮叮当当"的响声，更看不到身边每一件景泰蓝从制胎、掐丝、点蓝、磨活到镀金所走完的每一道工序，这一切在其眼中那就是一个个胎儿孕育出生命，可眼下心被掏空了。

　　这之后每天送货的卡车来到楼下，班组里的年轻人，传出一个个古色古香的锦盒码向车厢。这些金灿灿的景泰蓝，将要远渡重洋出口到世界各国。

　　张成山站在这群年轻人的中间，成了一只时时受到攻击的老骆驼。

　　很快一辆装满成品的卡车驶离了工厂。张成山被重叫进镀金车间，穿上雨靴和皮围裙，站在水池旁冲洗起了脚下的那些准备镀金的景泰蓝。

　　青工赵勇和贾志远也来到身旁，一边搬运着那些要镀金的景泰蓝，一边嘴里哼着厂区里不断传来的《社会主义好》的歌声。忙碌之中"当啷"一声，从赵勇手里掉下一只十五英寸高的梅瓶，在地上滚动出两三米后停下身来。

　　"慢点！你看它的瓶口处有了一道裂纹，里面的铜胎接口也没焊牢啊。"贾志远拿起这只梅瓶看了看，转身递向了赵勇。

"没事儿，等镀上金，再补上蜡，孙猴子也甭想看出来，还别说出口到了国外！过几天等那只来了一块镀吧！"赵勇说着随手就把这只梅瓶放在了旁边的铁筐里。

见此，张成山走近，弯腰把这只梅瓶拿起，移向了脸前："你们知道周总理前几年送出的国礼是什么吗？"

"当然是北京全聚德的烤鸭。"赵勇不屑一顾地瞥了老骆驼两眼。

"没错！昨天我从前门烤鸭店前经过，从里面走出的不是白人就是黑人！你这个老顽固又打什么坏主意呢？"贾志远也向着张成山直视而去。

"那次周总理送给苏联著名女芭蕾舞演员乌兰诺娃的是一件以景泰蓝为底座的台灯，也被人们视为新中国第一件外交国礼。现在咱们生产景泰蓝，更要记住这些历史和荣誉。"张成山平静地面对起这两张虎视眈眈的脸庞。

"看什么看？现在只有老老实实，不许乱说乱动！"赵勇说着从身后蹿来，一把夺去，转身便把这只梅瓶放回到了旁边的铁筐里。

当晚张成山回到家里，眼前仍时时跳动起那只掉在地上的梅瓶，这"当啷"的一声就成为一把刀子戳进了心窝。

跟着他悄悄起身去了工厂，来到传达室对李师傅讲，自己白天在镀金车间丢了家里钥匙，现在进不了家门。要来车间钥匙急忙走进镀金车间，很快就在那个铁筐里找来了这只梅瓶。重回到厂区，前面就是自己工作过的地方。心里清楚现在要是去了那里，这只梅瓶很快能修好，但眼下那里已在自己的面前筑起了一堵高高的围墙。再往前就是传达室了，屋里的李师傅正接着电话。趁这工夫，他递过手里的钥匙，忙把这只梅瓶藏在身后带出了厂区。

等回到家里，他顾不上先喝口水，马上找来把锤子和几颗钉子，再拿来这只梅瓶放在桌子上，要先錾去其上面的那些残余的釉料，这之后才能把里面的铜胎先给焊好，再进一步去点蓝和磨光就行了。

可"叮叮当当"的响声，会影响四周邻居们的休息。于是他带上这些东西去了附近的路灯下。稍后王响铃放心不下，循声找来。昏黄的夜色下张成山多了个帮手，清脆的锤音弹奏起了"夜半歌声"。

"快点儿啊，一会儿该来人啦！"王响铃焦急地一面看着他手中的瓶子，一面观望起了四周。

"好啦，快啦！别出声。"张成山的嘴里闪来了一句闷雷。

"差不多就行啦，又不是你摔的。"王响铃实在不耐烦了。

"不要老看我，我脸上没有掐丝和点蓝。注意四周！"

张成山又连连向她瞪去两眼。直到前面来了人，这才停下手。人走远后，俩人再次来到街边路灯下，半夜才回到了家中。

第二天中午，张成山顾不上吃饭，先让响铃带上这只梅瓶偷偷去了花丝镶嵌车间，找上老友金世光。随后他悄悄跟去，先焊好这瓶里的铜胎，又要来一小勺釉料重新给点好了蓝。

不料镀金车间要连续加班，这才发现十五英寸梅瓶少了一只。消息传出有人反映张成山这几天中午，去了花丝镶嵌车间找上了金世光，跟着赵德才带上几个人就赶了过去。

午休时的花丝镶嵌车间四周空荡了起来，一处明亮的窗台下，张成山坐在木盆前，正两手乌黑地抱起这只梅瓶"噌噌"地磨起了它的接口处。

"张成山，原来是你盗走了这只梅瓶！"怒气冲冲的赵德才窜到了面前。

"这只梅瓶质量不行，我要给修理好！"张成山脸庞抬起，乌黑的双手从木盆里甩出。

"哼，说得比唱得还好听！这是在向党和人民做出的反抗！也说明我厂抓得不紧、看得不严！花丝镶嵌的金世光，同流合污也在挖社会主义的墙脚！"

"我没有向党和人民去反抗，这批景泰蓝要出口到东欧，不能为社会主义大家庭去抹黑！"张成山乌黑的右手，抹出头上一道同样乌黑的炭迹。

"你们还站在那里干吗？带走！"

赵德才转身冲着还站在一旁的那两个身影大声吼去。下午上班的铃声快要响起，张成山怀里抱着这只梅瓶，迎着走来的人群，向着前面的大门走去。

等到了月底，张成山终于被下放到农村去接受劳动改造。立秋过后天气凉了，如今的他每天要饿着肚子去挖河渠，很快全身有了浮肿，腿上一按一个坑。连续按去，眼前一个坑还没有隆起，又一个洼地接踵而来。一片凹凸连在一起就成了刚刚从墓穴里挖出的一具木乃伊。

挖河到了春天，张成山回到了厂里。面对着越来越艰难的生活，王响铃决定回趟老家，来回最多一个星期。

这一天她带着买来的一些花卡子、小剪刀、松紧带、花扣子等小商品，换来四五斤的红薯干、胡萝卜干和少量的粗食，放在了炕上。再去翻找那年张成山从"人圈"里逃出时捆在心口上的这块五英寸景泰蓝圆盘。

随之院门响起又猛然被撞开，已到来的三四个人把她堵在了屋里。

"队长，就是她！这阵子天天去村里在搞投机倒把！"来到的人群中有个青年指向了王响铃。

"我……我，没有搞投机倒把！"王响铃有些不知所措。

"没搞投机倒把，这是什么？"还是刚才的那个青年，一步迈向炕前，抓来两个袋子举向了队长。

"这是我换来的一些红薯干和萝卜干，还有一点儿粗食。"

"换来的？就是你弄来的那些东西倒来的吧！"眼前的队长又一把抄来这块五英寸景泰蓝圆盘看去，怒声斥道，"这是什么？偷来的吧?"

"这是我家的景泰蓝圆盘!不是偷来的。"

"拿着金盘子去要饭,分明是投机倒把,罪行确凿,还敢抵赖?带走!"

"队长,押送她去哪儿?"人群里有人指来。

"还用问?县公安局!"队长再次怒目而起。

"我不去!我没有投机倒把!这块圆盘是我从家里带来的。"

王响铃奋力抗争,右手拉住屋门,左手抢回了这块景泰蓝圆盘。遂上来俩人几把就将她揉开,还有人抓来炕上的那两个袋子又夺回了这块圆盘,人群走向了院门外。

村里的土路上,王响铃被后面的人群不断地揉起。押解的队伍还向着拥来的村民挑起手中的这两个袋子和这块闪光的盘子,孩子们则在队伍的后面,一面叫喊着,一面过起了家家。

这一路王响铃的脸上与心里始终流着泪,自己已成了电影里所看到的那个"南霸天"。还有当消息传到北京,不知将给家里的那个"北霸天"带来怎样的一种后果。如果这一切要很快面对,她这个"南霸天",也会与家中的那个"北霸天"一起,义无反顾地在烈火中要双双化为一对洪常青。

再望一望四周向她投来土块的孩子们,也想到了家中的迎新、保新、建新、筑新和爱新,更无法预知自己被送进县公安局的后果。押解的人群来到路边的庄稼地里,往前不远处就是一片芦苇塘。

"我去解个手,袋子里有手纸!"王响铃布满泪水的目光盯在了前方。

"你这个投机倒把分子,拉屎还配用手纸?地里有的是土坷垃和石头!哈哈……"人群里有人指向前面,还不怀好意地笑起。

"不行,俺们来了……给我!"王响铃说完夺过这两个袋子,又在身后阵阵的嘲笑声中快速地离去。

可她向前走出没多远便立刻停下身来,瞬间眼前就闪现出当年张成山被她和佐藤林木救出死人谷时的身影。那时这块五英寸景泰蓝圆盘还被他紧紧地用一条破布系在了腹部，成为一块护心盾牌而挡住了其最后的一丝生命之火。

跟着她走回这些人的面前，右手指向了队长手中的这块圆盘："我直说吧，你们知道景泰蓝吧？它们都是成对成双地出现，现在的这只是公的，那只母的更漂亮。"

"景泰蓝当……当然听说过，那个母的在哪儿？老实交代！"队长的目光一亮，转脸目光投向了手中的这块圆盘。

"你把手里的这个公的给我，我去把那个母的给招回来。"

"别跟我耍滑头，快去把那个母的弄回来！"队长上下打量起了王响铃。

"不行，那个母的胆小被我藏在了前面的地头，只有这个公的才能把它给叫回来。"王响铃清楚不能再拖了，说着一把拿来这块圆盘快步向前走去。

行进中的人群停在地头，有人卷起纸烟，有的还说起了笑话。稍后有人抬头向前望去，只见前方已奔跑起来的王响铃仍没有停下脚步，脸上遂显现出了怀疑。

"队长，这个娘们要逃走吧？怎么没去前面的地头？"那人右手指向了还在狂奔中的身影。

"坏了，上当啦。快把那个公的给我抓回来，别让它跑啦！"队长手里的烟头飞了出去。

"站住，不许跑！"

"再跑，死路一条！"人群响起阵阵的怒吼，又一起向前追来。

"那个母的更不能让它跑了，公的母的一起抓！"跟在人群后面的队长，嘴里喘出的粗气缠住了抖动的脚步。

听到身后阵阵叫喊，一路狂奔的王响铃慌忙之中，右脚一歪身子砸向了地头，一股撕心裂肺般的疼痛向着心头扑来，右脚上的鞋子也已跑开。看着越追越近的人群，其又立刻爬起，抬腿就甩出了这颗布鞋炸弹。

"站住，不许跑！"

"顽抗到底，死路一条！"

身后的追赶和叫喊在步步紧逼，前面就是这片芦苇塘了。已跑到这里的王响铃看准眼前一处芦苇深处，双手一挥就把这两个袋子给投了过去。

跟着，她脚步不停奔向了前面的河边，迎着阵阵的寒风，头发已散落开来，"扑通"一声跳进了这冰冷的河水里。只把还拿在手里的这块五英寸景泰蓝圆盘紧紧扣在了胸前，也顿时感到张成山来到了自己的身边，这块不大的盘子更深深地溶解在了俩人的心间。

下午放学后，张保新与张建新出了校门。路上俩人喊起肚子饿，兜里摸出三分钱买来一根小豆冰棍，你一口我一口叼着朝家里走去。等开了屋门，张迎新从里屋慌张地跑出，抹着嘴角来到了面前。

"哥，你做饭啦？我们俩都饿得走不动了！"保新扔下了书包。

"没……没有，我也刚进门！"张迎新向着老二保新瞅上一眼。

"不对，家里有股棒子面粥味。"张建新说着，耸了耸鼻子。

"胡说！哪来的棒子面粥味？"张迎新又向着俩人瞪去几眼。

"屋里就是有棒子面粥味。"张建新忙把目光投向张保新，俩人脸庞向着四周转起。

"我说没有就是没有！你们俩爱信不信。"张迎新来到床前一屁股坐下，两条腿在床前摇晃了起来。

"你说没有棒子面粥味，你把嘴巴张开。"张建新拉着张保新来到床前。

"凭什么呀？"张迎新仍坐在床前，身子不肯站起。

"那我们俩可要翻啦。"

张保新说完便拉上张建新跑去厨房，翻锅又倒柜，什么也没有跑回，继续在屋里四周查找而去。还是什么也没有，张迎新的脸上崩出了一股得意。

接着，张保新来到迎新面前让其站起，要去看看背后，遭到了连连推出。

跟着张建新来到床前顺势跪在地上，撩起哥哥那双仍在晃动不止的双腿和眼前的床单探头往床里看去。

"二哥，床底下有个碗。"张建新惊喜地叫起。

其身子往前一蹿，拿出一碗黄澄澄的棒子面粥，还散发着余温。

"好啊！还说没有棒子面粥味，这是什么？"张保新右手甩去。

"你这是趁我们几个没回来，自己做碗棒子面粥偷着喝！是不是？"

"我……我就是饿得慌，不喝了归你们俩！好吧？可别对筑新和爱新讲。"张迎新忙把面前的碗推向了保新和建新。

仨人正说着房门一响，筑新和爱新迈进了屋门，一眼就看见了面前的这碗棒子面粥，纷纷面露出了惊喜与不解。

跟着还在一旁正生着气的保新，就把刚才发生的事情给讲了出来，胳膊又挥向了面前的张迎新："前几天妈妈走时给咱们做过棒子面粥喝。可她自己却在背地里啃起了白菜疙瘩，咬得嘴里都出了血！"

"老二，你还说我呢，还不是跟你学的？那一次我们都睡了，你偷了一块生白薯藏在被窝里吃。可一咬就出声还是被爱新发现了，还当是老鼠跑了进去。你还塞给她一块，不让我们大家知道！"眼前的张迎新开始了反击。

"还有老三就数你鬼，每次都抢着去买芝麻酱！原来你是一路走，一路用手指头抹着吃。以后再让老四去买麻酱，他也跟你学。你说，你俩比我们几个多吃了多少？"众人的右手又纷纷指向了建新和筑新。

"还有爱新，上个月人家给妈妈送来一小盒点心。你也趁大家不在，每次打开不可着一块去偷吃，却每块都啃去一小口，害得妈妈还当是被老鼠偷吃了,差点儿就给扔了!"众人的双手又划向了一旁还红着眼圈的爱新。

眼前黄澄澄的棒子面粥,一一转过每个人的面前,静静停在了桌子上。

忙完上个月,星期天佐藤亿代开上刚刚买来的一辆丰田轿车,带上女朋友山口千惠一起去体育场,观看起一场相扑比赛。

拥挤的体育场内,相扑冠军最终得到了一座七宝烧的奖杯。随之他把奖杯移到脸前深深亲吻起了这个袖珍美人,全场响起久久的掌声。

"你看,那件七宝烧的奖杯就是组委会三个月前来我们家定做的,还有些奖杯要做呢。现在七宝烧奖杯代表了最高的荣誉,报纸和电台也经常介绍!"佐藤亿代挥舞起右手,也抓来了脸上的光芒。

"等我们结婚的那一天,我也要有一对最好的七宝烧!"山口千惠倚向了身边的亿代。

"你呀,晚喽!早就排到了后年!"佐藤亿代更是得意地摇起了头。

"这还不好办?你要是不把我的这份七宝烧先做出来让我满意,就不嫁到你们家去!"俩人边说笑着,边跟着四周蜂拥的人群走出了体育场。

丰田轿车很快来到前面的街道,远远看去家门前排起长长的队伍,另有辆中巴车里码放起一摞摞漂亮的纸盒,这是正准备出口到国外的七宝烧。稍后街上驶来一辆轿车,两个成年人带着礼品进了院门。

"佐藤先生,今天我们前来拜访感到十分荣幸,首先祝您和您的家人健康长寿。现在日本经济高速发展,经济总量已排在世界前三位。我们也计划开发这一带为一个新兴商业区。今天过来想征求家人的意见,等到项目正式开始后,您这里要是同意搬走,我们的条件是最优惠的,也可以拿了资金去别处搞七宝烧。"家人把茶水递向了刚刚到来的两位客人的面前。

"你们要是这样认为,现在就可以走了!这里是我的根,也是七宝烧的根。走时请带上你们的这些礼品!"佐藤林木站起,走向前面的卧室。

明朗的阳光之下,远方一条高速公路蜿蜒而来……

天亮了又是两天的赶路,天黑时张成山大病一场般地进了家门。

眼前还在吵闹中的迎新、保新、建新、筑新和爱新一下子围拢而来,有的抱起爸爸的胳膊;有的搂上他的脖子;还有的爬上其后背,纷纷问起妈妈怎么没有回来,翻找起了他放下的书包。

张成山两眼红起,借口要去趟厕所先回到了里屋。房门一关,顿时两手捂在了嘴上。

"咣当!"外面屋门再次响起,紧跟着王响铃走了进来。

"妈妈回来喽!妈妈回来喽!"

"妈妈,爸爸也刚刚回来!怎么不一起回来呀?"眼前的孩子们,立刻扑向前去。

还在里屋的张成山,瞬时双手快速抹去脸上的泪水,目光紧紧地盯向面前的屋门。在确信听到了响铃的说话,猛然站起撞开屋门,一眼看见面前的响铃更惊得瞪大了双眼,呆呆的一句话也无法说出。

"成山,发什么愣呀?孩子们吃饭了吗?先给我倒杯水,这一天可把我给渴坏啦!"响铃右手指向了桌子。

"噢……好!好!你不是……真的吧……"面前的张成山又惊又喜。

"你要说什么?什么真的假的?"王响铃一边从袋子里掏出带来的胡萝卜干和红薯干,一边拿出点儿粮食放在了身旁。

眼前的孩子们欢呼而起,人人都抓来两大把胡萝卜干和红薯干，还在对比中塞进了口中。

等回过神来，张成山仍不放心地看了看四周的孩子，悄声说道："你走之前说好两三天就回来，可这一走十天没有音信。我放心不下，借口老家迁坟去找你也刚回来。那里的人说你……死了，还去了你……你的坟上……"

"怎么，还有我的坟？笑话！这里有我的几个孩子，也有丈夫，干吗要死？"王响铃双眉一挑，笑起。

"村里的人还说，从城里回来个投机倒把的，还是女的，又说那个女的跳河死了，村外有座新坟，半夜里我就找了过去……"张成山仍心有余悸。

"哈哈……哈哈……"王响铃脸庞冲天笑起，张成山更是目光紧追。

等到王响铃笑够了，才一把拉起张成山的胳膊："这个舰长白当了，又是个糊涂蛋！半夜去了别人家的坟前，阎王爷都要落泪。我是跳河了，但不是去自杀，而是要回家！"

其说着，继续看了看身旁的孩子们，脸庞又贴来："那天我要回来时被公社来人给抓了，说我投机倒把要带到县公安局。后来半路上我趁着他们不注意，跳进了河里。等到天黑这些人走后，才被本村的老人李世安和他孙子李跃进发现把我救回了家里。这以后我发起高烧，整天迷迷糊糊的，三四天之后才慢慢地好了，还千方百计找回来扔进芦苇丛里的这两袋东西。后来在谈话中得知李世安的老伴、儿子和女儿这两年都不在了，只剩下这个孙子。那些日子我们天天聊，一次次泪流满面，我也把咱们家说了一遍。

"直到前天要走了，我分出三斤粮食给了他。老人还一个劲儿地感谢，说是上次我救了你，这次是你救了俺们爷孙俩。我又坚持着从袋子里多捧出几把粮食递了过去。就这样昨天天还没有亮，老人几次出去看了看动静，才把我送了出来。"

听到这里张成山泪光闪闪，猛然想起响铃今天一定颗粒未进，看到她带来的一点粮食就擀上了面条。可家里没有一丝肉末，炸酱面又成了面前的一道难题。

于是张成山拿来两个兔子头，今天在回家的路上，看见有个乡下人在偷卖着几个兔子头，就用兜里的五毛钱买下了两个。

很快面条擀好了，他忙去厨房把这两个兔子头上的两对兔耳朵给切了下来，但肉实在少，再把兔脸上的肉片削去一些。还一不注意，左手又被菜刀割破个口子，悄悄捏紧不时流着血水的伤口，总算炸好了一碗炸酱。

闻起这阵阵飘起的香气，孩子们围拢而来。一转眼的工夫就把各自碗里的面条给扒得精光，个个嘴上还挂满深红色的炸酱，粘出了缕缕的兔子毛，也成了一个个笑口常开的兔子嘴。

"我算是看透了，你这一辈子跟兔子干上啦！小时候，你就给我捏过泥兔子。现在又让我吃上一顿兔子肉的炸酱面，这一辈子饶不了你！"见此，响铃几次拉起张成山的上衣，悄悄笑起。

"怎么啦？兔子肉那也是肉！别人想吃还没有呢。说心里话，不好吃吗？舰长！"张成山明知故问还面带起了得意。

"好吃，好吃，这辈子都忘不了你做的这顿炸酱面！"王响铃看了一眼四周的孩子们，右手继续捅向了张成山。

"舰长，就知道你爱吃！以后要是再碰上我还给你做，要是能有一对兔子腿那就更好啦。保管你嘴上流油！再往后，要是能有鸡肉就给你做鸡肉炸酱面；要是能有鸭肉就给你做鸭肉炸酱面；要是能有条鱼就给你做鱼肉炸酱面；要是能有狗就给你做狗肉炸酱面；要是能有驴那就给你做驴肉炸酱面！香啊……"张成山更是满意地笑起。

"你才吃那些炸酱面呢！"王响铃跌下的右手，又轻轻给了张成山一巴掌。

夜深了，外屋的孩子们都已进入了各自的梦乡，小爱新的脸上还挂着甜美的笑容，想必是终于盼到了妈妈的到来。一墙之隔的里屋，张成山和王响铃一直没有困意，还一面看着从窗外透来的明亮月光，一面还在窃窃私语。

紧盯着张成山时时闪过的右手，王响铃一把抓到了面前。在皎洁的月光下还能看到这两手十指上留有的伤痕，左手还多了一道新伤口。

"这些都是怎么弄的，疼吗？"响铃目光停在了那里。

"那都是我在坟上扒土扒的，这块是做兔子肉炸酱面时留下的纪念。挺好，不疼！"张成山抽起胳膊，翻身把响铃搂紧。

"能不疼吗？几个指甲盖都要翻掉了！我要是真的埋进了坟里，两手能挖得出来吗？"

"手不疼，要是真埋进了坟里那才叫痛，刻骨铭心的心痛，世界上没有比它更让人难受的了！"

王响铃泪光闪起："那时我跳进河里冻得全身抽了筋，身子更硬得成了一块石头，真想一口气沉到水底算了，就当作这辈子命苦！还有，这次我把你过去从'人圈'里带着的那块五英寸景泰蓝圆盘也拿在了身上。跳河时就觉得你来到了我的身旁，死咱俩也要在一起。等李世安送我时，看着那孙子李跃进很喜欢，把它送给了这爷孙俩。"

"只要人还在，家就不会塌下来！"

窗外起风了，一团团的枯树叶，遂在狂风的追逐下漫天起舞，路灯上的电线进而拨动起身边的灯盏，更是不停地闪动起了昏暗的双眼。

外屋里的孩子们也在甜甜地入睡，床前的地上摆放起五双大小不同的鞋子，好似一艘艘孤独的船儿，各自航行在了一片片的汪洋大海之中……

无声的双人床上，张成山浑身一颤，一转身便猛然把响铃给紧紧地搂在了怀里，脸庞探出又在她的那两个白白且滑润的乳房上，一次又一次地亲吻而起，好似要把残留在她体内的寒气再来一次彻底的大清除。

然后,他把她给翻过身来,且紧紧地暖上了她的后背。

又一起身,遂把响铃冰冷的臀部给翻了过去,猛然咬掉自己左手伤口上的这块白布后便迎头倒去。刹那间一股股的暖流传遍了俩人的全身……

第十六章

　　蜿蜒而来的河道，在众多劳动大军的推动下持续走向了远方。年底到了，张成山继续挖起了河道，眼见人饿得成了一根会走路的木棍，只有两个深陷的眼窝还闪出生命的余光。

　　下午挖河时，一旁的工友不小心甩来块石头砸在了他的脚面，顿时脚上流出的鲜血，与冰冷的河水汇成道道彩虹，但还是不能休息。终于几天后那被感染的脚面肿胀而起，高烧之中跌向了工地。

　　眼下趁着牛队长外出开会，刘仁庆与四周几个同伴一商量，就把张成山推向了河岸，替他领回一个窝头，让他先回住处等队长来时再说。望着他摇摇晃晃的身影，刘仁庆追向前去把嘴边的半个窝头也塞了过去。

　　迎着阵阵寒风，张成山跌跌撞撞地走在半路上，几次摔倒又几次艰难地爬起，只把怀里的这两个窝头给紧紧搂着，摸到了住处。

　　佐藤林木从香港来到京城，如今距离上次与张成山和王响铃从那片无人区山林里走出来已过去十几年。凭着过去的记忆来到月坛南营房找上了门。

　　那时王响铃正用一个旧牙刷，蘸着炉灰渣子刷着牙。他在得知张成山目前的处境和眼前的家境，又惊呆而去："既然赵德才一直想得到那个御盒，人还经受了那么大的磨难，为什么不去告他？"

　　"我也搞不明白，真要反映无非会给自己带来更大的灾难！"

　　"再说，张成山就不能交出那个御盒吗？"佐藤林木轻轻摇了摇头。

"这个御盒虽不完整，但从他父亲起到现在，它已是他生命中的一部分。他曾说过，他的身子就是景泰蓝的铜胎，身上无数条大大小小的血管就是那铜胎上所掐好的铜丝，再用这毕生的心血去点蓝出天底下最为绚丽多彩的光芒。对此，我只能陪他走好这一生。"王响铃眼眶里闪出了湿润。

从王响铃家里出来，当晚后半夜佐藤林木睁着双眼等到了天明。但这样回到日本于心不安，第二天便坐上了去郊区的长途客车。

一番周折找到工地，佐藤林木不时穿梭在人群里，很快见到了牛队长。

"张成山拒绝改造私自逃走，三四天都不见回来，队里正要打报告！"牛队长听见佐藤林木要找的人，脸上立刻现出恼怒。

"那你们再去找找，不能不管他的死活啊！"佐藤林木不满的目光投来。

"怎么说话呢？你是他什么人？一个改造的死了，难道要我去担当？"

"我……我是他的朋友，能去他住的地方帮助找找吗？"

"那就收了工去把他留下的几件破烂给拿走，人跑了还占着茅坑不拉屎！"牛队长的眉毛更是拧成了一团。

一天的挖河终于走到了傍晚，佐藤林木随着人群回到了住地。院门打开，随风而起的一些枯树叶盘旋起舞步躲向了附近，院内一具乌黑的棺材笼罩起了一身的尘土。

屋门前，佐藤林木和刘仁庆刚要走进，身后不远之处传来了一阵阵"嚓嚓……"声响。大家不由得侧身投目看去，前面一只老鼠嘴里叼只破袜子，正在这窄窄的棺木上拖拉起了它的战利品。

"这是成山穿过的袜子……"刘仁庆停住了脚步。

见此，佐藤林木心里有了某种预感，快步来到这座黑巨石的面前，探身一望，右手挥去："快来，成山在这里呢！"

跟着众人立刻跑来往里一看，不禁人人倒抽一口寒气，只见棺材里张成山灰白的脸上布满层层的尘土，奄奄一息成为个快要被掩埋住的死人。其敞开的胸脯上还捆着个不大的小布袋子和一块小木板。

棺材里另有两只老鼠，在这地宫里做起了游戏。随着佐藤林木右手一挥，这对恋人才依依不舍地离去，又站在棺木的边沿上，注视着面前到来的人群。

佐藤林木弯下腰，右手先摸向张成山的鼻下，忙与刘仁庆一起费力地将他抱出。跟着从其身上又"当啷"一声滚下块石头，被人捡起，原来是两个一大一小已经变硬了的窝头，前方牛队长也被人给叫了过来。

接着，佐藤林木忙脱去身上的外衣给他盖去，刘仁庆也跑向屋里抱来一床被子，手里还捧起五个黑黄的东西递给了牛队长。

"这是什么你就塞给我，手雷？"牛队长一见右手马上烫了回去。

"看看这是什么？这是张成山平时省下的五个窝头，给藏在了褥子下面，都成什么啦？"

"他就是要改造！"面前的牛队长仍一副岿然不动的面孔，转身指向了旁边那个从棺材里掉出的窝头，"这是他偷来的吧？要不怎么没有与那五个藏在一起？颜色也不一样？"

"牛队长，咱们看人别总是用牛眼去看，那样就会把所有的人都给看成了牛魔王！这个窝头是前几天张成山患病回到这里时，大家在工地上给他领来的一个，看样子没舍得吃，还有那半个窝头也是我当时塞给他的。这五个窝头若不藏在褥子底下，还不早就被人发现了吗？这一共七个窝头是他留给家中五个孩子和老婆的美食，就连那半个窝头也没有进到……"刘仁庆的眼眶里闪出了泪光。

"还有，他捆在胸前的这个小布袋和小木板，想要干吗？"眼前的牛头又昂起。

"你还能想出什么幺蛾子？这个小布袋子是张成山饥饿难忍时，

用来顶住自己的胃口，就是这样也时时休息时在这块小木板上搞起景泰蓝设计！"刘仁庆泪水流出。

"你们就这样对待一个人的生命吗？"佐藤林木愤怒的目光又砸去。

"他来改造，我又没让他去躺在棺材里。"牛队长的牛眼仍连连扫去。

"我不懂得你们的改造，只知道他是一个很好的景泰蓝工匠，应该得到很好的保护与尊重！"佐藤林木怒目而起。

"你……你到底是他的什么人？"随即牛队长右手转来。

"我是日本人，是搞七宝烧的，与你们的景泰蓝差不多。"

"你是日本人，那你刚才怎么讲是他的家人和朋友？"牛队长再次瞪圆起了一双牛眼。

"日本人就不能成为他的朋友吗？全世界应是一个大家庭！"说着，大家忙把张成山给平放在找来的一块门板上，冲出了院门。

经过连续半个月的住院治疗，张成山的病情有了很大的好转，身体也在逐渐地恢复，佐腾林木这才放下心来。

"林木，有些事情说来也挺怪的。一个是中国的景泰蓝，一个是日本的七宝烧，它们怎么就把咱们两个不同的国家，还有这两个不同的家庭给联系在了一起呢？还一起风风雨雨走过了这么多年。"

"成山，这就是大家所说的缘分，但更是两种不同的人生道路和命运吧。要是这样，我就要劝劝你，干脆与我一起去日本吧？

"现在我们国内七宝烧特级工艺大师都给以'国宝级'的待遇，还有就是'传统工艺士'，也实行许多政策上的扶持，享受各方面的优惠政策。而中国是一个历史悠久的国家，为人类的文明发展做出过巨大的贡献。正如你的老父亲就是其中一名有突出作为的工匠。可你现在却……

"再说，我自己的这个家族制作七宝烧就很有影响，平时有许多政界和商界的朋友给以帮助。你要想出国到日本不必操心。"

"林木，你说得再好，日本那不是我的国家！我的心中只有景泰蓝，这就像你的心中也只有七宝烧一样。还是那句话，'儿不嫌母丑，狗不嫌家贫'。"

"成山，你还记得那一年我和响铃把你从死人谷里给救了出来，那时你的胸前还始终绑着一块不大的景泰蓝圆盘，现在它还在你的身边吗？想起来时间过得真快呀！"

"响铃把它送给了一个苦命的孩子。这次我躺在棺材里，又回到了过去'人圈'的那个年代！"张成山嘴角颤动了两下。

"我想，将来我们都不在了，但我们双手所制作出来的那一只只中国景泰蓝和日本七宝烧却会永远地传下去！"听到这里，佐藤林木点起了头。

"即使那一天，天堂里也会看到我们的七宝烧和你们的景泰蓝会继续向前发展。那时咱俩还要坐在一起，继续……"佐藤林木说完，俩人一块笑起。

寂静的病房里走回两个病人，眼前窗台上那盆水仙花也在默默之中举起了淡淡的花蕾。

三天之后，佐藤林木要回国了，俩人来到医院里的花园，漫步而行。

"成山，我是明天上午的机票，下次见面不知什么时候。这些美金拿着吧！"佐藤林木掏出身上的一沓美元递去。

"不要！那个东西咱不会花。"张成山连连摆起了手。

"这美金一块钱能当你们人民币十元，全世界都能花，哪家银行都欢迎。还有那个慈禧御盒不论在清末，还是你们所说的解放前，直到现在的工厂里，它都给你和家庭带来了灾难！给我吧！"佐藤林木目光落来。

"不行！这半个御盒虽不完整但却是我父亲留下的，为此还丢了生命，也陪我走过了这么多年！不管它是深渊还是灾难，你能把自己的心脏掏出来给人吗？"张成山连连摇上了头。

初春的花园里，眼前一株株的玉兰已飘落为一团团还挂在树梢上的瑞雪。临近中午，他们俩的身影仍淹没在了四周那一场场的花海里。

连续两三年挖河改造后，张成山好似一车河泥重新推回了工厂。眼下坐在车间里看到四周的景泰蓝，他觉得已回到了这一群群儿女们的中间，看着它们在一天天地长大，这些年受的苦又能算什么。

这一天，张迎新和张保新从街上拿来当天第一颗原子弹爆炸成功的号外。

看着孩子们欢快的身影，张成山脸上闪出了红光："舰长，今天我买回来几斤骆驼肉，干脆全给红烧了吧？"

"噢……噢……"，孩子们欢呼而起，笑声里又发现了这张新号外："妈妈，爸爸为什么叫你舰长啊？是哪条军舰的舰长？真棒！"

"没有，没有，我是叫你妈快去做饭！"张成山忙摇头装起了糊涂。

"您就不要骗人啦，刚叫完就不承认！"孩子们更是叫声四起。

"你妈妈可有本事啦，她就是咱们家这条大船上的舰长，就像咱们的国家今天有了原子弹，不都是一天天地在渐长吗？"张成山干脆来个顺水推舟。

"我妈多大啦，真的要当舰长吗？"女儿爱新好奇地转来了脸庞。

"哼，你妈可跟别人不一样，每一天每一年都在长，有时见风儿也在长。"张成山脸上更加得意。

"别听你爸爸胡说，多大年纪了还老不正经。"王响铃推了张成山一把，一家大小笑成了一团。

笑声过后，女儿爱新抬头又问道："爸爸，妈妈是舰长，那你是什么？你们俩谁的官大？"

"你妈是少校舰长，专管你们几个兵！我当然是司令啦，专管你妈！还有……"张成山说着头就一昂。

"还有，你那一堆的瓶瓶罐罐，是吧？"大家再次笑成了一片。

"开饭喽！今天我给你们做一顿骆驼肉烧土豆，那也是共产主义！"随着屋门推开，王响铃双手端个瓷盆走来，孩子们一齐围去。

连续忙过月底，张成山手里的一批仿古花盆已顺利完成，很快便得到了外贸出口公司的订货，广交会上也定下了多笔合同。随后车间主任找来，让他去找副厂长赵德才。

从他那里回来，张成山去了护城河边，直到晚上九点过后回到了家里。

"今天我还想去买些五毛钱一斤的骆驼肉，可找了一天都没有！"王响铃把饭菜端了过来。

"我在工厂里吃了，你吃吧。"

看到张成山默默无语的面容，王响铃已猜出他的心事，犹豫片刻后才低声说道："你都知道了……今天老家来了人，说我是逃亡地主要送回老家。"

直到这时，张成山才讲出赵德才找他也是为了这件事。张成山讲："是不是等做完这批仿古花盆再走？"赵德才又关心地说道："有些东西该放下时就要放下。这好比一对夫妻为了生活天天打架，有意义吗？所以该离婚时就别犹豫！"暗示张成山交出手中的这个慈禧御盒。否则下个月就要与响铃一起……当时张成山把门一摔就走了出去。

静静的灯光下，孩子们已挤睡在了一起。看着他们一个个可爱的脸蛋，也许会在睡梦中去继续回味下一顿红烧骆驼肉的香甜。

秋天来到了山林，也带来了层林尽染的斑斓色彩。随之秋风转换为一驾马车，裹带着张成山、王响铃和孩子们回到了老家。这以后他们俩每天天不亮就要起身，先给孩子们做好一整天的饭，天亮后去山里开荒种地，傍晚下山才回到了孩子们的中间。

开春之后，大家来到另一处山坡前，干活儿时手中的铁锹就被这一带的胶泥所吸住。好不容易到了中午，饭后人们便四脚朝天累倒在了山坡上。

张成山遂独自坐在一处山坡前，目光投向了远方的青山与绿水。又拿来根小树枝先在地上画出个观音瓶，再捡来些花草，还从怀里掏出梅花镊子，重摆去各种的花草，做起了心目中的掐丝与点蓝的设计。

还在他静静地观赏起这一带的泥塘时，跟着眼前一亮。傍晚收工后，竹筐里悄悄放上一些胶泥带回了家里。

晚上孩子已安静地睡去，白天王响铃被公社给叫走，直到现在还没有回来。接着他把这些胶泥拿出，双手来回地揉搓，手中的这块胶泥逐渐转换起了身姿，此时的他又回到了工作岗位。

眼下在他看来，现在要做出的泥胎观音瓶是其最为熟悉的景泰蓝中的一个品种，还在解放前刚刚学徒时就最先认识了它。还有观音瓶托举在观世音的掌中那就是个宝物，更能使自己的心灵去与之进行静静的倾诉，进而讲出心中的苦难、心灵上的惆怅与对美好前景的追求。

很快观音瓶做好了，他又拿来把刀子，在其表面一遍接一遍细细地刮平，直到打磨出了一个光华的瓶体，眼前闪烁起了生命之火。眼前胶泥已所剩不多，又做好了一件洗子，最后把它们小心地放在一旁，披上了一件旧上衣。

第二天晚上，王响铃依然没有回来，女儿爱新哭着要去找妈妈，好不容易几个孩子才搭在一起睡去。

接着张成山移来油灯，端来昨晚的那块木板，用手摸一摸那个泥胎观音瓶还带着凉意。再看看那个泥胎洗子，静静之中更成了一个供品。遂双手合十举在了观音瓶的面前，嘴角则随之轻轻地嚅动，跟着眼前就跳出了响铃的面孔，眼睛湿润了起来。

稍后他脸庞抬起，右手抹去一把涌出的泪水，拿来今天收工时所带回来的一块更大的胶泥，双手便揉搓起来，还时时回头望上几眼那只观音瓶。

油灯之下他先做出一只油锤，还想再做出一只将军罐，心里还自言自语而去："我把你们做成了景泰蓝，就是把我的心放在那上面。我怎么想的，你们能听得见；你们怎么想的，我也清楚！"

最后所剩的胶泥不多了，他又捏好了一只小兔子。只可惜现在手头没有红笔。否则点好了眼睛，女儿爱新也一定会把它搂进怀里。现在一切都忙完了，他便把已做好的这些泥胎全摆放在了眼前，尽管它们大大小小造型不同，但在他的面前那无疑是自己一项最伟大的发明与创造。

后半夜寂静的山村，一轮明月无声无息地搬到了山林的另一面。夜色里还在赶路的王响铃，这时走到家门前轻轻一推走进去。

昏暗的屋子里，迎面冲来一股股呛人又难闻的焦煳味，眼前土炕上的孩子们正横七竖八地睡去。张成山则脸庞压着合拢的双臂，也进入了梦乡。其低垂的脑袋探向近处的油灯，一绺头发升腾起阵阵似有似无的青烟。

王响铃立刻走来，忙拿开油灯伸出了胳膊："你怎么睡在这里？头发都让油灯给燎着啦！"说着目光移向了眼前所摆放的这些泥胎。

"你回来啦？还好吧？"张成山目光里带出了浑黄。

"还不是老问题，不说了，你的头发。"王响铃右手指着张成山的脑袋。

"舰长，没关系。野火烧不尽，春风吹又生！"张成山揪来了一把焦煳。

"都露头皮了，更像个右派了！"王响铃一笑，又指去，"你做这些泥胎干什么？"

"这些胶泥可是个好东西，我现在要做什么景泰蓝，就可以任意地先做出它的胎型，既不火里烧，又可随意改。以后回去就可以马上创作出新产品。你说，对吧？舰长！"张成山得意了起来。

"想得倒美！这是景泰蓝所用的铜胎吗？掐丝怎么办？点蓝呢？"

"那倒也不难！等这些泥胎干透了就用这把梅花镊子去细细地

刻出掐丝图案。你说这里是刻杜鹃呢还是牡丹？映山红也漂亮，下次有机会去县城买来些水彩……"张成山又连连摇晃起了脸庞。

"想得倒美！怎么还做了一只泥兔子，给我的？"王响铃脸庞有了光润。

"舰长，你现在可是徐娘半老啦，以后给你做个老掉牙的兔子王！这个小兔子是给爱新的，你看她天天跟着咱们，手里连个玩具都没有。"张成山目光回到了孩子们的身上。

"你就贫吧，这些年还越来精神啦！天快亮了，我做点儿早饭。你把屋门打开，把这焦煳味往外赶赶，别把他们几个给吵醒啊。抓紧时间睡一会儿！"

一天开荒劳动随着夕阳的远去开始收工了，张成山又把一些胶泥放在筐里，上面还放些干柴背在了身上。

回到家里，他分出些干柴就给邻居牛嫂送去。炉灶前牛嫂做好了一锅面条，再用一个大黑碗给盛上，几个不大的孩子挤来，相互的争抢中，大黑碗掉在地上。

晚上孩子们睡去后，昏暗的油灯下张成山从筐里弄出一块胶泥放在了眼前，遂对着响铃叹口气："我原来以为咱们苦，可看看牛嫂，现在家里连个像样的碗都没有。嗐……"

"你要再看看村里就更清楚了，村长一家十口人八个黑碗，筷子用的枯树枝。"

"有办法了，我要给村民们做些泥盆和泥碗。"张成山目光落向了屋里所摆放起的那一排泥胎景泰蓝上。

"这不跟那些泥的一个样，能用吗？"

"可惜这里没有陶泥，要不就好啦。有办法了，过去工厂要修理木质老物件，赶上有裂纹的就往里面灌进些蒜汁。以后我也要往这些泥盆和泥碗里去多灌些蒜汁，就是不能当碗用，但放个生活日用品总可以吧，也总比那些破破烂烂的草筐要好看些。再有，这泥盆泥碗一定要烧好！我想起来了，咱们开荒的附近过去有人挖过一

205

个山洞，本用来避雨和避寒的，可以把它当成个窑口，日后去把它们偷偷给烧好。怎么样？"张成山脸上闪出了暗光。

"不怎么样！你要实在手痒痒，那还玩你的景泰蓝泥胎吧。"

"可我一想到牛嫂家的那个场面，心不安啊！再说，你不要认为这些泥盆泥碗没什么用，它们在我的眼里，也在我的心里那就是一个个的景泰蓝。我也从它们的身上感受到了，去创造出一个景泰蓝新胎型的灵感，说不定以后重回到工厂就更有了用武之处。现在就让你看看景泰蓝手艺人的本事。"

说着，张成山就把和好的一块胶泥拿来放在一个碗里，双手慢慢地转起。

稍后小心地把这个泥碗给磕了出来。眼前泥碗外沿有了平滑，可碗里却成了一层又一层的陨石坑。

"这个金碗还是去要饭吧。"看到这里，王响铃笑起。

张成山重拿来这个泥碗，脸上压出了光彩："舰长，刚才是小试锋芒！"

说着，他把这个泥碗重放回到刚才的那个碗里，再拿来一个碗扣在了泥碗上，两个瓷碗里外夹住了中间的这个泥胎，双手则使劲地旋转了起来。

直到他的双臂酸胀了这才停下，中间的泥碗拿出来，先前那一层层的陨石坑已被填平了许多。于是继续把这个泥碗放在那两个瓷碗的中间，里面加上些水后又使劲研磨了起来。

重新拿出来，泥碗里的层层手指印已基本消失，这才扭过脸来："舰长，下面把这个泥碗的边沿给修理平整就好了！怎么样？"

等过了几天，张成山半路又捡回来个扔掉的拉坯机，当晚把它修好。其面前已堆起了两排大大小小的泥碗和泥盆，等待着干透。

同时，这也招来了孩子们的阵阵偷袭，一个劲儿地让爸爸教他们去制作。一看没戏，几个孩子再悄悄把他所做好的两件景泰蓝泥胎用水泡软后，重弄成了胶泥才偷偷玩起。

为此张成山担心那些泥碗和泥盆全给摧毁了，这才每人都分给一块胶泥。孩子们疯了，每晚成为一群小兔子围在他的身边，捏起泥人儿又评比起来。

随后如何送到山里却是个难题，正想着早上胡队长赶来辆马车要去进货。他们俩便快速装上这些泥碗和泥盆，马鞭一响，张成山赶着马车就进了山。

等胡队长喊来了人，王响铃这才走来告之"马受惊了，张成山刚刚追去"！

可怎么烧又成了个大问题，用树枝烧，一来冒烟太易被人发现，二来温度也不够。

这一天胡队长找上张成山，又让去城里买些农具。路上一家单位有人往外推出一车刚出炉的煤渣子。其就地捡起了里面还没有烧透的煤块。那人明白了他的用处又推来一车废煤渣，告之这下面有些新煤块，捡完后快点离去。

当天晚上，张成山向牛嫂借来个旧风箱。掀去上面的一块破木板，眼前一只壁虎被一根旧钉子从外面给钉住了它的一只脚。俩人想办法才把这颗钉子慢慢拔出。等修好风箱，刚拉了几把里面的木柄又断成了三截。

回到了家里，张成山一时无法入睡。眼前一会儿是那些被送进山洞里的泥碗、泥盆和泥胎景泰蓝，一会儿又是那个被钉子所困住身子的壁虎，更觉得自己的身子也被钉死在了那座山洞里。

近三个月的开荒种地，终于盼来了五一休息日。看到山洞里已烧了四五天，这可乐坏了张成山，忙叫上王响铃就进了山。

俩人来到山洞前没发现什么异常，张成山上前扒开前面堵起的山石就钻了进去。随即一股热气迎面而来，地宫里那些泥碗、泥盆和泥胎景泰蓝，有的已成为暗灰色；有的为浅灰色，一个个穿衣戴帽成了年代久远的出土文物。

"你看，烧成这样能用吗？"王响铃拿起一个泥碗目光投去。

"可惜没有陶泥。我看，这些泥碗和泥盆不摔就行，咱们几千年前的老祖宗所使用的陶皿不就是这个样子？"

张成山说着又抽起了鼻子："舰长，你出去吧，这里空气不好闻，我先把它们都搬出去再说！"

王响铃来到山洞外随身坐下，迎面便吹来一股股花草的清香，眼前回到了过去他们俩与佐藤林木生活过的无人区，还有那只可爱的黑娃。

"扑通"，这时从身旁的山洞里传出一阵闷雷，又"啊！"的一声叫喊。

王响铃心里一紧，瞬间弯腰来到了山洞里。眼前张成山倒在地上，从洞顶掉下来的一些石头和泥土，正好把他的两条腿给埋住。但伸出的右手，还紧紧扶住了面前的一排泥碗和泥盆。

"成山！成山！"王响铃连忙蹲下，扒动起那一堆的山石。

"先别拉我！快把它们给扶稳！"张成山脸庞甩向了眼前这一排的泥盆和泥碗。

王响铃只好站起，一面伸出双臂快速地扶稳眼前的这些出土文物，一面目光投去，直到这里平稳了才蹲下身来。可她的双手刚伸到这片热土中，里面一些大大小小的石头就成了刚刚出锅的"糖炒栗子"。

张成山双眉拧成一团，脸上几股黑色的砖灰闪现出其痛苦的身影，一面配合着移动起双腿，一面指向了身子底下："先别使劲拉，下面还有东西呢。"

王响铃忙放下他的双臂，伸手摸向其身下，掏出了个完好如初的黑泥碗：

"你呀，你呀，真是不要命啦！一个破碗还要护着！"

王响铃赌气地把这个黑泥碗杵向一旁，又赶紧扒开张成山身上的那堆热土，扶起后裤子往上一卷，只见这两条腿已被烫得通红，还有两处烫伤显露出婴儿般细嫩的肌肤，其上又沾满了灰尘。

"你喊两声吧，感染了可怎么办？"王响铃眼泪流了下来。

"舰长，不疼！山洞里挺干净。我的命大着呢，先出去坐会儿。"

王响铃抹去眼泪，向前小心地先把张成山的两条裤腿给放下来，再慢慢搀扶着走出山洞，顺势坐在了山坡上。

初春的阳光来到山坡前，微风阵阵也带来了一股股花草的清香。

张成山脸庞转回，忽然间目光盯住身前："你看那只壁虎也来了，嘴里还叼着一根草呢！"

王响铃忙探身看去，果然俩人的面前停下一只静静的壁虎，嘴里叼着一叶青草，鼓起一对不大的眼睛，还一动不动地看着他们俩，遂惊喜地叫道："真是那只壁虎！你看，它这只脚上还有伤口呢！"

"它一定是被咱俩救下后跟着也来到了这里。"张成山涌现出了欣喜。

"那它也一定知道你被烫伤了，还送来了草药。这个小东西通人性啊！"王响铃右手又指去。

张成山听到这里忙站起，慢慢来到了这只壁虎前，右手伸去。小小的土灰色的壁虎成了一块不大的山石，转动着一对鼓鼓的眼睛，看到其右手伸到面前，这才嘴角一动放下了青草，身子遂移向附近，又翘起脖子当上了一名高高在上的哨兵。

"成山，先别动！我把这根青草嚼烂了给你敷上，一会儿再去附近多找些来带回去，说不定这只壁虎还等着咱们呢。"

紧跟着四周又是几声不大的响动，胡队长闪身来到了面前，右手跟着窜出："我说村里没有见到，原来你们俩跑到这里来躲避改造。"

说完，他一眼看见那个山洞，拔腿就钻了进去，他们俩也紧跟在了后面。

胡队长呆呆地站在这一排泥碗、泥盆和泥胎景泰蓝的跟前，向前用手摸了摸，目光滑向了那些灰白相间的煤渣上："原来你们俩偷了社里的煤到这里来搞资本主义。回去好好交代！"

"人嘛，长嘴就要讲人话。"张成山的脸上闪出了愤怒。

"泥碗和泥盆偷着卖过几次啦？"胡队长的右手又横了过去。

"还是那句话，这人嘛，长了眼睛就要看清世界。要不，就是双狗眼！"

"胡队长，这样的泥碗和泥盆您会买吗？"王响铃说着向前拿起个半灰又半黑的泥碗就递了过去。

"那你们俩跑到这里来烧它干什么？"

"我们俩来这里做什么？您看到过村里的老百姓有多少户人家每天在用一个黑碗去吃饭？又有多少户人家要用上一个破烂的盆？"

静静的山洞前传来几声微微的响动，听似山里有只动物也在悄悄走近。

随之王响铃走出洞口，原来是村里的"腰花"悄悄摸来，一探头，想躲开已来不及了。

看着她的到来，响铃和张成山想到平日里早就听到了他们俩之间的一些风流韵事。今天俩人前后出现，说不定也选中了这个安乐窝。

想到此，王响铃笑起，右手忙向着"腰花"招去："大妹子，别躲了！去挑一些烧好的拿回去，给队长弄点儿下酒的，补补身子！"

听到外面的对话，胡队长和张成山也前后脚从山洞里走来。

"你……你怎么也来了？"胡队长明知故问，又气又恼挥向了"腰花"。

"我……我……""腰花"的目光也落在了张成山和响铃的身上。

"都放了假，这地方好啊！"王响铃脸庞抬起，装模作样环视起了四周。

胡队长气得又骂过几句，这才拉着"腰花"匆匆走向了前面的山路。

看到他们俩正在远去的身影，张成山的脸上泛起红光，右手向前挥去："我怎么闻到了山里刮来的一股味？"

"什么味？一股骚味吧！"王响铃笑起。

"山鸡找野鸡，选的地方不错啊！只可惜是鹊巢鸠占了！"

张成山说完便得意地摇晃起脸庞，又对着响铃眨去了右眼："嗯……是个好地方！这山洞里又僻静又有温度，干脆咱们俩搬完后，也到里面去享受一下。怎么样？舰长！"

"想得倒美！你到里面去跟那些泥碗、泥盆和泥胎景泰蓝享受吧！"

响铃说着右手捅去，不料张成山身子一晃跌坐在了地上，双手立刻压住了两腿受伤的地方，响铃一见也马上蹲去。

第二天回到村里，张成山就把这些泥碗和泥盆送给了村民。邻居张大妈还把家里一把旧铜笊篱送来："这个东西放在家里没用，拿走吧！"

当天夜晚，张成山甜甜地进入了梦境。后半夜一把抓向前方，嘴里大喊而起："行啦！"

第十七章

　　春天再次来到了富士山，公园里已是樱花的海洋。同时战后的日本经济已成为新干线上一条飞速奔驶的白色长龙。

　　面对这一切，佐藤林木回忆着父亲生前的身影，心里明白窗外风景再美，也比不过其内心所挚爱的七宝烧，如今这一切也注入到了他的心田。

　　于是，他想到在七宝烧众多五彩缤纷的色彩中，至今还没有一种纯红的赤透料样，便下决心要尽快攻下这道难关，这也是父亲多年未能实现的心愿。

　　如今已连续多日，试制这种鲜红无比的赤透料样到现在还没有什么进展。

　　夜色里佐藤林木又一身疲惫来到炉子旁，炉门打开迎面扑来阵阵的热浪，遂从炉膛里掏出一块试制中的料样，等到冷却再拿来与过去的那些料样进行着比对，且天平称好重量，本子上记下了一行行密密麻麻的资料。

　　忙忙碌碌已是半夜十二点，来到隔壁的房间里，他掏出个漂亮的锦盒，拿出了一枚金戒指，又看了看还在睡梦之中的惠子，踮起脚尖回到了操作间。

　　炉前灯光之下，其眼前便闪现出了当年自己把这枚结婚戒指亲手戴在惠子手上时，她那幸福的脸庞绽放出一朵奇异无比的樱花。

　　稍后回到这座红彤彤的炉膛前，其起身拿来把钳子，小心地把这枚戒指从中间给剪开，咬下一点金子，天平上称好克数，做好记录放回了炉中。静静的等待中，他来到案子前身子靠去，迎面一股股的热流奔涌而来，也送来了阵阵的困意，随之慢慢地闭上了双眼。

梦境里他只身来到一条流动不止的熔岩河，它正向着天空喷发出一道道五彩缤纷的彩虹。随即接住一把，低头看去正是自己千辛万苦要试制出来的那种鲜红的赤透料样。

后半夜大地开始剧烈地摇晃，附近的民居坠落下片片的砖瓦和阵阵灰尘。

房间里佐藤惠子随即醒来，马上明白了眼前的这一切，不顾一切跑出，高喊而起："佐藤君，你在哪里？快把孩子叫出来！"

跟着佐藤林木也从睡梦中惊醒，一眼看到案子上空仍在摇晃不止的灯盏，及四周发出的阵阵声响，心里已明白了一切。再看下手表，目光回到前面的这座炉膛，刚要跑出的脚步停下，胳膊也朝着前面挥去："惠子，这里马上要出炉，一会儿就来！"

"咣当……咣当……"，旁边房间里轰然一阵响声传来，伴随起了惠子声声的尖叫。

见此，佐藤林木头上的汗水流向无奈的脸庞，坚持了二十几秒钟之后才猛然冲到炉膛前，快速取出里面这块正在试验之中的料样，把它放入盘子里盖好，这才转身拉断电源跑向了旁边的房间。

昏暗的房间里，眼前的柜子已经倒下，正砸在小儿子亿雄的右腿。其身旁惠子一面尖叫不止，一面双手忙往外扒去。跟着佐藤林木冲来，俩人费力地搬开柜子救出了小儿子。

灾难过后眼前残壁荒原，人们纷纷在自己的住处清理起了这片片的废墟。

接着佐藤林木就去了医院，病床前惠子正捂着嘴角在哭泣，儿子亿雄已截去右腿，手术过后人还没有醒来。

"你还知道有这个儿子啊？这一切都是你给他造成的！"惠子右

手抹去一把泪水，向他挥去。

"对不起，赤透试验我已搞了两三个月，温度不能有一丝的差错，含金量也不能记错，记录本更不能给毁了！"病床前佐藤林木双手握着儿子那条空空的右裤腿，泪水滚滚而来。

"你心里就知道赤透，要是你听到叫喊马上过来，扶住那面柜子，也不至于砸在亿雄的身上。现在他身有残疾，要如何面对今后的人生……"惠子的哭泣更加低沉。

"对不起！我实在不知道会发生这样的不幸，亿雄我会好好地照顾与培养。还有，我使用了咱们结婚时的那枚金戒指。以后我一定再给你买个更好更漂亮的。对不起了……"佐藤林木继续向惠子表示着内心的忏悔。

从医院回到了家里，四周的邻居们听说后也纷纷赶来看望，有人还拿起案子上那枚被剪坏的戒指，齐声谴责起他的不对。

继续半个月的忙碌，赤透新料样终于获得了成功。兴奋之际，佐藤林木赶去了医院。病房里惠子与儿子亿雄睡在了一起，他遂把上衣轻轻地盖去。随后目光就落在了儿子亿雄那条仍旧空荡荡的右裤腿上，泪水含在了眼眶里。

三天过后一只晶莹剔透的七宝烧花瓶，好似一颗刚刚被挖掘而出的巨大无比的红宝石，连连向着四周散发起迷人的光芒。同时佐藤林木手里拿着一摞合同走来并告诉大家，由于赤透料样的试制成功，这些合同也可以完成了。日后它一定能在国际上为日本的七宝烧赢得更大的声誉，人们的掌声再次纷纷响起……

拂晓之前，随着一声"好主意！"又把张成山从梦乡里喊醒。看到还在沉睡中的响铃和孩子们便悄悄下了地，拿来张大妈送来的铜笊篱来到屋外，挖好个土坑，放了进去。

回想起前后同一个梦境，他看着时间还早就去了村外，沿路捡来些牛羊粪，回来后再掺进土坑里，还从屋里端出一盆孩子们晚上撒的尿倒去。直到天气已转热，土坑前把地下埋着的这把铜笊篱给挖了出来，眼前已是一件长满层层绿锈的稀有出土文物。

忙忙碌碌二十天麦收过后，队里放了三天假。张成山脸庞贴向了响铃的耳旁，一番动员回了京城，随即去了工厂。

面对空降而来的张成山，瞬间赵德才就盯住了其肩上的书包，眼前还显露出书包里一张用旧报纸所包裹着的东西，便强拉着他去了街上的一家饭馆。

"老张头，农村还好吧？我还想着得机会去看看你呢。"赵德才招手要来两个炒菜和一瓶红星二锅头酒，倒上两杯推了过来。

"我不会喝，说完就回去！这是我在当地用手里的那个东西换来的老物件。但要换一块铜板、焊药和铜丝。"张成山说着从放下的书包里拿出这团旧报纸，掏出了这把铜笊篱。

"你……你……开玩笑吧？那个慈禧御盒是个金胎，可这个东西……"赵德才目光凝视，脸上闪现出了不解与万分的惋惜。

"这你就不清楚了吧，那个东西也就几十年的历史。但这个老物件少说是个西汉时期的文物，两千多年了，能考证出中国人最早发明面条的历史，它要当那个御盒的老祖宗倒是差不多！"张成山再次把面前的酒杯推去。

"当年我那个叔叔得了重病，人家要我用个老物件去煎药好得快，可你把我当个外人。又看着家里孩子多，要不卖给我也行，可你仍左右都不行。运动来了还把我的叮嘱当成了驴肝肺。我那个叔叔命苦，也早就去了天堂。而现在呢，你却主动找来……"赵德才目光直落而来。

"嗜，你也早就叮嘱过我，'识时务者为俊杰'，要认清前面的道路。那时不是脾气倔吗？还始终把手里的那个东西当成了宝贝。现在回头还不算晚！"张成山露出惆怅的面容。

"那你现在都这样了，也搞不成景泰蓝了，把它给了我就要一块铜板、焊药和铜丝，到底为什么？"赵德才更是目光紧盯。

"景泰蓝是搞不成了,但一家大小总得有口饭吃。这些东西回去补个锅、焊个壶耍个手艺,日后总得活下去吧!"

　　"那你来找,怎么就知道能给你办到?"

　　"我要把它卖给废品公司能给几个钱?给了别人又舍不得。再说,您是个领导。这把铜笊篱两三斤来重,就是给了厂里当作回收的铜材下脚料,要来这几样东西也不为过吧?"

　　"明天下班来找我,看在咱们俩是多年的老朋友帮你一把。还有,你这个老家伙也得说说,你说你父亲还是清宫造办处珐琅作里有名的景泰蓝老工匠,可为了这个却把命给弄丢了。

　　"而你呢?解放前也受过日本鬼子和国民党的不少苦和罪。解放了你和有的老艺人也一样拿上八级工工资,比我这个当领导的都强,这在咱们整个系统都不多。可就是回回运动一来看不清形势,站不好队,又老跟着上级去作对!

　　"所以说不是自己的命不好,这次回去一定要改掉过去这么多年来的错误与立场,来个脱胎换骨的改造。来,把这杯酒喝啦!"赵德才举起手中的酒杯,另一个酒杯硬塞了过来。

　　从京城回来,张成山心上就装好了一台马达,每天晚上看到孩子们睡去后,便拿出这个御盒暗自思考,响铃一觉醒来硬给夺了过去。

　　可是这一次,他被响铃拉上了土炕,稍后人又回到了过去。在梦境里,御盒上盖与掐丝均已完成,点好蓝放进炉火里去烧制,自己还唱了起来。瞬间寂静的屋子里"啊!"的一声,乍起了一声尖叫。

　　随即响铃醒来,一面从张成山的嘴里拔出自己的右臂,一面忙推去:"又做梦了吧?"

　　"我……我咬住了……"张成山继续追踪起梦境中这个御盒的身影。

　　"你呀!一定是白天干活儿太累,肚子早就空啦!"王响铃一边揉着右臂上这排深深的牙印，一边眼里闪现出了泪花。

"不饿，不饿！咬得不轻吧？"张成山拉来响铃的胳膊，在这排牙印上轻轻地按摩，又缓缓地吹起。

"不疼，不疼！天要亮了，你再去睡会儿。"响铃把张成山推去。

"《列宁在十月》瓦西里的那句话说得有多好，面包会有的，我就不相信景泰蓝会从此离我而去。你睡吧！"

仿佛是同一个部位引来条件反射，第二天王响铃梦里醒来，一扭脸就看见自己的这条右臂仍被张成山裸露在外的两条胳膊给牢牢地锁住。无奈之下她笑了，可刚抽出自己的右臂，就看见张成山裸露而出的左胳膊上有了一块乌黑。心里一惊忙脸庞凑近，这才看清楚那片乌黑是丈夫用毛笔画上了一幅花草，轻轻一推，还生根开花生长在了这里。

这一刻她望着窗前已放好的那支细细的毛笔和一个不大的墨盒，心里明白了过来。这一定是丈夫这次去京城时带来并藏在了身上，还在外出劳动休息中躲开众人的目光，去到前面的山坡在自己的左臂上搞起了创作，又用从外面带来的一点儿白芨把掐好的铜丝粘在了这里，还能时时地琢磨。

静静之中，她把他的双臂拉开，脸庞贴去轻轻揭下那里的一根铜丝。可尽管每次自己双手的动作轻如游丝，深睡中的张成山还是眉头一挑，看似就挤压了一遍他的心脏。随即涌出的晶莹剔透的泪水，慢慢浸润在了其左臂上的这朵鲜花的四周。稍后张成山从睡梦中醒来，俩人默默无语之中对视起了目光。

天慢慢地亮了，张成山拿些干菜叶，放在嘴里嚼了起来，还在废纸里揉碎些干树叶抽上了一支接一支的旱烟，又时时拿起赵德才送来的这几样东西。他心里明白，这个看似形如个粉盒大小的御盒，要在这穷乡僻壤做好它的上盖谈何容易，眼下连一件可用的工具都没有。要是在原来的工作岗位上，不要说是个御盒盖子，就是一座铜山与铁岭他也会一步步地敲打出来。

接着,他遇到当地的一名铁匠,铁匠那里没有适合制作铜胎的工具,便借来一把普通的铁锤。这样的铁锤拿在手里每抢一次,就会在这块铜板上打出个见棱见角的铜疙瘩来,进而再用其他的工具去制作完成。

仿佛日月星辰发生了颠倒,之前那些大大小小的铜疙瘩又跑到他的两个手腕里,在此处拱出几个尖尖的囊肿,时时扎向了他的心。

眼下天气热了起来,每晚一家大小挤在这间不大的屋子里,人人的身上都捂出了又红又痒的痱子,王响铃看在眼里更急在了心上。跟着她与人进了县城,偷偷把过去养父留下的一副手镯给卖了出去。回来的路上给孩子们扯好一丈棉布和三双布鞋,还给丈夫买了瓶白酒和一条香烟,又弄来了一盆猪下水,等进到家门身上只剩下了五块钱。

看到妈妈回来后孩子们一齐冲来,围住这盆猪下水七嘴八舌像要马上就吞进去这从天而降的美食。

一天的焦急盼到了下午,老大迎新和老二保新早早写完了功课。俩人一商量觉得等妈妈回来,再去洗净和炖好这锅猪下水天就黑了。于是俩人端上这盆美食跑向河边。随之在水花四溅的激战中,一团团且一块块的灰色连珠炮在不断地射出。有的打在迎新的脸上,其用手一抹连连地吐起,又一头扎进河里去把这一块块的猪屎给冲掉;有的猪屎拉在了保新的后背上,其双手够不着更是引来哥哥的狂笑。

直到这两根七节棍再也甩不出炮弹,俩人才一路跑到了家里。刚进家门,正在等待中的老三建新、老四筑新和老五爱新便立刻围来。

"这是心吧,那个是肝,这是什么?"

"真笨!老师说心像个桃!那块红红的才是猪肝吧?"

"这条白白长长的一定是猪肠子,人的肠子也有这么长吗?"

大家越说越焦急,纷乱的双手一会儿指向这盆猪下水,一会儿抬腿跑到外面,一脸无奈走回后继续围住了这盆美食。

"爸爸和妈妈回来还早呢,我饿得快走不动啦!"

"等他们再去做好,天早就黑透了。我睡着了怎么办?"

"哥,你们俩接着给炖熟吧,我可等不及啦!"

听到弟弟妹妹的叫喊,老大迎新右手挥去:"那你们几个都别嚷嚷,我给你们做。"

"哥,我帮助你。"老二保新也兴奋地马上跳来。

接着迎新和保新便捅开灶膛,铁锅放好就投去了这盆猪下水。很快灶膛里的火苗翻起身来,水面飘起层层的热气,铁锅也发出了"咕咕"的唱响。锅里那一堆猪下水正由深红慢慢抽成了浅白,还在玩耍和打闹的老三建新、老四筑新和老五爱新更不时从外面冲来。

远方的阳光开始迈进了西山,不大的屋子里爆满了阵阵的热气。大家这时谁也不再跑出,双手支起一张张葵花般的脸庞流淌出口水,七嘴八舌地伸出的小手又在挥来指去。

"哥,爸爸和妈妈怎么还不回来呀?咱们打开锅盖就看一眼好吗?"爱新说着舔起了嘴角。

"那就让你们几个看看我的手艺,一会儿谁也不准多吃!"老大迎新得意的目光扫向了眼前这片昂起的花丛。

跟着锅盖在慢慢移开,锅里发出"咕嘟……咕嘟……"的响声,层层的油花与团团的白沫儿,翻滚出一座座浓香的热岛。

"真香啊!爸妈还不回来,一会儿这香味跑光了怎么办?"

"那个是猪心和猪肝吧?你看,这个圆圆的一定最好吃!"爱新抹去涌出的口水,右手又指向了锅里的小绿瓜,"哥,咱们先把它给吃了吧,反正这锅里还有这么多。"

"那……咱们就先尝尝这个小绿瓜,不准再吃别的啦。"老大迎新伸出勺子来到锅里，去小心地带出这个绿香瓜放在盘子里，菜刀切去。

"啪……"，跟着眼前就是一声脆响。

瞬间盘中的这个小绿瓜就炸裂开来，飞溅起一束束的热浪冲向每个人的身上和脸庞，打上了一片片黄绿色的烙印。

"哥，干什么呢？呜呜……"爱新一边急忙向着脸上擦着殷红的烫伤处，一边哭起。

"哎呀，你尝尝，真苦！它怎么还能爆炸呢？"

"你看，咱们的身上和脸上全是些苦黄的汤子。"

"还臭呢！比过去在北京的家吃过的臭豆腐还要臭得多！"

"哥，你真坏！真坏！"

面对眼前的这一切，张迎新不知所措，又盯住飞溅在眼前的这片片黄绿色的弹痕。伸出右手抹在嘴里立刻吐出："我哪知道它会爆炸？谁叫你们几个嘴馋！"

"呜呜……呜呜……"，已被烫伤的老五爱新和老四筑新继续哭起。

连连的哭声围起盘中的那个翠绿的小甜瓜，一股股黄绿色的液体里渐渐浸泡出了一个空弹壳。随后屋外响起一阵脚步声，走在前面的王响铃推门走来："迎新、爱新，你们都回来啦？"

"妈妈！妈妈！哥哥欺负我们几个，看给烫的！"

老五爱新、老四筑新迎着走来的妈妈一头扎去，后面还跟着老三建新和老二保新，老大迎新呆呆留在了原处。

"这都怎么烫伤的？脸庞和身上一片片的黄绿都是什么？"

听到响铃一说，刚进了家门的张成山跟着走来，忙把爱新和筑新拉到身前，拿来毛巾轻轻擦去这片片的色斑。

"都是那个东西给烫的，弄到嘴里苦死啦，还臭呢！"老三建新右手指向盘中的那个已被抽去了筋骨的小绿瓜。

王响铃忙走到桌子前，把盘中的瘪绿瓜移到了眼前："嗐，这是猪苦胆，不能吃！怎么还个个弄了一身？"

"刚才我们几个看着它漂亮又不大就想先吃了。可哥哥刚一切开，它就炸啦！"老二保新挤了过来。

"哟哟，看看！你们几个怕我们俩回来累，猪下水先给煮熟了，是吧？这个哥哥没白当。可这个猪苦胆里面一直憋着热气，马上用刀去切开能不炸吗？这就像是过去你们玩过的气球，要用针一扎可不就炸了是一个道理！"

王响铃一面苦笑着，一面拉来了老大迎新、老二保新，把俩人身上和脸庞上的这些污物给轻轻地擦去。

跟着张成山来到铁锅前，拿起了铲子："放盐了吗？"说着不停地翻动，目光又盯在了锅里："迎新，大肠都洗净了吧？"

"我和保新把肠子里的猪屎都用河水给冲走了，真臭！"

张迎新说着也来到铁锅旁，右手指向了刚刚翻出的猪小肠："爸爸，它怎么这样细呀？"

"你们俩把这猪小肠翻过来洗净了吗？"张成山一听连忙盯去。

"没有，这么细不用翻出来洗！"张迎新得意地摇起了头。

"坏啦！猪小肠没翻过来洗，这猪下水可不就是一锅苦汤！"张成山忙用勺子盛来一点儿汤水吸进了嘴里，一股股又臭又苦的味道皱死了眉头。

"这是什么？"

张成山继续从锅里舀来一勺泛起的灰白沫子，移到眼前看去，两眼又往上挑去："嘿，还有猪粪呢？这可是人间最上等的佐料！"

"我们……俩在河水里把那些猪屎都甩出去了，里面全是白油一定很香！"张迎新向着老二保新瞪去了几眼。

"这猪大肠不翻过来里面的猪屎肯定也洗不干净。"张成山用勺子，小心地沿锅边把那些泛起的白沫儿一点点盛起，走向屋外泼去。

孩子们终于等不住了，焦急的脸庞跟着张成山旋转出了一汪汪的口水。

等到张成山把锅里层层的白沫子弄净,这才把猪下水捞出切碎,放回锅里放上盐再煮上片刻,去给孩子们的面前各盛上一碗。

顿时静静的屋子里,孩子们挤得不见了脸庞,只在四下里"呼呼噜噜"地拉出了一股股又臭又香还带有苦涩的浓烈的气流。很快老五爱新、老四筑新、老三建新抹起了嘴角,纷纷抬头望着老大迎新和老二保新的碗里。

王响铃见此,拿来这几个空碗,又给每个孩子盛满猪下水后递去:"你们几个别烫着!好吃不好吃?"

"妈妈,过年喽!我们从来没有吃过这么香的肉,以后还有吗?要比过去吃过的臭豆腐还要香啊!"

"妈妈,就是苦!像是你过去给我们喂过的黄连。"

"嗯,像是……夏天捂臭的破球鞋。"

"得了吧,比那个臭多啦!像是过去我们在城里掏大粪的。"

看着孩子们的纷纷竞选演说,张成山和王响铃相互看去一眼端起碗后喝进了一口,苦涩的猪下水泡起了一对苦涩的心。

晚饭过后趁着外面还没有黑下来,张成山拿起已做好的带有铜草帽般的这块铜料,又带上从铁匠那里借来的一把錾子和锤子就来到屋外的空地上。随后便在一块石头上挥舞起手中的铁锤,要把这块铜料上的那顶铜草帽按照御盒的尺寸给錾下来,之后才能进行下一步的制作。

连连挥起的铁锤声中,一块石头震碎了,再换来一块石头接着干,更觉得攻下了一块阵地,离心中的目标也更近了一步。不远的土路上,前方几个人正循着锤声匆匆朝这里赶来。

"张成山,不好好接受改造,搞什么鬼把戏?"李村长等人来到了跟前。

听到外面的动静,王响铃把碗里的东西倒净后,也来到了面前。

"搞什么鬼把戏？做个铜碗！"张成山看见响铃手里的那个旧碗，遂灵机一动。

"做个铜碗？这铜是怎么来的？有人反映你们俩不好好接受改造，在搞资本主义！老实向公社交代！"李村长右手继续挥来。

王响铃一听向前拉回张成山，给挡在了身后："这铜怎么啦？你们不要平白无故地诬陷好人！成山做过一些泥碗泥盆，烧制时受伤都不顾还送给了老乡，有罪啦？这铜也是老乡送来的！"

"老乡送来的？村子里怎么会有铜？"人群里继续问起。

"那是老乡为了感谢而送来的一把铜笊篱。"张成山生怕响铃给说漏了嘴，忙接了过去。

"铜笊篱呢？老实讲！"

"没看见吗？我要把它给做成个铜碗。"张成山心里清楚，那把铜笊篱也绝不能与这个御盒挂上钩来。

"你能把铜笊篱给做成个铜碗？"李村长严厉的质问变成了怀疑的目光。

"当然！我是搞景泰蓝的，当然能把那个铜笊篱给做出个铜碗来！"张成山笑起。

听到这里，公社来的那人快步走进前面的屋子，瞬间捂着鼻子两步蹿出，左手仍不断地在脸前赶来又赶去，到了村长面前且悄声说去。

"张成山，现在屋子里共有泥碗和泥盆大小二十六个，你们都送给哪些人了，现在都去哪儿了？谁证明你们俩没偷着去卖？做这铜碗要干什么用？这些资本主义的东西要全部没收。明天你们俩去公社把问题要一条条地讲明白！"

村长说完，走向前去从张成山的手里抓走了这块铜草帽，转身交到了公社里来的那几个人的手中。

稍后看着这些人搬走泥盆和泥碗离去的身影，张成山两眼要喷出火来，遂抬起右腿向着眼前那几块刚刚被打碎的石头踢去。随着几块碎石向前滚去,又重重地击在了他的心上。眼下他心里明白,这些人的身后一定闪现着赵德才的身影。

面对丈夫那熔岩般的面容,王响铃忙向前把他给拖回了屋里。

眼前孩子们始终在欢乐地跑进与跑出,只是墙脚下的那一排排的泥碗、泥盆及泥胎景泰蓝已不见了踪影。前面炉台上的铁锅里,继续关押着里面的那股洪水与猛兽,拖拉出仍旧臭烘烘的空间……

第十八章

　　星期一上班后,赵德才接过了办公室小段递来的一封来信。

　　信是佐藤林木从日本寄给张成山的一封邀请信,想在三年后的国际展览会之前,举办一场中国景泰蓝和日本七宝烧的技术交流。

　　望着手中的这封邀请信,赵德才目光直直地盯去,心里明白:现在的张成山虽与老婆王响铃去了老家,可至今他还有如此大的影响力。

　　遂想起,上次张成山送来那把古董铜笊篱,自己请来个行家。那人飞去一眼就笑了:"两千年前这些铜眼会用机械给打出来的吗?"

　　真是一语惊醒梦中人,面对这把铜笊篱那层绿莹莹的铜锈,赵德才的心口也戳满了铜眼。但随后他那郁闷的心情又被自己的双手打开了一扇天窗,还时时安慰起了自己:既然张成山敢于欺骗自己,这说明那个慈禧御盒一定还在其手中,那就一定要让他跑得了和尚跑不了庙。

　　随之他又灵机一动便马上拿起笔来,向着张成山和王响铃所在的公社写出一封匿名信,为的就是要让张成山手里的那个宝物不至于再次消失。

　　随之又进一步想到,六六年的国庆也快要到来,厂里要复制出十种大清景泰蓝珍品及完成新产品的设计,加上刚刚到手的这封来自日本国的及时雨,且凭着张成山技术好、手艺精、经验丰富这几条标准,何不趁此时机再把他给调回来。一来在全厂职工的心目中对自己能给予好评；二来这以后只要他还蹲在自己的身旁，哪怕就是一只东北虎也要被赶进自己的笼子中。

跟着，他重坐在办公桌前，拿起笔写上了"关于张成山回厂工作的报告"。写完脸上开出了得意的兰花，转身拿起这份报告出了办公室。

霜降之后，香山枫叶燃成了一团团绚丽的天火，蔓延到了远方的山岭。

趁着星期日的到来，张成山带上画板和几支铅笔，怀里揣个窝头和一瓶子凉白开来到了香山，拿出已设计出的几份画稿，进行着修改。

随之其脸庞高高抬起，时而陷入了沉思，眼前闪现出了与响铃在乡下时，自己所做出的那些大大小小且具有各种造型的泥胎景泰蓝。现在这道道山岭之上层林尽染的天空，再把这种灵感给融进心灵的窗口，他相信眼前的画稿更有了不同凡响之处。

半个月之后，他拿着精心设计的几张图纸敲开了副厂长办公室的房门。

赵德才迎面走来，在展开设计图纸的一刹那，其内心深深地一颤。眼下如此的设计与灵感，也更让他体会到了"姜还是老的辣"，更不知这次放虎归山是喜还是忧。

短暂的工间操休息时间到了，走廊里传来了《我们走在大路上》的歌声。

赵德才脸庞这才抬起，目光从设计图移向了张成山，看着其两手空空，自己的眼前闪现出了慈禧御盒的身影，目光重回到他的脸上，暖暖地说道："你现在回来不久，工作上要埋头苦干，不该说的就不要说，不该做的更不要去做，更要对得起我这个副厂长，是我坚持原则跑了多少趟有关部门，才把你和家人给弄了回来。"

随之张成山默默无语地离去，赵德才思索片刻，图纸移来，目光落去。

手术截肢后的佐藤亿雄身体一直十分虚弱，联想到中国历史悠久的中医和按摩，佐藤林木来到北京后就直接去了工厂。传达室前人们望着他这一身西装革履，没让进去，他便找到了南营房的家里。

　　晚上十点钟，佐藤林木从张成山家里走出，心里还惦记着儿子，在通过一个路口时被驶来的一辆汽车给撞倒，司机趁机逃走。

　　后半夜张成山赶到了医院，佐藤林木因左臂骨折流血过多，手术要输血。其血型为稀缺的 Rh 阴性熊猫血，现在医院里正为此而奔忙。

　　可巧张成山正是这种血型，做完相应的检查抽出四百毫升鲜血，佐藤林木的手术才得以进行。

　　第二天下班后，张成山赶去了医院。眼前佐藤林木的左臂还上着夹板，但刚刚过去三五天，心中始终惦记着家人和小儿子亿雄，又看到响铃给买来的几大包子中草药和几本保健按摩书，坚持着办理好了出院手续。

　　临回日本，张成山和佐藤林木来到几十年之前曾经长期生活过的那片山林。凭着对以往的记忆，俩人找到当年日军与八路军激战过的那个山沟和当年"人圈"的一些残壁，也圈住了以往的那些回忆。

　　继续寻访中，俩人走累后就在一处山坡前坐下，佐藤林木右手指向了前方："你看前面的这道风景就像日本七宝烧的绘画艺术，而中国景泰蓝的掐丝就是一支神奇的笔！如果两者能完美地结合，那真是珠联璧合。"

　　"林木，我看那道山岭更是一只高高大大的景泰蓝，咱俩何不以脚下的土地为画板，现在去设计出每人的画稿。你看，如何？"张成山说着手上拿来了一根树枝。

　　"好啊，就当作你我之间一场迟到的交流和比赛！"佐藤林木点了点头。

话声落地，随之俩人弯下腰去，手中的这支画笔便在松软的土地上"沙沙啦啦"地唱起小调，继续向前耕耘起缓缓的舞步。

小曲终了，俩人相互一看，每个人的画板上都写生出了海市蜃楼，不禁"哈哈"大笑而起。

在下山回城的路上，佐藤林木便把自己所带来的相机送给了张成山，说是这能为他日后到各处去写生或收集资料时提供些方便。

第二天去机场送走佐藤林木，张成山带着相机刚回到工厂，迎面碰到赵德才，被叫去了办公室。

在看到张成山和佐藤林木的一些合影，及其家庭、日本的风景照时，赵德才眉头皱起："你现在还不吸取以往的那些教训，还跟这个日本鬼子暗地里勾勾搭搭？这个相机就是收买你的最好证据！"

说完看到眼前张成山阴沉的面容，其眼珠一晃，遂从自己的衣袋里掏出十斤粮票递去："你说你啊，孩子多又正是能吃的时候，拿着吧！我的这番苦心对不对，自己掂量掂量。"说完就要把这台照相机放进其面前的抽屉里。

"我粮食够吃。你先不要没收，相机里还有我外出写生拍的一些资料！"张成山把递来的粮票推了回去。

"先放在我这里吧，怎么还是一根筋？！"

见此，张成山愤然站起，"砰"的一声拽开门，几步走出了办公室。

火红的年底工厂召开了庆祝大会。在阵阵热烈的乐曲声中，各个单位的"先进生产者"和"先进工作者"纷纷走上了主席台。在随后颁发"优秀创作贡献奖"时，赵德才站在了主席台上一排获奖的人员中。

在持续掀起的一波波的浪潮中，张成山的目光落向了主席台，以及抱在赵德才胸前这张大红的奖状上，随之这张奖状就成为一块巨石，重重地压来。

高温季节快要到了，第二天从街上走来一群群的青年学生。

接着职工们被轰到厂里的广场上,且生产中的景泰蓝、玉雕、牙雕、雕漆,以及宫灯、国画、绢花等等,一块推来聆听起慷慨激昂的演讲。

人群里张成山与从事牙雕的于得水、金漆镶嵌的宋福来、花丝镶嵌的金世光、玉雕的田家石、宫毯的刘仁庆等老艺人站在了一起,纷纷饱含起泪水。

随即张成山身上时时压来阵阵"咕咕噜噜"的叫声,便低身向着一旁的于得水说上一句后,悄悄从会场的后面走了出来。

很快他来到大楼的后面,前面就是去年建好的那座景泰蓝花瓶造型的喷水池,远远望去好似一位神女正在倒出清澈的泉水。

眼前,青工贾云鸣手里正拿着一把铁锹来到了水池边。只见他双手一扬,水池里溅起一阵声响,伴随起了一股股的白烟。

张成山好生惊奇快步走近,迎面扑来一股股生石灰的味道。原本清澈的水池变成了一团污浊,一池红光四射的观赏鱼肚皮朝上咽下了最后的一口气。

见此,张成山心里的怒火顿时就扑向了贾云鸣:"你要是把这些金鱼捞上来给吃了,我不说你!可你这样做是为了什么?"看其吊起的白眼珠又说道:"还有,你昨天上班抱起个西瓜,放一天的水去冲,弄得四周成了汪洋。这样的工作环境,你认为好吗?"

说着,张成山的肚子里又擂起阵阵的战鼓,转身忙朝着卫生室快步走去。

望着正在远去的身影,贾云鸣脑袋一硬,胸前的像章一颤,随手用左臂上的袖章抹去脸上的一把汗水,一口浓痰飞去:"老家伙,还不老实!"

与此同时,几个孩子回到家就打起了嘴仗,王响铃更是深感不安。

天亮了,大街上继续传来一阵阵高音喇叭和《大海航行靠舵手》的歌声。

面对这一切，张成山也后悔去年自己到护城河边偷着拿回了御盒。那时是为了能时时看到它，而现在，这颗彩蛋时刻都会在自己的眼前炸裂开来。

于是他拿上御盒夜色里出了家门，走到月坛公园想去埋在树下，又担心日后万一找不到了，或此处的松树被移出了，转了两圈还是向着南营房走去。

昏暗的路灯下走来一只小花猫，张成山低头看去，其左边的耳朵上被人穿起个铁夹子，一瘸一拐成了一名马上要被处死的婴儿。

"花花，过来，不怕！"张成山忙低下身子，右手招去。

一瘸一拐的"花花"后退着身子，在警觉的目光中瘫在了地上。张成山向前抱起，这才发现其背上还被棍子戳起个窟窿，且顺着四周的皮毛往屁股下面流着血水。跟着他就先把这个铁刑具拿下，抱上"花花"快步走去。

回到了家里，他忙让响铃先坐好一盆热水，端来后给"花花"擦净了身子和伤口，再找来一只红霉素眼药膏给它涂上，最后用条白布包好了伤处。

直到看着"花花"安静了下来，张成山才想起御盒，遂在家中一个地方接一个地方地藏去，不放心拿出来又换个地方。

一转眼星期天到了，临近中午王响铃刚做完午饭，外面响起急促的敲门声，跟着一群中学生闯来。

迎头走在面前的胡卫兵，看到张成山正要吃饭，便一步向前夺下他手中的饭碗，右手怒指而来："你天天做黑活，就该去吃草！"

跟着另有人从阳台花盆里揪来一把文竹，跳到王响铃的面前："还有你，把它吃掉！"王响铃眼中含上了泪水。

"我吃，我吃……"说着张成山抢先接过这把文竹，接连塞进了嘴里。

明媚的阳光慢慢划过正中午，冷冷清清的厂区里回荡起高昂的《大海航行靠舵手》的歌声。平坦的操场上一群青年人，正热火朝天地踢起一只鼓鼓的景泰蓝铜胎，双方展开了激烈的足球对攻赛。

在继续的翻找中，胡卫兵身子探向床底，顺手把几个鞋盒子划向一旁，发现了还躺在脸盆里养伤的"花花"，一把将它从里面给掐了出来，几把又扯下其腰上的白布条。

"睁大眼睛看看，又养花又养猫，全是……"

话声未停，胡卫兵拿着还在扑腾个不止和惨叫中的"花花"，来到外面的阳台，一抬手高高射向了天空。

接着眼前剃着光头还戴着红袖章的李卫红拿起个白瓷罐子，盖子打开右手伸去，拿来一块灰白的东西送到了嘴边。

"不……不能吃，这是骨灰！"张成山右手马上挡去。

李卫红脸庞一转，"当啷"一声，手里的白瓷罐子踢向了楼下。

笑声未停，李卫红又拎来个木盒子："这个黑窝也不能放过，把它砸了！"

"你们不能这样，这紫檀要几百年才能长成！"

张成山苦苦地哀求，心里清楚，这个紫檀梳妆盒还是响铃的养父所留下的，更是妻子日常的珍爱。

"真笨！菜刀砍不动不会来把斧头，再不行用火去烧。"

夕阳从窗外来到了屋里，直到夜幕降临之后，屋里才清静了下来。

稍后张成山跑向外面，现在那只被扔出的白瓷罐子早已粉身碎骨，四周还散落着母亲的一些遗骨。遂内心深深地自责而起：为何前些年不把母亲的遗骨迁回，还装进了这只白瓷罐中，瞬间眼泪垮塌而来。

随之他又马上想起"花花"，最后在一片垃圾堆前寻到了早已气绝身亡的生灵。又看到了那个千疮百孔，且烈火烧身的紫檀梳妆盒。

于是，他把"花花"小心地抱起，且在月色下轻轻地装进这个紫檀棺椁里，来到附近的一片荒地，找来树枝挖个土坑，把它们俩一同给埋了进去。

当天的晚上,夫妻俩简单做上一锅菜粥安排好了几个孩子。临睡之际张成山忙从栽有文竹的花盆里重新挖出了御盒,眼前也闪现出刚才的那些身影。

同时,他也深知这双双幼稚的手,如果当时再多用上一点力气,或是再去揪上一把文竹,那就会把埋在花盆里的这颗生命给挖了出来。

多年来,自己常常要把这颗心脏给抛出,但又时时留了下来。如今要是落在这些未长成参天大树的人的手里,他无论如何是不能接受的。也相信当深藏在花盆里的这颗心脏被挖出时,或是怀抱着这个刚刚发现的出土文物,自己定会豁出这条老命而冲出合围。渐渐冷静下来后,其转身出了家门。

半个小时之后,他来到护城河边静静坐在了草地上,默默望着河面。那河水也由以往的晶晶亮亮渗透出了深灰。

进而,他掏出带来的母亲遗骨,和一同而来的御盒找好地方重埋在了一块石头之下。心里想的是,如此已在天国的父母便连同起这个御盒将来就能相见了。

跟着眼前又闪现出了"花花"的身影,想到明天再把它给请出来,也要与母亲和御盒埋在一起。为此过去的那个泥兔子也要循声而来。这样一来父亲、母亲、泥兔子和"花花"就能相聚而起,一块在这无忧无虑的天国里自由自在地快乐生活。百年之后,自己再带着响铃也会来到他们的中间。

前方河道旁,王响铃始终不放心也循声找来。随后他们俩走向河岸,皎洁的月光遂在头上绽放起一盏长明灯,时时拉长双双的身影,又不断浓缩着俩人的身心。

第二年沐浴起"广阔天地大有作为"的火红年代,哥哥张迎新去了山西插队,弟弟张保新也住进了陕西的土窑洞。

第十九章

　　清晨刚刚醒来的佐藤林木还没顾得惠子递来的衣服，马上打开电视机又拿来了报纸，一面翻阅，一面目光留在了屏幕上。

　　"我看，现在你的心思完全在了北京，快吃吧。"惠子把早餐递去。

　　"你说把那么好的景泰蓝、牙雕、玉雕、雕漆等等'四大名旦'毁了，这些可都是中国的国粹！"佐藤林木手中的报纸落下。

　　"你就不要为人家操心了，下个星期你要去趟汉城，现在家里的这一批七宝烧也快要出货了。"

　　"等汉城的合同办好了去趟北京，也不清楚张成山情况如何。"

　　"你要去北京？还要到香港转机，以后再说吧！"

　　"还是去一趟，上次我发出的那封邀请信也一直没有着落，事情办完了就回来。"佐藤林木放下了筷子。

　　忙忙碌碌奔走了半个月，佐藤林木来到北京，傍晚安排好宾馆住宿，找到了张成山南营房的住家。问起小儿子筑新，王响铃泪水横流，没有吐出半个字。

　　第二天上午，佐藤林木来到工厂刚要走向传达室，听见前方会场开了锅。

　　接着，人群里张成山嘴里被塞进一条白毛巾，是因为舌头咬了。佐藤林木急忙上前，谎称是其表弟，掏出一条手绢得以跟去。

　　可这家医院现在做不了此种手术，随后去的这家医院，趁着眼前人群外出吃饭之机，佐藤林木前后奔走，这才把张成山送进了手术室。

两三个小时之后，先头的那些人吃饱喝足走了回来，又匆匆离去。

眼前医院走廊里，一间注射室的门口始终排着长蛇般的队伍，只见人人都提着装鸡的篮子或是网兜。众人一边焦急地在等待着，一边交流起眼下打鸡血的经验和绘声绘色的各种传闻。

后几天里，佐藤林木时时来到病床前。无声的世界里，张成山面戴着大大的口罩。俩人面面相望，双手时时抬起，相互打起了手语。面对佐藤林木双手半空中比画起的御盒，递到自己的面前，遂又打开身边的皮包，掏出一沓厚厚的美元递来，张成山始终连连地摇头，涌出的泪水沾湿了半个口罩。

中秋之后，山里的天气明显转凉了不少，远山与近水开始褪去了层层的翠绿，也缓缓换上了一身身贵族般的黄金甲。

张成山出院后和王响铃，随着公司里的一批人，来到了这里也走过了一年多。

那时夫妻俩就想好了，老三建新被送到外地一个亲戚家里，老四筑新响铃说是先让一个没有孩子的姐妹给带走了，只有女儿爱新舍不得带在了身边。

如今从事起种地、开荒、挖河、修路等等繁重的体力劳动，如此的生活就成了山林里的那道山泉，永远都"叮咚"地从高坡流向山脚，又消失在无尽的远方。

唯有到了晚上，躲开队里来监视的人，自己遂与宋福来、于得水、金世光、田家石、林柏之和刘仁庆等等老人们，每每悄悄分析起当前的形势和各种小道消息后，还探讨起了各个工艺美术品的历史、工艺特点和几十年来各自生产与设计的心得与经验。大家还想到日后如能时来运转，一定要合力写出一本汇集着各个工艺美术门类的图书，好给后人留个资料和念想。

那时，大家常常说着、想着，眼圈里流出了鲜红的泪水，默默地在梦乡里进入到各自的天国。

半夜里爱新梦中醒来，眼前不见父母，四周一片漆黑，哭泣中走出屋门。

磕磕绊绊走在田野里，她来到前面一户人家前，从里面传来个男孩子的哭声，接着又唱了下去。稍后男孩儿从屋里走出，站在了面前。

"你叫什么名字，为什么哭？我叫爱新，咱们俩一块玩儿好吗？"

眼前男孩子的头发和眼睫毛已被烧去多半截，脸蛋上也抹上了道道锅灰。

"我叫小石头，爸爸不知去哪儿了，咱俩屋子里玩吧？"

说着，他伸出黑乎乎的右手向着爱新招去。来到屋里，只见地上的火炉子前还躺着个用废纸卷起的圆筒，一头已烧成了焦黑。

"石头哥，教我玩好吗？"爱新一见右手指去。

"这个不好玩！刚才我醒了见不到爸爸，身子冷，就卷起这个圆纸筒伸到火炉里，可刚吸一口就来了火苗。看看还烧去了我的头发，一摸眉毛也没了，我一害怕就哭，没有人理又接着唱！

"现在你来了，我什么都不怕啦！你爸爸是干什么的？我爸爸叫田家石，过去在北京时天天对着石头干活儿。那石头可好看啦！"

"哎呀，一下问我这么多个问题，怎么回答呀？我爸爸叫张成山，在北京做过老多老多的花瓶，好看着呢，一定比你爸爸的那些石头要好看得多！"

"我还去过我爸爸厂里的那座大楼呢，老在那些石头前想啊、画啊，手里还拿着个我修牙那样的东西'吱吱'地叫。可做出来的小人要比真人还好看，真的，不骗你！以后回北京，带你去我爸爸那里看看，那座大楼里做什么的都有，可好玩啦！"

"哎呀，那座大楼我也去过，我爸爸也常常在那里画画。你知道吗？那叫点蓝，点出来的鸟和花儿从火里出来后就跟真的一个样!回北京还是我带你去吧!你妈妈呢?"

"妈妈不在了。我还是冷,咱们俩上炕上玩吧?"

说完,他们俩手拉着手上了炕,拿来身旁的中学语文课本,你一句我一行地读起,又一起辨认起上面不懂的生字。

且读完两篇课文,身边的被子俩人拉来盖在了身上。随即小石头就成了老虎,嘴里发出"嗷嗷"的叫声向前扑来,爱新则变为了小山羊,"咯咯"地笑着,一面躲闪着老虎的扑来,一面双手向前打去。

两个伙伴打闹上一阵,小石头下地去找碗凉水喝,爬上炕又与爱新躺在了一起,一翻身两张明月对望了过去。

"你这里真软,特像两个不大的肉包子!"小石头指向了爱新的胸脯。

"我哪有肉包子,你这个没有头发和眉毛的脑袋才是呢!妈妈过两天蒸菜团子特好吃,到时候我给你偷来两个!"

"咱俩藏猫猫玩吧?以后只要大喇叭一响,你爸爸和我爸爸就要出门,你害怕就来找我吧。"俩人盖好被子,双手搂来继续在床上翻滚了起来……

傍晚村里小路上走来本地青年杜有源,手里提着个破旧的布袋子。张成山抬头望去,无意中看见从他手中的布袋子里掉出些东西,忙把他叫住。

向前一看竟是一把明晃晃的子弹壳,回头看到一起劳动改造的人群已进了村子,张成山放了心。原来上个月杜有源去了趟重庆,看望病重的叔叔,返回时捡了些子弹壳。

听到这里,张成山给了杜有源五元钱,把这有一斤重的子弹壳买了过来。

等到了晚上,张成山看着女儿爱新熟睡了过去,便在响铃的面前把这袋子里乌亮的子弹壳给摆了上来。

"你说你,这不是在给自己和家里找事吗?"响铃脸色立刻阴沉了下来。

"我是偷着弄回来的,这些子弹壳对杜有源来说是废物。可对我来讲它却是宝贝,有了它就有了……"

"得啦!你的心思我会不清楚……心里还有爱新吗?"王响铃眼眶里泛出了泪光。

默默对视一阵后,王响铃泪水中这才把前些天齐秀华对她的耳语讲了出来。在他俩的面前,顿时这一堆子弹壳就炸出了一颗火光四射的地雷……

两天以后,首届"学习毛主席著作积极分子代表大会"召开,赵德才带队前来参加并主持。

当晚其找来了张成山,脸上堆起了灿烂:"老张头,着什么急走啊!你看,一晃就两三年,还是怪我这个当领导的关心不够,应该做检查。最近可好吗?有什么困难和要求就提出来。"

"挺好,这里山清水秀吃得饱睡得香,比不上您呐!您在北京咱们公司那就是个数一数二的山大王,来到这里怎么着也是御驾亲征!"张成山停住脚步,斜视的目光投来。

"你看你,这么多年啦,狗屁脾气还是改不掉。"

"改什么改?这么多年你不是也没有改吗?这就对喽!"

"看看,越说越离谱了。这些年来所发生的那些情况,不是生不逢时,也不是自己的命不好。本来嘛,眼看要来狂风暴雨,可你就是要蹚进去,挺好的脑袋成了个榆木疙瘩。

"还想不通?再举个例子。你说你喜欢明朝的那些瓶瓶罐罐,我这里有啊!但你不能给人家飞机和大炮吧?你说你喜欢仕女佳人,那好,我这里也有啊!但不能给你来个花和尚鲁智深吧?回去好好琢磨琢磨吧!"赵德才一脸的春风得意。

听到这里,张成山看着眼前的赵德才的这副德行,真是懒得再搭理他。

又一看他那始终还在摇晃不止的脑袋,跟着眼前就闪现出了那一袋子子弹壳。眼下他心里十分清楚,要把这堆子弹壳给熔化成铜水,就要有个能经受得住一千零八十三摄氏度高温的坩埚。

"老张头,你说现在吃得饱睡得香,就这个穷乡僻壤?与过去相比那才是一个天上一个地下!这样吧,明天你来找我,咱哥俩一块好好喝顿酒。正好我还带来了一瓶'四特',这酒可是周总理亲自给起的名字。我可等着你来啊!"

"不行,不行,现在没这个雅兴!老婆还一直生着病,当地的老中医说是要用一口铜锈锅去煎药才行。现在去哪里找啊?"张成山忙摆起了手。

"什么铜锈锅?我帮你找啊!现在你的事儿就是我的事儿,对吧?"

"我也说不清,好像咱们工厂化铜用的坩埚就行,里面不是有铜锈吗!"

"那还不好办?回去这几天就派人来给你送个坩埚,还有呢……"

"那就谢谢啦!这一阵子我正为这发愁呢!"

张成山不等赵德才说完便装起了糊涂,再一抬头就看见他那直勾勾的目光,又猛然想起其刚才劝说自己的那句"脑袋瓜子也成了个榆木疙瘩"!

遂一想,自己的脑袋瓜子又成了个万花筒,便接着说道:"这年头能有你这样的一个好领导三生有幸!我手里之前的那个东西既不当吃又不当喝的,不是换了个稀有文物那个铜笊篱吗?后来又遇到了那个人,说我的那个东西不值,非得要回来。没办法只好掏钱又给买了回来。嗐,这人要是赶上倒霉,喝口水都扎牙!"张成山深深叹了一口气。

"老张头,你来这里改造可越改越狡猾啦……"赵德才目光盯来。

"你是说我信口开河?咱这辈子就会景泰蓝,别的一窍不通!"

"这合适吗？我可不是与你做交易，咱哥俩还是要讲清楚！我这是听你说响铃病了，你着急我牙疼。其实那个东西对你对我来说会有什么用？我这完全是为了你好，老婆才是自己贴心的棉袄。眼下弟妹病了，当哥的能不管？再说那东西是死的，人可是活的。原配的媳妇要是出了问题，再找那也不如原装的好！你说对吧？"

"你肚子里还真有理论。"

张成山嘴上说着，心里已燃起了怒火，怒火里又招来暗笑："'以其人之道，还治其人之身'，这才是老祖宗的智慧！"

"好，那我刚才的这一番苦心没白搭！人呀，用现在社论所讲，那就要认清形势紧跟大方向。明天你要是不过来喝了这顿四特酒，那我一个人不就在喝猫尿？"

张成山不想再跟赵德才多费什么口舌，只想快些回到响铃和女儿爱新的身边，三言两语便抽身而去。

之后，张成山则在每晚去了远处的铁道，捡来一些在道旁遗撒下来的煤炭，后半夜才气喘吁吁地进了家门。三天之后，赵德才派人送来一口旧坩埚。

那一时刻，张成山内心百感交集。过去在工厂时，在这样的坩埚里熔化过多少次上千摄氏度的高温铜液。等它冷却之后再经过自己千锤百炼的錾刻，随之就变成了一群群一只只生龙活虎的小狮子。想当年世博会父亲获奖的龙凤瓶上所镶嵌的，就是这样一对錾出来的金龙耳。而如今，在这半个冬瓜大小的旧坩埚里，也要放进自己的那颗心。

无奈的煎熬中走过一天，第二天又是个难得的休息日。

还是在头天晚上，张成山便带上这一袋子的子弹壳、坩埚、焦炭，再加上借来的一台风箱等东西。王响铃则拉上女儿爱新，与等在附近的田家石和小石头就一块进了山。

随后来到附近山林前，张成山停下脚步，支起坩埚，放好了焦炭和风箱。继续前行的队伍来到河边，眼前的河面已笼罩起一层朦胧的月光。

紧跟着张成山双手就"呼呼"地拉起风箱,煤炭蹿起火苗,一下下舔起了架在空中的坩埚。其脸庞也被这片火焰映得通红,火光里且不断地闪现出女儿爱新的身影……

前几天女儿爱新发起高烧,老友金世光知道后,让老伴齐秀华采用过去家传的老办法,忙碌到了半夜,直到爱新开始退烧这才放了心。

第二天齐秀华来家找到王响铃,这才悄悄告诉她说爱新已怀有了身孕,看样子有两个来月了。

齐秀华走后,王响铃忙叫来张成山,夫妻俩立刻就转了向。背后追问起爱新,响铃这才明白过来,女儿原有的月经现已停止,又知道了她与田家石的儿子小石头曾经发生过的那些事情。

随之当天夜里,趁着爱新已经睡去,俩人来到附近的地头,眼望着不远之处的家门,四周空无一人,遂双双靠在一起痛哭起来。

"爱新才十四岁,既不能去医院打胎,又不能让外人知道,更不能看着她的肚子再一天天地长大。"王响铃哭成了泪人。

"这些年不管经受多少苦难,我都能忍受。但最让我无法接受的是让咱们的女儿去承担这样的惩罚与后果!毕竟还是个中学生。"张成山的拳头也在身上连连地砸起。

"我看,这件事情你先找老田商量一下,一定不能让外人知道,也不能让老大、老二、老三和老四知道了。"

那时响铃脸庞转过,满脸泪水又贴在自己的耳旁,遂悄声向他讲起齐秀华告知她的解决办法。

现在眼前这一切的一切,都快速地在他的面前闪过……

前方山路上王响铃狂奔而起:"成山,成山,快来呀!快来呀!"

夜色里张成山向着河边跑来,半路上传来了响铃声声的高呼。等来到面前,他一把接过爱新继续向前跑去。

来到了山坡前,张成山立刻解开上衣就把女儿的脸庞按在了自己那片通红的心口上。王响铃也忙把爱新身上所裹起的湿衣服脱下，换上所带来的旧棉衣，紧紧抱住后身子移向了火堆。

还在一旁的田家石也把小石头这身湿衣服脱下，又忙拿来一瓶白酒，喝下几口喷向其身上，双臂便上下左右搓揉，随即用棉衣把儿子包好靠近了火堆。

接着，张成山快速拉上风箱，"呼呼"的风声挑起高高的火苗连连舔向了坩埚，其黑色的埚体之下蔓延出了一座火焰山。又看见裹在女儿身上的棉衣有点儿短，便一面右手继续拉着风箱，一面伸出左手，去把爱新的双脚抱起就紧紧堵在了自己的胸前。

而王响铃更是一遍遍地把已烤热的脸庞，贴向女儿爱新的脸颊和额头，又不断吻去流出的泪水和汗水。

后半夜里山坡前悬挂着的一轮明月，终于慢慢坠向了远方的山岭。

眼前的天空显露出了一线光明，张成山停下双手，站起后从坩埚里倒在地上一股洪流，瞬间便形为一块块周身发出暗红光泽的红铜块。

风箱停住了，女儿爱新也在母亲搂紧的这件棉衣里静静地睡去。

俩人的身旁，田家石同样包裹着小石头，也进入到了另一个梦幻世界。

从山里回来，张成山连续几天都无法入睡，大把掉起头发，心也在撕裂。

想到这一切，于是趁着天气预报有雷雨队里歇了工，张成山瞒着响铃说是要去看看老友，便悄悄去了县城。

雨后城里的街上行人多了起来，张成山从怀里掏出这个闪光的御盒，放在眼前，脸庞遂在四下里不安地观望，也不时有行人投来探询的目光。

"请问，你这个东西是想卖？"稍后一个路人站在面前。

"我想……想卖二十块钱,要给家人治病……"张成山目光迟疑。

"多少钱?糊涂了吧?这半个东西谁要它啊?!"很快四周聚起了人群。

"你先看看它的重量。"张成山不安起来。

"这么沉,还真好看!什么东西做的?"那人拿在手里掂着,直视起面前的卖主。

"这是件景泰蓝,不瞒你说它的内胎是用黄金制成的。"张成山明白话只能点到这里为止。

"黄金做的,这么说是从宫里来的?你是……"眼前的那人更是目光直视而来,随即这道道闪光的身影,更是在人群中不断地传看。

"这是家传的,跟了我几十年。"眼下张成山就怕有人追踪这道彩霞的来历。

渐渐地日头升到了半空,四周人群不断有人散去,也不断围拢起新面孔。

焦急之中,张成山猛然看到不远的前方,有一个路人与一名警察正向这里走来,凭直觉他感到一场灾难正在袭来,也感到眼前的这个御盒已成了个魔鬼。

跟着他忙收回这个魔鬼,左手再抄起出门时带上的那个喝水用的旧瓶子,冲出人群便向着近处的那条河渠奔去,边跑且边大声地叫道:"白白的羊腿快来买!白白的羊腿快来买!"

等到了渠边,他脚下一滑来了个趔趄便就势摔向地面,又趁机把手中的这个魔鬼扔进了眼前的水渠里。

"起来!你刚才在这里倒卖什么文物?交出来!"随后赶来的这名警察与那个路人站在了面前。

"白白的羊腿快来买!白白的羊腿快来买!"眼前的张成山一边叫喊着,一边挥舞起了手中的这个旧瓶子。

"别给我装疯卖傻,把东西交出来!"面前的警察右手挥来。

"白白的羊腿快来买!白白的羊腿快来买!"

张成山继续叫喊且把这个旧瓶子移向面前,又有滋有味地啃起。

"说的话没听见!装疯卖傻,东西呢?"

警察瞪起双眼,一看张成山仍低头啃着手里的旧瓶子,仿佛根本听不懂人话便右手伸出,拍打起其衣服各处及搜起身后。

与此同时,张成山借着警察扭来的这股动力,故意摇摇晃晃成了个弱不禁风的陀螺,遂转动两三圈后身子一歪,"扑通"一声又摔倒在了水渠旁。

"哈哈……哈哈……"四周观望的人群发出了开心的笑声。

笑声里张成山继续挥来手中的旧瓶子,继续啃起这只"白白的羊腿"……

见此,眼前的警察移到那个路人的身旁,低声耳语几句后,右手挥向了四周的人群:"走吧,走吧,有什么好看的!"话声落地,其走向了前方。

"白白的羊腿快来买!白白的羊腿快来买!"

继续癫狂中的张成山仍挥舞起手中的那个旧瓶子,成了个活脱脱的济公。四周围观的人群正在散去,近旁六七个半大的孩子,一边向他投来碎石块和一些残枝枯草,一边高兴地连连叫起"疯子!疯子!"

无奈之中,张成山加快了颠簸的脚步,去了远处的一座山坡,这才割掉了身后这群顽固的尾巴。

跟着,他举起手中的这只"白白的羊腿",便向着眼前的一块石头狠狠地砸去。"啪啪……啪啪……",随着这阵阵的震响,静静的山坡上绽放出片片晶莹剔透的礼花,也炸出了他那满眼晶莹剔透的泪光……

终于一切都平静了下来,张成山平躺在山坡上,两眼浸泡出的泪水已显露出远处朦胧的行人和稀疏的车辆。一整个下午,他都静静地平躺在这里,形似一具正等待着风化的干尸。

终于熬到了半夜,他才悄悄地摸回到这条水渠旁,凭着白天的记忆,又小心贴进水里弯下腰去,或用双手,或用双脚,点点滴滴地寻找起这个魔鬼。而当遇到水深的地方,还要憋住一口气,泥水没到了嘴边。更时时有些路人,或是车辆经过时,又要紧趴在水渠旁,变为一只巨大的娃娃鱼。

临近黎明,他的双脚才触到了那个无比滑润且又无比坚硬的潘多拉魔盒。紧跟着重新憋住一口气,弯腰一头扎进水渠里来到脚面,且紧紧抓住了这个魔盒,猛然跃出水面把它押到了面前。

与此同时,其面前的这个潘多拉魔盒就被打开,随即各种大鬼和小鬼向他杀来。眼前也时时闪现着女儿爱新这些年来所受到的伤害,以及自己这几十年以来的经历。还有刚刚过去的这一幕,也都是这个魔盒给带来的。

于是他双手一松,面前的这个魔盒趁机钻到了河渠。瞬间泪水从脸上流下,汇成一股无声的溪流,也流向了河里。

远处的街上打来一道汽车的灯光,慢慢地扫过水面和他的脸。瞬间这道灯光就变为一支强心剂,又重新注入到了他的躯体。

可如果今天或是日后真把这个潘多拉魔盒给卖了出去,此生也许更会刺痛自己的心……

于是他弯下腰去,缓慢地移动起脚步,瞬间抓住这个魔盒挺出水面,也瞬间感到自己的双手不但拉住了这个光润无比魔鬼的身躯,也把天上的这一轮明月给揽在了怀里……

继续经过一上午的赶路,午后张成山悄悄摸进了家里,面对空降到面前的这个泥人,王响铃惊得一时说不出话来。

直到前半夜,家里家外一切都平静了下来,张成山才把这次所发生的事情给说了出来。此时身旁的王响铃眼眶里也碾压出了泪水,一直还握在她手里的这个潘多拉魔盒则滑进了俩人的中间。她忙转过身去抱紧了张成山,生怕手一松他会再次掉进那条水渠里,又会在渠里渠外嘴里还始终高喊着"白白的羊腿快来买!白白的羊腿快来买"!

光润无比的魔盒静静夹在俩人的胸前,重又哺育起这条回归而来的生命。

第二天傍晚收工回来,张成山始终没有见到响铃的身影。随后在炕上拿起一张字条,忙移到油灯前看去,只见上面写道:成山,我回北京两三天,一定会把事情办好,放心!

看到这里,张成山立刻感知到响铃要去干什么,那时面对不可预知的风浪,她也会高举起那个"白白的羊腿",进而转身跳进那条同样的水渠里……

经过两天的奔波,王响铃来到北京,先去了自己曾经住过的南营房,可眼前已搬进了一户新人。接着去了丈夫的工厂,传达室前望去,静静的厂区里丢弃着一些大大小小的景泰蓝铜胎。

一切都是徒劳,她来到护城河边,找到过去张成山曾藏过这个索命盒的地方。身前不远的河水还是与几十年前一样无声无息地流向了东方,缓慢地由小到大变幻起无穷的涟漪。

手握着这个沉甸甸的索命盒,它就成了童年时期的张成山给自己所做好的那只可爱的泥兔子。

进而,她回想起张成山父亲的经历与遭遇,还有他们俩这些年来所共同走过的那些风风雨雨。这所有的一切都与手里的这个索命盒有着千丝万缕的联系。而现在自己要是拿着它走进工厂大门,来到副厂长赵德才的面前,自己就不会再次空手而归,也干好了这次丈夫没有办到的事情,对体弱的女儿爱新就能有个帮助。

可这样的一个结果,无疑是医治了女儿,却要了丈夫的命,遂无奈地把这个魔盒捧到胸前,号啕大哭了起来,起身后又站在了河边。心中也清楚,过去那个深藏着魔盒的地方,还有张成山老母亲的一些遗骨,现在老人是否也在静静地看着自己。

这时前方赶来一位老人,看到这要投河的身影便把她拉向了岸边。经过老人的一番开导,重新上路披星戴月,王响铃回到了眼前这座熟悉的山乡。

第二天傍晚,张成山来到屋外就在一块石头上抡起手中的锤子,连连砸向眼前一块已熔化好的红铜块上。

"老张头,都收工了还忙什么呢?"前方赵德才笑眯眯地走来。

"又来检查工作?你这个当领导的可真忙!"张成山头也不抬继续砸去。

"嗐,没办法,抓革命,促生产嘛,两边都要顾,丢了哪一头,都没有落实好最高指示!上次咱哥俩没工夫喝酒,这次可要好好地喝上一顿。这不,我又特地带来瓶四特,这酒好啊!"

"四特好是好,可咱没这个福分!你刚才问我忙什么,在忙这块狗头金。你知道什么叫狗头金吗?通俗地讲,它这里含有天然的黄金,尽管它品位很高,但终究不是纯黄金!这就像是一个人,嘴和心往往对不上号。"

"那你敲打它干什么?"赵德才脸上闪出了不安。

"咱这一辈子只会搞景泰蓝,但这里掐不了丝,也点不上蓝。现在有了这块狗头金,但美中不足的是含金量低,所以太硬了。于是就把那个东西给熔化了进去,含金量也就上去了,也就可以敲打成一块铜料来,你说对吧?"

"你……你,这么说你把那东西放进坩埚里给熔化了?"赵德才右手颤抖地抬起。

"你这个当领导的,不是刚说完吗?那东西熔进这块狗头金里不就能敲打出一块铜料来吗?"

"有……有你的!有你的!"赵德才愣愣地看着,稍后回过神来才扭头向前走去。

张成山继续拿起这块闪光的狗头金,放稳在屋前的一块石头上,扬起手中的锤子奋力向它砸去。几下过后,这块石头便开裂而起，遂向着空中飞舞而去。接着重新拿来一块石头，又放在了狗头金的下面。

进而他的脸上泛起了笑容，亮晶晶的泪水也给面前的这块狗头金重新镀好了一层金箔。等收工回到家里，先把省下的一个菜团子放在女儿的面前，继续拿起这块狗头金，来到外面的一块石头上抡起锤子就砸去。

"张成山，你这块狗头金怎么来的？老实交代！"前方不远之处赵德才正匆匆赶来，站在了面前。

"狗头金嘛，产自大自然，当然也来自大自然！这么简单的道理，当领导的会不知道？"张成山右手拿来这块狗头金，且对着天空望去。

"我都调查清楚了，你是用五块钱向杜有源买下子弹壳。他都老实交代了，你还不老实交代？还编造出什么狗头金，还有之前的这一堆瞎话。"

赵德才说着，一步蹿到张成山的面前，一把夺去这块狗头金惊恐地看去。

"老伙计，来得正好，帮助看一看，这块狗头金的含金量有多少？"张成山说着，又从赵德才的手里夺回了这块狗头金。

"张成山，现在我都明白了！你先是向我要走坩埚，熔化了那些子弹壳。这一系列都是你事先想好的，没错吧？老实交代你与杜有源是如何勾结去参与武斗的？同谋还有谁？"

"你说我与杜有源参与了武斗，拿得出我离开这里的证据吗？要说同谋是有，那就是你！"面对着赵德才这副丑恶嘴脸，张成山右手怒指而去。

"我……你胡说八道！"赵德才浑身一颤。

"就是你！你能说那个坩埚不是你给我弄来的吗？我这里倒有人证和物证！"张成山说完，右手就指向了地面上的那个麻麻扎扎的黑坩埚，进而脸上闪现了一丝的得意。

"你……你……"赵德才张口结舌,脸上再次刻满了一片的惊恐,稍后又吼去,"你……你还想着去搞景泰蓝?下辈子吧,在这里等死吧!"

接着,赵德才怒气冲冲一步蹿来,从张成山的面前抢走了那块还闪着乌光的狗头金。又向前两步,抄上一旁放置的那个旧坩埚,扭头向前离去。

"老伙计,那块狗头金和坩埚都死沉死沉的,拿好啦,千万别砸在自己的脚上!"说完,张成山"哈哈"笑起。

笑声之中,他抬头冲着赵德才的背影又大声喊去:"老伙计,一定拿好了,东风吹战鼓擂,现在世界上究竟谁怕谁!"

喊完,他再次"哈哈"笑起,笑声中眼里带出了清凉凉的泪花……

第二十章

寂静的病房里，佐藤林木身患肝癌，术后进行起了新一轮的化疗。

长时间的等待中，身体虚弱的林木把大儿子佐藤亿代叫到面前，嘱咐起后事，并要儿孙们一定去发扬家族几代人的荣耀，把七宝烧的事业做下去。

说到此，老人又讲起自己多年以来与京城景泰蓝老朋友张成山以往的那些经历。等自己走后，亿代要是去了中国，一定要在自己的遗产中拿出十万美金，替他在北京捐助一所小学，以向中国人民去谢罪。

听到了这里，佐藤亿代低下身去："爸爸，你所讲的与张成山的那些友谊和经历我们都记熟了，十万美金就不要捐出去了。再说，现在七宝烧的生产也有些问题，需要尽快去解决。"

"我和你爷爷两代人了，与张成山这两代人的交往与经历你们不懂？现在到了你们这里两家人就是第三代了，更要懂得珍惜！捐赠十万美金这是我的心愿，如果你们不同意，就要在遗嘱中写上这条。亿代，我看不如把这件光环就披在你的身上吧。"佐藤林木伸出了满是青筋的右手。

"爸爸，想当年艺枝让海浪给冲得无影无踪，后来亿雄也被砸得截了肢，现在您更是重病在身。您难道心里只有七宝烧吗？七宝烧虽光焰无比，但它终究是个工艺品。我们日本是个优等民族，创造出众多世界领先的产品,难道都比不过它吗?"佐藤亿代的目光落在了轮椅上的亿雄身上。

"爸爸,当今社会年轻人全都崇尚高科技,大学毕业之后要不去欧美国家留学,要不都想去丰田、松下、索尼和三洋这些国际化的大公司里工作。还有谁愿意成年累月从事七宝烧这种纯手工艺的劳动?听说现在全日本从事七宝烧的也就几百人,这不是现实吗?"佐藤亿代依然闪现出疑惑的面容。

听到这里,病床上的佐藤林木立刻皱起眉头,正做着化疗的手臂微微抬起:"你们的意思,等我哪天死后咱们这个搞了几代七宝烧的家族就走到了头?你们几个也要各奔东西?可见你们还是不理解七宝烧的内涵!

"咱们日本人为什么热爱七宝烧?因为它到现在已有五百年的历史,这就像每个人身上始终流淌的血。而现在的汽车、电器、相机、新干线才有多少年?我们不但需要这些高科技的产品来丰富生活,更需要自己的双脚要永远扎根在这块属于自己的土地上!"眼前的佐藤林木终于气喘了起来。

住院处走廊里,这时响起了脚步声,先前来过的那两个开发商手里分别提着礼品袋子走进病房,与家人打起招呼后来到了床前。

"林木先生,这是我们公司五千万日元慰问金,衷心祝愿您早日康复!"

"谢谢!我明白你们到来的目的,但我是不会搬迁的,因为这里是我的根,刚才还跟家人谈起这个问题。礼品可以收下,这五千万的慰问金拿回公司吧!"佐藤林木说完便让大儿子亿代把慰问金递了回去。

长时间的化疗终于结束了,随之三浦友和与竹内清夫无奈地走出。

"下个月的合同怎么样了?我住院的时候刚刚开始投产。"看着亿代要离去,佐藤林木疲惫的脸上流露出一道稀松的目光。

"现在人工成本在不断高涨，前些日子又离开了三名工人，这份合同完成起来有些困难。现在咱们这个家快成了一座孤岛，要是搬到偏远一些的乡下成本才能降下来。"亿代目光转回，看了看身后面的亿雄。

"咱们这个家族多年来生产过无数件的七宝烧，也赢得过众多的声誉，这批合同你们一定要按质按量按时完成。我这里还有些存款，拿去给工人们增加一些工资，出现的问题再去慢慢解决。我还是那句话，要搬迁去了别处那就等我死了再说！"说着右臂又无力地抬起，"你们下次来的时候，把爷爷当年在世博会上那只参展的七宝烧和全家那张相片一块给拿来。"

清静的走廊里响起渐远的脚步声，千惠走来遂把病房门给轻轻地关上。

还是山乡里的这条小路，春天之时它复苏而起，无数的山花野草来到了它的身旁；火热的夏季已蔓延到了广袤的大地；而当秋风拂来之时，它们则变幻起各自不同的身姿；只有到了寒冬，这条小路才会挺起坚硬的身躯。

进而两年之后它来到山顶，也望到了数千公里之处，远在蒙古国温都尔汗所燃起的那片冲天大火。

不久沉静多年的工厂终于迎来了一批新青年的到来。张成山、金世光、于得水、田家石、宋福来、刘仁庆、林柏之等一批老人回到了工厂。

张成山深知一只好的景泰蓝，第一要看颜色，美若天仙的"七仙女"，人人都想娶到手。第二要看掐丝，"七仙女"要是给掐成了"黑李逵"那就难免让人扫兴。再有，点蓝更要是大自然中的一道风景线。最后，磨光不能留有任何人工打磨的痕迹，再完美地镀上金，它就是一件不可多得的艺术品。

可现实问题是，如今的釉料基本都以蓝色、棕色、粉色、白色、黑色等为主。景泰蓝要推陈出新，就要有更为漂亮的纯红釉料，但实际问题目前没有解决。

刚刚恢复工作的这些老家伙们谈到这里，笑声过后又一致认为，这年头少说为佳。哪怕上面要把景泰蓝铜牛给做成了猪，那也要"指猪为牛"。

两个月之后，这批景泰蓝进入了点蓝工序。等烧完蓝磨活出来一看，整批景泰蓝仍然是一片粉色的变异世界。

可如今这一批产品不继续点蓝、磨活和镀金，那就是一堆的异物。

于是革委会主任赵德才亲自督战来到车间，先组织起工人们朗诵起："世界上怕就怕认真二字，共产党就最讲究认真。"再让大家继续添加现有的釉料，那烧蓝出来的粉色世界就一定能成为鲜红的生命。

见此，各班组众人纷纷离开眼前的案子，去前方添加起了现成的釉料。已经空荡起来的车间里，张成山一如既往静坐在了台灯前。

"张成山，刚才说的你没听见吗？"前方赵德才怒目而来。

"认真不等于胡来，现在景泰蓝没有纯红的釉料就应组织力量去加强研制，而不是想怎么干就怎么干！"张成山头也不抬，自言自语之中与手中的景泰蓝对上了话。

"张成山，你不要忘乎所以！"赵德才脸庞红涨而起。

"人啊，不能让鸡一下子就变为凤凰，点蓝更不能是各种釉料的大杂'绘'！"张成山仍不紧不慢地在自言自语。

"什么态度？给我起来！"跟着赵德才两步蹿来，揪向了张成山的衣服。

眼下还低头点蓝的张成山，完全没有料到，随即斜着身子被铲起，额头"砰"的一声碰向了身前的案子，脚下又一滑，身子就向着地面倒去。

"骨碌碌……",张成山怀里始终紧抱着这只景泰蓝花瓶跌向地面,向前摔出几步,随即四周发出连连的惊叫。

接着,他双手搂住怀里的这只景泰蓝花瓶晃摇着站起,脸上的花镜也飞向了附近。其额头旁一股股的鲜血正源源不断地向着脖子爬去,而怀里的这只已点好蓝的花瓶却完好无损。

"师傅,您的额头磕破啦?"人群里新来的学员中有人惊叫而起。

"师傅,快去医务室吧。"还有人递来了毛巾。

"不去,死不了!"面对四周投来的目光,张成山把怀里的这只景泰蓝花瓶放在了眼前的案子上。

跟着他仍静坐在案子前,伸手就把眼前的那两个放有粉红釉料瓷盘里的清水给倒掉,再把它们移到自己的脸前,脸庞一歪,遂让从头上流出的血水一滴接一滴地向着盘里流去。

"张成山,你要干吗?"见此,赵德才的方脸立刻就削成了尖竹笋。

"师傅,给你包一包吧?"新来的学员中又有人走来。

张成山摇摇头,目光继续投向眼前的这两块圆瓷盘。在看到里面的血水已泡起了釉料后,左手扶稳这只花瓶,右手拿起蓝枪就"唰唰"地点起了蓝。

人群里那两个新来的学员已明白了师傅的用意,一起上来用沾有鲜血的毛巾给张成山系在了头上。

"有什么好看的?干活儿去,干活儿去!"

眼下的赵德才更是目瞪口呆,稍后才转身冲着四周的人群挥起胳膊。

还在他的叫喊声中,四周的人群里有人背过身去悄悄抹起眼泪;有的无声地回到工作台前,一面干活儿,一面继续投来不安的目光。

而同在一旁的新学员李然,则快速拿上这只已点好的花瓶跑向了锅炉房。

很快他又跑回，手里拿块水磨石，当着大家的面，来到水池前便快速磨起了这只刚刚烧好蓝的花瓶。

等到他双手停了下来，窗前明媚的阳光里，景泰蓝花瓶上的两朵粉色玫瑰依然正在破土而出，抬头望去赵德才已悄悄离去。宽敞的厂区里，持续回荡起正在播出的一篇篇的决心书。

下午，新学员陈爽买来个白搪瓷缸子，用釉料点上名字，其素身洁白的杯体就成了个艳丽的彩色茶缸。

张成山看在眼里得到了启发，也去商店买来了五六个这样的白缸子。

当晚车间下班之后，他便拿出这些缸子，在其洁白的杯身上配起各种不同的釉料，再反复去釉料车间放进炉里，连连做起了试验。

直到几天之后，这批原本的白瓷缸子已处处绽放起深浅不同的花朵，华丽转身为一个个的景泰蓝茶具，遂把它们送给了身边的学员。

满心欢喜的学员张强拿着它就去了茶水间，半路上遇到了赵德才。随即他的双眼就咬了过去，问过几句来到车间右手飞去："张成山，你又在破坏生产，马上给我收回来那些缸子。"

"世界上怕就怕认真二字，共产党就最讲究认真。刚刚学过，一看就明白这是在试制新釉料。"眼前的张成山依然头也不抬地自语着，心里明白那个看不见的潘多拉才是幕后的真正推手。

"你这点的都是什么？乱七八糟，还糟蹋釉料。"

"我点的您看像什么那就是什么，用不着大惊小怪！"

"分明是太阳里长出了黑子！这不是在试验釉料，而是你现在的态度和立场。马上停止你的所作所为！"

随即在全厂大会上，面对着这股新动向，张成山要写出检查，当月的工资被扣除，会场上人群里不时响起阵阵的议论。

晚上回到家里,他的心里仍然愤愤不平,也没有把刚刚发生的这些事情去讲给响铃听,更不想让她再为自己去担惊又受怕。

想到上次赵德才抢去自己手里的那块狗头金,可第二天自己便在屋前这片石头的下面,还发现了一块蚕豆般大小的铜块,这才明白它也是从这块狗头金上挣逃而出,现在也被他带回了北京。

跟着他继续抡起手中的锤子,心里也明白仅凭这样一粒微小的狗头金是做不成这个魔盒的上盖,但即便如此也要把它给锻打成一块千锤百炼的铜料。

直到其右手因再次腱鞘囊肿而又窜出个枣核,才把这块小小的金片在灯下连连看去,还托人从厂里找来资料,昏黄的灯光下一页页地看去。

第二天张成山找到厂部,说是资料中讲到要搞成纯红的釉料离不开黄金的成分,想要申请少许生产用金,但却遭到了迎面而来的斜视。

从厂部出来,他顺路去了花丝镶嵌车间老友金世光那里,谈出了自己心中的想法和所遇到的各种困难。

"老张头,这是前天厂里开会处理你时,从你的那本画册里飘落出来的,我故意踩在了脚下。你设计的孔融让梨创意有多好,可现在……还是收好吧。"金世光听完长叹一口气,递来一张画稿。

"可我就是不服!你说现在的景泰蓝、玉雕、牙雕、雕漆、金漆镶嵌,还有你搞了一辈子的花丝镶嵌等等的工艺品,难道从古至今那些花草鱼虫、梅兰竹菊、观音仕女,统统都不要了吗?景泰蓝到现在还没有纯红的釉料就是个大问题,看到这一切心急啊!"

"老张头,刚才你说的,我确实无能为力。甭看我跟金银打了一辈子的交道,但每一次接活时领走多少金子,最后完工交出多少,还余下的原料都要一一地登记与上交。不过,你要是想找到一点儿金末儿,倒是有个办法。"

"什么办法,快说!"张成山一把抓来。

"我解放前学徒时,掌柜的每年要把作坊清扫一下,从灰尘里淘到的金末儿没准就够交上来年的房租了,不过……"

"不过什么,说呀?"张成山目光盯住。

金世光面带起犹豫,稍后右手伸向了四周:"现在人心涣散,许多制度遭到了破坏。我们这里犄角旮旯、案子底下、窗台、墙边,已很长时间没人清扫了,说不定……"

"我来清扫,这几天下班后来找你。"张成山眼里爆出了金光。

后两天等到车间职工下班走光后,张成山找到金世光,拿起一把笤帚便去各处小心地清扫起了层层的灰尘。金世光也帮助搬动起附近的案子,连连把各处的尘埃给一一清扫了出来。

直到窗外明月来到了楼顶,张成山才提起两个沉甸甸的布袋子离去。

回到家里晚饭过后,王响铃出门看起了朋友。张成山便迫不及待地拿来个旧盆,抓来两把青菜,再捧上几把所带来的尘埃出了家门。

在一处水池前,他灰里淘金放起清水就淘洗了起来。很快就发现这水流不能大,担心这污浊之水会带走那一丝的金末儿。但水流又不能太小,时而还会走来些身影,他便装着清洗起了青菜。

直到旧盆里这股股的污流慢慢要成了一盆清泉,原来的那几捧尘埃也不断地缩为一小撮灰菜团子,张成山才进了屋门。

当天半夜里他梦中醒来,身子如同躺在了火炉里,悄悄从床上溜了下来。

接着他回到桌子旁,先用一张旧报纸把台灯给围上,再把这捧菜团子平摊在另一张白纸上,手里就拿来了梅花镊子,轻轻地开掘而起。

稍后,梅花镊子一闪,张成山心里跟着一跳。眼前这片黑灰色的垃圾里就爆燃出一颗闪光的流星。忙把它贴在手指上,台灯下望去,更成为一个生命原子诞生在了自己的面前。

这一时刻张成山心跳也在加快，他相信有了这个生命原子的诞生，那就一定会有更多的同伴要追随而来。

接着，他把这团青灰色的菜团子分割起一半，再去细细地围剿，又有几粒微小的流星划向这里，也撞醒了这一片清静的空间。

"还没睡，干吗呢？"响铃披着衣服来到了面前。

"大炼黄金！"接着，张成山就把心里的计划倒了出来。

"你呀你，在农村我跟着你吃了多少苦？现在人回来啦，心气还这么高？自讨苦吃！"

"我父亲搞了一辈子景泰蓝，我也搞了多半辈子，过去耽误了这么久的时间，问题解决不了急啊！舰长，当初嫁给了我，那就是嫁给了景泰蓝。咱俩就是一对丈尺高的观音瓶，谁也离不开谁。要是少了一只，可就成了个马路边孤零零的信筒子！"

"贫！我看你挨整倒整出瘾了！就你这灰里淘金，再淘也不够塞牙缝儿的，快睡觉吧！"

"这不一定，那大山大河里就是这么一点点儿地淘，不怕干就怕站！对吧，舰长？再说，咱是一名景泰蓝工人，干活干活，干了才能活；活动活动，活着就要动！舰长，对吧？还有小儿子筑新也离开咱们这么多年了，不知怎么样了，咱们有时间去看看他，更要好好感谢一下你的那个好姐妹这么多年的帮助！"

"又贫！都后半夜了，明天还要上班呢！"

王响铃借机说着坐下，脸庞忙转向一旁，眼里浸泡出闪闪的泪光，稍后泪水又缓缓地落在了脸旁。

又一粒微小的金末儿闪现在了俩人的面前，张成山手中的梅花镊子立刻小心翼翼地夹起，脸上更爆出了一股春风："舰长，俗话说得好，吃多大的苦享多大的福！日后我一定给你买一个大大的，不，有铁链子一样粗的金戒指，亲手捆在你的手上，要你成为一个真正气派的舰长！"张成山小心地用纸包好这几粒金末后放在了抽屉里。

"我不当什么舰长、旅长的,只要咱们这一家子人能平平安安!要当,你去当!"

重新上了床,张成山在静静之中转过身去,左臂垫在响铃的脖子下,胸脯则贴向了其光滑的后背,再伸出右手,从这里慢慢滑向妻子那无比滑润而又性感的臀部,并把它紧紧地按在自己的小腹上,遂轻轻拍打两下后又滑向了大腿。随即重返回到了其后背,再顺流而下,像是永远地循环了下去。

与此同时,侧身躺去的王响铃,一边倾听着丈夫的动静,一边双眼不断地涌出股股的泪水。晶莹而缓慢的泪水里,闪现出了小儿子筑新的身影。

"快睡吧,明天还要上班呢!"响铃转身把这双烫手给推了出去。

"这么多年来,我不论遇到多么大的艰难困苦,也不论面对多么大的挫折,但只要把你搂在怀里,又贴着你那光滑而细润的后背,我就能忘掉那所有的一切,也深深体会到了舰长的温暖!"

说着,张成山就把脸庞扎向响铃那一对已明显垂落还算清晰的乳沟里,随后升起的脸庞显现出万分的陶醉,遂伸出双臂去把妻子紧紧地抱在了怀里。

星期六公休日到了,下午张成山与响铃说好后就去了护城河。坐在河边的草地上,想到女儿爱新至今还落有的深深伤害,及自己的这个家庭所走过的风雨历程。为此响铃还偷着回到了北京,也曾来到这里还拿出了那个魔盒,想着要给赵德才送去。那时他的内心既万分憎恨这个得势的小人,又不愿意让这个小丑得了这个便宜,心脏遂被扔进了眼前的河水里。

接着,他找到所藏的地方拿出这个魔盒,目光投去,心里还想象着当年父亲不知从造办处里领出多少黄金才把它做好。可正因为丢失了盖子,尽管其外表无比华丽与高贵,但最终它又变为一把利剑从而穿透了他的胸膛。

从而内心充满了对这个光闪闪的阎王爷的五味杂陈,不知是爱还是恨……

又想到，现在如要把它所内含的金胎给剥离出来，那就解决了去试制纯红釉料的需要，或者去给响铃打上两副金手镯。但要是这样的话，父亲的在天之灵又会怎么想？自己几十年走过的道路，今后又该如何走下去……

进而，他感到手里这个仍沉甸甸的魔盒，也成了手里捧住的那只可爱的泥兔子。尽管它天真可爱，可现在却安卧在自己的手里一动也不动，更等待着他把它重新放归到眼前的那一片草地之中。

跟着他重新站起，拿着它放回到了那个秘密据点，遂把所带来的一袋子的尘埃倒在了身边的旧盆里。

来到河边一处平坦的地方，他双手端起这个旧盆，弯腰灌进一股清凉的河水，双手轻轻翻动一阵，慢慢沉淀后倒进河里。随之一遍遍地，河水就给这污垢的盆里引来了一股股的清泉，又很快领走了这一片片的污泥与浊水。

渐渐地，这一盆污泥逐渐缩小地盘后变成了半碗青灰色的芝麻糊，他才把它们往盆中间给拢了拢。

可是当他的双手刚一离开盆里，要伸到河里去清洗干净，眼前这堆芝麻糊上，瞬间就冒出了一缕金光。

再一细看，原来是纽扣般大小的一枚金属环。其在阳光的照射下更是出污泥而不染，通体放射出金色的光芒，看其造型他确信这是一枚金耳环。

张成山忙甩净双手，转身带上这个旧盆就来到了岸边，坐在一片草地上，把这枚金耳环拿到眼前，再动手去翻一翻旧盆里的那堆芝麻糊。

夕阳之下前方的河边走来一位老人，等到了眼前才认出原来是自己多年的老友，同在楼里上班的料器艺人孙进荣。他的老伴卓丽君曾与金世光一起工作，但早在多年前那个风雨的夜晚离开了人世。

两位老友坐在了一起，张成山见孙进荣两眼通红，目光始终望着河里，不放心地问道："老孙头，有什么事，说一说，别窝在肚子里。"

"老伙计，你知道今天是什么日子吗？今天是咱那老伴的忌日！昨天晚上我还梦着她了，今天正好过来想跟她说说话。"孙进荣终于把将要涌出的泪水给堵了回去。

"老孙头，一定要保重好身体。往后的日子长着呢，路还要往前走！"

俩人默不作声，静静的河水从远处流来，夹带着每个人的回忆，又静静地向着远方带走了俩人的心声。

"我前两天见到了金世光，他说起你的打算，还把车间里多年没有清除的灰尘给清扫了出来。你这个人啊，我还不清楚？解放前受了那么多的苦和罪，如今好不容易从农村回来了，还搞什么新釉料，何必呢？"

"老家伙，别光说我！咱们这些老人到了这把年纪，谁不想把自己的这门手艺给传下去？你知道什么是最大的折磨和摧残？这还不在肉体上，而是精神上的压迫，是被捆住了手脚，又捆上了你的心！"

"说得好！所以我要没说错的话，你这是把从金世光那里弄来的这些尘土拿到河边，想在这水里去淘金？"孙进荣目光盯在了旧盆里那堆芝麻糊上。

看到张成山点头，他又说道："我就说过，这人呀是有血脉的，不是女娲捏出的泥人。拿你来说，父亲不愧为过去清宫造办处珐琅作里的工匠，你也是个有艺有德的后来人！

"咱们再把话给扯回来，那些年家里来了一群中学生，一把揪下她所佩戴的一对耳环挥向了空中。当即她的两个耳洞就被揪豁出两个口子，一股股的血水顺着脸庞而下，日后老伴来到这里投了河。等办完后事，她的一个同事才把发现的一枚金耳环偷偷塞给了我。"

听到了这里,张成山心里猛然一颤,马上就从衣服里掏出刚刚从这一堆芝麻糊中所发现的那枚金耳环递去:"老孙头,看看是不是这枚金耳环?"

"是它,就是它!"

孙进荣眼里涌流出了泪花,忙从口袋里掏出个小纸包,打开后拿起另一只金耳环,并把这一对金耳环举到了面前:"你看,这是我保存的那一只。它们俩一个款式、一样大小、一样成色!"说着其泪如雨下,身子就向着河面倾去。

见此,张成山忙伸出双手扶稳住孙进荣,其又冲着河面高声喊去:"丽君啊,现在你可以闭目了吧?丽君啊,你在那边过得好吗?百年之后我一定去找你,好好等着我!"

这一声接一声凄厉的喊声从他们俩身边冲去,融进了眼前的河水里。河面上那一道道不断涌起的涟漪也在一圈圈地扩展,且对着他们俩做出无声的回答,又无奈地转过身去,向着远方静静地流去。

久久,张成山和孙进荣从草丛上站起,遂向着前方一同走去……

第二十一章

星期一上班之后张成山去了镀金车间。眼前三四名职工正从一楼内向着楼外的一条下水道里,"哗哗"地放流起要更换的镀金液。

人群里吴永刚指去:"哎,你看这出水口处的一些石头、砖头上还闪着亮光呢,肯定是成年累月流出的这股镀金液,沉淀而成的金子。"

"关你屁事,让你更换就更换!"旁边的郭维才右手挥去。

听到这里,张成山脚步停住目光投向那里,事情办完后就走了回去。

当晚下班后,张成山先去楼上的金世光、宋福来、于得水和孙进荣那里坐坐,回来时望着前面楼下的镀金车间就走了过去。

现在楼外下水道已没有了任何动静,只显露出那些黑灰色的碎石和几块松动的砖头。他心里一动便用身边的饭盒装去,拿在手里走出了传达室。

等回到家里响铃已做好了晚饭,留下的字条上还写着自己带上爱新去了一位老中医的家里再给看看。

接着他把带来的这些碎石"哗啦"的一声倒向眼前,一面吃着饭,一面目光投向了刚刚上来的这堆佳肴上。

很快晚饭扒完,眼前的碗筷一推,他摆上了梅花镊子、锥子和一把小锤子,再戴上花镜,抓来一块碎石就在眼前慢慢地旋转了下去。还每当发现了那上面的一丝亮光就停住手,拿来这些家伙去把它给打掉，放到眼前看去就像自己摘来了一颗天际里的星星。

可有些金星跟他打起了游击，梅花镊子久攻不下，他就再改用锥子去剜。

且翻找过一些碎石后，他就把过去从土里淘金所积累的一些金末儿打开，再把这星星点点的金粒儿汇入进去，眼前已有了一颗扣子般大小的金货。

进而他继续拿来一块碎石看去，可这处光点用梅花镊子和锥子都久攻不下，于是便改用这把锥子顶住此处的金光，拿起锤子敲去。

"哗啦"，眼前这个顽石一打滑，清脆地飞向了地面。

跟着他左手握住的这把锥子，就被挥来的锤子给攻入了手掌里。瞬间锥子一松追来一股鲜血，"滴滴答答"地跳向了桌面。

张成山脸上一惊，静静的院子里传来了脚步声，又忙把桌上的这一堆碎石和两块砖头划进了袋子里，拿来一张旧报纸再擦去血迹。

以后的两天里，他或是晚上带着这些东西去了街边的公园，或是趁着响铃还在睡梦中就去了厨房里悄悄干了下去。

直到袋子里的这批矿藏被翻找了个来回，他想着再去装上一些碎石回来，顺便把这些废矿石给填补回去。

临近五点要下班了，楼里拥出人群，推出自行车，齐聚在传达室门口。

张成山提着个沉甸甸的袋子，来到镀金车间楼外的这道出水口前，弯下腰"哗啦"一声就倒了过去，再去掏些里面的另一些碎石块。

前方楼里，这时走来保卫科科长葛运来和几位职工，抬眼就看见了附近那个晃动而熟悉的身影，几双目光就赶到了一起。

"张成山，干什么呢？"随即葛科长站在了跟前。

"我要清洗一遍这些碎石。"人群里张成山不解的目光投去。

"我说呢，有人反映这里的出水道被人给掏了，像要钻到镀金车间去偷景泰蓝。原来又是你干的!"葛科长目光紧盯了过去。

"你……你……怎么能胡说八道!"

"还狡辩什么?厂里刚刚对你进行了处罚,这是心怀不满,又干起了见不得人的勾当?"葛科长冷笑了起来。

听到了这里,刚刚走来的孙进荣扒拉开四周的人群:"葛科长,您没有调查就不要乱给人家扣帽子。成山刚才去了我那里,说是前几天发现这出水口里的那些碎石头上沉淀出一些小金粒儿,一会儿还要弄些回去好积攒些试验釉料的金子。"

"你这是给他开脱,故意……"葛科长目光歪向了孙进荣。

见此,四周时时走来一些职工,纷纷停住脚步围观了下去。

"我这是给他开脱?"孙进荣怒视而去。

接着,孙进荣一步跨到张成山的面前,抬起他那仍包裹着一道旧布条的左手掌就举了过去:"你们大家都看看,这是被锥子穿透的伤口,就是这样他也要去积攒起做试验用的金子。你们还说他要去偷镀金车间里的景泰蓝?请问,要是这样他会把这一堆挑出来的碎石再送回来吗?"说着,其右手指向了出水口旁那一堆的碎石和一旁的布袋子。

话声落地,四周的人群响起阵阵低声议论,目光时时落在了张成山和葛科长的身上。

"这个不能说明问题,要进一步调查。"

"好,你要调查,那我再给你说说他的罪行。上个月他听金世光讲起花丝镶嵌车间已有多年没清扫过灰尘,然后下了班就去那里打扫起了多年的尘土。先在家里,后到护城河边去土里淘金。为什么?不就是要淘到一点儿的金末儿,去继续他的试验!现在他还有条重罪。"

说到这里,孙进荣掏来身上的一个纸包,打开后拿出两个金耳环,把它们举向众人面前:"这一对金耳环是我那老伴生前所留下的。原来只有一只,可是那天张成山在护城河边淘洗灰尘时无意中发现了另一只,当场就给了我。如果这也是他的一条罪行,我说这样的罪行越多越好!"

听到这里四周的人群蠕动而起,有人向着张成山投来迷茫的目光,还有的向着刚刚跑来的人悄声讲起眼前的这一切。

"我还是那句话,不能光听你的,也不能光听张成山的。毛主席说了没有调查就没有发言权!大家散开吧,等待厂方查清了再说!"葛科长抬手挥向了四周的人群。

"老张头,还看不透吗?现在咱们这些老家伙还能踏实地搞创作吗?我劝你不要费力不讨好了,好心不能让狼给叼走!非要一条道走到底,那你就把这一对金耳环给拿走!"

孙进荣说着一转身就把这对金耳环硬塞给了张成山,再把他拉向前面的传达室,消失在了车水马龙的街上。

晚上临近十点,张成山安排好了一切要去厂里,响铃拦在了前面。可他心里清楚,釉料车间明天检修,停火查炉一等就要个把月。

夜色里宽敞的釉料车间里,迎面就是两座钢铁所筑成的高炉,周身分布出几个出料口,通红的炉膛火龙滚滚,好似太上老君的炼丹炉。

眼前夜班工人还在附近的屋子里休息。张成山借来一架小天平摆好,拿来一把料勺放进去了已称好的现有的这种釉料,又从带来的纸包中称出一点儿金末儿就放了进去。

随即,他打开炉门,瞬间就从这个火洞里扑来一股股灼人的热浪,脸庞也立刻有了阵阵撕裂般的疼痛。迎着这股高温,他双手扶稳料勺缓缓地就把这份已配好的釉料放了进去。继续扑来的高温舔噬着他那涨红的脸颊,又要烧掉那上面的两股浓眉。这才让他感受到了孙悟空要经过"七七四十九天"的煎熬,才炼出一副火眼金睛是要经过多么大的痛苦与折磨。也许正因为如此,他才成为一个顶天立地的"齐天大圣"。

静等半个小时,其重拿起这把料勺伸进了这座吃人的火炉,迎着又一次扑来的火舌把已完全熔化的这份釉料取了出来。等待它完全冷却了之后，拿来与过去的这种釉料进行着对比与观察。

当看到这种以往的粉红釉料开始起了微微的变化，其心里一阵激动。随即做好上述的记录，按照刚才的比例，从不多的那些金末儿里再捏出几颗星星，送回到了太上老君的炼丹炉里。

又是一阵焦急的等待，还在观察之时他头也不回，右手伸出没有抓着手柄却抓向了前面的料斗，顿时这右手就像是杵进了炉膛里。

时间到了，他顾不得抽回这只右手，忙打开炉膛迎着扑来的火舌就把里面的这份釉料给取了出来，转身才把右手伸进了一旁的水桶里。

稍后从水桶里抽出手看去，右手掌上已泛起一层被烧煳的烙痕。当看到这份釉料又进一步走向纯红时，其右手掌重新跳进了那个水桶里。

纸包里不多的金末儿在加入三次试制后已经不见了斑斑的星光。

张成山的手里拿来了这一对金耳环，眼前熊熊燃烧而起的炉膛里还不断翻腾着火龙。火光中他又看到了孙进荣在护城河边与自己相遇时的身影，还有其老伴卓丽君被揪下这对金耳环时鲜血横流的脸庞。

对此，他深信今晚如果把这对金耳环送进了炉膛，也许这是最终获得纯红釉料的关键。但这时他却突然改变了主意，明天一定要把这对金耳环交还给孙进荣，无论如何也要为他给老伴留下最后的一份思念。

随即他包好这对金耳环，湿透的衬衣换来了一身紧裹而来的新皮肤。

跟着他脱下衬衣，把它挂在附近的一排铁架子上。忽然间右手又火烧火燎地疼痛而起。见附近有个铁桶忙搬来，右手又扑进了冷库里,其光滑的后背也靠向了身后的窗台。

工夫不大,他便闭上双眼、双腿叉开,脸庞转向了一边,右手则继续探进那个铁桶里泡起了冷水浴,而左手撑向地面,嘴里发出了阵阵的呼噜声。

从前方高炉里爆发而来的阵阵火流来到了他的身边。屋子里上着夜班的人群,有的在看报,有的在睡觉,还有的围在一起打起了扑克。一些人的脸庞、耳朵、鼻子、脑门上也长满了纸条,看似一个个成了守卫起阴间地狱的黑白无常,阵阵熙熙攘攘的叫喊之声也源源不断地冲来。

经过一年的挣扎,佐藤林木还是被多次复发的癌细胞拉去了天国。

墓地里家人们身穿黑衣排成一行,佐藤正芳墓的一旁安置好了这座新墓穴。

返回家里的路上,以往山清水秀的城镇已不见了身影,一些几十年的住户也已搬走。附近一座座的新建筑也在不断地崛起,四周公路上各种车辆成为纵横的河流,天空里一架大型客机也正在高抬起舞步。

随后家人围坐在一起,谈论起了七宝烧的事业。与以往一样,现在的亿雄要去国外留学;堂弟佳代去年进了松下,上个月刚刚被提升为课长,工作稳定收入也不错;堂妹松子则去了索尼;表哥荣作也当上了新闻记者,这副重担理所当然地推到了长子佐藤亿代的身上。

母亲惠子始终听着儿女们的发言,满头雪白的银发掩盖起双眼泪光,时时望向丈夫的遗像,和这只在世博会上摔坏的七宝烧的花瓶及各种获奖照片与证书。

前方院门响起,之前已多次来到家里的三浦友和与竹内清夫身穿整齐的黑色西服,手里捧着礼物走到了面前,并对佐藤林木的去世深表哀悼和对家人表示慰问,母亲也对他们的到来表示感谢。

"夫人,你们一家人为了七宝烧事业做出过很大的贡献,也深受国人的喜爱。"三浦友和与竹内清夫坐在了家人的身旁。

"林木生前就表示要与父亲埋在一起,也讲过自己曾当兵侵略过中国,不愿意进入靖国神社,也谢谢贵公司之前的关照。"母亲摇起了右手。

"老夫人,那咱们再说说拆迁之事。您现在也看到了,这一带没搬走的已寥寥无几。要是这样下去,今后对七宝烧的经营和销售会带来一系列的困难与问题。正是考虑到这些现实问题,同时公司决定所开发的这片阳光海岸公寓,要更改为七宝公寓;附近的道路也改叫为七宝大道,还可制作出各种七宝烧的展品,日后陈列在公司给建成的永久性展厅。所以……"

"你们所说的这些都能实现吗?"佐藤亿代不等三浦友和把话说完,脸庞立刻投向母亲,又移向了弟弟和妹妹们的面前。

"我们所说的不是一个人的意见,而是公司决定的。不知你们清楚与否公司过去所签订的那些合同里都是叫作阳光海岸公寓,但现在要改为七宝公寓,可能有人不会接受,甚至为此还要上法院打官司,或做出赔偿。但我们还是这样决定了,可见我们的一片诚意,也在此希望你们能好好地给以考虑……"

"谢谢!现在林木先生刚刚离世,尸骨未寒。如果搬走了,日后他会找不到家门,更会对七宝烧牵肠挂肚!搬迁之事还是以后再说吧。"母亲不等客人说完,又轻轻摇起了头。

三浦友和与竹内清夫无奈地起身,佐藤亿代送到了门外。

稍后两名员工找来,说是家里有老人需要照顾,下个月要去东京。当即母亲要给他们俩每人增加十万日元的工资,但俩人主意已定。

夜色慢慢笼罩起了大地,一架架夜航的班机,闪烁起微弱的星光缓慢地消失在了无际的云海里。

静静的院子里，佐藤亿代独自来到生产场地，观看起眼前这一排还未完成的七宝烧。

接着他来到近处的房间，拿起一摞合同书，一一查对着眼前一排排的成品包装盒。月光里一个员工走来搬起几摞纸盒，转身轻轻走出屋门摆放在了院子里，跟着母亲和妻子来到了面前。

"妈妈，你们俩还没有睡？快回去吧！"佐藤亿代忙迎了上去。

"你不是也没去睡？"妻子千惠扶好了母亲。

"这些都是明天要出的货。"佐藤亿代指向了地上的这片包装盒。

"今天又有两名员工离去，我们俩来帮助你。"

"妈妈，您还是回去吧！要不，我和千惠再忙一会儿就好啦！"

"你们俩搬运，我可以帮助码放一下包装盒嘛！"

"妈妈，千万小心点儿！我想，日本七宝烧与中国景泰蓝具有不同的工艺，能进一步弄清楚景泰蓝的精髓，就一定能让七宝烧迎来新的生命！"

"你想叫七宝烧焕发出新生命，不错啊！"母亲的目光里闪现出了喜悦。

"咱们不能永远墨守成规，七宝烧的事业还是要靠我们自己的双手！"听着丈夫的想法，妻子千惠也点上了头。

院子里已摆好一排排的包装盒，渐渐砌起了一道整齐的城墙。

经过十年的风风雨雨，七六年金秋一声惊雷，历史回到了原点。

随之公司召开大会，宣布：鉴于赵德才在"文革"中所犯的严重错误，现已停职审查！现在公司各个工厂及外贸出口形势一片大好，会上号召职工们要为国家多出口，多创汇。

同时主席台上依次摆满了景泰蓝、牙雕、玉雕、雕漆、花丝镶嵌、金漆镶嵌、宫毯、绢花、京绣和料器等等，"燕京八绝"工艺美术品，雪白的讲台上这条五彩缤纷的天河也从这一边流向了那一岸。

会上新来的郝厂长,抓起眼前的一只景泰蓝花瓶举向了半空,说是现在一吨景泰蓝所用的红铜出口就能换回十八吨的回报。同样一只价值不到一百元的景泰蓝花瓶,创汇可以卖到一百美元。而现今全国出口创汇还是以农副产品为主,这其中工艺美术品则担当起了国家创汇的大户。

接着,郝厂长又拿起讲台上的一只牙雕,讲到这样一件最为普通的七寸小摆件出口也能换回二十六辆自行车。为此,市里要在我公司开展计件工资,更要大力去发展和扶植乡镇企业。

会后厂领导召集起了张成山、于得水、田家石、金世光、刘仁庆、孙进荣、林柏之、杨秀琴、宋福来等各个行业的老工匠,说是现在人才严重缺乏。大家虽已到了退休年龄,但还是不能走,更要为国家多做出自己的贡献,众人也纷纷表示出自己的决心与理想。

看到这强劲的东风,大儿子张迎新从山西插队返城,面对家里的一对景泰蓝花瓶,心里也是十分喜爱,分配工作进了玉器厂。可要手艺的人都清楚,旧社会玉雕是有名的"四大苦行"之一,又要与粉尘和噪声终生为伴。

如今张迎新心里一清二楚,现在自己好不容易回到了北京,说什么也不想再去做这个"劳改犯"。进厂不久便借着开料砸伤了脚面,并及时送出去两瓶白酒,再托人拉关系终于走进了父亲的工厂,来到了景泰蓝制胎车间。春节过后就把原先同在一起插队,已有身孕的女友邢玉芬给娶进了家门。

不久二儿子张保新也从陕西农村回到了从小长大的南营房,不久就进了雕漆厂。可高兴了没出两个月,过去肩上的锄头现在换成了一团丝线天天刷起了大漆。随后身上还是被大漆咬起大大小小一层层的疙瘩又奇痒无比。晚上撩起衬衣灯光下再一看,那里就成了一块块快要被煮熟的五花肉。

于是他灵机一动就去商店买个猪头,可又担心光凭这个猪头到时候没有孙悟空那个猴头有本事,便在猪耳朵里塞去十块钱送给了人事科科长。临分手之时又怕那科长贪吃心切而一同吞下这张"大团结",且神秘地一指"那猪耳朵里还有猪宝"。很快他也来到了父亲的身边,进工厂当上了一名掐丝工。

那些日子他每天身穿白大褂,手里再握上一把镊子,一边听着厂里播放的优美动听的音乐,一边跟师傅学起了掐丝手艺。时时低头一看,手中的镊子就成了一把手术刀,心里滋润得不行,更是招来一同插队返城朋友们的羡慕。

三儿子张建新原本想着开车当上一名司机,这才是天底下最好的美差。可招工的名单一下来,自己偏偏去了象牙厂。

从此只要上班铃声一响,他便在车间里雷打不动,每天两小时的画画,六个小时抱着一块象牙,自己跟自己暗暗地较劲。

又是一个没料到,还在一次生产中,他一錾子下去打在了左手大拇指上,来了个不大也不小的血洞。第二天再来一錾子又偏偏打在了食指上,此处流出的鲜血与昨天的那一股实现了胜利大会师。

跟着他也仿照起老大和老二的经典示范,暗地里送出两条大前门香烟和两瓶白酒,也来到了两个哥哥的中间,进入工厂当上了一名磨活工。

现在家里唯一的女儿爱新先分配工作去了花丝镶嵌厂,但她最喜欢的当数景泰蓝的点蓝。之前她去了爸爸那里,看着大家天天手里握着一把蓝枪,伸向案子上几十个小碟子里取出各种釉料点上了蓝,那就是天生的一名画家。

接着她听进几个哥哥的点拨,偷偷给那个徐娘半老的人事科科长送去一条时髦的花裙子。在与那半老徐娘分手前,右手指去:"这是在深圳中英街那边带来的。"很快也心想事成走到了哥哥们的行列里,进入工厂顺利地端起蓝枪,当起了心目中的画家。

对此,王响铃的这四个孩子,沾着父亲张成山的影响力,各施才华,全都走进国营景泰蓝厂区,分配到了心仪的车间与工种,更成了南营房一带居民们晚饭桌上的一味特殊的配餐。每每张成山回到家里，一家大小围坐在一起，谈起当天厂里的新闻。又想到自己在新中国诞生之时，与响铃许下的要生出五个孩子的誓言，好让他们长大之后，能分别从事于景泰蓝的制胎、掐丝、点蓝、磨活和镀金各道工序的生产，自己就能制作出天下最为精美的景泰蓝，日后能得以实现。其在梦中也时时笑出了声，又时时被响铃给推醒，接着俩人又不断笑起⋯⋯

但每当家里响起这阵阵的笑声，响铃心里都会流泪。那是因为现在她最怕的就是老伴的催促，要去看看小儿子筑新，心里盼望他也能来到自己的身边，进而走进镀金车间。

为此，自己总是推托筑新学习紧张，等日后他考上大学再说吧。进而成山还会自言自语地说道："筑新是不是嫌弃咱们家穷，爹妈也没有本事，更没有现在这个人家好，所以就不想回来看看⋯⋯"

而每每听着老伴的自言又自语，自己心里更是泪水喷涌，一次次暗暗吞下了这道道的黄连苦汤。

眼前身旁的窗户，静谧的夜空，远处一片片乌云慢慢移动着轻盈的脚步，贴到了一轮明月的身旁。瞬间一颗流星，从遥远的天际来到头顶，瞬间又消失在了天边⋯⋯

很快，工厂率先在市里开展起计件工资。如今每天下班的铃声还没有到来，每个职工的手里就另外领到了二百个手镯的加班任务，并要在当晚完工。

于是每到下班铃声响起，大家便马上先放下正在生产的品种，拿来这些手镯，有的圈上了圆儿，有的打起焊药，还有的去了锅炉房烧焊而起。各个车间、各个班组到处是忙碌的身影，住家远的不知何时能回去，家在附近的孩子们则纷纷找来，或做起游戏，或渐渐进入了梦乡。

当晚等到这些手镯生产出来之后，马上就去了点蓝车间，很快还要去磨活和镀金。直到前半夜整座大楼灯火通明、响声不断，一天的劳动与生活如同现在才刚刚开始。

又仿佛是水到渠成，第二天上班后每位职工就领到了十五元的奖金，还要在当天的晚上再加工出两百个同样的手镯。现在一副小小的景泰蓝手镯，更成了每一位职工手中的一台微型印钞机。

同时，工厂积极响应上级的号召大力发展起农村加工点。先是厂长带队，轮流去了几个副厂长和各位中层领导们所在的全国各地的老家。

从各个加工点回来之后，厂里召开了会议，要对过去在运动中生产出来的，那一批长期积压的景泰蓝进行销毁。但反对的人提出，这样的废铜胎要比铜材下脚料还便宜，如果销毁更是财产和时间上的巨大损失，更有人怕日后的责任而时时地东拉西扯。

消息传出，当晚张成山就在家里召开了会议，刚一提出心中的打算，家里便立刻炸了窝。

"爸爸，想当年爷爷为了做好那件慈禧御盒而丢了性命，临死高呼日后就是沿街要饭也不准你踏入景泰蓝。可你听话了吗？现在还想出这么个馊主意，要把我们几个都带进沟里吗？"

"爸爸，您是不是越老越糊涂啦？过去受的罪还少吗？"

"还有，那年为试验出纯红釉料，又是去花丝镶嵌车间清扫多年的尘土，又是去镀金车间弄回些黑石头，为此还扣过当月的工资。当年的那届广交会上，咱们公司的景泰蓝、牙雕、玉雕和雕漆所搞出的那一套歌颂大好形势的工艺品不是全军覆没了吗？也只有您设计出的孔融让梨那批景泰蓝获得了订单，可后来得到好处了吗？我们几个还不是跟着又受苦又受罪！"

"爸爸，这些年景泰蓝究竟给你带来了什么？要让我们继续饿肚皮吗？"

"当年那只装有奶奶遗骨的罐子，不是也被踢出了门外？爸爸，您也要步她的后尘吗？"

听完孩子们的意见,张成山这才说道:"我所以提出这个月全家的工资都去买来景泰蓝,那是因为它在我的眼里也与你们几个一样也是当中的一个。过去无论吃过多大的苦受了多大的罪,我都要把你们给养大养好。如今有了难处,更不能有一丝一毫的伤害。我想,等你们再成熟几年就能理解了!"

"那咱们的工资全买上这些没用的瓶瓶罐罐,这个月总不能拿个景泰蓝煮着吃吧?"老大迎新说着,目光投向了眼前的弟妹们。

"你们小时候我的工资就得养活几张嘴。这个月还是那样,留下我的工资交给你妈,每天一锅面条多放些青菜,再来些馒头和窝头就行啦,其余的工资全集中起来使用!"

还能说些什么呢?王响铃心里清楚,与他相伴已走过了三四十年,也许他手里最早的那个坏蛋、狗东西,如今在他的身上已悄然发生了变化。也许丈夫本身就是一件宫里珍藏的景泰蓝,即使逃到宫外也不会随着岁月的流逝而变得暗淡。

忙忙碌碌到了年底,公司在前门大街广和戏院召开了年终总结与庆功大会。随后在一阵阵悠扬而动听的广东民乐《喜洋洋》的乐曲声中,各单位评比出来的先进人物一一走上了主席台。

会场里张成山坐在了人群中,眼瞅着大儿子张迎新、二儿子张保新、三儿子张建新走上主席台,纷纷捧起了"先进生产者"的奖状。小女儿爱新也得到了"五好职工"和"优秀团员"的证书,此时他的泪水一个劲儿地流淌了下来。

还在这无声的泪光中,以至于最后公布"优秀贡献奖"人员名单叫到自己时也没有听到。直到会场上连续响起两三遍的喊话,他才被身旁的人群所唤醒,站起后又蒙蒙眬眬地说道:"我想我的小儿子筑新……"

与此同时,热烈的会场上一片寂静,人群在纷纷地观望与小声地议论。

"这个响铃瞒住张成山这么多年了,前些天才向他讲出家里的小儿子筑新其实早已不在人间了,成山真傻呀!"人群里王淑兰压低了嗓音。

"真的,怎么去世的?响铃是有五个孩子,最小的是个儿子?"又有人脸庞探来。

"那年她的小儿子筑新与同学一起去了东四,迎面望了一眼同校那个佩戴着红袖章和绿军帽的胡卫东。接着胡卫东吼叫'你敢瞟我一眼?'说着来到筑新面前,一把尖刀挥来当即就把他的心脏给扎破了。等响铃赶到都没有来得及见上小儿子一眼。"赵淑琴脸庞红涨而起。

寂静的会场,人群继续在翘首张望。接着老大迎新、老二保新、老三建新和小女儿爱新一起来到父亲的身旁,向前把他扶起,在全厂雷鸣般的掌声中一齐走向主席台。

随即张成山双手接着"优秀贡献奖",会场上再次擂起阵阵的欢呼声。

庆功大会之后,公司和厂领导们携带起一块制作精良的"景泰之家"金色横匾,敲锣打鼓,直奔张成山的家里。眼前南营房街巷里,鞭炮齐鸣,青烟飞舞,家家户户闻讯走出,眼前的道路已被堵个严严实实。

同时张成山的家里也成了舞动的海洋。眼下王响铃刚把做好的一锅热面条端了上来,旁边还盛着两大碗红薯,还在这阵阵的蒸汽里,这块"景泰之家"金色横匾就被高高地悬挂在了屋内正中的墙上。

春节之后经过多次讨论,下午这一批要销毁的景泰蓝就被一车又一车地推向厂里的操场上,"哗啦……哗啦……"去掉包装盒之后就被倒出,五光十色堆成了刚刚出土的文物。

听到动静附近的人群围拢而来,两名当班的小伙子面对着眼前的景泰蓝,每人挥起一把把铁锤就向着这一片又一堆的金山和银库抡了上去。

"咣当当……哗啦啦……",又是"扑哧……扑哧……"的大合唱。

蓝天之下被击中的一件又一件景泰蓝发出阵阵哀号,又都疼得跳了起来,在蹿向半空后且华丽地坠落,身下又是一片片且一堆堆亮晶晶的各种釉料的脱落。还有些锋利的釉料碎片,飞向那两个抡起锤子的小伙子的衣领里,或又刺中其脸庞,更引来四周"哈哈"的大笑。

前方传达室门前一闪,中午到外面办事的张成山从街上走回。随后来到人群旁,眼前这两个小伙子继续抡着手中的铁锤,其面前的那些景泰蓝也始终躲闪着这一把接一把鬼头刀的追杀。

又是一车西瓜罐、将军罐和桶子瓶倒向地面,其瓶面上打出以往的岁月。

面对这一切,刹那间张成山的面前,母亲的遗骨被无情地踢出家门,又被抛向了半空,还有已经远去的小儿子筑新的身影。再看看四周那些已被击毁且满地伤痕的景泰蓝,更成了一群群无助的孤儿。

"先别砸,我要买一个!"跟着张成山右手指向了眼前的西瓜罐。

"张师傅,买它干什么,这样的景泰蓝能买吗?"人群里有人喊起。

"能买,以后装我的骨灰!"

"哈哈……哈哈……",人群里响起一片笑声,又有人叫道:"那个东西能用吗?您还活着呢……"

"怎么不能用?过去我曾把母亲的遗骨放进一只白瓷罐里。如今常用的木料骨灰盒埋在地里容易烂,石头的又太沉。如果日后用上这景泰蓝西瓜罐,就是《西游记》里的各路妖魔鬼怪轮流来上阵,也奈何不了!再放上一万年也仍旧是钢筋铁骨、光彩照人间!再说为什么它叫西瓜罐?还不是因为它的形状就是个十来斤重又漂亮的大西瓜,用来装骨灰正合适,有什么不好?"

"嗨，张成山来劲啦！还越活越年轻了！"人群里更是响起阵阵的笑声。

"还别笑，他说得有理。我也想买一个给老人日后用！"笑声过后有人右手悄悄捅来。

"你们俩先别把这些西瓜罐给砸了，我去叫那些老家伙们！"对此，张成山情绪更加地高涨。

"张师傅，您这不会是让那些老朋友每人都来买个西瓜罐，给自己留下吧？他们要是不买呢？"人群里又有人笑起。

"敢不买！谁不听话扣他当月的工资！等着！"张成山说完扬长而去。

夕阳落在了厂区里，传达室门外的大街上，时时经过的公共汽车身披起层层的霞光。同时王响铃也正带着本厂一些家属，把一些成箱的景泰蓝给摆了出来，促销起了这批积压已久的成品。

随之大楼里的各种声响就停了下来，下班后拥出的人群来到外面，看见厂区里正在销毁的场面也不断地围拢而来。

前方不远之处，张成山正带领着于得水、金世光、田家石、宋福来、林柏之、刘仁庆、孙进荣、杨秀琴等一批老工匠们走来。

继续跟来的人群汇集在了这里，大家弯腰拿起面前一个个的西瓜罐、将军罐，一边观看，一边时时议论，越来越多的人群更是从四面八方围来。

"这些西瓜罐能当骨灰盒吗？你看，那上面还有……"

"把它当作骨灰盒，天国里那些大大小小的恶鬼，哪个见了不肝颤呀？"

"哈哈……哈哈……"围观的人们大笑起来。

"这西瓜罐当骨灰盒太花里胡哨啦。"人群里又有人指来。

"你看，木头的骨灰盒漆黑一团，石料的也灰成了一片！人啊，在这阳界里受了一辈子的苦和难，等去了天国难道还要他继续悲哀？"金世光说完，自己则连连点上了头。

"好，说到了关键！这景泰蓝西瓜罐骨灰盒要是再配上一些或是牙雕，或是玉雕，或是雕漆，或是花丝镶嵌，或是金漆镶嵌等等的配饰，那它一定是世上独一无二，最有意义也最为漂亮的骨灰盒！"田家石的脸上同样显现出了缕缕的光彩。

"说得好！干活干活，干了才能活；活动活动，活着就要动。咱们这些老家伙们日后就在这景泰蓝西瓜罐的骨灰盒里去八仙过海，各显其能！百年之后这些西瓜罐都要埋在一起，那咱们这些老家伙又相聚在了一块。在天堂里咱们大家可以继续去切磋各个工艺美术门类的技艺。多好啊！要是那样，就是下辈子再托生大家也会碰到一起！"张成山跟着右手挥来。

"那还等什么呢？来吧！"说着，这些老家伙们纷纷拿起一个个的西瓜罐就挑选了起来，还相互之间去评上几句。

夕阳继续浓烈地洒向了地面，也给这片片的废品堆上重新镀好了层层的金箔，那些脱落的釉料碎片更是闪烁起钻石般的光泽。

进而层层围拢而来的人群前，白发飞扬的老工匠，人人托举起手中的一个个景泰蓝西瓜罐，更成为一个个托塔李天王，稍后面带微笑走出了这里。

眼前的人群也纷纷弯腰向前，挑选起了这一堆堆的金山与银库。附近楼里继续不断拥出的人群，且连连向着这里快步走来。

前方通往厂外的柏油路上，老工匠们一边手里始终高举起这些景泰蓝西瓜罐，一边还不断高声回答着道路两侧人群的叫喊与追逐……

夕阳继续在缓慢地落下，前方厂区各处仍持续跑来了一群群匆匆的身影，传达室门前也围满了街上的行人……

第二十二章

再过几天就到了一九八四年的春节。临近晚上九点，张迎新放下手中的工具，看着四周早已空荡荡的车间，这才一身疲倦地走出工厂大门。

随着爆竹声声，大年初二张迎新和邢玉芬从娘家回来。后半夜漆黑的屋子里还在熟睡之中的邢玉芬，突然间"啊"的一声尖叫，从睡梦中被拖了出来，慌乱中摸向了灯绳。

转身看去，张迎新半坐而起，左手还紧紧地按向右手腕上，眼眶里已泡出晶莹的泪水。还睡在中间的女儿仍在拳打脚踢，心里才明白过来这一定是女儿刚才蹬出的小腿儿踢在了他的右手腕上。灯光之下只见其右手背上已钻出个尖尖的硬石块。

见此她心里清楚，这几年厂里施行计件奖金，迎新刚刚三级工每月工资四十六块，可却月月拿到了厂内最高六十元的封顶奖金。两项加一块就赶上了自己的公公，家里又多了一名八级工。

同时，她心里也明白，厂里还规定班组长每天有百分之七十，即 5.6 个工时的待遇。但即便如此，前些日子车间分来了五六名新学员，丈夫所在班组的班长柳瑞德则一律揽在了自己手下。这些新学员在今后三年学徒的生涯里，每天每月所完成的工时还都要全部记在他的名下，还是为了自己要多拿奖金。可就是这样，丈夫仍是每月每年成为全车间拿奖金最多的人，其中所付出的劳动与汗水也只有他和她心里明白。

"砰砰……砰砰……"

寂静的夜空里升腾起节日的礼花,朦胧的屋里顿时洒满了五彩缤纷。

"你这右手得了腱鞘炎,一动就龇牙咧嘴,也不能天天靠打封闭针来凑合,休息几天吧?"夜色中邢玉芬轻声劝道。

"不行!"张迎新转手把女儿蹬来的小腿儿给挪了回去。

"你呀!怎么跟你爹一个脾气?"

邢玉芬说着下了地,从桌上拿来一条白毛巾,包裹在了张迎新的右手腕上,再轻轻放回到了床边。

"砰砰……砰砰……"

深沉的夜色里,再次腾空而起一阵阵五颜六色的火树银花。

随后邢玉芬把女儿移向里面,自己则睡在他们俩的中间,左手伸出架空起了张迎新的右手。

短短五天春节假期之后,中午已做完八百个花边碗的张迎新来到班长柳瑞德的面前,要领取下一批的产品。薄薄的两页生产单子,柳瑞德面带沉思,连翻起七八遍,最后这只爬满了白癜风的右手才落在了二十寸的树桶花盆上。

当即张迎新就窝下一肚子的气。心里也清楚,自己刚刚交完的这八百个花边碗就已超额四百个工时了,这个月自己又会是全班组,也是全车间最高六十块钱封顶奖金的唯一领取人。

但面对这批二十寸的树桶花盆,人人心里都清楚,这是全车间赛过黄连的苦活儿。不但要先去库房十多趟推来又大又沉的铜料——往楼上搬运,接着又要去画线、下料、剪裁、圈料,再往后还要去烧焊和套铜线。可就是这样一通忙活到时候也一定完不成它的定额。这也是当年核准定额弄错了工时造成的,可按规定五年之后才能给修改过来。

为此,多年来车间里大家都清楚谁赶上了它谁最倒霉。可这样的事情总留给了自己,更明白这次无疑会把那已超额完成的四百个工时给吞回了一半。

从柳瑞德身边走回,他眉头紧皱地回到了工作台,四周张张脸上已闪现出了那种幸灾乐祸,又躲过了这场瘟疫般的微笑和低低的议论。

等到了下午,张迎新汗流浃背地推来上千斤重的铜料,一抬头就看见赵春利也走到柳瑞德的面前,接下了上个月调离这里的另一个员工所余下的那批五百个瓶子的盖子。现在只需从这一盆如扣子般大小的盖子上,解下一道细铁丝就彻底完了工。

赵春利转身回到柳瑞德对面的工作台前,嗲嗲的笑声时起时落,两个小时就交上了这批活儿。对此,柳瑞德不但没有合理地分配这批盖子的前后不同用工,反而把这四百个的工时全部给了赵春利。

面对这一切,班组里谁心里都清楚,这朵漂亮而又年轻的眼前花早已深深地开在了班长的心里。

听着四周的低声议论,张迎新想到在去年,自己早来晚走达到了六百个工时,虽然自己多超额了两百个工时,但三十块钱的奖金却泡了汤。为此车间会计好心地告诉他,这种情况班长应把你这多超额的两百个工时,放到下个月一起再报就行了。

心头闪过了这一切,张迎新的怒火一下子扎到了脸上,当即找到车间主任,又一阵旋风般从楼上的办公室杀回到了班组。

心知肚明的柳瑞德无言以对,两只手背上的白癜风蔓延到了脸上,四周的员工们也在暗地里相互传达着会意的目光。

下班之后,张迎新拿起刚领到手的六十块钱奖金就去了前门大街,一分钱不剩买来了三盘邓丽君的磁带。

第二天八点铃声响起,跟着厂里就开始了多年一贯制的宣传稿和决心书。

眼下张迎新蹲在这座铜山前下起了料。很快双腿麻木,身下这摞紫红的铜板也燃烧起了团团烈火。再望望前面的柳瑞德,昨天关了禁闭的两颗大银牙,又在与"眼前花"的说笑之中窜了出来。

接着,他拿过带来的单卡录音机,磁带按下,随即"好花不常开,好景不常在"伴随起《何日君再来》,柔美的邓丽君的歌声便从里面飘来。

这阵阵优美的歌声,时而穿梭在厂里那一浪浪气吞山河般的宣传稿中间,时而又在班组里化为一股清澈的山泉。顿时柳瑞德就收回了两颗外露的银牙,阴沉的目光死死投来。持续的歌声里,班组里时时有人会意地微笑,有人低声议论,还有人在转来转去观察起了周围一切。

短暂的工间操休息时间到了,张迎新打来开水,一一给四周续上了茶杯。很快来到柳瑞德的面前,手里的这壶热水一扭身就冲向了别处。

很快铃声重起,又一首《月亮代表我的心》迎面扑来,更是立刻淹没住了四周那阵阵响起的"叮叮当当"的杂音。

望着大家时时开心的笑容,踏着"轻轻的一个吻已经打动我的心……"的歌声,柳瑞德的脸庞气成了一个暗紫色的铜胎,一声不吭走出班组上楼去了车间办公室。见到刘主任开口就讲道:"张迎新破坏生产,播放反动黄色歌曲,弄得大家无法干活儿,一定要严肃处理!"

随后刘主任找来张迎新谈话,要他好好配合班组长的工作。但张迎新更是振振有词,一要柳瑞德讲明为什么这样三番五次去对待自己;二要是做不到,则请他离开,自己来当这个班组长,看看谁领导得好;三要是还这样下去,那就把自己调到厂里的三产。

刘主任听完心中自然明白,找来了张成山,要他去说服自己的这个大儿子。

当晚全家人坐在了一起,王响铃劝起迎新要改改以往的狗脾气。但他就是不服,一气之下张成山怒道:"我工作了几十年,还没有人背后对我三长两短,怎么生下你这么个东西?这是在给咱们这个'景泰之家'抹黑!"

张迎新听完,嘴角一咧勾来了右手:"现在咱们这个'景泰之家'有什么可好的?有什么可荣耀的?制胎儿的被人说成是打胎,外面不知道的还以为我是搞人流的;等这个胎儿下来了,掐丝又被说成了掐死;看着它还没有死,点蓝又被说成了点疤瘌;最后要是这个胎儿命大就是没有死,再给它磨活磨掉了!叫你说,咱们这一家子人,在外人的眼里成了什么?还不成了个黑诊所?所以从我开始,咱们谁有本事谁跳出,我是王八吃了秤砣!"

张成山听完双手抖动个不止,抬头望去只觉得以往家里那块光彩照人的"景泰之家"的金色横匾,就成了眼下正在播出的电视剧《红楼梦》片头里的那块摇摇晃晃的巨石。又一巴掌拍来,身子歪向了一旁,嘴里大声地吼道:"给我滚!"

长夜过后天空里慢慢拉出了一线光明。还是与以往一样,随着八点上班铃声的响起,厂里各处的高音喇叭也从一个调门里流出。

紧跟着张迎新的广播电台也开始了一天的工作。从他所带来的录音机里,又源源不断地传送出一首接一首邓丽君那轻柔而甜美的歌声。

"甜蜜蜜,好像花儿开在春风里……"歌声中又不断地夹杂着生产中的各种轰响,和班组里众人的笑声。歌声唱过半个月,终于把张迎新唱到了厂里的三产。

当秋风再起的时候,女儿张爱新已考取"北京电大",紧跟起大哥的歌声,甩掉手中的这把蓝枪,走出了工厂大门。

临近下午四点,佐藤亿代飞来北京,安排好住宿来到饭店大厅,要来杯咖啡。附近茶几上放着几本介绍中国的旅游画册,看到里面造型精美的景泰蓝,瞬间就在他的眼前变成了七宝烧,于是拿出相机把这些画面拍下。

依据父亲生前给的地址,佐藤亿代先去了月坛,找上南营房的家门。王响铃弄清了前来的客人高兴坏了，忙叫老大迎新给张成山打去电话。

当晚，佐藤亿代再次前来家里，张成山看着与佐藤家族的友谊又延续到了下一辈，心里十分激动，把几个孩子都叫了过来。佐藤亿代也把全家的相册拿来一一指给了大家，再把带来的松下彩电、索尼录音机和佳能相机送给了家人，大家又一起去了饭庄。

第二天张成山和王响铃就带着佐藤亿代去了密云的山里，找到当年日军在此地修建的那些"人圈"遗址，也看到了当年父亲腿部负伤之地，在这个世外桃源大家一起走过了最为艰难与困苦的岁月。

等到了晚上，张成山与保新去了宾馆，把白天在厂外宾服务部所挑选好的一对二十英寸的迎春瓶回赠给了佐藤亿代，也立刻吸引来了他的目光。

"张先生，现在您这一家人都从事景泰蓝真叫人羡慕！中国的景泰蓝也与其他的工艺美术品一样，如今获得了前所未有的大发展。"随之欢喜的目光转向了保新："请问您是什么工种？"

"我是一名掐丝工，就是用一把镊子把手里的细铜丝给掐成各种图案，再粘到铜胎上去。"张保新指向了瓶身上的各种花卉。

"景泰蓝真神奇！我们的七宝烧可以说是直接的绘画艺术，而中国的景泰蓝则是用掐好的细铜丝作画笔和线条。"

佐藤亿代边说，边想起自己肩上的重任，要是这样的一支画笔能来到其家族和自己的身边，何愁七宝烧事业不能再创辉煌。

"张先生，过去那些年给国家造成了巨大的损失，你们一家人为此受了不少的苦。至今还挤在这样一间拥挤不堪的屋内，每月的收入也太少了，现在我要帮助你们一下。我想，这次把保新给接到我那里去工作，我和家人会很好地照顾他平时的生活，每月给他开八万日元合人民币四千块钱，一个月能顶得上现在一两年的工资。您看怎么样？"

"爸爸，我愿意去他那里工作。"张保新眼中立刻爆出了星光。

"这个家你说了不算。"张成山向着身旁的保新瞥去一眼,回过身来又说道:"亿代,谢谢你的好意。保新不去日本工作,这里挺好!"

夜色里父子俩走出了灯光辉煌的宾馆。一路之上张保新一言不发,静静之中伴来了微微的抽泣,也冲走了张成山来时的好心情。

清晨佐藤亿代从席梦思上醒来,从窗外跳来的一缕阳光,投向了还摆放在面前的这对二十英寸迎春花瓶上。

抬头望去,瓶身中的牡丹成了刚刚从花园里采摘下来两枝花朵,插在了这一对金光闪闪的宝瓶里,使之永远也不会衰败。进而瓶身上又闪现出了昨晚张成山和张保新的身影。

上午临近十点,佐藤亿代来到王府井大街,眼前的街景已使他回到了东京的银座,一眼望到了路东的那座工艺美术服务部大厦。

其径直走进去,没想到在这里不但柜台里摆满了景泰蓝,也出售着牙雕、玉雕、雕漆、花丝镶嵌、金漆镶嵌、料器、绢花、宫毯、鼻烟壶、皮影、毛猴和刺绣等老北京的工艺美术品。眼下整座大楼就是一座珍宝馆,且或是询问,或是拍照,只想到的是这些工艺美术品,日后一定能对自己的七宝烧事业有所帮助。

直到下午两点他才走出这里,又去了附近的新华书店,选购来几本介绍北京景泰蓝的书籍,这才回到了宾馆。

一天的忙碌后时间快要走向五点,佐藤亿代来到了工厂传达室门外。稍后从厂里走来两名青年,他马上迎去说是要找张成山,又探问起俩人是不是搞景泰蓝的,得知他们俩是搞玉雕后反身回到了厂门外。

接着传达室拉起下班的铃声,眼前大楼里走出蜂拥的人流。他又迎着人群走去,但所问的一个是牙雕工人,另一名是雕漆车间的。

无奈之下,他再次反身回到了厂门外,没想到张建新迎面走来。

跟着他立刻迎去,几句交谈便说起眼下中国正掀起的出国热,现在要问问建新想不想到自己那里去工作。听到这里,张建新的双手立刻扑来。

想到这次还有可能生出变故，佐藤亿代就让张建新且叫上几位好友跟着一起走，日后也不会孤单。

张建新忙停下身来，正好看见自己的好友王小良和齐怀远从大楼里走出，便马上把俩人喊到佐藤亿代的面前，一番交谈他们仨就坐上了火柴堆。大家又一齐来到一家饭馆，还要进一步听听佐藤亿代的介绍和下一步的工作安排。

席间又一瓶白酒升腾而起，遂在张建新、齐怀远和王小良的脸上掀起阵阵的烈焰，人人又轮番站起给佐藤亿代面前的杯子里续满了春风。欢笑之中其面前的啤酒也给碰倒，那金黄的液体泛起雪白的泡沫，已带着大家提前来到了美丽的北海道，高唱起了《北国之春》。

"我们几个去了你那里，但毕竟出了国。可要是国内家里有了急事非回来不可，这来回的机票钱……"还在欢笑之中的王小良看了看大家，欲说又止的面容投向了对面的佐藤亿代。

"我说你有没有脑子？人家佐藤够朋友，每月八万日元，合人民币四千块，比咱们现在一两年的工资还要多！现在人还没动身呢，就讲起了条件？日后要是家里有事儿回不回国，那你自己决定。以后你小子就是把国内的黄脸婆给蹬了，在这里来个日本娘们那也没人管你。算你小子艳福不浅啊！"

"哈哈……哈哈……"随着齐怀远这一顿数落，包间里又立刻炸响起阵阵的开怀大笑。

接着金黄的烤鸭被服务员推到了面前，大家一面看着服务员那熟练的刀工，一面又笑声四起。张建新还顺手拿来一张薄饼，耐心地教起身旁的佐藤亿代卷起了面前的烤鸭。

渐渐地，包间外面的大街上已是灯火通明，八点过后大家才从饭馆走出。回到宾馆大厅佐藤亿代意犹未尽，拉着张建新重坐在大厅里要来了两杯咖啡。

在悠扬的音乐里，佐藤亿代说起自己的爷爷和父亲两代人与张成山一家人的友谊与交往和景泰蓝，又说到了自己家族七宝烧的事业。还说起十分喜爱中国的历史与文化，要是能把慈禧那件东西卖给自己，他要给他们每家一台松下电视机和照相机，拿钱来买也可以。

听到这里，张建新一口就喝光了眼前的咖啡，当即说起父亲的那个宝贝自己刚刚见过，其实就是个半成品，佐藤亿代要是喜欢就这么办。

佐藤亿代听完再要来两杯咖啡。俩人临分手，还拉着张建新进到宾馆里的一家专卖店，给他买下一身高档又漂亮的西装。

夜色里张建新哼着小曲儿，十点过后回到了家里，眼前父亲刚刚睡去。

"妈，还没有睡？给您个宝贝。"响铃手里的针线活儿停了下来。

张建新神秘地来到面前，打开里里外外还浸透出层层油花的小纸包，托起了面前的几块通红的天鹅肉。

"那是什么？吃饭了吗？"响铃放下针线，脸庞转来。

"妈，早吃过了。今晚佐藤请客，这是我悄悄带回来的几块烤鸭！您尝尝！"张建新夹起一块红彤彤的烤鸭，塞进了母亲的嘴里。

"香，真香，行啦！"响铃把张建新伸来的双手推去。

"妈，等以后我挣了大钱，您什么时候想吃烤鸭，就来上两只！"灯光之下，张建新红涨的脸庞也成了一只烤鸭。

"那好，那好！洗洗早点儿休息。"响铃继续扬起了针线。

一晃四天就过去了，下午张成山外出后回到了厂里。前方人事科科长老万迎面走来："张师傅，老三的护照办得怎么样啦？"

"他要出国？去哪儿啊？"张成山面带惊奇，忙停住了脚步。

"日本啊！老三与王小良和齐怀远三人要一块走，您不知道？"

听到了这里，张成山忙与老万打完招呼，抬腿离去。

风风火火进了家门，他二话不说翻找而去，很快一身高档西服就被抄来。双手一抖，更没想到自己去年从护城河边取回的那半个命根掉在了床上。他一屁股砸在了床边，遂双手拿来直直地盯去，瞬间脸庞就煮成了猪肝。

见此，王响铃不明白是怎么一回事，正劝着，张建新从外面跑了回来。

"你这个兔崽子去日本，跟谁走？怎么一回事？说！"张成山怒指而来。

"去日本怎么啦？犯法啦？"张建新说着就把佐藤亿代的安排讲了出来。

"好啊，你这个兔崽子厂里容不下你啦？还打起了它的主意？又要跟佐藤亿代去日本？敢去，敲断你的双腿！"

张成山说着向前一把抄来剪刀就把这套西服咬下一只袖子，王响铃一见死死拉住这才给夺了回来。

"去日本怎么啦？还不是为了这个家！现在厂里工资少待遇低，天天泡在水里，磨活儿磨得成了黑猩猩，一身泥巴又是劳改犯，一个月才给一条半肥皂！去他那里就要混出个人样来！"张建新低声哭起。

"叫你混出个人样来？你的根在北京，在景泰蓝！"

"我去日本挣它几十万，不行吗？请问，北京的烤鸭你们俩吃过几回？现在大哥连三产都不想干了，还要和二哥去当个体户！不行，我也去。"张建新抹去了几把泪水。

"兔崽子，叫你吃烤鸭！叫你吃烤鸭！没出息的东西！"

张成山脸庞再次急促地红涨而起，右手捂住胸口，向着地面跌去。

王响铃和张建新一见，大惊失色，一面呼叫，一面伸出双手……

第二十三章

"七下八上"的雨季,眼下正被时时涌来的高温给搅成了烈火。

同时这股烈火也烧到了公司和各个分厂,眼见有的分厂开起了理发馆;有的部门支起了照相部;还有的建起了洗衣房,荡涤起现有的一切。

随后张保新也跳到新产品开发科,还在马科长和金书记的授意下搞起了创收。等到了星期六,他去门头沟看望起了朋友。临走时借上朋友的两千块钱,弄来路边一卡车的鲜藕,半夜里开回了厂里。

临近七点半上班的铃声快要响起,从四面八方而来的人群经过这座拔地而起的藕山,无不发出阵阵惊叹。

稍后张保新安排好手里的工作就去了附近的菜站,可经理开出的价格还要赔上三百块,脸上刚刚闪过惊喜的马科长和金书记,随即长成了倭瓜脸。不言而喻,如此下去这三百元的窟窿,也只能由自己去填平。

以后一周里,张保新白天忙完工作,夜里就当起了这座藕山的守林员。又在每天下班时招来一批员工,大家或在厂里,或走上大街吃喝了起来。

直到忙过半个月,这座高高耸立的杂木林终于被大家铲平了。带着这满脸的土色与疲惫,张保新把面前的票子点清后没想到还挣了五百来块钱,马科长和金书记涌出的笑脸又开成了向阳花。

张保新清楚二位领导是想把这笔钱给私分了，但他要放入科里的奖金池里，还提出自己为了工作想开车，费用应由厂里出。两天之后，他的要求石沉大海，一赌气便与老大张迎新去了人事科，俩人当场就办好了辞职。

第二天哥俩先去街上观察起路边那些小贩们好卖的是什么蔬菜，又合伙买来一辆三轮，找出了上货时所用的旧床单和两根绳子。

当天半夜三点还在熟睡中的张保新挣扎着爬起，抬头望望窗外闷热的天气，敲开老大的家门，俩人打着哈哈就出了门。

寂静的月坛大街，沿路居民区一片漆黑。昏暗的大街上一些上完货的小商贩们，拉着半扇猪羊肉还在疯跑，像要抢回这马上要失去的生命。

面对四周闷热的空气，俩人也光起脊梁，高歌而起："苦不苦想想当年二万五，累不累比比革命老前辈！"又一首"穿林海跨雪原，我气冲霄汉……"

"夜半歌声"吼过，张迎新掏出二锅头，牙一啃盖子，扬脖就是几口。酒瓶子又递给一旁的张保新，瞬间半瓶白酒下去就给哥俩浇出更足的马力。

接着，张迎新从三轮车上站直，环视着南营房一带，右手伸向额头敬起军礼，做起了检阅，遂大声地吼起："居民们好！"

"首长好！"眼下还在用力蹬车的张保新，回头左手扶好把，右手也挥向了夜空。

"居民们辛苦啦！"张迎新的军礼再次转向了沿街四周。

"倒菜光荣！"张保新的右手随即也窜过头顶，跟着又高呼道："老婆前天炒油麦；老婆昨天拌菠菜；两口子日子不发愁，天天来啃生菜球儿；想要多大胆，天天来填蒿子秆儿！"

"哈哈……哈哈……"清静的夜晚，激荡起哥俩阵阵开怀的笑声。

一路而行,一路而唱,声声又变成了秦腔:"苦不苦,没钱的日子没处哭;累不累,插队的身子当砖垒!"

"嘀嘀……"一阵声响,清静的大街上身后驶来一辆小轿车,车窗打开,一条胳膊伸出,向着俩人昂起了大拇指。

半个小时过后,俩人来到批发市场,四周漆黑的场地到处都是外地或本市的机动车,车车满载着各种的农副产品,操着南腔北调的人们见缝插针地摆放着三轮车和磅秤,四周又是阵阵讨价还价、装货卸车的声响。

夜色里张迎新和张保新,快速找到要上的蔬菜,捆好绳子挤出了市场。

回来的路上,看到保新已完全湿透了全身,张迎新讲起自己去山西插队时还不到十六岁,队长安排去猪圈里养起了猪。

可那些日子赶上几天的大雨,猪圈里的雨水排不出去,地面上连同着猪粪、泥巴和雨水混成了一尺多厚的烂泥粥。猪放不了,自己就把烂菜叶、红薯和几把玉米面煮熟,装在两个桶里拖进了猪圈。

瞬间这一群饿八戒就冲了过来,自己则被撞得七倒八歪,陷在烂泥里的鞋更是拔不出来,还一屁股坐在了烂泥里。顿时两个猪食桶也被顶翻,又前后左右围着自己抢夺而起,且被满身泥粪的猪群挤在了中间,后来都不知道是怎样爬出来的,站在外面在雨水里大哭了一场。

听到这里,张保新也把一些自己过去的经历倒了出来。双双对此都深有感触,说是过去吃苦不知为什么,现在吃苦就是要当万元户。还要让从来就是一根筋,一辈子就会搞景泰蓝的老爹看一看,如今谁的腰板更硬气。更要让家人从今以后天天能过上"左手一只鸡,右手一只鸭,头上再顶个大西瓜!"的好生活。

天明之前,俩人回到了南营房的家里,先去喝上两碗面条,再把手里的那半瓶二锅头给灌进了肚子里,酒足饭饱出家门就去了街上。

一天的吆喝在不知不觉里唱来了晚霞，张迎新右手揣上一大把的票子，左手拎起一瓶二锅头和两根香肠，身后跟着拿上两捆青菜的张保新一齐进了家门，转身就把这些战利品扔给了面前的母亲，桌旁坐下后拿来了白酒。

　　俩人正你来我往，房门一响，张成山进了家门。看到眼前的这一切，立刻脸庞成了即将爆发的火山……

　　眼前明亮的窗户夕阳灿烂，屋里也顿时注入了春暖花开。

　　"卖鸡蛋、鸭蛋、鹅蛋、鹌鹑蛋……还有……还有……"临近身旁的窗外，一位蹬着小三轮车的老人，边蹬起，边向着附近的楼房喊起。

　　瞬间张迎新、张保新对视着目光，脸上闪现着一丝的疑惑，王响铃也脸庞转来。

　　"还有……还有……硌窝蛋！"随着窗外老人小三轮的拉近，老人高昂的声音再次响起。（注：俗称蛋壳有破损的鸡蛋为硌窝蛋。）

　　"扑哧……"，张迎新与张保新终于强忍不住，先后笑起。

　　紧跟着，张成山则一步上来，双手一扬，身前的桌子掀翻而去，嘴里还大声地吼去："不务正业的东西，败家子，丢人现眼，给我滚！"

　　吼声里张成山大口大口地喘起了粗气，王响铃忙使上眼色叫他们俩先离去，且一面劝说，一面端来了茶水。

　　始终还生着闷气的张成山，右手又猛地向前一推，"哗啦"一声，刚刚端来的茶水滑向桌下，又与那几个饭碗会师在了一起。

　　临近傍晚，老大张迎新和老二张保新手里拿着这两根香肠，又抱起这两捆青菜来到街上，还时时回避着迎面而来的一些邻居和街坊的目光。且望见街边的小饭馆就走过去，用这两捆新鲜的青菜换来些啤酒，找到一处街边，打开啤酒就着香肠，泪水泡起了眼前的美食。

　　想起刚才家里这一幕，面对父亲激愤难消，还把他俩赶出家门,手里的啤酒又成了浇灭心中烈焰的灭火器。

"我就不明白,为了这些瓶瓶罐罐的景泰蓝,早年间爷爷给押上了菜市口断头台。而父亲也非要在这棵树上吊着,年年月月,甚至一辈子受累又操心,为什么?为什么呀?"眼前的张迎新仍气愤难消。

"哥,我心里也不明白,个体户有什么不好,有什么不光彩的?老爹苦了一辈子了,现在一个月的工资还没有咱哥俩几天挣的多。眼下还逼着咱们,非要继续在这棵景泰蓝歪脖树上吊着!"

前面两名街坊走来,张迎新一见忙右手伸出,随即俩人把脸庞按下,回避着到来的身影与目光。

望着走去的街坊,张迎新右手忙向着张保新捅去:"快走吧,一会儿街坊回家把咱俩坐在路旁又吃又喝的一讲,老爹还不牵条狗,再拿个棒子?"

"哥,还是你脑子好使,去哪儿?"

"月坛公园啊,想怎么说、怎么喝、怎么哭、怎么笑,随便!晚上就睡在树林里!"张迎新站起,右手向前挥去。

渐渐夜幕降临,一路前行哥俩开心又爽快的笑声,不断在街上滚动而起。

"卖鸡蛋、鸭蛋、鹅蛋、鹌鹑蛋……还有……还有……"随即张迎新脖子一挺,带头吼起,高唱起了新乐章。

"还有……还有……硌窝蛋!"紧随其后,张保新也跟上了合声。

前几天张成山满心欢喜进了家门,随即见到大儿子迎新和二儿子保新连吃带喝的场面,真让他从头寒到了脚。如今家里出了这么两个哼哈二将,它们不去打鬼,要夺自己的命,甚至想到自己百年之后,在天国见到父亲时,要怎么去说起他的这两个不争气的怪胎。

大街上人来人往,眼前不宽的马路已挤成了一条数百米长的肠梗阻，一些各地的小商贩们手里举着各种工艺品，终日里追逐着四周的人群。

张成山走进了前面的古玩市场，迎面一排排商铺、各处通道及露天地摊上，到处都摆满了五花八门又是稀奇古怪的老物件，人群纷纷在选购与淘宝。

慢慢游览，前面一处摊位上码满了大大小小的景泰蓝，又与黄绿相间的包装盒和各种尺寸的木座筑成了一条金光大道，前来的顾客在不断地挑选。

随之张成山停住脚步，右手指向了面前的一对花瓶，年轻的摊主给递来。

投目看去，花瓶做工粗糙，掐丝云头乱了阵脚，点蓝也没有任何的美感。

"小伙子，你这个景泰蓝真够轻的，是用红铜做的吗？"张成山心知肚明，目光回到了摊主的脸上。

"老师傅，这您就不懂啦，不用红铜做那叫景泰蓝吗？嫌轻，又不是跑到这里来买西瓜！"

"小伙子，景泰蓝到现在七百年了，可你这种景泰蓝那就是个鱼漂子。"张成山说着，眼前便闪现出了手里所珍藏的那半个光彩。

"景泰蓝就是景泰蓝！什么鱼漂子？"

眼前的摊主边说边照看着生意，在此经过的人群也停住了脚步。

"小伙子，你要是愿意听那我就讲一讲，都看过钓鱼吧？就是把鱼饵抛向河里它也会漂浮在水面上。为什么？就是鱼漂子轻才能引诱鱼儿去上当。而把这样的景泰蓝给扔到河里，它也能在水面浮起，所以说这样的景泰蓝就是个'鱼漂子'！"

说着张成山把手中的这只景泰蓝花瓶递给了摊主，又拿来一只观音瓶。

见此，四周的人群不断围拢，张成山继续说道："景泰蓝第一道工艺是制作铜胎。这就像是栽种好了一棵树苗，日后会直接影响到掐丝和点蓝的质量。所以正规景泰蓝铜胎厚度可达 2.8—3.4 毫米，而这样的景泰蓝胎壁非常单薄，厚度恐怕也就一个毫米，所以拿在手里有种轻飘飘的感觉。

"这种情况在民国和解放前也出现过，那是由于当时京城大部分的景泰蓝作坊生计困难。所以说好的景泰蓝就要上手，像这种有轻飘之感的则属下等货色。同时还可以通过轻轻敲击器物来判断其材质，纯正红铜的声响应浑厚有力且如铜钟之音色，而铜胎薄的就不同，两者一比你就清楚了。"

围观的人群，接过张成山手里的这只景泰蓝观音瓶也纷纷掂起。

"您看，这只够分量吧？真正的景泰蓝！"

见此，那个摊主的目光扫向四周的人群，转身拿过另一只景泰蓝将军罐递来，脸上闪现出不屑一顾的神色。

张成山接过这只将军罐，移向亮处："你看这里是什么？景泰蓝瓶体内也要烧有釉料，可它却在这罐里贴上了一块东西。估计不是个铁块就是铅砣，无非是用来增加些分量。如果把那块东西给去掉，它同样是个鱼漂子！"

"老师傅，这回我可遇到了真佛！别看我天天连卖带批发这些景泰蓝，可真正的行家不多。这要是留给了朋友，回头还不骂死我呀？"那摊主说着，转身就把张成山手里的这只将军罐给拿了回去。

听到这里，张成山的心中倒有了一些欣慰，右手回到了眼前这一排排的货架上："小伙子，这样的景泰蓝常常是铜胎薄、焊接歪、掐丝不规范、点蓝没水平，全是仿冒正规厂家的设计，这样的景泰蓝又有什么意义？

"其实，对于景泰蓝中的精品，国内还是非常欢迎的，国外也畅销。前些年我的一个朋友花五千块人民币买了一对景泰蓝香炉，现在上了拍卖会竟拍到了六十万人民币。你说说，这些年它涨了多少倍？再说，景泰蓝它是中国最为典型的宫廷艺术与文化的结合，更为著名的国粹。可要是买了这样伪劣的景泰蓝那也只能永远地扔在了一旁。

"今天赶上星期六，再给讲一个真实的故事吧。前两年我们接待了一位欧洲灯具厂的老板，其台灯底座是中国的景泰蓝。后来这个老板说中国的景泰蓝很漂亮，更惊奇的是它还带有情感。还说其夫人爱看小说，可每一次在看到书里面人物的磨难与情感纠纷之时，其身边的这台景泰蓝台灯就与她一起落下了眼泪。书看完台灯关上，泪水也就没有了。

"景泰蓝怎么会哭？天下奇闻！后来看到他的那批景泰蓝才恍然大悟。原来这批景泰蓝灯座并不是正规厂家的产品，其带有较大的崩瓷和多处的砂眼就用蜡来填补。如此当台灯被点亮之后，其所补的蜡受不了灯泡高温照射自然就化了。你看，这样伪劣的景泰蓝造成了多么坏的国际影响？"

"哈哈……哈哈……"四周围观的人群里爆发起了阵阵笑声。

"老板，您这里的景泰蓝也有这个本事吧？给我们表演表演！"

"现在哪个不造假啊？生产出来又卖了出去，这叫本事！"人群里叫喊之声也时时响起。

"老师傅，别这么说，这不在砸我的生意吗？您可能还不清楚吧？现在我们那里搞景泰蓝的乡镇企业和加工点，那就是一铁锹挖出成片的蚂蚁窝，可这个原材料红铜却在不停地涨价。最后这东西生产了出来，不能吃又不当喝的，怎么活下去？行啦，咱们到此结束！"眼前的摊主右手挥来。

接着摊主便与前来批发的客人装完一板车的景泰蓝，又码放好了层层叠叠的包装盒，一齐快速走向了前面的市场大门。

已经临近下午一点了，市场里纷纷杂杂的脚步匆匆，人们身背手提起各式各样的奇珍异货，始终奔走在了这长达数千年的时光隧道里……

又是一路奔波，黎明前张迎新和张保新来到了农贸市场，先上好两筐黄瓜，再搬着两筐洋白菜走回，眼前那辆四百元的三轮战车，不见了身影。

随即俩人双手一松，两个沉重的竹筐"咕咚……咕咚……"纷纷砸向各自的脚下，又"咚咚"地炸在了俩人的心上。且忙踢开这两个竹筐，三步两跨闪过周围密密麻麻的各种机动车、三轮车和数不清的人群，及一堆堆的蔬菜水果，冲向了市场里的几个出口处。直到俩人把眼前的市场挖了个遍，双腿硬成了两根棍子才无力停了下来。

望着眼前还抹着汗水四处张望的老大，张保新不满地说道："哥，这还不都是你的那句格言惹的祸！"

"我、我怎么啦？"张迎新目光盯来。

"昨天你买个铁饼子回来，还边吃边对摊主说道：'如今这黄的都与黄金挂上了钩。黄金涨铁饼子就涨，黄金跌饼子就跌，凡是沾了黄的都贵了。你看，黄金是不是贵了？黄花鱼是不是贵了？这黄瓜是不是也贵了？'旁边有个路人还跷起大拇指说经典。今天本想着多进两筐黄瓜，多挣几十块钱，可你一个黄字，咱俩就彻底黄了！不对呀？"张保新的汗水也接连落向了脚下。

终于一轮红日加热到了他们俩那早已麻木不堪的双腿上，身体纷纷一挺离开路边两棵大树，遂一步一回头向前走去，一路之上俩人又是哭又是笑。

"卖鸡蛋、鸭蛋、鹅蛋、鹌鹑蛋……还有……还有……"随即张迎新又是脖子一硬，高歌一曲。

"还有……还有……硌窝蛋！"紧随其后，张保新也昂起了嗓门。

继续行进，张迎新又怒吼而起："穿林海，跨雪原，我气冲霄汉……"

吼声落地，张保新也接了过去："丢车算个屁，明天再去来一辆！"

俩人阵阵干吼，且时时挥舞起双臂，引来路边众人连连地望去，又有人冲着远去的双双身影，吼去："俩神经病！哎，有没有王八蛋啊……"

这一年来王响铃时时感到自己的身体已大不如前，再三动员老伴陪上自己十天半个月，随后俩人回了老家。

看到老伴上了自己的贼船，她才觉得这些年来他太累了，不如拖到秋天再回去。心里也清楚，这里天高皇帝远，还省得厂里来找人。但刚刚过去三四天，张成山几次在梦里抓起她的手，嘴里便叫道："这里掐丝不行！""那块点蓝要返工！"醒来后像是得了帕金森。

一看要是再拖住他不放，那还不把人给熬出病来，其狠狠心俩人回到了北京。再看看张成山，先前的帕金森又返老还了童。

星期天午后，张成山拉上王响铃看望起一位多年的老友。一路来到花市大街，忽听有人喊起自己，停住脚步看去，街边一个修鞋师傅正在招手。

"张师傅，不认识我啦？还带着嫂夫人？"眼前的程庆和正用机器修补着一双皮鞋，一旁放置的马扎上还坐着个路人。

"啊，程庆和！扒掉你两层皮也认得出，点蓝车间头把蓝枪！怎么，现在你……"张成山目光投来，王响铃也与他打起了招呼。

"别提啦！别提啦！什么点蓝车间头把蓝枪，咱现在就是一名下岗失业人员，马路上的鞋匠！你们这是……"

程庆和停下机器，遂又点上了头："还是拿上红本踏实，想去哪里就去哪里！我还得四五年，到时候还不定啥样呢。您那个时代赶上了超英赶美。现在倒好，咱们公司及各个工艺美术分厂如今有的要破产，有的要转产，有的卖地皮去搞房地产。景泰蓝也有些下岗或退休的老工人都去了各处的加工点。我这要不是家有老人，孩子需要照顾，早被几次找上门来的加工点给请走了。人家给的工资还高，现在真是天地两重天啊！"

眼看着大风就要刮起，他们俩忙帮助程庆和收拾完摊位后便快步离去。

稍后电闪雷鸣雨水从天而降，张成山和王响铃跟着众人来到街边的一座商厦里，躲避起了这场来势汹汹的暴雨。

很快沸滚的地面升起雾气，前方李跃进背着从街上捡来的两个装满饮料瓶子的编织袋子走来，其湿重的牛仔服也始终紧捆住了全身。

继续行走，"啪……"的一声，附近商店躲雨的人群里，投来个饮料瓶子，连续完成三级跳远后，刚刚落地又被路过的自行车给碰向了机动车道。

李跃进脚步不停，快步穿越人行道便急忙奔过去，弯腰捡起向回跑来。

"嘎……"，天空里闪电再次袭来，雨声中传来一串长长的雷鸣。

紧跟着又是"砰……"的一声响，一辆疾驶而到的轿车撞向李跃进后停在了大街上。

"撞人啦！撞人啦！"人们惊叫而起，大街两旁的商厦有人跑向出事现场，张成山与王响铃也跟了过去。

轿车司机和众人忙把倒在雨水中的李跃进抬起，只见他右手按在腰间，从衣服里渗出的血水已与雨水拧成了一团，又是满地被撞飞的饮料瓶子。

"孩子，你怎么雨水里还在马路上乱跑？多危险啊！"

"伤得怎么样？先送医院吧？"

人群里响起阵阵不安，"当啷"又是一声乍起，只见从李跃进的身上掉下一块圆盘，浸泡在雨水中的盘面盛开起了一朵出水芙蓉。

王响铃忙把雨伞移去，随着李跃进脸庞扭来，忽然觉得这个孩子像是在哪里见过，又一眼盯住了这块掉出的圆盘。

再一细看，她马上便想起过去困难时期，自己曾带上些小商品偷偷回到老家，要换回一点儿粮食及跳河时的身影。直到后来才被同村的一位老人和身边的孩子给救了下来，临走还把这块所熟悉的景泰蓝圆盘送给了他们俩。

想到这里，她身子忙探去，对正被抬进车里的李跃进问道："孩子，有个老人叫李世安，你是否认识？"

"他是我爷爷。"李跃进脸上闪现出阵阵痛苦，遂把路人递来的这块景泰蓝圆盘紧扣在了自己的胸前。

"师傅，这个孩子我认识。"说完王响铃拉来张成山一起进了车厢。

第二天上午，张成山和王响铃带上食品和水果就去了医院。静静的病房里，李跃进身子靠向床头，右腿和右臂缠绕着纱布，脸上还有两处明显的搓伤，但精神比昨天好多了，枕边还放好了这块景泰蓝圆盘。

随后交谈里，李跃进讲起爷爷去世前后的情况，也讲起自己这些年来在北京的各种经历。说着还时时把领口里显露而出的那一片片殷红的肌肤往里给披了披。

"跃进，你的情况我们俩都清楚了。昨天你受了伤还始终把阿姨送给你的这块景泰蓝圆盘带在了身边，解放前它也曾在我俩的身边。出院后你愿意跟我去厂里先做一名临时工，愿意学做景泰蓝吗？这可是一条艰苦而长期的道路。"张成山目光投在了李跃进的脸上。

"愿意，什么苦和难我也不怕！"李跃进脸庞立刻扭向了枕边的这块景泰蓝圆盘。

"跃进，我们那里工资低、福利少、生产条件也不好。现在的年轻人思想活跃，更耐不住寂寞，所以想从事这个行当的人不多。但你手里的景泰蓝是国粹，更是老祖宗留下来的一份家业……"

随之张成山的眼前也闪现出了老大迎新和老二保新的身影。

"师傅，您放心吧！这条景泰蓝之路，我与您一样一辈子走下去，决不半途而废！也会把这块景泰蓝圆盘永远地带在身边。可我……"

"孩子，你说的是湿疹吧？昨天在医院我们就知道了。怕什么又不丢命掉脑袋，天底下没有过不去的火焰山！"王响铃也向着李跃进点起了头。

病房里开始有了阵阵笑声，从窗外跳来的一片明亮的阳光也悄然来到了洁白的病床前，静静地融化起了眼前的这块平坦的冰山……

第二十四章

临近一九九七年，东方之珠香港回归祖国的脚步快要到来。喜讯之中张成山已被评为工人技师，厂里也接受起"回归大瓶"的设计与制作的光荣任务。

面对这样高大精尖的产品，后厂里研究，尽管这些年来张成山早已过了退休年龄，在厂里担任技术顾问也有多年，但要继续发挥晚年的余热，还要尽可能多做一些技术上的传帮带。为此厂内单给他设立一间工作室，每天没有固定的工作时间和任务，只要有事时能找到人就行。

对于这一切，张成山心里很是感动。再看看那些几十年以来的老朋友：搞玉雕的田家石、牙雕的于得水、花丝镶嵌的金世光、金漆镶嵌的宋福来、雕漆的林柏之及宫毯的刘仁庆和杨秀琴等等，他们回到家里后纷纷成立起自己的工作室，努力要把个人几十年以来的各门绝技传授下去的同时，也能获得一份收入。但他不能因小而失大，这就像是当年未曾享受到的父爱，做人要光明磊落，技艺要空前绝后。

随之他带上李跃进，找来众多有关香港的历史和画册，一边翻阅，一边遂在脑海里时时闪现出对大瓶的胎型、掐丝和点蓝的设计。

一连忙过多日，星期五下班的铃声早已响过，直到外面的天色已完全暗了下来，张成山还在不断地写写画画，李跃进起身去打上一壶开水。

稍后张成山从厕所回来,走在光线昏暗的楼道里,其脑海里还是刚才所设计出的灵感,随即面前闪出个身影,随口而去:"跃进,回来啦!"

"咚……",接着一声闷响,他一头撞向眼前的墙柱,又"扑通……"跌坐在了地面,后背吸向了墙壁,嘴里大口大口地喘起了粗气。

李跃进手里提着暖壶,从前面昏暗的楼道里走来,朦胧中看见了还半坐在地上的张成山,脸上一惊,忙把暖壶放下:"师傅,师傅,哪里不舒服?"

"扶我起来!"张成山双手伸来,又是一声,"快扶我回去!"

李跃进忙搀扶起师傅,刚回到屋里,他一把抓来铅笔低头就画了起来。

李跃进心里清楚这是师傅来了灵感,便轻轻拿来暖壶,把茶杯续满放在了面前。自己也画起了景泰蓝,一边画着,一边还观摩起师傅的设计。

直到前半夜回了家,后半夜已经睡去的张成山,嘴里又碾压出了一阵阵含糊不清的梦呓:"不……不行,这样才对!"

说着,他的头就挥成一把铁锤,又"咚"的一声,砸向了一旁的王响铃。

"死老头子,睡觉还不老实?这几天我牙痛,脸肿了也不让安生!"响铃在梦中被砸醒,一边右手捂住已被撞痛的脸颊,一边左手就杵了出去。

随即张成山从睡梦中醒来,一见眼前的场面便马上起身给响铃拿来个杯子,脸盆也伸到了面前:"舰长,漱两口凉水会好一些!"

看着老伴吐来的一口血水,张成山又拿来毛巾帮助响铃擦去血迹:"舰长,你眼角上的这些皱纹怎么也渐多了?可这头发却变白了。要是能回到几十年之前的那个年轻又漂亮的舰长该有多好!对啦,有办法了,回头再给你捏个泥兔子放在你的被窝里。"说完,他又得意地拔起了头:"不行,泥兔子一来就把我的地方给霸占上了。不行,不行,还得想个更好的办法!"

"扑哧……",王响铃笑出了声,从张成山的手里夺过毛巾,转手在他的脸上擦起:"还说我呢!看看你这张天天在渐长的脸,不但长白了鬓角,也渐长出了老人斑,就是肚子里的这颗心不渐长!"

"那好啊!对喽!我是九十岁的人十九岁的心。你呢?也跟我一样,八十岁的老太婆十八岁大姑娘的芳心!"

说着,他转身看了看已微微透出丝丝亮光的窗户,遂洋洋得意又小声唱道:"革命人永远是年轻,它好比大松树冬夏常青……"刚唱出这两句,脖子一昂又接着从头唱起:"景泰人永远是年轻,回归大瓶永放光辉,它又高,它又壮,永远暖在我心上!"

"行啦,刚说咳嗽你就喘!几点啦,快睡吧!"王响铃放下手里的毛巾,双手一伸就把张成山给按倒在了床上。

瞬间过后张成山转过身来,还是几十年以来的老习惯,右手伸向她的脖子下,让其脸庞枕在自己的胳膊上,左手袭来后遂轻轻地搂向了她的前胸,进而又悄悄地跑向了她那一对早已塌陷的暖房。

当天下班之后,张成山想到夜间老伴响铃牙痛时的痛苦,来到前门大街要给她买些去火的中成药。

夜幕之下前门城楼已筑成了一炬通天圣火,一家接一家的商店迎来一天之中的高潮。随着街边震天的音乐响起,一家商店里外堆放起一堆堆的锦盒,前面还摆放着一块纸板,上面醒目地写着十五元与两个鲜红的惊叹号。

同时,店门口有个青年打扮成财神爷,一面摇晃着头上的乌纱帽,一面高声喊起:"亲爱的顾客们:欢迎选购景泰蓝,十五元一只!过了这个村可就没有那个店啦!"喊声之中,店外众多的顾客围在了四周。

看到眼前热闹的场面,小伙子又来了精神:"毛主席老人家说过,我们都是来自五湖四海,为了一个共同的目标走到了一起。本店郑重承诺:在此出售的景泰蓝一律货真价实、童叟无欺!"

"小伙子,这是景泰蓝吗?"张成山来到这里,拿起眼前的一只掂了掂。

"老师傅,您是来旅游的吧?这您就不懂了!景泰蓝那是咱北京的特产,过去只有皇上才能用!来一对吧?回去送朋友、送家人,多有面子!"小伙子继续高声叫着,转手就递来了一对眼前的景泰蓝。

"小伙子,我告诉你吧,这不是景泰蓝,是鱼漂子!你看这铜胎薄得还能要吗?扔在河里能浮起来。再看这丝工、点蓝和磨活,全都粗制滥造。景泰蓝那是国粹,咱们不能去败家啊!"张成山眉头皱起。

话声落地,俩人的四周已聚集起层层叠叠的人群,有人一面听着,一面观看起其中的景泰蓝,还有人把手中已挑好的放了回去。

"买不买?不买,哪儿凉快去哪儿,别在这里起腻!"小伙子手里捂住的麦克风,瞬间变成了一根重重的棒槌。

"小伙子,我搞了一辈子的景泰蓝。我劝你,这样的景泰蓝不要再去进货了,干什么也比卖这伪劣的东西强啊!"

"老东西找不自在,是吧?"说着,那小伙子朝着身后挥挥手,马上就从店里冲出几个青年:"哪来个疯子,敢砸这里的生意!活腻歪了,找死吗?"说着,这些人又是推搡又是叫骂,还轰开了眼前围观的人群。

接着从街上走来几个警察,那些人一见马上蹿出店里跑向了远处。

从商店里出来,张成山先给老伴买来两斤爱吃的包子,后去药店选上两盒同仁堂牛黄清心丸,看着已近八点这才往回走去。

前面来到一条灯光暗淡的胡同,不远之处就是灯光通明的大街。随之身后传来一阵急促的跑步声,张成山忙往旁边让去。但还是晚了一步，后面跑来的那人"咕咚"一声便重重地撞来。跟着他栽向地面，手中的两个塑料袋子也疼得颤抖了起来。

蒙眬之中他摇晃着从地上站起，又一个身影跑来，跟着"咕咚"一声再次撞击，且飞来一句："老不死的东西！"瞬间那个身影嬉笑着从身边窜去。

张成山又气又恼，坐在地上喘起了粗气。偶尔从这里经过的人们纷纷目光投来，稍后才把这些包子收拾起来，又一个身影站在了面前。

他忙抬头看去原来是田家石，先帮他找来了那两盒牛黄清心丸，再听他一讲双眉挑起："老伙计，不，还是老家伙顺口！还不清楚，准是那伙人跟上你来了这一手。老家伙，以后多加小心吧！咱们也不是以前的那个年纪了，许多事情由不得啊！"

"可我就是不服气，看着那些假冒的景泰蓝心里就压不住怒火！"

"老家伙，现在你不服也得服！就拿这包子来说，要不你扔了，要不揭下包子皮儿去咽了这一堆的苦果，没有余地！

"如今这种事情我也遇到过几次，上个月在一本杂志上看到一件玉雕作品，那根本就是用粗劣手法制作的。这件离谱的作品居然还有业内专家的鉴定书，上面竟然也有我的大名！

"还有一次，我被人请去鉴定。等去了会场，不看作品先发红包再去合影，然后让我们这些专家在他们已写好的证书上签名。那证书写的是和田料，但实物却是青海玉，字也是用计算机刻的，那一刻我感到自己的嘴已被缝住。

"咱们工艺美术这些国粹，现在泥沙俱下，鱼龙混杂，有些人还掉进了钱眼儿里，就知道炒活儿、炒人、炒名声，作品相互抄袭，有的专家也跟着说假话，所出的鉴定书都是为了钱。再想回到过去，嗐……"

张成山扑打完身上的灰尘，一面向着眼前的大街走去，一面冲着田家石扭过脸庞："老家伙，咱们这样的国有工艺美术大厂，现在为什么会这样？更何况艺术品是一个特殊的行业，产品质量的好坏普通客户无法分辨。而像景泰蓝、玉雕、牙雕、雕漆这样的'四大名旦'，之所以成为国粹，这要与艺人们数百年来极尽精致、不厌其烦，非要登峰造极的心态有关，这就像是过去清宫造办处里的那些工匠。而现在留下的是伤心、是痛心！"

与田家石分手后，张成山难以平静，直接去了厂里自己的工作室。

随之他拿起手中的铅笔，想到不久之后东方之珠香港即将回归到祖国的怀抱，连续多日以来的各种思绪已化为一股股的源泉，遂在他的面前，一会儿是富丽堂皇花中之王的牡丹，一会儿是百鸟之中的凤凰，一会儿又从他的心中绽飞出一条神龙。

再看看一旁的桌子上，还放着李跃进所画出的一张景泰蓝铜胎造型图，也顺手拿来铅笔修改了几处。

不知不觉到了晚十点，一直在家的王响铃叫老大张迎新找了过来。

屋门推开后，张迎新一眼就看到老父亲已累得直不起腰来，半个身子钉在桌面，双臂展翅如同正在受难的耶稣，两眼又直勾勾地看着近在咫尺的茶杯和面前的一张白纸却动弹不得。

"老爸唉，您这是图什么？搞了一辈子景泰蓝带来了什么好处？现在评上了技师，不就是每个月多给点钱吗？还不如我一个星期挣的多呢！让您回家抱抱孙子和孙女享享清福，您又浑身难受，活生生一个受苦受累的命！"张迎新忙向前扶好父亲，拿来了眼前的茶杯。

"这辈子搞景泰蓝怎么啦？你爷爷……可惜呀'景泰之家'到了你们这一代……"张成山几口就把眼前满满一杯的茶水给抽进了嘴里。

跟着张迎新架起父亲的双臂在屋子里轧起了马路，一转身看见桌上放置着两个塑料袋子，向前拿来一看，立刻白眼珠吊起："老爸,这是什么?捡的垃圾?"

"什么垃圾?这是我的……"张成山一时不知去说什么。

"这不是垃圾是什么?白白的包子个个成了黑煤球儿。您要想吃这口直说,这不是要我们几个好看吗?"张迎新抓过这两个袋子就要扔向窗外。

"别扔!这是我刚才不小心掉在了地上,回头把这层皮儿一揭就干净了,这要在过去困难时期那就是天堂里的美食!那些包子皮儿你拿走喂喂鹩哥。"张成山忙从他的手中把袋子夺了过去。

"老爸呀,服啦!您要是拉了肚子可别找我。嘴馋明天给您买只烤鸭,咱就要正宗的全聚德!拿这些垃圾喂'小宝贝',它现在可比您有派头,半个皇上!"

说着,回头又拿来了这张白纸,一看那上面画着一个比一个大些的圆圈,不禁再次笑道:"老爸呀,明白了,您是在坐月子,想吃冰糖葫芦?早说啊!这黑灯瞎火的明天给您弄它一百串,生个三胞胎都够了,走吧!"

张成山瞪去一眼,心中又暗笑,忙上前拿起这张白纸叠好放进了衣袋里。

"上次给您一盒巧克力。当时没吃,放进口袋里两块,还不拿出来补充一下体力?"张迎新目光重落在父亲的脸上。

张成山想了起来,伸手向着口袋里摸去,找个纸团儿打开,那两块巧克力早已被烘成了一团团的软果脯。

"苍天啊,可惜这片忠心!我就知道您的心不在肝上。"张迎新脸庞抬向半空,禁不住苦笑出了几声。

"废话!谁的心在肝上?告诉你啊,还有这两块巧克力不许让你妈知道,她心眼儿小!"俩人笑声再次响起,走向了门外。

连续多日的思考和设计已进入了一场关键的战役。

第二天张成山继续画到了晚八点,看着肚子在不断抗议,这才把还余下的那一袋子包子全部揭去面皮儿,就着茶水一块投进了胃里。还要拿起铅笔画下去,不料厂里供电出了故障,无奈中拿上设计图纸离去。

回到家中,他看到桌子太小便让响铃找来胶水,先把这些图纸粘贴在一起,后放平在掀去被褥的床板上画起,转身让老伴先去外屋的椅子坐一会儿。

这一夜张成山的心又飞向了东方之珠。直到快天明了,他才来到外屋。一抬头,还静坐在椅子上的响铃右手托起一侧的脸庞早已进入了梦乡。

见此,他伸出的右手停在半空,转身悄悄出了家门。买回来热包子和豆浆,放在她的面前又摆好了洗脸水。

一切忙完了,他这才来到响铃的面前,跟着脸庞就黏了上去:"舰长,该吹起床号啦!"

王响铃从睡梦中醒来,目光先转向四周,遂叹出一口气:"真拿你没有办法,你就应该跟景泰蓝去结婚,何必找上我?"

"舰长,那咱俩得说个明白,当年是谁追的谁?"张成山得意了起来。

"舰长怎么啦?舰长就该嫁不出去?舰长就不能找上你?"响铃心里暗笑不止。这个一根筋,到现在也不清楚这个官称是个什么意思。

"得,得,嫁得出去!您是司令,没人敢惹!还是先洗把脸吧。"

早饭过后,王响铃拿起一旁张成山的衣服要去洗洗,一串钥匙和一张白纸从衣袋里掏出放在了桌上:"这张白纸有用吗?"

"当然有用!宝贝,你猜猜?"张成山得意地把白纸展开,右手指去,"这些圆圈为什么一个要比一个大?"

"不知道!"王响铃不屑一顾地扭来脸庞。

"迎新猜我想吃冰糖葫芦。你猜猜。猜对了有奖!"

"不知道!"

"说正经的!这些圆圈为什么一个要比一个大,这说明它们有生命。也与你一样，几十年都在长，一直在长！"张成山愈加地得意而起。

"人家是闲得慌，你是吃饱了撑的，手又憋得发痒！"俩人不禁笑起。

接着，张成山目光又盯在了响铃的脸上："脸红什么？精神焕发！明白了吧，脑子累时手不停，给自己打打气，那您就让位吧。"

说完，张成山轻轻向前，双手扶稳了眼前的这只兔子精，且从身旁拿来设计图展开后俯身而去。

"一块吃吧，买了这么多，吃完了把你的衣服洗洗。"

王响铃拉来把椅子，俩人坐下后边吃边看着对方，又时时吃出了笑声。

如今一切都在改变，现在的张建新看到厂内的变化，也看到了自己那两个哥哥和小妹身上的裂变，去年自荐后到了销售部。

星期五临近下午四点，张经理把张建新叫到办公室，交代了让他先去广州参加一期三个月的外贸学习班，再去趟湘南天湘公司。如今这家公司欠下六十万元的货款钱，到现在两年多了，每次去人不少，差旅费也没少往里搭，可回回空手而归，张建新明白这其实就是一场考验。

当晚准备好明早出差的行装，他出了家门，前面路口游动起一群群的小商贩，出售起各种的烧烤和小吃，且兴趣盎然连吞下几种自己所喜爱的美食。

继续向前，夜色里张迎新和张保新正各把持着一处据点，一边叫喊，一边把从锅里捞出的油炸臭豆腐递向人群，见到老三走来也向他递来两盘。

直到临近十点回到了家里，他打算先冲个澡，可忽然间肚子疼得要被切开。实在扛不住了，后半夜歪拉着身子向着前面的医院蹭去。

急诊室里医生听到他所吃进去的一屉小笼包、一碗馄饨、两盘油炸臭豆腐、几串毛鸡蛋,还有半个熟透了的西瓜,连连皱起眉头。遂诊断为肠梗阻,要先备皮后手术。想到自己这次要夭折的出差任务,难免会成为销售部众人的一场笑料,头皮差点儿给揭了下来。

担惊受怕折腾到了黎明,又跑几趟厕所,其战鼓般的肚子终于垮塌了下来。随即他七上八下走出医院,路上买来两瓶二锅头酒后便急忙赶往车站。

很快三个月的外贸学习班结束了,张建新当即登上列车,又坐上长途客车持续颠簸在连绵起伏的山林间。

后半夜始终趴在前排的三个男子,疲劳的身体开始有了蠕动。凭借着昏暗的车厢,他们迅速从身上各掏出一只只黑色的女式弹力袜往头上一戴,又猛然抽出一把把长长的匕首,向前冲来。

跟着一个家伙就用匕首抵住了司机的脖子,另有两个歹徒背靠着背移动起脚步,手中的匕首则分别指向了通道两侧的旅客。

面对正在到来的打劫,张建新缓缓咽进一口火辣辣的二锅头。心里清楚现在身上这万把块钱的现金,及日后销售部里的唉声叹气与尴尬。

来不及思考了,与之相邻前排有个与他年纪相仿的男青年,其目光不断地斜视着身旁的一个挎包,右手在颤抖中伸了过去。

可没想到,这时有个歹徒凶狠的目光刚好扫向了那个挎包和这个男青年,遂一步蹿来:"拿出来!找死吧!"

被逼无奈的男青年扭动着惊恐与沮丧的面容,右手刚要擦去脸上的汗水,跟着这把匕首就顶向了脖子。其在歹徒匕首的威胁之下,歪起血流不止的脖子,簌簌抖动的右手探向身旁要去送出那个挎包。

眼下面对这个歹徒近在咫尺的脑袋,瞬间张建新心头一热,"咚"一声,旱地拔葱从后排弹起,右手紧握的酒瓶就朝着面前的这个肉瓜狠命砸去。

"扑哧……"一声震响。

刹那间这枚绿色手榴弹就在这个歹徒的脑袋上炸开，晶莹剔透的玻璃片纷纷而落。歹徒的头上和脸上也随即冒出一股股雪白的喷泉，夹带起绛紫色的血污趔趄地倒向了地面。

见此，车厢里另一个歹徒右手忙高举起匕首，立刻向着张建新冲来。

事不宜迟，张建新忙把身旁的挎包拉开，右手从中再拿起一瓶白酒，就向着那个迎面扑来的歹徒投去。

又是"当啷"一声震响，随之这颗绿色导弹便与雪亮的匕首在空中交会，一股股塌陷的冰层也喷涌而出，溅了那个家伙满脸且一身。

瞬间车厢里已受到感染的旅客们，也立刻从一旁抓起各种各样的东西，向着这两个歹徒痛打而去。

同时，客车司机也早已从反光镜里看到了这一切，并趁着身边这个歹徒再次回头观望之时，便一脚猛踩刹车那个家伙身体跌向了一旁。司机左手拧开车门后就跳了下去，迎着远处的车灯跑去。

紧跟着车厢里的两个歹徒也疯狂冲来，三个同伙急匆匆地从驾驶室车门里跳了出去，且向着附近的树林里逃去。

第二天临近中午，张建新来到了公司。可要找的罗经理和白勇都不在。踌躇之时与另一名前来的周师傅走出门外，在前面的花园里坐了下来。

张建新随即打开身边的挎包，掏出二锅头和一包花生米，俩人对饮而起。

"小张呀，你刚才问我这些年来搞销售的经验，那我明确告诉你，尤其是干咱们这一行，白酒可是咱们手中的一颗原子弹，也是一把冲锋号！"

静静的花园里，渐渐日头已经偏西，公司大门前各种车辆忙忙碌碌。

后三天张建新始终放心不下，没想到这一盼就是一个星期。这天下午他来到公司听说罗经理和白勇傍晚就要回来，也终于与俩人通上了电话，忙把晚上要为之接风洗尘的事宜给定了下来。

临近晚七点，湘岸酒家早已座无虚席。眼前明清式的大观园古色古香。南边的一套雅间里，张建新心急火燎终于等来了客人。

大家席间而坐，忽然对面的白勇惊奇的目光中飞出了惊喜："你是前几天晚上，长途客车里与那两个歹徒搏斗的勇士吧？我当时就在你的前一排！"

"我……我想起来了！当时有个家伙直冲你来了！你看，现在脖子上还有伤呢！"张建新站起，右手指去。

"还好，要是扎破了颈动脉，今晚咱们可就见不着面啦！那时我挎包里还装着一大笔现金。这要是出了问题，还不要了命？我就想趁他们还没有过来悄悄把挎包里的现金投到窗外，也许事后还能找回来。没料到，那个家伙一见立刻杀来！罗经理，他可是我的救命恩人！英雄啊！"

听到白勇的讲述，罗经理与张建新的双手重握在了一起。跟着满桌的美味佳肴就摆了上来，更是获得满桌的拍手称绝。

"小张呀，今晚的这桌饭菜好，酒更好！"酒过三巡，罗经理的脸庞绽放出了红霞。

其实那天中午，张建新在和与之相遇的周师傅喝酒时，已摸清了罗经理的爱好。

"小张呀，刚才与小白商量了一下。这次他带回来的那批货款明天存进银行，再给你开张转账支票，咱们之间那六十万的合同就算结清了。你看，怎么样？"随即罗经理抬起了头。

"那好！六十万不用存进银行！"张建新一阵激动，生怕日后再有什么变故，干脆自己带走。

"带这么多的现金，路上安全吗？小白不就差点儿出了事，想起来后怕!"罗经理目光投来。

"没关系,我直接飞回去!"

"那好,明天上午你来吧!"罗经理又连连喝下两口白酒。

清晨张保新去趟新发地市场考察了一番,返回时来到老大张迎新的住处,门前装饰一新的那辆残摩的已披挂上阵。

想起来,这还是上个月大哥在路边捡到一块白色残摩的车牌照,先去厂里买来一对十五英寸景泰蓝观音瓶,又去古玩市场选中一幅仿旧古画,再去医院把它们送给一名医生就拿到了诊断证明,递到了区残联。

接着张迎新就办好了残疾证,来到通县花上三百,"突突"地开回来这辆残摩的,之前还花上二百块买来了一只黑鹩哥。

眼前乘客云集的车站上,几十辆残摩的有的花枝招展,有的锃光瓦亮,有的还张灯结彩,且在车站两旁筑起了一溜坚不可摧的移动碉堡。

"老大,这几天战绩如何?"张保新快步来到了面前。

"二十块钱刚到手!"张迎新手中的几张票子晃来。

"哥,刚够个菜钱!还是改邪归正,继续倒菜吧!"

"老二,我比你们谁都大,天天半夜上货受不了,扫大街自在!"哥俩正说着,车站上一位青年朝着张迎新走来递上了五块钱。

直到晚上九点,张迎新才意犹未尽地回到家里,妻子邢玉芬不见身影,女儿丽丽外屋也睡下。再望望手里的黑鹩哥仍是个不知疲劳的老顽童。其转身拿来一些鸟食,投放在了它的眼前。

又从厨房端来盆热水,其要泡泡脚解解乏,摸出遥控器打开了电视机。看着正在播放的《空城计》,遂摇头晃脑地跟上诸葛亮便轻声唱去:"我正在城楼观山景,耳听得城外乱纷纷……"

接着,他从口袋里掏出白天扫大街挣下的钱,又从抽屉里拿来前些天攒下的一堆大大小小的票子,面对起了黑鹩哥:"小宝贝,您这些日子跟我天天扫大街，容易吗？你爷爷的爷爷上次要我把那些掉在地上，又揭下包子皮的美食拿来孝敬你，那还行！"

其说完拿起一张票子，放在台灯底下，瞪着鼓鼓的双眼面带起无比喜悦，遂冲着鹩哥继续唱起："五块钱！五块钱！"

始终还在自己的国度里称王称霸的这只"黑大王"，持续在笼子里欢快地扑腾着，又翘起橘黄的嘴巴，小小的眼睛直直地看着那张抖动不止的五块钱，等待着主人送上来的又一道美餐。

"五块钱！"张迎新喜笑颜开，手中的票子飞进了桌上的铁盒子里，又拿起一张，再次伸到"黑大王"的面前。

在极大的亢奋之中，他一边接连不断把一张张七零八落的票子送进了铁盒子里，一边还美滋滋地摇晃着脑袋："小宝贝儿，等票子攒足了，咱们就把这仨轱辘的残摩的给换成四个轮子的白面的，您就是我的副司机！"

兴奋到了第二天早上七点，张迎新起床后便赶紧给"小宝贝儿"添好水，重换上了鸟食。黑色的鹩哥也与他一样，睡过一夜便马上精神了起来。

一切忙完，他开起"突突"尖叫的战车来到了东三环。车站上随着一辆辆公交车的进进出出，成群结队的乘客们拥挤成了一团。

"玫园社区，多少钱？"一对恋人来到了张迎新的残摩的旁。

"五块钱！五块钱！"紧跟着两声清脆而娇嫩的叫声便扑面而来。

循声而去，只见黑鹩哥在鸟笼子里来回来去蹦跳个不止，率先报出了这个市场价。

"嘿……您这个鸟神啦！普通话说得比我还溜儿！它叫什么名字？"

女孩子说着笑弯了腰，身子倚在男孩子的一旁，双双目光一齐投去。

"它叫鹩哥，也是'小宝贝儿'！"张迎新着实吃了一惊，脱口而出。

跟着其心里又一喜，没想到这"小宝贝儿"竟然如此聪明和灵验，刚上路就有这等不凡的表现。

"它说话像唱歌，明天你也给我买一只回来！师傅，这只鹩哥卖吗？"女孩子在男孩子面前也娇贵得成了一只小鹩哥。

"不卖！不卖！"兴奋中的张迎新一个劲儿地摇起了头。

"姑奶奶，还想要什么？这条命要吗？"男孩子伸出的右手落向了眼前。

"你这条命，哼！还没有这只鹩哥招我待见！"

女孩子伸来的右手戳向了男孩子的脸前，又冲着鹩哥一转身说道："骂他'讨厌！讨厌'！给你吃糖！"

女孩子边说边把手里的棒棒糖伸向了鸟笼。仿佛是受到了最大的奖赏，黑鹩哥在她的面前上蹿下跳，上演起了最为拿手的空手道。稍后一扬脖，欢快地冲着外面的人群叫道："讨厌！讨厌！"

"太悲哀了，没活头啦！我要撞车！"男孩子和女孩子戏逗着，相互拥挤在了残摩的上。

"嘀嘀……嘀嘀……"

在声声清脆的鸣笛中，残摩的一转身在众人的注目下，驶上了拥挤的大街，车厢里两张青春伴有活力的笑脸紧挨在了鹩哥的面前。

第二十五章

清晨一觉醒来已过八点,张建新忙外出先买回个手提拉杆箱,再买来一些要送给大家的土特产品。后赶到天湘公司,货款取到便马不停蹄买好了下午五点回京的机票。

到了这时,他心里才彻底硬实了下来。电话告知张经理货款已经拿到,当晚七点半以后到达首都机场。

第一次乘坐飞机,安检时被告知两瓶酒鬼酒不能带上客舱,但前来送行的白勇已经离开。随之他退后几步走向一旁,右手拿起一瓶酒鬼酒"咕噜……咕噜……"一股股清澈的甘泉倒进了肚子里,另一瓶存在了这里。

临登机之时,其步履蹒跚嘴里射出一股股的酒气,三步两晃进了机舱,摸到座位"呼噜……呼噜……"地睡去。

到了晚八点随着不断走出的旅客,张建新脑子才好受了些。转盘前看到自己的拉杆行李箱,随手放在身旁的行李车上就晃向了大厅。很快见到了前来的孙向东和文慧,两路人马饭店里见了面,眼前摆好了两盆火红的水煮鱼。

"张经理,六十万货款就在这里!"张建新指向了一旁的拉杆箱。

"好!聚餐后给销售部送去。"张经理满意地点了点头,又讲道,"建新啊,咱们销售部就数你的酒量大!平时各种应酬也助阵喝了不少,没让我难堪过。猜一猜,今天奖励什么?"说完,其指了指近处被报纸盖住的地方。

"是不是里面藏着个漂亮的姑娘?要给小张介绍个对象?"

"去你的吧!那里面能放下个媳妇?当是压缩饼干呢?"

包厢里响起阵阵笑声,涌动起一波波的浪潮。随之张经理就让孙向东和文惠拿开了两个纸箱子上的报纸。

"哇塞,快扶住我!"在大家欢声笑语中,两个纸箱子变成了两堆满满的白酒。

"建新啊,希望你能再接再厉,酒量更要日新月异,为咱们销售部做出更大的贡献!最后还要给咱们娶到一位貌美的新娘!"张经理满面春风。

"对!对!哈哈……哈哈……"

欢乐的聚会一直延续到了半夜,大家才有说有唱地走出了饭店。

重新回到宽敞的销售部,张经理转身走向保险柜,冲着张建新招起了手。

"哗啦……哗啦……"几声清脆的声音响起。

"哎……货款呢?"随着箱子掀开,张建新面露出极度的恐惧。

"你说什么?"张经理几步撞来。

"我明明放进去了这笔货款,还给大家带了些当地的礼品,怎么都不见啦?"

张建新说着双手伸进箱子里,"咕咚"一声,又把里面所有的东西全都摊在地上,一一地从这一边甩到了那一旁。

"你是不是让人给盯上,调包啦?"张经理的脸色铁青了下来。

"不会呀,一路之上什么事情也没有发生过!"

"那在飞机上呢?"张经理紧盯而来。

"一上飞机我就休息,到了机场直接取出箱子后就被你们拉到了饭店。"张建新一脸的迷惑。

"先报警,我在这里等着消息,现在你和向东马上返回机场!"张经理右手挥向了桌子上的电话。

深沉的夜色下，斯柯达快速驶向首都机场，来到机场大厅俩人快步跑去。

直到上午十点机场方面传来消息，警方根据箱子里所装的东西来分析，这两套西服都是国外名牌服装，画报也是台湾出版的。

后经警方询问和分析，得知箱子的主人是位台商。昨晚其入住国际宾馆后，又与朋友相聚到了半夜，今天上午已飞赴去了上海。至于这个拉杆箱被拿错了，他同样也是糊里又糊涂，更不清楚它里面的这座金山和宝库。

听到这里，张建新联想到刚刚过去不久的那个夜晚，自己手握酒瓶与那两个劫匪的搏斗。跟着就要大哭而起，在与张经理商量后也要立刻飞往上海。

临近中午，张建新急匆匆地第二次坐上了客机。

眼下的他恨不得自己的两条胳膊也成为一对钢铁翅膀，心也捆在颗精确制导的导弹上。"砰"一声，短短几秒钟后击中了自己的那个手提拉杆箱。

香港回归大瓶终于设计完成并一锤锤地制作了出来，两米高暗红色的铜胎，看似正在安装和调试一枚随后就要发射升空的三级火箭。

接着就要完成掐丝、点蓝、烧蓝、磨活与镀金各道工序和重任。同时为了保证预期的效果，要把原来掐丝的高度从1.35毫米，增大到1.55毫米，全部下来要用上五千来米长。

为此张成山特地打造出多把长短不同的镊子，还在每一把上面都錾上一朵漂亮的梅花，众人笑说师傅是不是怕这些镊子长腿跑了。

可张成山心里明白，当年自己从河里捞出这梅花镊子至今已走过几十年，它早就带有了一股仙气。眼下到了关键时刻就应让它率领众多的孩子去披挂上阵。

随即，工人们先用拷贝纸一笔笔细细地在铜胎上临摹起设计图案，再拿到他的面前一一检验。最后再用手中的这些梅花錾子，一下接一下在大瓶身上去完成掐丝，又一幅现代版的《清明上河图》正在走来。

　　可要烧制这么大型的景泰蓝，面临着马上要去焊丝和烧蓝，工厂没有可以利用的条件去重建一座大型火炉，一来工期不允许，二来又存在着较大的危险与困难。

　　既然上天不行就要入地，厂区开挖出一座足以把这只大瓶给安稳放进去的深井，再把它给改造成一座地下火炉，进而才能在此去完成焊丝和烧蓝的重任。

　　随着掐丝完工，大瓶几进几出这座地火炼狱，瓶身所遍布的层层银焊药也在一步步熔化。渐渐这座铜山般的大瓶已全身披挂起层层的银光，又成了一座世间所罕见的银锭。

　　再往下就要点蓝了，张成山深知一件好的景泰蓝其色彩的好坏至关重要。这如同一位马上要走出花轿的新娘，人们在关注她那一身珠光宝气的同时，更要去惊叹其面容的姣艳。

　　跟着他一上班就盯在了大瓶的周围，亲自上阵拿起手中的蓝枪，做起了各种釉料的调色和润色的示范；或手把手传授给身旁的员工，看到有的职工花卉稍有逊色，再一点点把此处的釉料给刮净收集起来，遂重新点蓝。

　　直到下班铃声响过，车间已空无一人，李跃进来到面前，扶起他的双臂时还一步一回头地慢慢离去。人走了，心仍贴在了这默默无声的恋人身上。

　　最让他牵挂的烧蓝终于来临了。临近上午九点，大楼里这只高高大大的花瓶终于被人们给小心翼翼地推来，其朦朦胧胧一身的釉料笼罩起了这位漂亮无比的新娘。

　　继续向前，大瓶在众人的关注下被缓缓放稳在了这座地炉前，移向了为其专门做好的铁托之上，慢慢投向了炉膛里。

  静静等待中，大瓶的这身纱衣正在慢慢熔化，含羞般地避开众人的目光，再悄悄换上了一套更加贴身赤红而通透的彩衣。

  同在一旁的张成山时时从人群里走出，拿起防热面罩，连连向炉膛里观望起大瓶的烧蓝情况，又被时时走来的李跃进给搀扶了回去。

  终于炉火纯青了，随即几名工人向前"哗哗"地拉起地炉上空的铁链子。大瓶从眼前喷射出道道火光的地炉里，一点一点地展露出了通红的瓶口，又被缓缓吊动起半个身子，一名万众瞩目的七仙女正在缓慢地降生。

  工厂传达室门前，老大张迎新和老二张保新走来。刚才俩人回到南营房，母亲说起老爹这一阵为制作香港回归"普天同庆"景泰蓝大瓶，一天到晚忙得要死，让他俩去看看。俩人半路进了商场，选好物品这才朝着工厂走来。

  厂区前方地炉前还双手拉紧吊链的王进，其弓起的右腿经受不住眼前这座地火的喷射而突然一软，带动起地炉边沿前的一块砖头"咕咚"一下就砸进了炉膛里，"哎呀……"，人群里声声惊起。

  随即地炉前人们愈加慌乱地挥舞起双臂，纷乱的身影如同也纷纷掉进了眼前这座烈火熊熊的火焰山。

  "哎呀！坏啦，可别砸坏了大瓶！"

  "大瓶快出来啦，要还在炉底，准被砸出个大坑！"

  见此四周的人群刚吐出这口气，不料王进旧病复发右腿又一软就要倒向旁边，随之还在慢慢移出地炉的大瓶遂在空中荡起了秋千。

  "不要慌！别打晃！"

  张成山一见立刻喊起，心里也十分清楚，眼前的大瓶要是撞向了炉壁，那无疑是天空中飞来一块陨石，迎来了一场天地大碰撞，这只大瓶就要报废，再修复也不可能回到它的原貌，更不要说去重新制作。

再有，已经配制好的这批釉料如果烧制的时间耽误了，那么大瓶上的那些纯正的色彩就会发生走样。这岂不是快要坐上花轿的新娘子的脸上，被突然蒙上了一层永远也无法消除的雀斑。

更是火烧眉毛了，地炉上空的大瓶还在接连摇摆，张成山顾不得拿起身边的防热面罩，更顾不得去戴好手套，弯腰抄起脚下的一根点火用的粗树干，忙向前两步就用它顶向了还在空中时时晃动的大瓶。

前方机器轰鸣的厂区里，时时传送来"我们走在大路上，意气风发斗志昂扬"的歌曲声。湛蓝的天空里三只小麻雀从地炉上空火焰山上舞过。瞬间其中一只掉了下来，另两只生灵则停在了近处的窗户上，直直地冲着这里鸣叫个不止，呼唤着自己的这个小伙伴能重新来到它们之间。

见情况危急，李跃进也两步蹿来，抄起地上另一根树干顶住大瓶的另一侧，且要保驾护航。四周又有人忙换下王进，继续用双手拉动起了地炉上空那根粗粗的铁链子。

通红赤热的大瓶在张成山和李跃进的面前，已竖立起一座迎面压来的天体火星。眼看这颗巨大的火球就将俩人的眉毛和头发点燃起了青烟，人人的脸庞又被燃成了一只只快要出炉的烤鸭，衣服也被汗水紧紧地捆在了全身。

危急时刻四周有人上来要换下他们俩，遂被张成山一摇头给顶了回去。俩人透湿的衣服又纷纷升起缕缕的蒸汽，水汽之中还冒出了丝丝的青烟。

同在煎熬中的李跃进，这时胸前的那一片片紫红且泛起星星点点的湿疹也被这片烈火一齐给释放了出来，奇痒无比就像要炸开了胸膛。

但他心里清楚，现在为了保护住眼前的这只大瓶，哪怕要与师傅同去赴汤蹈火也不能再倒换人手，否则大瓶还有晃动的危险。终于他的眼眶里，闪现出了还暂存在体内的最后的两行热泪。

大瓶也终于在他们俩手中的这两根粗树干的两点支撑下，被平稳地拉出地炉，且稳稳地平放在了地面。这座巨大的火焰山又立刻要凝固为一条熔岩河，好似在人们的面前还要倒流而去。

　　紧跟着有人抄起一盆清水向前走来，眼前的张成山则趔趄地推开李跃进，又跌跌撞撞地向前栽去，来到刚才从空中直落在附近地面上那只麻雀的面前，且费力地弯下腰，托起了这只浑身颤动的小生灵。

　　而紧跟其身后的李跃进顿时便明白了过来，忙扶稳了师傅的胳膊。俩人紧走几步，来到近处一块草坪前，慢慢放稳了这只小麻雀。跟着还停留在窗户上的那两只小伙伴，更是欢天喜地唱起了欢迎曲。

　　同时默默无语的人群紧跟而来，始终还举在空中的那两盆清水这才向着张成山和李跃进急忙地泼去。"哗哗"的水流里，两个不同的身影已成了刚刚从河水里给打捞了上来的落难者。

　　进而他们俩忙把双手探进另一个端来的水盆里，瞬间那水面便漂浮起层层的烟灰和尘埃。俩人的脸上遂泛动起层层断裂般的痛苦，四周再次陷入了无声的世界。

　　接着张成山脱去衬衣，光起脊梁要让微风给吹一吹。但李跃进双手捂住上衣就是不让脱，旁边有人蹿起一把就给他扒了下来。

　　眼前李跃进胸脯紫成了一片，有的地方呈现出层层痕瘢，凹凸起细细的疹块，敷盖着一些稀稀拉拉的菜叶，形似一具已被烈火所烤透的焦尸。

　　刹那间四周再次沉默了下来，人们相互不解地观望着，还有人悄悄扭过脸去，用手捂住半个脸庞对着身旁的朋友使上了眼色："一身牛皮癣还不让风给刮来！"说完，那人无声地移向了附近的食堂。

　　前方老大张迎新和老二张保新来到了这里，抬头一见，惊得目瞪口呆。

张成山抬头望着面前到来的这两个"怪胎"，脸庞一转，右手指向这座还时时冒出烈焰的地炉，又从那里抓来了满腔的怒火，转身投向了四周："我在这里要向大家多说两句，小李这一身不是什么牛皮癣，而是能治愈的湿疹。为此，我多次让他去医院，他说要跟着我把这大瓶做好了再说。现在这一身马齿苋就是他暗地里去给自己治治病。要是大家都有这烈火一样的精神，烈火般的心，我们的景泰蓝何尝不能再次烈火般地辉煌！

"再有，你们都知道我之前四个儿子，后来失去了小儿子。但今天在这里我要宣布，跃进是我的另一个儿子，我又有四个儿子啦。从今以后谁再对他说三道四、胡说八道，我手里的这把锤子就要把他的脑壳给敲出个窟窿来！"

话声落地，四周的人群击起了双手。李跃进的眼眶里慢慢碾压出了干枯的泪水。

人群前老爸和李跃进成了落汤鸡，一旁的大瓶更是一座生生不息的火焰山，阵阵滚烫的暗流仍持续扑来。见此，老大张迎新和老二张保新，对望一眼，泪水浸泡了眼眶里。

接着，老二张保新忙把刚买来的一个包装盒打开，拿出里面一件漂亮的衬衫递去："老爸，快把它穿上，玩命呢？多大岁数啦！"

"拿走，不稀罕！"张成山面对这两个哼哈二将，怒火再起。

"老爸，别生气啦，这可是世界名牌皮尔卡丹，五百！我帮您快把它穿上吧？"老二张保新说着就把手中的衬衫抖开，走向前来。

"叫你拿走就拿走，别烦我！"张成山见到老二张保新递来的衬衫，一把抓来便向着眼前的这座地炉扔去。

人群里雪白的衬衫抖搂出它那鲜亮的光彩，直落落地击中了附近的那座火炉。又"呼"的一声，瞬间就从炉膛里绽放出股股的青烟。

"爸……您这……"望着四周的人群，老二保新的眼眶里浇出了晶莹的闪光。

"老爸，衬衫咱不稀罕，这里还有两瓶您最爱喝的茅台！"见此，老大张迎新马上走向前来。

"拿走……"张成山满脸涨紫，右手又挥向了眼前的地炉。

"老爸，这茅台可是好东西……"老大张迎新双手捧着茅台，不知如何是好。

"我叫你俩喝，喝个够……"

跟着张成山向前抓来袋子，胳膊一挥，两瓶茅台又直落眼前的地炉。瞬间从炉口处，升腾起一阵阵更为猛烈的火焰，随之空气中便散发出阵阵醉人的芳香，四周的人群则连连向后退去。

"师傅，这有一套工作服，我帮您给换上吧？"

李跃进眼圈红起，拿着人群里递来的毛巾走向前来，先一把把擦去师傅脸庞上的汗水，再颤巍巍地给他穿起这身工作服，四周人群安静了下来。

看到这里，老大张迎新悄悄拉了一把身旁的老二张保新，使过眼色。俩人只觉得再去多待一会儿，自己的身子也要跌进眼前的这座火焰山，转身后向着厂子的大门走去。

重新回到热闹的大街，老大张迎新推起残摩的，与人行道上的张保新双双默不作声，走过眼前一家家的商店和一排排的货架子。

"去花市吗？"路边一位男青年拉着个女孩子向着张迎新走来。

"滚！一边儿去！"张迎新一脸怒气，遂向着他们俩瞪去。

"不拉就不拉，干吗要骂人？"男青年拉住女孩子，躲开了正在走过的俩凶神。

"哥们儿，一百元两件毛衣，赔本大甩卖！瞧一瞧啊！"路边货架旁，又有人把手中的花毛衣向着他们俩连连地挥来。

"瞧你个头！"张保新也向前吼去，不时双手去推上一把残摩的。

"神经病！"望着他俩走过的身影，其身后又飞来一声的低吼。

第二十六章

前方传达室大门拉开,两辆大巴车驶进厂区。佐藤亿代跟随着一队旅游团队,在导游的带领下先后走到制胎和掐丝车间,参观起了这里的各道工序。游客们纷纷对着正在生产中的职工,拍去一张接一张的相片。

出了楼道,蜿蜒的人群在导游的带领下来到了点蓝车间。

前面宽敞的车间里排列起一行行的木案子,案前放满了层层叠叠里面是各种釉料的圆瓷盘。四周的工人们身穿白大褂,在明亮的日光灯下手里纷纷拿起蓝枪,时时在各种瓶身上点起了五彩釉料。

"当啷"一声清脆的声音落地而去。

附近一名工人挥起的胳膊,把案边上的一个圆瓷盘子带到了地上,纷杂的瓷片连同着釉料和清水扑向了地面。

随之这名女职工放下手里的蓝枪,伸手要拉开抽屉,还在参观的游客中佐藤亿代正好来到了这里,跟着他两步走来掏出手绢,弯腰擦去。

"谢谢,我这里有卫生纸!"

说话间这位女工到来,举起卫生纸,忙向着这位日本游客摆起了手。

"谢谢,人从这里走过容易跌倒!"

佐藤亿代说完便快速地把眼前的这块水田给擦成了旱地,手绢一卷拿在手里,再把一些大大小小的瓷片给拢在了一起。

"谢谢你,不是谢谢我!我帮你把手绢洗净吧?这堆瓷片就别管啦!"

女工不好意思起来,转身又从抽屉里拿块肥皂,送到了佐藤亿代的面前。

"谢谢,我这里还有手绢!"

佐藤亿代仍连连摆起右手,看到前面的游客们已走向前方,遂快步跟去。

"嗨,这个日本人还会说中国话?倒谢起了咱们,新鲜!"

"还一口一个谢谢,放咱们这块手绢成了揾布头子也不扔!"

前面出了点蓝车间,旅游队伍走向了楼外,还跟在队伍后面的佐藤亿代,一抬头看到楼道里的男女卫生间便走了过去。

静静的厕所里,其目光迅速扫视一遍四周,转身把门锁插好,立刻掏出身上的两张卫生纸去把这块手绢给包了起来。

等他来到楼外,迎面正好走来了张成山。佐藤亿代说是自己昨天随队到了北京,晚上去前门游览与参观,明天还要飞赴上海。

俩人分手后,佐藤亿代转身看到前方不远处有一间高大的厂房,其敞开的两扇大铁门里坐落着一座圆圆的碉堡似的铁家伙。

其转身望望四周不见什么人,便快步走到这两扇敞开的铁门前,悄悄探身往里一望,这才看清楚这座高大的铁碉堡四周还开有几个炉口,里面正透露出红彤彤的炉火。

对此,他的眼前马上开了天窗,心里已清楚凭借着自己现在家里烧制七宝烧的那座火炉来看,眼前这座不断往外喷射出火光的铁碉堡,必定是一座烧制釉料的铁炉,而这样的铁炉一定有它不可明示的秘密。这就如中国历史上有名的河北磁州窑、浙江龙泉窑、江西景德镇窑和福建德化窑。正因为它们各自都有一套绝技与秘密,几百年以来才源源不断地烧制出为世代后人所赞誉的那些无与伦比的名瓷来。

想到这里,他悄悄走入这扇铁门里,探身往里面一看,附近两间平房的窗户上还能望见里面有群工人，正围坐在一张方桌的四周打起扑克，时时传来阵阵的欢笑。

于是他立刻掏出身边的相机，一边快速找好位置，一边连连按动快门，一处拍好马上转到另一处，光线暗时又忙打开闪光灯，且悄悄蹲下身拍去。

一阵紧张后收回了相机，他的脸上闪现出了铁碉堡里的那片得意的火焰，目光重投向平房里还打着扑克的人群，四周仍是阵阵开怀的大笑。重抽回目光，一转身忽然又看见附近有个木凳子上还放个本子。

他立刻走上去，弯腰拿上这个本子翻开，里面是些表格还写满了汉字，有些还认识。再望望近在身边的这座熊熊燃烧的铁炉，心里已猜出了八九分，顿时脸庞就被这上千摄氏度的高温给烤出了光彩。忙左手拿着这个本子，右手拉开了身旁的挎包。

"喂，你哪儿来的？"

平房里这时走来了于万永，一抬头看见了手里正拿个本子要往挎包里放去的身影。

"我是来旅游参观的日本人，要找个朋友。"佐藤亿代慌乱而起。

"这里没有你要找的朋友，不能参观！"已来到面前的于万永摆去右手。

"对不起，我不清楚！"佐藤亿代快速地把相机放进了挎包里。

于万永目光扫向四周，落到这把木凳子前，右手指去："那上面有个本子，是不是你拿走了？"

"是我拿走了，我看是个扔出的旧本子，想回到宾馆包裹东西用。"佐藤亿代灵机一动顺口而出，心里却贴上了面前的这座高温铁炉。

"你不能带走它，那是我们的生产记录本！"于万永目光投来。

听到自己放进去的果然是一本生产记录本，跟着佐藤亿代的心就跳进了这座炉膛里。要能再逃出来，那生产记录本上的有关釉料配方的秘密就会在自己的面前大白于天下，进而破解而出无疑是几百年以来，又一道哥德巴赫猜想的世界难题之一，这也正是七宝烧所必需的。

想到这一切，他全身的血液也被眼前这座熊熊燃烧而起的神炉所烤化。

"对不起，那我再去别处找来些废纸吧。"

佐藤亿代说着拉开身边的挎包，一眼就看见自己昨晚在街上买来的一个新本子，与刚刚放进去的那个生产记录本一模一样。

"小于，还在外面磨叽什么呢？裤裆湿了吧？"从前面那扇敞开的窗户里飞来了声声的叫喊。

"哎，谁和啦？"于万永回头喊去一声，转身就对着佐藤亿代指向了前面的那个木凳子："你把那个本子放在原处就走吧！"说完拔腿离去。

"谢谢，给你添麻烦啦！"

佐藤亿代深鞠一躬，抬头看着眼前快速离去的身影，已伸向挎包里的右手就放下了这个生产记录本，又立刻抓来自己所买来的本子走向前去，放在了那个木凳子上之后便转身快速离去。

于万永来到这间平房前，回头看看佐藤亿代已走出了车间，生产记录本也放回原处就冲进了房门，顿时屋里阵阵叫喊又拔地而起。

辽阔的平原，列车轻吐起阵阵青烟。张保新起身看了看窗外，推醒上铺的石满意，俩人来到车窗前的椅子上吃喝了起来。

"保新，这次广州进的服装和香烟可以吧？要比你天天半夜鸡叫去倒菜，又在大街吆喝要强得多吧！"石满意举起了手中的酒瓶。

"那还用说？倒菜那是小本经营，大不了是个菜贩子！可现在咱们开的是时尚时装店！"张保新酒杯高举。

"保新，还是咱哥们给你指出了一条光明大道吧？日后发了财可别不认人。我这次进的毛衣二百多一件，可拿到东四往店里一挂标价立马两千五，那些明星来了还从来不砍价！什么利呀？"

"满意，我这次除了服装还进了十箱'三五'和'万宝路'，回到北京那也是孙猴子翻了个大跟头！"

"保新，上午到了北京还有一道关口呢！"

"这就不用你担心啦，咱自有安排。"

接着张保新来到行李架前抽出个箱子，双臂一举就朝着石满意空投而去。

随之沉重的箱子在空中划出一条抛物线就冲着车窗而去，疾驶而来的列车来到了一弯道处，遂带动起石满意的身子也晃动了起来。随即眼前这个四四方方的沉重炮弹，便冲着已空出的那个车窗口发射了出去。

"哎呀，坏啦！箱子掉到外面去啦！"俩人脸上一惊，立刻蹿到车窗前。

探头望去，路基上那个沉重的箱子还在不断的翻滚中奔向了附近的树林。

"不行，下车！"张保新从窗外缩回身子，右腿探向半空。

"不能跳！你要有个好歹，我怎么向你家人交代？几千块钱的损失不就是两三件毛衣吗？"石满意死死抓住了张保新的胳膊。

列车驶过前方的弯道，又平稳地穿行在一望无际的绿色走廊里。车窗前张保新右腿无力地从车窗前垮了下去，附近还在观看的人群也慢慢散去。

奔驶中的列车经过两夜一天的长途跋涉，来到了丰台车站的附近，停下身来等待起了前方信号灯的放行。

车厢里始终还一直闷闷不乐的张保新和石满意，再次从车窗前弹出了脸庞，忙把在路基旁等待已久的张迎新给招到了跟前。

"大哥，叫人了吗？这可都是洋烟，一定不能出错啊！"张保新边从车窗前抽回身子，边把身后的一个纸箱子塞了过去。

同在列车下的张迎新和身旁的人群，一面连连接过从车窗里投来的这些纸箱子和大包，一面把它们放在了路旁多辆的三轮车上。

"这些人真能干、真有办法，还没进北京站就出货了！"车厢里的旅客们，见此也纷纷投来阵阵的观望与不断的议论。

看到车厢里的大包都递完了，张保新才把一个发旧的纸盒子拿向了车窗口："大哥，这是我在旧货市场里给老爸淘下的一对景泰蓝花瓶，老物件！"

"你还真有瘾！上次你给他的那块名表不是也白搭了？"张迎新从车窗口上把这个旧纸盒给接了过去。

"这次跟过去不一样，过去老爸还烧过我那件五百元的皮尔卡丹衬衫呢！也不跟咱俩喝茅台酒！这次看好吧！说不定夜夜捂在了被窝里。记着，这次你一定要亲手拿着，路上不要交给外人啊！"

短短几分钟过后，铁路前方的信号灯已由鲜红变成了翠绿。随之等待中的列车驱动起了钢铁巨轮，继续向着前方的北京站驶去。

随着列车驶离，路基旁的张迎新清点好了三轮车上的这堆战利品，手里捧着这个发黄的纸盒，随众人快步向前走去……

张成山从大楼里闪出，继续向着掐丝车间走去，随后想起正在试制之中的新釉料脚步停下，转身走向了不远之处的釉料车间。

烈火熊熊的铁炉前，身旁三四名工人纷纷拿起铁勺子伸向通红的炉膛，铲出已烧好的釉料，附近的于万永拿起木凳子上的生产记录本连连翻起。

"小于，金星料怎么样啦？"张成山高兴地走近，一面观看起大家的出料，一面指向了从铁炉里掏出的还闪着红光的熔液。

"张师傅，放心吧！试制好了会通知您！"人群中有人挥起手来。

"嗨，这个日本人啊！我让他把拿走咱们的那个生产记录本放在这里，还告诉他此处不能参观。他倒好，把个新本子放在了这里！"

附近还在翻动着生产记录本子的于万永，说着把手中的那个本子举向空中，一转身又把它扔回到了那个木凳子上。

"别大惊小怪的，那是他听不懂你说的鸟语！"人群里有人笑道。

"那个生产记录本上是釉料配方吧？有没有那些保密的？"张成山脸色一颤。

"一些普通常用的釉料配方大家早就刻在心里了，用不着记。那些保密的釉料配方工艺复杂，谁也没长个好脑子就得记在本里！"人群里又有人一边继续掏着铁炉里的釉料，一边回过了头。

"他在这里拍照了吗？拍没拍这座釉料炉？"张成山眉头又一紧，忙指向了眼前的这座铁炉子。

"刚才在屋里，我无意中看到外面闪过几下白光，估计拍照过这里！"人群里汪小明插话而来。

"这个日本人不但会说中国话，还穿着白衬衫打着一条浅色的领带？个头跟我差不多？"张成山右手指向了自己。

"对，会说中国话！穿着和个头跟您说的一样！"于万永来到了面前。

"你们这里以后要注意！不能让外国人去拍照和参观！"张成山已深深地感到，自己再次被投进了眼前的这座高温铁炉。

接着他快步离去，心里清楚凭着自己对佐藤亿代的了解，他坚信那个被他所拿走的生产记录本的重要性，也清楚这样的后果意味着什么，佐藤亿代也一定拍照下了眼前的这座釉料炉。那么这座钢铁所筑成的碉堡日后就会被他所攻破，如此的后果是所有景泰蓝人所不愿看到的。

前面就是四楼保卫科，来到门前敲去不见动静，其忙转身离去。

继续快步行走在楼道里，一路打探面前的人群，得知这队外国游客现在去了外宾服务部，其更是快步向着那里走去。

前方楼道里，张建新带着客人走来。他忙向前小声把刚才所发生的那些事情对建新耳语了一遍，父子俩一同转身离去。

整洁宽敞的外宾服务部里，前来的外宾们站在一个个柜台前，或是观看，或是询问，或让售货员包扎起所选中的景泰蓝，再走向收款台前。

人群里佐藤亿代也站在一处柜台前，正低头目不转睛地观看着展台里的展品，胸前垂落的相机移向了身旁。

眼下来到店里已悄悄站在附近观察的张建新，忙转身向着旁边的父亲张成山微微点了点头，跟着就把手里的矿泉水拧开了盖子。

人群里佐藤亿代的脚步移向了身旁另一处展台前，还顺手把身旁的相机拿来，要去拍照眼前的那对仿古花薰。

见此，张建新手中的矿泉水就倾斜而起，几步来到了佐藤亿代的面前。正好其转过身来，就听见"砰"的一声响，俩人撞在了一起。张建新手中顺势而下的那瓶矿泉水，"哗啦"的一声扑向了这台相机。

"对不起！对不起！把你的相机给弄湿了，我给你擦一擦吧？"柜台前张建新忙伸出双手扶稳了眼前的客人。

"没关系，我有手绢自己擦吧！"佐藤亿代拉来了身边的挎包。

"啊呀，你是……佐藤亿代？什么时候来的？"跟着张建新眼前一亮，脸上滚来了无限的惊喜。

"你是……张建新？我刚来北京。"佐藤亿代的脸上也泛起了喜悦，又要拿出手绢去擦净这台还挂着水珠的相机。

"我来吧，好好把它给擦一擦！"张建新顺口一说，右手抓来。

"亿代、建新，怎么你们俩都在这里？"眼下还躲在一旁的张成山早已把这一切都看在了眼里，且两步跨来。

"真有缘分，说曹操曹操就到，你们俩聊吧！"张建新说完站在了一旁。

同时，张成山也拉起佐藤亿代转过身去，站在一处柜台前，向他连连介绍起了柜台里的那几件景泰蓝的展品。

厂区里清脆的铃声再次响起，空荡起的楼道中继续传来了机器的轰鸣。

外宾服务部里一处柜台前，此时张建新一面盯着眼前这两个身影，一面迅速打开这台相机的后盖，把里面的胶片抻出后给曝了光，再把它快速送进了暗盒，又顺手拿来柜台上的抹布擦净了相机上的水珠，这才冲着那两个身影努去一下嘴角。

接着，他来到张成山和佐藤亿代的面前，手中的相机递去："好啦，都给擦净了！你们俩先聊着，我还有事情要办，亿代有时间去家里啊！"

说完，他向着父亲划过一个眼神，微笑着走出了外宾服务部。

六月的高温到了，已连续奋战多日"普天同庆"回归大瓶顺利地走完了设计、审查和各道制作的工序，人们的一腔热血也时时绽放出节日般的礼花。

星期一早晨雨后天晴，人们便早早地聚集在了厂区里，从厂外驶来一辆卡车，车厢左右两侧各悬挂起了一幅大红的条幅。

汽车停稳在了一条地毯前，其长长的红色腰身穿梭在拥挤的人群里，流淌出一条绚丽多彩的天河。不远之处高高大大的景泰蓝"普天同庆"正被人们小心地推来，瓶身上一只金雀展现出其优美的身姿和一身五彩的羽衣，更成为这座百花园里的花仙子。

明媚的阳光下，大瓶四周的回纹精细而规整，丝工线条流畅，色彩柔润典雅。趁着眼下这不多的时间，许多人跑来，拥挤在这位美若天仙的新娘的身旁，留下了这一个个日后难得一见的美好回忆。

同时，月坛社区的居民们也成群结队前来参观、拍照，还办起了香港回归"普天同庆"景泰蓝大瓶图片与摄影展览，张成山满怀激情当起了讲解员。

眼下随着欢送舞步的临近，厂区里聚集起越来越多的人，前方老大张迎新和老二张保新也结伴而来。上一次他们俩在这里看到了老父亲为烧好这只"回归"大瓶，恨不得搭上了老命。而今天这位天下美人即将远行而去，说什么也要再看看它的身姿和父亲的杰作。

于是等到前面的几个人与大瓶照完了合影，他们俩便马上贴了过去。

不料哥俩刚要拍照，前面人群里李跃进搀扶起师傅走来。张成山抬头就挥起了右手："不用躲，你们俩过来！这百年一遇的大喜事哪能不留个影？

"再说，你们俩也干过多年的景泰蓝，出过一把子的力气，身上恐怕多少还有些铜臭味，这就对喽！与大瓶照个相那是情理所归。拍好这张相片，说不定就能把你们这两颗心从北冰洋里给拉了回来！"

其刚一说完，又马上挥来右手："回来，你们俩一会儿还要去车间和班组里吧？拿着我这只梅花镊子，千万不能弄丢啊！"

听到这里，老二张保新忙上前接过父亲递来的梅花镊子，遂与老大张迎新先让父亲与"普天同庆"景泰蓝大瓶照个标准相，又叫上李跃进，仨人在一起与老人和大瓶合上了影。

接着在阵阵的锣鼓、鞭炮及人们的欢呼声中，这位花仙子就被人们给轻轻移向了车厢里。顿时百花绽放之中的瓶身上，这只金雀就将从首都北京一路展翅飞到东方之珠的香港，且永远定居在了那块神奇的港湾。

欢庆的锣鼓还在持续震响，汽车缓缓开动，渐渐地在人们的目光里驶出厂区，融入到了那无尽的车流里。

随后老大张迎新走进车间，与过去的同事抡几下锤子，感受一只景泰蓝铜胎的诞生，又笑谈自己这手上的老茧，仍铸在了手掌上。老二张保新则用上这把梅花镊子，在一只已完成掐丝的瓶身上，去掐出那只最为传神的百鸟朝凤身上，其最为传神的一对丹凤眼，四周掌声而起。

张建新快步回到了销售部,静静的办公室里已空无一人,抬头看看对面的电子钟,起身给张经理留好字条后又走了出去。

一路之上,他的脚步越是快到了医院,心里越是挂上了一包沙袋。

记得还是半年前,晚上洗澡时自己无意中摸到乳房里有个小疙瘩,心里纠结了多日,又上网查了多次,这才悄悄去了医院。今天要去做乳腺 X 线照相、超声显像、热图像等多项的检查。

远方的夕阳正在慢慢离去,医院门前的花坛绽放着美丽。近处一些做放化疗的病人静坐在花池旁,其脸上或脖子刻上了一轮轮紫色的光环。

直到晚上过了九点,张建新回到了家里,冲进面前空空的卫生间里。任凭着从天而降的水流而闭紧起双目,瞬间就漂流到了年幼的时代……

那时说来也奇怪,虽已读到了三四年级,也早就学会了这个"死"字,但每次老师测验或考试之时,自己就是提笔写不出,为此而常常丢了满分。

尽管事后多次受到老师和父母的批评,但他那幼小的心灵里仍觉得自己就是《西游记》里的孙大圣,一万年也死不了。

记得还有一次,那年全家回到了农村。村里有户人家死了老人,晚上家人在昏暗的院里安放好了一口漆黑的棺材,准备日后的下葬。

也是当天的晚上,自己从家中走出后来到了这里,看着院子里这口漆黑发亮的棺材便走过去,小手"啪啪"地敲山震虎,嘴里还大声地叫道:"快起来!快起来!干吗要躺在这里?"

伴随这"啪啪"的地狱之音,从树林里刮来的山风更是把院中的那盏昏黄的蜡烛给吹得东倒西歪。直吓得这户人家紧紧关闭着房门,半天都不敢迈出屋门一步。等到人家明白了过来,父亲重重地赏了他几巴掌。

　　卫生间里持续的水流击打着他那裸露的身体，飞溅起朵朵的水花……

第二十七章

　　清晨窗外的天空刚刚撩起浅浅的面纱，张成山就再也躺不下去。

　　整整一个夜晚，他时时醒来又连连在眼前重播起刚刚过去的这一天所发生的一切，再有就是佐藤亿代的身影与面容。

　　由此他想到在厂内外宾服务部里，自己与建新来了个漂亮的"二过一"，进而在佐藤亿代毫无觉察的情况之下，把他所偷拍下来的那座极为重要的釉料熔炉的底片给曝了光。为此，他深感到了后怕。

　　可再一想到那本釉料生产记录本，到现在还仍然躺在佐藤亿代的挎包里，尤其是当时大家的那句："一些普通常用的釉料配方我们早就刻在心里，用不着记。可那些保密釉料配方工艺复杂，谁也没个好脑子就得记在本里。"此时更成为一把锋利的刀子，一下接一下扎在了心里。

　　再有，要是这些烧制釉料的秘方，由此泄露而出……

　　进而他又想起，昨天佐藤亿代说是晚上要到前门去游览与参观，回来就是半夜了，今天还要去机场飞赴上海。如此分析，这个生产记录本还会躺在那个挎包里，跟着一翻身就坐了起来。

　　早晨上班之后，张成山就去了厂保卫科，忙把昨天发生在佐藤亿代身上的这些情况向着朱科长讲述了一遍。

　　接着，俩人去了釉料车间，朱科长见到于万永再询问一番，还把那个空白的生产记录本子要来,翻动一遍后对着张成山说道:"那个日本游客可能不认识中文,里面的釉料配方也看不懂,说不定会把它给扔了。"

可张成山一听就摇起了头,说佐藤亿代是个中国通,家里几代人也都搞七宝烧。再有,他既然会说中国话,就可能同样会懂中国字。我们不能因小失大,日后给景泰蓝带来灾难那就后悔莫及了。这个记录釉料配方的本子,绝不能落入日本人的手里。

朱科长听到这里犹豫起来,遂给旅游公司打过去电话,得知佐藤亿代这一行游客两天之后就要从上海回国。

随即俩人找来张建新,仨人一块去了机场。路上商量一切要见机行事,实在不行由朱科长亮出其身份,让佐藤亿代交出挎包里所要带走的那本釉料生产记录本。

候机大厅终于到了,四周时时回荡起优美而动听的音乐,广播里传来各种进出港航班的信息,四面八方而来的旅客们也在不断地涌动。

接着张成山和朱科长就在附近找寻了起来。张建新也快步跑向前方,稍后在一队人群里发现了目标,远远便向着他们俩挥起了胳膊。

同时,张建新几步就来到佐藤亿代的面前,脸上立刻开了花,双手拉住其双臂,跟着张成山和朱科长也到了面前。

大家相聚在了一起,张成山的脸上更是流淌起了欢乐的"步步高",说来这里要接一位朋友,没想到又一次遇到了佐藤亿代,这就是两家人的缘分,及与佐藤一家三辈人几十年以来的交往与友谊。

继续聊着,张成山的心里越发不安,看到身旁来华旅游的这些日本游客,右手指去:"时间还早,咱们去那边的椅子上坐会儿?"

"对!咱们一块去那边。"张建新一呼而起,双手推起了亿代的行李车。

来到附近休息区,张建新从父亲扭来的脸上看到了其内心的不安与焦急,目光也时时落向佐藤亿代行李车上的那个挎包,见到前方的商店便快步走去。

"爸,您还没有吃早饭吧?先喝一罐八宝粥?"

张建新从商店走回,从食品袋中掏出个八宝粥易拉罐,"砰"一声拉开后递向了父亲。

"砰",又是一声清脆的响声。

张建新再打开一罐八宝粥,递向身旁的佐藤亿代:"这么早出来没吃饭吧?先喝一罐!"

"谢谢!刚才在饭店里用过早餐了。"佐藤亿代摆起了右手。

"早餐是早餐,现在是现在!我告诉你啊,这八宝粥最有营养啦,也是我们老祖宗的养生法宝,出门一定要带上些,不上火又好喝!"

张建新说着就把手里的这罐八宝粥硬塞进了佐藤亿代的手里,再一转身,就向着父亲瞥去几眼,右手食指忙往地面轻轻捅了捅。

"亿代呀,建新说得对,把这些食品带上,什么时候想喝就来它一罐!"

张成山手里举起已喝下两口的八宝粥来到佐藤亿代的面前,右手要拿来张建新的食品袋子。

"谢谢!你们喝吧,我们不习惯……"佐藤亿代连连摆起了手。

"亿代呀,这是建新的一片心意,你就不要推辞带上吧?"朱科长也站到大家的面前,不解的目光一会儿看看张建新,一会儿又望一望张成山,脸上闪现出了微笑。

眼前大厅里持续传来阵阵轻柔的音乐,趁着佐藤亿代目光转向附近,"砰……"一声,一股清脆的响声传来。

瞬间张成山手里脱落的这罐八宝粥掉在了佐藤亿代的皮鞋上,马上从里面流出了一股股彩色的熔岩。

"对不起,你看我,真是人老啦!"张成山说着弯下腰,掏出两张白纸要去清理一下流淌在佐藤亿代皮鞋上面的八宝彩河。

"给我吧!"朱科长静观起眼前的张成山和张建新,右手伸去。

"不用,不用!我这里有……"

佐藤亿代说着,一面摆起右手,一面拉开行李车上的挎包,从里面拿来一张报纸转身擦向了脚旁那一片还在缓慢滚动的彩河。

与此同时,张建新顺手就把行李车给移向了一旁,要让佐藤亿代去擦净这一片的地面,又立刻向着父亲和朱科长飞去一眼。

紧跟着张成山和朱科长移出两步,两个身影遮挡住了佐藤亿代的视线。

见此,张建新飞快地把行李车上的这个挎包重新给拉开,一眼就看见了里面的那个熟悉的生产记录本忙抽出,又迅速把自己身上的那本佐藤亿代的本子给放了回去,合上了拉锁。

眼下佐藤亿代擦好了皮鞋和地面,要走向前面的垃圾箱。张建新则一把夺来,快步走向了那里,附近这群日本游客开始了集合。

随之佐藤亿代在张成山、张建新和朱科长的陪送下走回了这里。并随着人群的移动,其回身向着他们挥了挥手,转身后迈进了前面的通道。

巨大而明亮的候机大厅玻璃幕墙上,一架腾空而起的客机正在一步步地抬升,飞向了蓝天与白云……

下午张迎新从家里走出,路上先去趟农贸市场,买来西红柿,挂在残摩的车把一端。车把另一端"小宝贝儿"也在午后恢复起了元气,残摩的更成了一个快速移动的新货郎。

很快来到老战场,人行道上十几辆残摩的,筑起了一道厚厚的钢铁长城。

"来啦!来啦!快跑呀!"眼下车主们正聊得红红火火,稍远处一个车主就冲着这里吼来几声。

顺着喊声望去,从前方疾驶而来一辆卡车,车厢里站着多名横眉怒目挥舞起一根根木头棒子的男子汉,一路追赶而来。

慌乱之时残摩的车主们已分辨不清，又见从车上挥舞而来的木棒，一齐朝着车下的残摩的狠命地抽去，时时发出一片片"咚咚……"的震响。

随后两辆残摩的被迫停下，很快卡车又向前冲去。

此时还在逃跑中的张迎新，一扭头就见到了身后这辆赶追而来的卡车和阵阵的呐喊。且一面加快车速，一面紧盯着面前的道路。车把两边悬挂起的鸟笼子和一袋子西红柿也都迎风挺起了身子。

"停车！停车！不许跑！"声声追击紧跟着来到了他的身后。

张迎新脸庞红涨而起，头上的热汗也不断地涌流而下，鸟笼子里的黑鹩哥更是东倒西歪地成了一个醉汉。

跟着其双手便死死地按稳住两个车把，右手碰到了塑料袋子，忙伸手朝着面前的西红柿就是狠狠地一揪。

"呼啦啦……"一阵声响闪过，满袋子西红柿不见了身影，残摩的继续高歌勇进。

随后紧追而来的卡车猛然轧来，身后飞溅出层层的彩虹，车轮停了下来。

大街上的行人纷纷在驻足观望，前方毫不减速的张迎新已来到一条便路，车把一扭就开了进去，心也跟着残摩的上那三个轮子跳了下来。

眼前的大街终于平静了下来，张迎新这才走向路边，挂好了"小宝贝儿"。

一抬头，前方几米处父亲张成山昂立在了路中，怒指而来："下来！刚才的这些小把戏要用在正道上会有多好！怎么生出你们两个孽障？"

"嘿嘿……老爸，您都看见啦？要不，咱……护送您回金銮宝殿？"张迎新眨动起了嬉皮笑脸。

"叫你不务正业！叫你开！叫你去拉客！"

说着，张成山更是气不打一处来，且向路人借来打火机，上来就要把眼前的这辆残摩的给点了。

"老爸,我的亲爹!您可千万不能去干这等傻事!三环路上放火烧车,一会儿警车一到要下大狱。再搞景泰蓝门都没有,谁去捞您呀?"

见此,张迎新苦苦向前央求着,又死死地从张成山的手里夺下这只打火机,还给了路人。

接着,张成山身子一晃就斜在了残摩的上,嘴里喘起了粗气。

"爸,爸,别生气啦!我就是回到了景泰蓝,您也得允许我把这辆车给处理了吧?省得您见了就晕气!"

随即张迎新蹲下身去,既担心老父亲犯了心脏病,又怕把老人真给气坏了,忙声声劝起。

不知不觉西边的天空升起了火烧云,张成山神色也渐渐有了好转,两只胳膊一挥,站起身来便向前走去。

张迎新放心不下,残摩的"突突"跟在了老爸的一旁,忽然脸上又泛起笑意:"您还不知道吧?这几天您的儿媳妇,也就是我的老婆找不着了,只好先去派出所。人家问她有什么特征,我说她戴眼镜,还一条腿粗一条腿细,但跑起来要比兔子还快……"说到这里张迎新故意把话给止住。

张成山停下了脚步,双眼直直地投去,目光定在了张迎新傻笑的脸上。

"老爸呀,您别着急又上火。我还说,她最主要的特点是脑袋大脖子粗,不是老板像个伙夫!"话说到这里,张迎新终于忍不住"哈哈……"笑起。

"你们这两块料……"张成山牛眼又向张迎新顶起。

"还说呢,这还不是跟您学的?我们几个从小就常常听您背后叫我妈为'舰长'。几个傻了吧唧的小屁孩,真以为老妈开过军舰,多次要翻出她穿军装的相片和军服,狗屁都没有!"见此,张迎新反倒更加得意。

"扑哧……",张成山终于一声笑忙把脸庞转去,瞬间绷起脸庞又转回。

"老爸,您这一笑容易吗?上车!现在开始检阅!"

张迎新说着上前架起老爸的胳膊,几下就把人给掀到了车上。

随即又是一阵的开心:"我这一趟算是白拉啦!记住啊,您欠了我五块钱,回头这顿酒钱归您出!车费吗?免谈……"

"五块钱!五块钱……"眼前的黑鹩哥也恢复起活力,向前叫起。

迎着这两股不同的音调,张成山似笑非笑,向着老大的后背扇去两巴掌。

第二天早上屋门响起,莫家道进了家门。这还是前些年自己接受任务,到当地农村景泰蓝加工点时所认识的熟人。

进一步谈话,莫家道拿出带来的一对景泰蓝花瓶、两只东北老山参,想让张成山给其来个现场监制的证明,及俩人的合影和三万块钱的冠名费。

张成山听完拿来这对景泰蓝花瓶,随即这个"鱼漂子"一下子就勾住了其内心。再看看掐丝、点蓝、磨活和镀金,目光更成了一双利箭。

"家道,你想搞好景泰蓝乡镇企业是好的。但我搞了一辈子的景泰蓝,送走了一个又一个的孩子,再多的冠名费不用谈,技术问题可以帮助一下。"同时针对其所存在的各种质量问题给他一一指去。

莫家道离去,张成山出门去探望起病重之中的田家石和林柏之,回来路过古玩市场便走了过去。

前面街旁一位中年妇女正在哭泣,甩卖起已做好的一堆景泰蓝工艺画。询问后才清楚,她也是上了广告的当,交给那些人一大笔学费,还骗她说日后所做出的这些产品,一律包销当场结账。跟着她借钱从这些人的手中买来化工原材料。可眼前生米做成了熟饭,那些人却翻脸不认账，再讲理就动手。

离开路边，眼前川流不息的市场里，迎面走来了左臂戴着黑纱的于小海。这才得知其父于得水前几天刚刚去世，顿时他的心脏又多了一道紧箍咒。

于是俩人来到附近的座椅，于小海买来两瓶啤酒和快餐，但张成山的胃里已堵上了一团沉重的铁砂。

看着于小海左臂上佩戴的黑纱，张成山眼眶里有了泪光："我与老于都是几十年的老人。那时我们所做的景泰蓝、玉雕、牙雕和雕漆许多作品都作为国礼而献给了外宾。

"记得当年牙雕艺人杨士惠，还受到过毛主席和朱德委员长的接见。《北海全景》一九五七年曾作为国礼赠送给了苏联政府；还有一九七八年中国政府赠送朝鲜政府的国礼《万景台》。如今景泰蓝工艺美术大师，走的走、病的病、瘫的瘫，算上我这样还在喘气的，也不多了。

"而眼下景泰蓝师傅很多都是退休后返聘的老同志，一线干活的五十岁算是年轻人。社会上的青年嫌累又嫌苦收入还低，就是一些艺术院校的毕业生来到这里一看也跑了。

"其他的行当：玉雕、漆雕、花丝镶嵌、金丝镶嵌、宫毯也都差不多，如此前景让人担忧啊！"

"张师傅，别说你们这样的老人了，我又怎么样？七六年插队回来，不久就进了父亲的象牙厂。那时最辉煌的时候全厂差不多上千人，一年能用掉五六吨的原材料。可如今早已是今非昔比，象牙受保护又不能随意进出口，过去厂里多年所库存的原料还不到三五百公斤。当年的职工队伍，眼下只有几十人留了下来，牙雕里的许多好东西已经失传了。厂里没有人再去做花卉题材，楼台殿阁也无人问津，器皿类的牙雕作品更少得可怜。

"正因为如此，现在为了生存厂里的老师傅们转行搞起了石雕、骨雕，或是木雕。厂里之前的院子，现在也盖起宾馆租了出去。原先与我一块进厂的几十人的队伍，现在只剩下了我一个。

"想当年，咱们北京工艺美术'四大名旦'，还有'燕京八绝'是多么风光与辉煌！最鼎盛时的七八十年代，全行业三万多人的队伍，横空出世一个第五野战军，光你们景泰蓝就是三千人的队伍，玉器厂也一样。另外雕漆千百号人，料器也如此，就连花丝镶嵌、金漆镶嵌、绢花、宫灯、京毯也都有不少的职工，全行业咱们个个是国家的创汇大户。

"可如今一江春水向东流，现在还会有多少年轻人去听京剧？光一声'啊'三分钟都唱不完，唱跑了多少的金钱与时间？更不用说评剧、歌剧、舞剧。还有多少人会静下心来去读一本书？去看看当天的新闻与报纸？

"再说些实际的，这些年我父亲从厂里退了下来，但心不死人也闲不住，我们俩就去成立起自己的工作室。一般的房子咱租不起就去租地下室，可也要几个月就得搬一次家。如今房租水电在涨、人工成本在涨、各种原材料也在涨，压得你喘不过气来。

"还有，父亲一走，'树倒猢狲散'，要是支撑不下去，我也只能转行干别的去了。这不心里有了个准备，路过这里正好进来看一看。不管怎么样，老婆孩子房子这几张嘴，还得养活吧？"于小海终于长叹出了一口气。

接着，他脸庞又转来，脸上闪现了一股嘲笑："对啦，还有一件可笑的事情，还记得赵德才吧？现在给放了出来。那天见到我说什么还是有一门技术好，但你们小青年路容易走歪，想让我帮着找个单位，哪怕去街道给大家把把关也行，自己毕竟当了那么多年的领导。我一听差点没把鼻子给气歪！就对他说，你还是把关好自己吧，别到时候又栽了进去！"

于小海走后，张成山继续在这一条接一条的通道里转了下去。很快在一家摊位前，看到了这次找来的莫家道手中的那种景泰蓝花瓶。这一时刻，他努力把心里刚要引燃而起的怒火给压了下去。

转身再来到另一条通道，眼前不宽的道路已被四周的行人给团团围起。

此处相距不远两家正卖着景泰蓝的摊主，一面在高声叫板，一面相互压低着价格争夺起了客源。时时喊出的一对十八英寸景泰蓝观音瓶，竟然要比附近一幅粗制滥仿的油画还要便宜。

张成山眉头一皱焊住了脚步。可忽然间又看到眼前这家摊主的货架上，摆放起一块醒目的广告，上面还挂着自己十几年前的一张相片，一旁还用毛笔写着：本店所售景泰蓝，一律由著名景泰蓝大师张成山所监制。

"小伙子，这个……"面对这种哭笑不得的场面，张成山右手指去。

"老师傅，您是说这对景泰蓝花瓶吧？它可是由张成山大师亲手制作，价格好商量。"眼下正与对面激战的那个摊主脸庞投来。

"我是说这张相片……"

"您说张大师？现在玩景泰蓝的有谁不知道他啊？人家祖上三代单传！当年其父张艺林就是宫里造办处珐琅作里的御用工匠，专门给老佛爷生产景泰蓝，牛！想要这对花瓶，开个价。"眼前快人快语的摊主目光再次投来。

"我现在身上只有五百。"张成山想了想，还是先忍住了这口气。

"五百是少了点儿，看您一把年纪，割肉吧！"眼前的摊主说着，就把这对花瓶从货架上取回，转手要去装进旁边的锦盒里。

"先别放进盒里，我再看看。"

张成山接过摊主递上的这对花瓶，只在手上转动过半圈，其五彩的瓶身就变成了一对烫手的瓶胆，脸色骤然一变："你知道我是谁吗？我就是张成山！知道你这是什么行为吗？"

"您……您就是张成山？"身前的摊主脸上先是一惊，目光回到一旁的那张相片上，头一歪，瞬间脸上就爆来一道喜彩，"张大师，今天后生见到了您，三生有幸，快坐下！"

"这张相片是我十几年之前的，还有假吗？可你的这些景泰蓝却在招摇撞骗！"张成山举起手里的这对花瓶，怒目而去。

见此，四周的人群停住脚步，纷纷围观而起，遂悄声地议论。

"张大师，今天遇到了您，后生真是三生有幸！您可能不常来，不太了解市场经济。这样吧，我这里有台相机，跟您老照个相，上午开张的这一万元钱，您拿走，交个朋友！"说着，摊主的脸上笼罩起了弥勒佛般的光环。

"把钱收起来！希望你不要打着我的名义，再去兜售这些伪劣假冒的景泰蓝！"

"您不会有……张大师，现在到处转一转，哪儿不是……"眼前的摊主收起弥勒佛的笑容，又对着四周的人群杀出了立眉。

"那我就叫你看一看，这个假冒伪劣景泰蓝花瓶的下场！"

摊位前，张成山实在无法忍受这莫大的耻辱，随即双手高举起这只景泰蓝花瓶就向着脚下的地面挥去。

"砰砰……砰砰……"

随即这只五光十色的瓶体就击中了水泥路面，又从瓶身上炸裂开来一道道夺目的光芒。跟着散落而来的各种釉料遂在阳光的照射下，绽放出晶莹剔透的五彩斑斓，更是惊得四周的人群把这里给围得风雨不透。

接着，张成山又抓过来另一只景泰蓝花瓶，高举起的双手再一次砸来了流星，遂转手掏出身上的五百元钱扬起，扭头而去。

望着张成山正在离去的身影，那个摊主的脸上也喷射出了一股怒火，弯腰从地面捡起这两只景泰蓝花瓶。

再一看，四周里三层外三层围拢而起的游客正观望着自己，这才冲着前方的背影高喊而去："张大师，这个锦盒还没砸呢！怎么，又为我节省下了一百块钱，这回更要感谢您啦！"

接着，他脸上一腔怒火就刮出了满脸的春风，继续冲着张成山远去的身影喊去："有毛病、神经病，还是个傻×！来砸，我还把它当成宝贝呢！回头把它埋进土里，再去浇上酸，两个月后长出了绿毛儿，那就是一对正宗的出土文物。嘿，哥儿们，有本事欢迎天天来摔呀！兄弟等着呢！要不，给我卖货，那也行啊！"随着这阵阵的喊声，四周的人群不断回身后，离去。

接着另一个摊主赖世中来到了面前，手中的相机晃来："老二，生哪门子气啊？那个张成山刚一来就看着眼熟，报纸上还登过介绍他的文章与相片呢！刚才我就拿着这台相机始终跟着他，现在挑出几张，想要吗？"

"你小子闹猫呢？别得了便宜又卖乖，就两千，要就拿走！"跟着脸庞又抬起，"要不大家管你叫赖瓜呢！行，玩得比我漂亮！"

"成交，相片洗后送来，保证质量！"赖世中接过钱，反身放好了相机。

张成山红涨起脸庞，继续向前走出了身后的这条通道，前方就是市场院门，猛然间听到身后有人在叫他，忙回头看去。

有个三四十岁年纪的男青年来到了面前，一片荷塘月色的脸庞吊起了右手："老师傅，您不必跟那种人去怄气，那个摊主就是个人渣！"

"你是……"张成山停下了脚步。

"我吗？也在这市场里经营着自家生产的景泰蓝。可刚才的那个摊主倚仗着财大气粗，只想一人垄断市场。您看，我的没的说吧，请大师给些指导！"

张成山看到已递来的这只迎春瓶便接住，目光跟去。

随即这个年轻的摊主侧过身去，用自己的身体挡住了张成山左侧的视线，又悄然扬起右手，向着近处另一名男青年挥去，同时还将自己的脸庞贴去。

面对这样一只同样出身又是同样质量的景泰蓝，张成山不想再去多说几句。可他刚一抬头就差点与这个年轻人的脸庞亲吻了起来。再一看，这个年轻的摊主不是在认真听他的点评，而是抬头微笑面朝向了前方，自己倒成了正向着他颁发起一个大奖的嘉宾。

惊异之时，遂顺着阳光朝前看去，离自己不远之处还有个年轻人举起手里的相机正对着他们俩在偷拍。

"停下！请你不要再搞这样的鬼花活儿……"

张成山右手向着不远之处的那个正举起相机的年轻人挥去，回身就把这只景泰蓝迎春瓶杵回到了面前这个摊主的手里。

"你不是想让我给你点评吗？好吧，现在希望你能认真地听着，还要把它铭记在心中！景泰蓝是国粹，生产它要有一种敬畏之心。做人也要有一种敬畏之德，不是你想怎么胡来就可以去胡造，这就是我给你的点评！"说完一转身，张成山便向着市场院门快步走去。

当晚他躺在床上一时无法入睡，白天所经历的那些事情又一一在眼前闪过。随之于小海左臂所佩戴的黑纱上，也印出了于得水那张清晰的面容。由此他想到了自己与这些老友们所走过的几十年风风雨雨和当下的那些场景。

直到后半夜他还是没有困意，静静地听着身旁的兔奶奶那一声接一声"呼噜呼噜"的弹唱，更是翻阅起了一部厚厚的天书。

当一页又一页天书翻动之后，他便从这团团的迷雾里定格出一条新航道，那就是今后不但要立足于传统，更要走好与时俱进，充分发挥国有大厂的优势，开拓出一条高大精尖崭新的景泰之路。

接着，他得到消息就去了一家酒店，多次考察起大厦四周的环境，连连向领导阐述心中的观点，说服各种不同的意见，独树一帜要去参加竞标会。

方案提出就要搞出设计，为此他常常是吃不好睡不香，疲惫的身心又把人拖进了当年清宫造办处里的珐琅作。

王响铃看到这一切急在了心里，下午就把老二的儿子强强推到跟前，让他带着去附近的公园里转一转，但他却领着强强去了护城河。

如今几十年已翻过，到过这里多少趟恐怕连自己也说不清。只是眼前的良田没有了，两岸绿毯般的青草和随风而起的芦苇也早已净了身，且随着河水的流动带来了附近座座高楼大厦，与眼前大街上的车水马龙。由此还想到，要是之前那半个心脏还静静地躺在这里，现在恐忙连自己也不会找到它的身影，只有眼前的河水依然在平缓地流淌着。

再看看身旁的强强，却成了几十年之前的那只可爱的泥兔子，始终在四处开心地追逐着河水，也追逐起了光明。

渐渐河面涌起了层层金浪，遂在他的心中倒挂起一座高高大大的瀑布，也筑起了一座人间海市蜃楼，瞬间这张图纸便随着其心中的激情而呼之欲出。

等到了月底，招标会如期召开，前来竞标的各家文件袋也胀破了肚皮。

会议开始，各个单位就自己的设计方案先后做出阐述。为此有的提出要在这里建起一些雕塑以提高其品位；有的要搞一个时尚走廊以符合当下的流行潮流；还有的要建一座休闲广场以更好地迎合当下人们的需求。

轮到张成山发言，李跃进等人把一大捆设计图纸打开。随着阵阵"沙沙"的声浪流过，一幅由鲜花所组成的景泰蓝富贵喷泉设计图展现而出，随之会场上议论纷纷。

张成山讲完创作理念后且激情地说道："我们要是这次能够中标，要把它分解为近百块来制作，还要与土木工程同时进行，就是要搞成世上没有、中国第一，成为一座四季常开的景泰蓝富贵喷泉，更要成为一个标志性的建筑，让它流芳百世！"同时会场上再次议论纷纷。

半个月之后，张成山带着李跃进拿到了标书。眼前这座四季常开的景泰蓝富贵喷泉，已在其心中"哗哗"地流淌了起来。

随后开始了生产，张成山连连来到职工们的跟前不时地检验。根据图纸分解后先做出了两块铜胎样板，又完成了掐丝、点蓝和烧蓝。

很快星期天到了，张成山要急于看看其效果，便叫上李跃进去了厂里。俩人坐下后手里拿来磨石就干了下去，稍后厂里自备的发电机又出了故障。

一天的趴活儿扫街，快要将夕阳扫进了附近的楼群，街上一片车水马龙。

张迎新这才开着残摩的，现在顺路去小姨子家里，送去塑料袋子里装有的所捡来的女模特的两只胳膊。

这还是自己上个星期拉活时，一家服装店扔出一具通体粉嫩的女模特衣架。那时想到的是邢玉芬爱美，又时常买件便宜的衣服回来。日后老婆就可把不同的服装穿在它的上面，直接欣赏出T台的效果。

可现在小姨子也动了情。于是前两次在回家的路上，又捡来另一具女模特的两条长腿和上身给她送了过去。今天这两只胳膊再给安上，这个美人就活了过来。

随后他来到街上还顺便拉上两拨客，跟着城管中巴就开了过来。

继续奔逃，他扶稳车把上的"小宝贝儿"，一眼又看见车把另一端那个塑料袋子，遂看到越来越近的城管中巴，右手便立刻抓住，再使劲往车下一拉，黑色塑料袋子里晃出了一道道耀眼的闪电。

跟着城管中巴车停了下来，车厢里司机的身子死死钉在了座位上。一名队员向前走去，这两只硬邦邦的"哑弹"，变成了两只冰冷的女模特的胳膊。几分钟过后，城管队员的中巴离去。

眼下还在楼里观望的张迎新，这才直奔草坪捡回了已被冷落在此处的那两只硬邦邦的粉色莲藕。

跟着他坐在附近楼下，掏出香烟抽起，徐徐升起的雾气里，闪现出上次在街中甩出了那包西红柿，进而躲避开了眼前的追击。但不料跟着老爸却站在了面前。如果这次又让老爸撞见了，自己的这辆战车必定要进火葬场。

等给小姨子送完这两只女模特的胳膊，回家的路上一个青年过来说是去秀水街。他一听就乐了："正好，我妹妹还在美国大使馆的前面排着队呢！"

十几分钟送走客人后，他先去路边一家饭馆买好了包子，再来到使馆前面的人群，一个接一个地找起了爱新。

稍后老二保新也找来，见到爱新就把手中的袋子递去："拿着，这套时装穿上准让美国鬼子眼前一亮！签证办好了，哥再送你两套！"

"哥，这一身挺好！别买了，你挣钱也不容易！"爱新连连摇起了右手。

"叫你拿着就拿着，哥现在有钱！想要什么，立马带你去，赛特燕莎哪都行！以后拿了绿卡，先让老爸开开眼！"人群里兄妹仨笑了起来。

第二十八章

　　夜色里李跃进手中拿上几根蜡烛重回到了车间。猛一抬头，师傅靠在身后的案子前，梦乡里雕刻成了一尊闭目养神的坐佛。

　　见此，他眼眶不禁有些泪光。师傅毕竟年纪太大了，人已过了九十可还天天往厂子里跑，身心也太疲惫了。

　　接着，他轻轻走向前去，右手慢慢从师傅的嘴里拔出那支快要烧到嘴边的香烟，双手再抱起一块景泰蓝喷泉的样品，去另一处就磨起活儿来。

　　"嚓嚓……嚓嚓……"

　　四周在持续地回荡，眼前的那根蜡烛也在不停地闪烁。稍后李跃进的身子探向地上的木盆里，要看看这块样品的效果。一抬头就看见眼前那片朦胧的烛光里跳出个黑影，心里一惊，右手握住的那根磨石就冲向了左手，一阵刺骨的疼痛立刻就要把那根手指给咬了下来。

　　"跃进，蜡烛买回来了，还一个人跑到这里！"张成山站到了面前。

　　"师傅，一个人干就行！"李跃进忙把左手从木盆里抽出藏到了身后。

　　张成山目光回到了木盆，只见那不大的水面上漂浮起一团鲜红的血花。忙把李跃进藏在身后的左手给拉到了面前。其虎口处已翻起一块血肉，还源源不断地涌流出血水。

"刚碰破的吧？木盆里的水脏又是黑炭，发炎了怎么办？"

"师傅，没关系！我年轻，您在一旁动动嘴就行啦！"李跃进忙抽回左手，一屁股坐在木盆前就要接着干起来。

"听话，先把血止住！你呀，与我年轻的时候一个脾气！"

张成山说着就坐了下来，双手伸到木盆里就"嚓嚓"地磨起，一边干着，一边还回过头去："跃进，师傅是年纪大了，我就是想在离开这个世界前给你们多留下几件能流传下去的景泰蓝。干活干活，干了才能活；活动活动，活着就要动。所以一天不动，我就不安……"

"师傅……"李跃进心中一热眼眶里流淌出了泪水，转身忙把案子上近处的烛光投向了木盆。

随之木盆里"嚓嚓"的磨石撞击起手中这块样品，又时时爆出"哗哗"的泼水声。一股股黑黑的污水中，这块样品已长成了一盆正在盛开的荷花。

新的一周开始了，张成山看着这两块已经磨好的样品十分满意，便与几个助手去了工地，与正在建设中的这座喷泉底座进行了比较。结果发现两者之间在坡度和角度的衔接上还存在着一定的间隙。

回来之后，他复制出一块同样的喷泉底座，再烧制出两块样品放在其上面。可是这块七八百摄氏度高温的景泰蓝因本身没有压力，等到它冷却之后要镶入这块底座之上仍有些间隙。如果这时再用锤子去敲打还容易引起已烧好釉料的脱落。

紧跟着又一块通红的样品从炉里拿来后递到了这个底座之上。

随之张成山抄起地上的一块铜板，盖在这片通红的样品上，不等降温，右手一扶身边的李跃进，抬腿迈向底座，要用其自身的重量去压好这块样品。

"师傅，快下来！"

李跃进一怔双手伸出，立刻向前扶住了张成山晃动不止的身体，眼看着他脚下的皮鞋就冒起了青烟。车间里的人们也一齐拥来，眼前的这股青烟仍在缕缕升起。

刚才老大张迎新和老二张保新回到南营房的家里，看了看老妈。出了家门，俩人一商量也来到了厂里，顺路过来要看看老爸的杰作。等到了面前，俩人抬头一见，大惊失色。

"老爸，快下来，不要命啦！"老大张迎新脸上闪现出了恐惧。

"老爸，危险。"老二张保新也双手忙向前伸出。

"张师傅，不行啊！人受不了，快下来！"周围人群喊声也四起。

"不要管，温度一下来就踩不动啦！"张成山继续移动着身子。

见此，李跃进抬腿也迈了上去，并双手紧抱师傅。俩人时时蠕动而起的脚步去各踩一头，又见每人所穿的皮鞋持续地冒出一股股更大的浓烟，四周人群里纷纷打起了喷嚏。进而在这阵阵浓烟与烈火的升腾之中，两双皮鞋底下已流淌出一股股黑色的液体，看似熏出了深藏在里面的两条毒虫。

无奈之下，老大张迎新和老二张保新始终伸出胳膊，紧紧围住这个底座，时时保护着眼前的张成山和李跃进。

直到这块样品逐渐失去一身通红，他们俩才在大家的搀扶之下要迈向地面。可脚下的这两双皮鞋已熔化掉了一层鞋底，还被这块仍散发着高温的铜板所紧紧地扣押在了那里。

跟着，老大张迎新和老二张保新便一齐上来，各自去解开俩人脚上的鞋带，赶紧先把李跃进从鞋里给拔了出来，以腾出四周的空间。

接着，他们俩不顾一切又挤向这块铜板，一起抱稳张成山，忙把他从鞋里拔出再托起，举向四周的人群，数不清的双手把他平稳地放向地面。

在继续扑来的烟雾中，先前的这两双高矮不同大小不等的皮鞋，仍坚守在各自最后的阵地。瞬间被人拿来铁锨，铲去了这两座还在冒烟的工事。

眼前张成山和李跃进脚上的袜子也成了焦黄色。面对这两张痛苦的脸庞,有人忙端来一盆清水,"哗"的一声飞去,双双又成了刚刚被大家打捞出海的母子海豚。

"师傅!"

随着一声凄厉的叫喊,李跃进从积水里扑起,忙跪在地上伸出了双手。

"先别管我,拿这个样品去跟底座比比,看看它们之间还有没有缝隙。"张迎新和张保新继续双双扶稳张成山,泪水不断流下。

李跃进则马上走向前去,先拿掉铺盖的铜板,再把样品放在底座上前后观看起来,随之高声叫道:"师傅,现在各处都严丝合缝!"

听到这里,张成山的脸上终于显露出开心的笑容。前面不远之处正有人拿来两副木板向着这里匆匆走来。见此身旁有人对着他们俩说道:"张师傅,赶紧去厂医务室吧?"

"不去,晚上把脚上的水泡挑破就行了!"张成山连连摇起了右手。

"师傅,您说怎么干,我就怎么做!"李跃进也点起了头。

说着,他们俩光起双脚就要走向眼前的火炉,可瞬间都身子一歪,伸出双手忙抓向了身旁的人群。

见此,老大张迎新和老二张保新一拥而来,任凭张成山再说什么也不行,哥俩抬起了老爸。另有两人上来也抬起了李跃进,放上两副担架被送往了医务室。

第二天上班后,众人围在了地面上那个不高的底座前,眼前的它又成为一只没有被唤醒的老虎,静静地平卧在了大家的面前。

前方李跃进搀扶着张成山走来,每人手里还拄上了一根拐杖。

随之来到这只睡虎前,张成山拐杖一甩就蹲了下去,观看起眼前的这一切,大家也继续讨论了下去。很快众人便想到可以制作一个符合这个底座弧度的铁模具,这样烧制出一块产品后,就可以趁其高温在底座和这个铁模具之间上下一压做到严丝合缝了。

可再去打听,这个铁模具不但造价高还要等上两个月。还有,即使把它做了出来,还因其太重操作起来也不方便,只得放弃了这个方案。

很快上午就过去了,午饭后张成山回到了工作室,来到窗台前要给文竹浇些水。穿过手中的喷壶,其目光就落到了附近一座工地上空那块正在起吊中的预制板上,心里豁然一亮。

跟着他叫来李跃进,走进这片空地,两天之后一个水泥模具放在了眼前。

随后炉火再次熊熊地燃烧而起,而每当一块景泰蓝喷泉烧好后放在这个底座上,又在张成山的指挥下,两边的众人抬起这块水泥模具,且轻轻地压去,直到其弧度有了保证人们才放下了这块新式武器。

一天的忙忙碌碌迎来了夕阳,眼前炉膛里的那片无比耀眼的火焰也扑到了大家的脸上。看着地面上的那一块块冷却下来的景泰蓝喷泉,这时张成山的两腿已站立不住,随后两名工人走来架起其两条胳膊在四周缓慢地遛起。

前方老大张迎新、老二张保新与李跃进走来,等到父亲的双腿稍有了些知觉时,老大张迎新便把父亲背在身上,老二张保新和李跃进守护在了两旁,且在众人的目光里一行身影披起层层的夕阳,向着前方的传达室走去,众人的眼中浸湿出了晚霞的余晖。

连续三四个月的奋战,这批分解成几十块的景泰蓝艺术喷泉终于走入了现场,开始筑起了一座长长的水池。

等到了月底,当最后一块产品砌到底座之上,随之昆泰嘉华酒店富丽堂皇的大厦前已成了一片开阔的平原,瞬间还从它的腹地流淌出一道清泉,又不断穿行在由各种花叶层层叠叠组成的花海中,流向了前方。

为了能目睹这座前所未有的"花开富贵"景泰蓝艺术喷泉的杰作,王响铃、张迎新、张保新和李跃进一块来到了这里,而老三张建新还在外地出差,无奈在电话里表示等回到北京,第一件大事就是去看看这件宏大的艺术品。已在大洋彼岸美国的小女儿爱新,也在国际长途里表示了衷心的祝福。

面对来宾们热烈的掌声,张成山面带起"花开富贵"般的光彩:"前些天我经过东二环,路边竖立着'游长城,吃烤鸭,购货三间房'的巨幅广告。曾记得,早些年前美国总统老布什在北京访问时,一次外出来到了我们工美三间房的展厅,看到了里面众多的珍宝,由此流传出了上面的这句名言。为此我们还要继续努力,要让千百万从世界各国来到北京旅游的客人,在离开这座古都时,心里由衷地发出新的流行语——'游长城,吃烤鸭,走时带上景泰蓝!'

"而景泰蓝是中国的国粹,代表着北京的历史和文化。我现在虽是一名耄耋老人,但心还年轻。我就是期待着,更要让'游长城,吃烤鸭,走时带上景泰蓝!'成为古都大地的又一张新名片。"

"哗哗……"的掌声随之进一步激荡起眼前的这条彩河,前来参加开幕式的职工队伍中,人人都流出了幸福而骄傲的泪水。

欢庆的人群里,这时老大张迎新悄悄把脸庞贴向老二张保新,一边注视着恢复了青春的父亲;一边把这两次大街拉客,先后甩出一袋子的西红柿和那个女模特的双臂,再有老父亲差点就烧了自己这辆战车的经过,遂悄声倒了出来。为此感叹道,老父亲这一次又为单位创下了七位数的利润,这要放在自己的身上就是扫大街扫到下下辈子,恐怕也扫不出他的一个零头。

随着俩人的沉思,"花开富贵"景泰蓝艺术喷泉仍在流淌着霞光异彩。

开幕式之后,张成山由李跃进搀扶着来到大厅里的沙发前坐了下来,观看起了外面的街景。

窗外雨过天晴的蓝天已汇集成了辽阔无边的太平洋,一道彩虹从天空的这一头横跨到了大洋的另一端。这一刻他心里想着，自己一定要把这人间最美的彩虹用景泰蓝去刻画出来，一定又是个奇迹。

再回头观望起近处的这座景泰蓝"花开富贵"艺术喷泉，它又犹如一把巨大的五彩缤纷的钥匙。同时张成山心里也清楚，现在的北京已与世界几十个城市相互结为友好城市，互赠象征城市的钥匙。自己还要设计出具有景泰蓝风格的城市钥匙，这样不但能向世界更好地宣传我们这座具有三千多年历史古都的悠久历史，也能更好地向各国人民去介绍国粹景泰蓝的风采。等到了那一天还要去征求公司和外交部门的意见，一定要拿出最佳方案和成品。

想到这里，窗外碧空如洗的天空，瞬间又成为热火朝天的新战场。

后半夜里还在沉睡中的张成山突然间醒来。转眼看看身边的老伴响铃这才注意到其头发已经白透了，脸上那一道道密密麻麻的皱纹就是自己掐了一辈子的铜丝，人更成了一只古董景泰蓝，而自己呢……

想到了这里，其眼前又闪出刚刚完成的那座"花开富贵"景泰蓝艺术喷泉，心里更是久久地不能平静下来。

可心里更清楚，景泰蓝即便放在世上几百年也不会褪色，而它的主人呢？一定不会陪伴着它走过日后的世世代代，这就像是紫禁城里的宫殿，前后明清二十四位帝王都走了，只有无比精美的景泰蓝却还在那里金光灿烂。

再看看老伴，他回到了童年。那时自己与响铃成了一对天真的小伙伴，一起去护城河边，追逐起自己所做出的那只可爱的泥兔子。

眼下再望望，可爱的泥兔子已变成了胖胖的兔奶奶，而自己也成了一位兔爷爷，说不定再过多少年，俩人又成了一对兔子精。要是真能成这样，他和她宁愿去做一对人人所羡慕的兔子王。

可到底是兔子精好呢，还是兔子王好？他一时也拿不定主意。

进而，他的目光仍在四周巡视，重新慢慢下地，拿来梅花镊子，抹点胶水。等到他躺好身子支起右胳膊，便一边强绷着脸庞，一边小心翼翼地用梅花镊子夹住自己的一根花白头发，又向着响铃的嘴边粘去。

　　几番惊心动魄，张成山终在响铃一侧脸旁种好了自己的三四根兔子毛。

　　那一刻，他觉得这是自己几十年最有创意的一件掐丝作品。只可惜眼下没有相机。否则灯光一闪，它定是一幅能获得大奖的珍藏。想到这里，他赶紧平躺起身子，努力强忍住阵阵袭来的笑意，目光却始终直直地凿来。

　　随后他的眼前继续闪现出刚刚落成的"花开富贵"景泰蓝艺术喷泉的身影。尽管现在天还没有亮，可是这道鲜花灿烂的清泉始终会在那里静静地绽放，天明之后还会有更多的游客前去参观与游览。

　　接着，他回忆起自己和家庭这几十年以来的风风雨雨，还有与佐藤一家几代人的种种交往，心里更有了一种浴火重生般的感受。

　　扭头看看仍旧漆黑的窗外，在那遥远的天际正有一颗明亮的流星划破天幕，托起美丽的身姿，而瞬间就走完了它那无比光辉的一生。

　　同时，这一颗快速消失的流星就来到了眼前，如一阵耀眼的北极光环，划开了他那几十年都在煎熬、痛苦、折磨、纠结与沉思的心灵与脑海，遂身子一热便马上从床上爬起，找出自己所珍藏了几十年的慈禧御盒来到外屋。

　　台灯轻轻打开，目光深情落去。眼前这半个御盒也闪现出自己从幼年、童年、青年、成年到老年，所走过的人生之路。而当初自己用一双小手从母亲那儿接过来时，它就是个坏蛋、狗东西！日后它又是把鬼头刀、阎王爷、刽子手和人人所痛恨的秦桧；又时时成了潘多拉魔盒与生命。

可如今呢，它更成了自己的孩子。但这个孩子不应属于自己，它赶上了好时代，也长在了红旗下。想到这一切的一切，其拿来笔和纸快速画起。

同时，他的眼前继续奔腾着那道景泰蓝五彩喷泉，连连闪现而出的灵感跃然在了这张画稿上，随后就是已做好的这个御盒的身影：它通体要无比高贵与典雅，进而就要与众不同。因此不论是自己现在手中的这个御盒底部，还是要复原出的那个消失的上盖，无疑是个金光闪闪里外不分的宝物。

进而凭着自己几十年以来的炼狱与重生，他心里清楚：这道一生以来孜孜以求的"哥德巴赫猜想"已被自己在今晚所攻破，而远在天国的父亲看到这里也一定会泪流满面，他打开笔记本快速地写起。

不知不觉天空慢慢透露出了亮光，张成山站起来到了窗前，眼前辽阔的天空已成了一个欢腾的会场。眼前则闪现出自己手捧这套已完整如初的慈禧御盒，走上主席台献给了国家，一张大红奖状与过去家中挂起的那幅金色的"景泰之家"横匾，并排高悬在了家里。

二〇〇六年北京市已把国粹景泰蓝列入国家第一批非物质文化遗产保护目录里，张成山也成为"国家级非遗景泰蓝工艺美术大师"。

为了更好地宣传国粹景泰蓝，张成山积极配合起月坛社区，筹办起国粹景泰蓝的展览。老大张迎新和老二张保新也前来当起了讲解员，社区居民们纷纷前来参观，展览深受大家的赞扬。

进而张成山再叫来些退休老师傅，更得到月坛公园的大力支持。园中摆起几排桌子放上工具，老师傅们当场演示并讲解起景泰蓝制作中的掐丝和点蓝工艺。纷纷前来的家长们带着孩子，双双粉嫩的小手也拿起了蓝枪。

同时喜讯连着喜讯，二〇〇八年第二十九届夏季奥林匹克运动会也指日可待。

　　抬头望去，眼前几十年的老厂区已成为一片工地。一群群鸽子连连俯冲起古老的大地，又连连昂首扎向了蓝天与白云，低沉而婉转的哨音久久回荡在了人们的记忆里……

第二十九章

八月立秋两场雨水过后，空气格外清新。公司举办起了景泰蓝、牙雕、玉雕、雕漆、花丝镶嵌、金丝镶嵌、宫毯及刺绣等等各门类工艺美术大师们的作品展与拍卖会。

同时从全国各地赶来了大批的收藏者与投资客们，整个会场成为赴京赶考学子们的喜庆节日。

如今张成山也要离开厂里那间独立的办公室，人终于可以安歇了。

这天，厂长和书记来到他的身边，颁发起金色证书。张成山也从抽屉里掏出一摞厚厚的稿纸，讲到这是自己几十年以来用心血总结出来的国粹景泰蓝设计与制作的经验汇总。书记接过，深情地表示这对于全厂职工来说是一份无价的宝藏，一定要好好组织大家认真学习。楼道里也挤满了前来欢送的人群，纷纷送上拥抱。

终于等到了这一天，儿女们盼望着父母从此能与四周的老人一样，每天公园里遛遛弯或聊聊天，享受幸福的生活。

为此，老大迎新送来个鸟笼子，里面是刚刚买来的一只百灵；老二保新则购来了一堆的营养品；老三建新更是托人把名酒摆满了一桌；而前些年就去了美国的女儿爱新，也寄来了一堆印着看不懂的洋文的瓶瓶罐罐。

可张成山仍是一只时时被按下随即又浮起的闷葫芦，随后找到一处地下室成立起了自己的工作室。

今天他也回到了厂里，情绪高昂且不断向着前来的人群介绍起了国粹景泰蓝的历史与眼前的这些作品，四周的墙壁上还挂着中央和市里的领导来厂视察参观与其合影时的大幅照片。

拍卖会上，他的几组景泰蓝作品也屡屡创出高潮，最后均以三十万元的高价打破了史上所罕见的行情。

下午从厂里回来张成山顺路办事去了街上，眼前闪出个熟悉的身影。

"老郭，怎么摆起了地摊？过去你可是掐丝车间一把好手又是技术骨干，还被人戏称刽子手！"张成山上午的这片激情迎头就遇到了一股寒流。

"老张头，这您就不清楚了吧？我现在还算好的，怎么说回到家里还能往外面跑！还记得吧？咱们那里有个干了三十多年技术精良的老人姜明威，去年以每年一千元的价格，共领三万多元买断工龄回了家。现在还有些像我这样的人，离开了单位不上大街摆地摊怎么办？一家大小总要开口吃饭呀！

"可话说到这里，工厂不这么办又有什么辙。还记得吧？过去我当师傅时可以任意挑选徒工，可现在我一个徒工也没有！不是咱不收，也不是技术不外传，而是没人学！眼下就连我那几个儿女一个也请不动，总不能把刀架在他们几个人的头上，硬拉回来问斩吧？

"您现在怎么样？想当年那可是风光无限的'景泰之家'。几个儿女男的杨六郎、女的穆桂英，一个赛一个不含糊羡慕死啦！"郭永刚投来了无奈的目光。

"我那几个孩子，一锅烩啦！如今就连'玉雕之家''牙雕之家''雕漆之家'；再往社会上看看：'京剧之家''评剧之家''杂技之家''舞蹈之家''劳动者之家'，各种各样这个之家、那个之家，恐怕都要展翅高飞啦！"张成山苦笑了笑。

"张师傅，那您也是我们这堆里的幸运儿！市里〇六年就把景泰蓝列为国家级第一批非遗保护项目,您成了这个行业的传承人。听新闻看相片进了中南海,受到了党和国家领导人的接见,每年还给一笔津贴!"郭永刚说着,刚才那种无奈的目光又变成了一种羡慕的面容。

"嗐,我现在年纪太大了,已离开了厂里。但我心不死,干活干活,干了才能活;活动活动,活着就要动。这不在一处地下室成立了工作室?现在的一些手艺人也都是这么做的,不图能挣多少钱就是心不甘啊!"

"我说永刚,想当年你也是技术骨干,要是心也不死就来我这里吧?这是家里的电话,还有五百元钱先拿着。"说着,张成山写下电话号码连同身上这几张票子就递了过来。

"张师傅就冲您这片真诚,还说什么?这五百元钱我先去把这一地的账给结了,日后从工资里扣掉就行啦!"

"不用,不用!我怎么说现在也比你的条件好,只可惜了你的这身技术。"张成山连连摆手,转身走向前去。

下班之前张经理走回销售部,向着大家摆起了双手:"静静,现在我宣布一下新任命。张建新担任销售部经理,我调往公司任副总,孙向东为销售部主管。希望大家积极配合,把今年的工作做得更为出色!"

"好啊,boss,今晚该庆祝庆祝了吧?"销售部里响起了掌声。

迎着这阵阵的欢腾,眼前的张建新脸上阳光灿烂,满口答应,但内心已被挤压在了冰层里。

饭局持续到凌晨一点,大家还要去卡拉OK。正在这时孙向东脸庞越发苍白,还引来大口大口的呕吐,里面漂起了血花。而张经理同样成了"不倒翁"。张建新也在摇摇晃晃之中极力拒绝起文慧和陶然的搀扶,独自扭出饭店后摸进了出租车。

半个小时之后,他跌跌撞撞回到静悄悄的家里,且横着身子摆进卫生间，冲着坐便器大口大口地喷吐了起来。

重回到卧室，他嘴角仍流淌着黏稠的口水，猩红的脸庞对着前面的镜子晃晃悠悠地栽去。蒙眬之中看到桌子上那瓶红星又抄起，颤抖中用嘴咬去几口，抬起脖子"汩汩"地灌去。

很快瓶子一丢，其按住桌边的右手，就对着镜子抖去："你……你是……谁？嘲笑我……我是吉人自……自有天……天相！有本……本事，比比……看……谁能喝得过……"

"丁零……丁零……"，清静的桌子上电话铃声阵阵响起。

醉意沉沉的张建新摇晃地接过电话，里面传来了高妍急切的声浪："头儿，医生说向东胃出血，失血性休克，要输四百毫升……"

"什么输……输了？那喝了有多……多少？"张建新气昂昂地不等电话里说完，"啪哒"一声话筒逃了出去。

接着，他狂笑个不止，一张白纸从手中飞出，连同着身子从空中砸向了地面。紧跟着身上涌来一股股的燥热，且连连脱去上衣，其赤红的胸膛亲吻起了地面，"呼呼"震响的鼾声响起……

很快肚子里重又堵起一股股的热浪。迷迷糊糊之时，其右手向着四周胡乱地抓去，桌子一旁放置的电暖器也被摸开，昏昏沉沉之中脸庞就贴了过去。

临近傍晚，张成山带着李跃进等七八个工人来到一处新地下室，走下楼梯才发现，昨晚雨水倒灌里面已有尺把深。

"先把里面的那些釉料给抢运出来，要被淹了就坏啦！"

张成山脸色一惊，右手忙指去，右腿还不由自主地向着身前的水中迈去。刚一迈进水里就"啊"了一声，随之身子一软就向着旁边倒去。

见此，跟在他身后的朱连升赶紧伸出双臂要扶起张成山，可双手刚一触到这软软的身体，嘴里也发出了一声坚硬的叫喊："有电！"

同时,还在外面帮着卸起材料的李跃进,听到这接连两声的叫喊连忙走来。眼前师傅面容灰白,人睡在了这片水塘里。

　　李跃进急了,忙从一个人的手里抄来一副手套戴上,身子蹿向楼梯上方的一根铁管子吊起身体,双臂带起两条前后迈出的双腿,一路摇晃着来到地下室里找到一处电箱,伸手就把那上面的一处闸盒给拉了下来,随之左手一软人跟着掉进了水里。

　　"师傅!师傅!"

　　眼前地下室里,李跃进从水里站起,一面高喊,一面"扑通……扑通……"双腿溅起一条水龙冲到面前,从水里捞起张成山,与众人忙抬出了地下室。

　　人群里张成山一身湿透毫无动静,李跃进跪在面前,一面"呜呜"哭起,一面用递来的毛巾把他脸上那层层水珠擦去。再解开其衬衫,只见师傅松弛的心口上星星点点的老人斑,已结成颗颗黑珍珠。

　　同时人群拨打起了急救电话,郭永刚继续带人抢运起釉料和成品包装盒。

　　前方已听到动静的物业负责人找了过来,告知下个月的租金要上涨百分之二十,话声还未落地就引来众人的一片声讨和阵阵责骂。跟着大家便决定当月的工资不要了,再搬到郊区找一处更便宜的地方当作工作室。

　　前面驶来急救车,接着张成山被抬进车里,李跃进也跟了上去。

　　天色渐渐地暗了,小区漂亮的楼里纷纷拥出居民,人们推起童车;遛起宠物;跳上广场舞;恋人们在欢快地嬉闹,附近又不断传来阵阵摇滚的震撼。

　　早晨七点文慧快步走进了楼里,昨晚看到建新喝得颠三倒四,现在过来看一看。再有,那就是他已被任命为销售部经理,这也照亮了她恋人的征途。

单元门没有锁，她走进屋里，听不见任何声音，遂大声地说道："建新，还没起床呢？"

说着她来到卧室，猛然见到建新光着脊梁，人躺在了金灿灿的地面上。

"建新，建新，醒醒！怎么睡在地上啦？这一夜……"文慧急忙弯下腰，双手把其侧卧的身子给拉平了过来。

"啊！你……"

刹那间文慧一声尖叫，双脚像是踩在了竹桩上，慌忙向着楼外跑去。

张建新光滑的身子从电暖器旁横了过来，其那英俊而潇洒的身躯在地上摆出一个漂亮的"大"字。

文慧跌跌撞撞跑出楼外，气喘吁吁掏出手机拨叫起了救护车。

"文慧姐，你也在这里？"眼前竹青站到了面前。

"竹青，你来得正好！快……快上楼里看……看看吧！"

空荡的房间里传来阵阵的脚步声，竹青与文慧走近了还躺在地上的张建新。抬头望去，俩人同时惊叫而起，连连后退中双双把胳膊缠在了一起。

眼前继续平躺在地上的张建新，梦中还走向了新战场，脸庞沿着脖子燃烧起一片片乍红的油彩。

随后文慧鼓起勇气拉着竹青颤动不止的双手，战战兢兢重新走向前去，伸手摸了摸还通着电的电暖器，心里立刻明白了一切。

接着，竹青也抓来飘落在地上的那张白色的诊断证明。俩人目光投去，惊叫声中好似那个乳腺癌的凶魔已在身后追了上来。

俩人忙窜向了楼外，继续向着眼前已到来的救护车跑去……

清晨，佐藤亿代来到了操作间，眼前的案子又有两个位置空闲了出来。他知道这是去年来这里工作的大岛博文和藤田浩二也已离去，俩人说是已在川崎和东京找到了新工作。

眼前的案子上，摆放起几只刚刚烧完了底釉的七宝烧花瓶，静静地成了一对对巨大的花蕾，像是刚要绽放就遇到了寒流。

无奈与惆怅之时，王小良和齐怀远来到了面前。佐藤亿代放好手中的七宝烧，告知上午一块去机场，迎接他们俩所介绍而来的那两名中国工人。

临近九时，成田机场降落下了一架从国内而来的客机。迎接的人群里佐藤亿代带领着妻子和家人，及王小良和齐怀远排成两行等在了这里。

随后马识道和徐长宽走来，人群里佐藤亿代首先迎去，家人手中的鲜花也献出。俩人见到了王小良和齐怀远，朋友异国他乡相聚，日后还要工作和生活在一起更是人人喜出望外。

前面来到了宽阔而明亮的大厅，王小良边走边把目光投向了身边的马识道，遂悄声问道："怎么，老张没有与你们俩同来？"

"我们俩先过来看看，他随后就到！"马识道说着还不住地把脸庞扭过来又转过去看着四周的大厅。

"怎么样，气派吧？它还只是东京的门户。告诉你们俩吧，这里是全世界最为干净的机场，又是名副其实的购物天堂，想买什么特便宜。要不，你们俩一块趴在地上用舌头舔舔地面，拉了肚子我出药费。怎么样？"齐怀远更是得意地摇动起了那张天生的倭瓜脸。

"来劲了，是吧？你是不是刚来就用舌头舔过这块地皮呀？我说怎么这样鲜亮，能把人影给照出来！"

马识道说着便向着齐怀远假装挥舞起胳膊，脸庞一扭又盯住了附近走动中的一些身穿和服的日本女人，不禁咂巴起了嘴角："真漂亮，多有女人味！听说男的在日本那就一大爷，每天下了班就去泡酒馆，回了家什么也不干，连脱鞋洗袜子都得老婆去动手，来这里那就到了天堂。我是不打算回去了，死了也风流！"

听到这里徐长宽也把脸庞探来，目光落向了走在前面的佐藤亿代身上,右手伸来捂住了自己的半个嘴角:"我说,咱们几个不要光磨牙,说点儿正经的,以后咱们几个合适就行了,胳膊肘别老向外拐。要不,下次回国再叫来一些,人家到时候用不了这么多还不辞掉几个?回头钱没挣到手,倒光着屁股回了国,可就让人笑掉了大牙!"

"高,实在是高!"人群里随即有人竖起了大拇指,"哈哈"大笑又起。

往前出了机场,大家钻进路边的三辆轿车驶向了高速路。窗外明媚的阳光迎面扑来,眼前升起了海市蜃楼……

上午急救室房门仍紧闭着,王响铃和李跃进静坐在近处的椅子上,目光时时投向这扇平整的玻璃门,心里却始终燃起了一场烈火。

而在昨晚,李跃进随着急救车来到了医院,送师傅进了抢救室后再赶回家里把师母接来。又遵照师母的嘱咐,先去东三环找到了还在路边拉客的老大张迎新,再来到东四见到了在店里卖着时装的老二张保新,想到老三建新出差在外,这才匆匆忙忙赶回了医院。

那时临近晚九点,抢救室前面的走廊里传来阵阵脚步声,张迎新一手拉着女儿丽丽,一手时时晃动起个鸟笼子与老婆邢玉芬一同赶来。

等到了母亲面前得知父亲的情况,要不是在医院里他恨不得立刻去找上那里的物业,扒掉人家一层皮;并趁着眼前抢救室的屋门打开之时就要闯进去,被迎面而来的一名护士忙给拦在了外面。

接着,张保新也带着儿子强强和老婆杜美娟赶来,清楚了刚刚所发生的这一切,更是与老大成了一对横刀立马的哼哈二将。

眼前又有两群家属围坐在了这里,张迎新挥手带上家人来到了近处的走廊。

月色里,赵德才拄着拐杖颤巍巍地走进医院,迟疑中蹭向抢救室的附近。抬头望着稍远处的那几个熟悉的身影，遂把脸前的帽檐往下拉了拉。

接着其手里的拐杖落向一旁，眼眶里跌出了泪水，嘴角更是抖个不停："老张头，你可一定要挺住，我没脸再向前一步啊！过去我把自己当成是一只虎，把你看成是一只猫，同属猫科动物。可你那些年非要翻身求解放，我就非要把你关进笼子里。现在你才是一只真正打不倒的东北虎，而我又是个什么东西？这一辈子都干了些什么？恐怕今后再也没有……"

明亮的走廊里，赵德才嘴角始终在时时蠕动，伴随起缓缓而下的泪水。

前方楼道里刚过了五岁生日的强强，手里端着个不大的纸盒子，里面是一只雪白的出生不久的京巴狗，还是白天张保新在店里时一个朋友送来的。

继续等待，强强见到近处的那个鸟笼子，手里端着纸盒子走去，把它放在这座宫殿的面前，目光投向了正在王座上悠闲自得的黑国君。

"五块钱！五块钱！"

随即宫殿里的黑鹩哥一眼就盯上了眼前纸盒中的这位白雪公主，遂连连唱起了以往的这首情歌。

"汪汪……汪汪……"，娇柔的白雪公主也心动地附和着。

接着，众人目光纷纷投来，实在忍不住笑声的杜美娟伸手捅了捅身旁的张保新："别让它叫了！都什么时候啦？"

"那它要叫，我能把它的嘴给缝上？"张保新说着走向前去，对着眼前的这位白雪公主瞪去几眼。

"五块钱！五块钱！"

黑国君掀动起黑色风浪，不管不顾，对眼前的这位白雪公主情有独钟。

"汪汪……汪汪……"

纸盒里的白雪公主更是动情地昂头挺立,向着眼前这位心仪的国君连连地摇头又摆尾,且随着黑君主每一声的高歌,空投来了甜言与蜜语。

静静的病房里,窗外灿烂的阳光落在床旁一束红玫瑰和一摞食品上。

张建新放下手机,得知了父亲的情况,泪水中告知自己现出差在外,回京后马上过去。

"建新,你刚做完手术,有什么要办的尽管讲。昨晚张经理和销售部许多同事也都来了。"文慧站起端来了水杯。

"谢谢你,我本想请两个月的倒休,再去医院偷偷把这场手术给做了,但还是提前暴露出了。不过我的事情一定不要让家里人知道,给大家添麻烦了,也给你……"

"想赶我走,死了这份心吧!除非你变成了陈世美,那我就是专门来审你的包公爷!"

文慧笑起又拿来牛奶:"昨晚张经理专门找上了你的主治医生,他讲你发现得还算及时。这次手术很成功,日后每年要注意复查一下。怕什么,我有个朋友也得了乳腺癌,到现在二十年了也没事!"

"谢谢张经理和大家的关心,我会更加努力去把工作做好。"

张建新点起了头,眼前明媚的窗外,闪现出自己不久前的身影:上个月临下班前,张经理让他再去东北把那份难啃的合同给拿下。这一年公司人去过多次,可刘经理一直就是干打雷不下雨。

为此自己一路奔波,傍晚等来了刘经理、苏小菲和几位同事。同时按照自己在路上所学到的一手绝活,在服务员端来的一道佳肴上,自己轻轻撒上一些可食用的黄金粉末,则赢来满堂喝彩。可没想到宴会上,苏小菲一不小心,把卡住发丝的戒指也给吞进了胃里。

临近半夜返回旅馆的半路上,自己的眼前还不时闪现出苏小菲和刘经理的身影与这份难啃的合同。遂当即赶去医院急诊室,从中也得知因老家母亲离世，刘经理刚刚离去。

可想到自己的那场黄金宴，由此成了一场黄金梦。当即打上出租车去了火车站，找到了刘经理的老家，暗地里弄清了老人具体下葬的时间和地点。

这天上午七点过后，自己披麻戴孝，身后领来二三十个孩子和一群成年人，也是个个白孝在身。心里也清楚这些人都是自己事先花钱雇来的。为此还买来几十支眼药水，事先发到了这些人的手中。

同时人群后面的两辆卡车上，也装有花圈、挽联、金山和银山，及用纸糊好的家具和家电等等。看似那个老人去了另一个世界，也会享受不尽这人间的荣华与富贵。

现在正要送殡的家人，又跟来这一路浩浩荡荡的队伍。自己则瞅准机会，赶紧把手中的眼药水一个劲地往眼眶里全挤了出来，并趁着这充盈而泄的洪水涌来之时，忙来到刘经理的面前，伸去的胳膊更是紧紧咬住了其双手："刘大哥，兄弟我来晚了！一定要节哀，保重贵体和家人的安康！"

刘经理脸上先是一惊，凝视的双眸便急促地曝出了阵阵的亮光，跟着也使劲啃住了自己的双手："兄……兄弟，谢谢你了！还大老远地跑来！前两天苏小菲打来电话，说你还去医院帮助照料。好啦，既然我是大哥今天送完老人回去好好休息，后天我赶回公司，咱们把那份合同给签了。"

"好，兄弟我恭敬不如从命！以后大哥去了北京，一切都包在我身上！"

眼前的文慧把牛奶重新拿来递去："发什么愣呢，你现在是重点保护对象，营养要足才能好得快！"张建新脸庞转来，俩人笑起。

医院走廊里，张迎新从鸟笼子跟前走回，来到李跃进身边，凝重的眼神直视而去："这次老爷子住院，他的那个东西是不是在你的手上？"

"不在我手里，我只知道师傅已设计好了，还要献给国家。"李跃进眼眶里闪现出了宝石般的泪光。

"老爷子什么时候说过这句话？这次不会脑子也坏了吧？要知道那上面有我爷爷的血迹，也有老爸一辈子的心血！"

听到这里张保新走来，目光也落在李跃进的身上，瞬间那两道剑眉就变为了柔软的月光，遂转向了张迎新的脸上："回头老爸醒来，咱们去问一问？哥，你身体不好，还天天往外跑扫大街，那个东西先放在我这里吧？"

"老二，等问清楚了还是放在我这里，当大哥的不能处处太省心。俗话说得好，长子如父、长女如母嘛，该操心时就要去操心！"张迎新向着老二张保新瞥去了一眼。

"哥，干脆等拿来了，你是老大就拿着盖子，父亲一辈子才搞了出来。我是老二当然是剩下的啦！"张保新也向着大哥投去一脸的微笑。

"老二，这么说也不对啦！长子如父嘛，大主意当然要自己扛！即使分开收藏也要听从我的安排，更何况我还要向老三建新和小妹爱新去负责。"

张迎新说着当即就在心里暗暗骂去："老二呀老二，当我山西插队时喝多了醋？也把脑子给泡坏啦！看不透你心里的这把小算盘，不就是那个东西的底部是个金胎吗？"

听着眼前这哥俩的对话，李跃进的泪水终于从眼角里给拔了出来。

"吱扭……"，前面始终紧闭的抢救室房门响起。

稍后一位医生来到家人的面前，拿起了手中的病历："这次老人受了电击，本身年纪太大还引起了心梗。你们家人要有思想准备，不要进去太多的家属，也不要跟他多说话。"医生说完后，母亲随之跟去。

静静的病床前，几台监视仪发出轻轻声响，近处几名医护人员还在忙碌。

王响铃坐在病床前,眼含泪水,身边白白的床单,已成为一台超大的屏幕,声声"舰长"的美称,呼唤出以往的年代……

那一年自己被好心的朋友们误导到了北平,且以李秀琴的大号,在车站与同样号称"张大哥"的张成山见上面。随即自己追踪不止也来到了景文阁,又与他共同制作起被自己毁掉的那只景泰蓝油锤。之后还在寒风中把醉倒在路边且发起高烧的张成山背回家里,倾心照顾了一夜。直到天明,自己蓬头垢面走出院门,正好被周宝庆瞅见,并随后给自己设计出了天下这步最为精妙的一着好棋。

跟着朋友们心照不宣,便上前纷纷向着张成山高喊出"渐长"。可这个一根筋的木头脑袋,当时还洋洋得意:"我就是想当个舰长,开个军舰把那些日本小鬼子赶回老家去!"

那时也许是自己太过于兴奋,竟连连在梦境里与这个一根筋对上了话:"成山哥,你当这个'舰长'就是那个'渐长'吗?亏你把它们想到了一块!告诉你吧,那天我拉住你的这些难兄难弟好说歹说,他们才讲了出来。我问你:过去肚子里没有孩子,现在这里有了,那是不是长了出来?两个月的孩子是不是比一个月的要大?如今这孩子在肚子里是不是天天都要长?所以兄弟们才当着你的面称为'渐长',这也把我给捎上啦!明白了吗?这是他们给你起的官称,也是你自己扣在了身上!"

"这么说,你……你肚子里真有孩子啦?天天在渐长?"张成山脸上闪过了一片恐慌。

"不天天渐长,那是死胎!"王响铃的脸色沉没了下去。

想到这一切的一切,王响铃更是泪水不断。眼下几十年过去了,面对着静躺在病床上的这个身影,其心里又是泪中含笑:"如今这个一根筋,声声句句喊过了几十年的'舰长',日后要不要把这个官衔给他摘掉?进而还他以'渐长'本来的面目。"跟着又是泪涌不断，但愿这个美好的官称，就让这个一根筋声声句句继续再叫下去吧，更是他与她此生最为美好的回忆。

"丁零零……丁零零……"

走廊里张迎新的手机响起，抬头看去是在美国的妹妹爱新打来的。

俩人通话中，爱新说是自己一直往家里打电话可始终没人接听。张迎新便把现在父亲的情况对她讲述了一遍。

听到这里爱新在电话里哭起，说是现在回国有困难，自己还特别想吃妈妈所做的炸酱面，还有大哥爱做的红烧肉。

"那些年你要早说，我就天天把你放进炸酱面里！再给你弄半头猪，想吃哪里咱就红烧哪里，最好吃的还有那一对猪耳朵，让你这辈子吃个够！还有现在你一个人在国外，一定要注意安全，咱们几个孩子就数你最好骗。想当年老二睡醒后在脚底按上个鼻涕牛牛，说是长出个瘊子就把你骗得团团转。那老外有的就是三头六臂，千万要多个心眼！"

手机放下，与此同时大洋彼岸加利福尼亚的天空已是夕阳初照。

张爱新放下手机，轻轻从一处楼房里走出来到附近的丛林，眼前的小溪已成为以往那年黑夜里的河面……

那一年爸爸和妈妈与一些人去了农村，时时还在夜里被叫了出去。自己于是与小石头成了最好的朋友。不久自己发起高烧，妈妈遂从好友齐秀华那里回来后，就时时与爸爸在背地里痛哭不已。几天后的一个夜晚，两家人来到了这条河水前。

"爱新，听妈妈的话，就在河边蹚蹚水，一定不能走远！"王响铃身子颤抖了起来。

"爸爸，白天来这里多好啊！"小石头也向着一旁的田家石喊去。

夜色里两个伙伴手拉手，脚丫伸到河里，连连向着繁星挑起清凉的河水。

"爱新，小石头，别往前走快回来！"始终眼含泪水的王响铃来到河边。

"小石头，快把爱新带回来！"田家石也马上跟去。

接着"扑通……"一声，眼前的河面冲起银色的浪花，随即爱新和小石头双双跌入水中，传来阵阵嬉笑声。

"妈妈，这河……河水，怎么变红……红啦？我……害……害怕！"

"爱新，妈妈来啦！不要怕！"王响铃疾步扑到了女儿的面前。

"小石头，不要怕！站稳了！"田家石跟在响铃的身边也一齐冲来。

多年之后，随着自己的长大才清楚当年妈妈在好友齐秀华那里，得知自己那时已有了身孕。同时也得到她的另一番密语，那就是当地的妇女如想终止怀孕，可去这条河里泡一泡。如同《西游记》中的子母河，那个可爱的猪八戒，由于误饮了此河河水竟也要怀上一窝小猪娃。

泪水流过，她的眼前又闪现出刚刚出现的另一场景……

上个星期自己来到街上，要赶往一家餐馆去打工。眼前一个老年华人，双手推起一辆小车在缓慢行走。同时从一旁街边蹿来个当地人，横着身子来到这个老年妇女的身旁，伸出右手一把向前推去。

"扑通……"，眼前的老年妇女双手松开小车，身子重重地砸向了地面。而面前的这个闯入者却吹起一声悠长的口哨，且悠然地离去。

其抬头再望向远方的夕阳，自己仿佛又穿上一身洁白的工作服，手握蓝枪，在优美的音乐声中，向着案子上的景泰蓝花瓶绘出了道道五彩的光芒。

爱新泪水盈眶，目光重回到了前方自己所居住的这座半旧的楼房……

楼道里强强从鹩哥和小京巴的面前跑开，一转身看见邢玉芬放在椅子上的挎包，跑来拉开挎包上的拉锁，一下接一下翻找起了里面的各种东西。

"翻什么呢？"还站在窗台前的邢玉芬，一见故意高声喊来。

"没……钱……穷……"

强强一双小手从挎包里探出，又向着大家双臂展去，遂一字一声地叫起。

"说什么呢？"邢玉芬忍住了笑，面对着大家又故意厉声而去。

"没……钱……穷……"

强强一双小手再次伸展为一只强壮的小雄鹰，且在众人"哈哈"大笑声里，斜起身子跑向那座鹩哥的宫殿，又来到小京巴的爱巢前继续翱翔。

接着，老大张迎新和老二张保新也悄悄走进了抢救室。

眼前王响铃满眼泪水坐在一旁，且与老伴的右手握在一起，转身要来梅花镊子贴在了其手中："老头子，你要说的话我心里明白。你平时常说，干活干活，干了才能活；活动活动，活着就要动。

"还有，这几年北京要举办各种国际会议，你所设计和制作的景泰蓝还要作为国礼送给各国前来的元首。也最想看到日后各国的游客都能来到这块古老的大地，'游长城，吃烤鸭，走时带上景泰蓝'，能成为全世界最为响亮的流行语。

"再有，咱俩从小到如今，你写出了这一撇，我是那一捺，这就筑成个人。你还要听清楚，咱俩说好了要牵手走过百年。现在我'舰长'还没有走呢，你这个司令怎么能先我而去？那就是逃兵临阵脱逃！听明白了吗？前些年你忙着设计'普天同庆'回归大瓶，那一夜我坐在椅子上睡了过去，直到天亮你叫醒我说该吹起床号了。现在该轮到我吹起床号了！"

随后老大张迎新和老二张保新上前，扶稳母亲坐在了一旁。

接着张迎新拉过身旁的背包，掏出两张图纸平展在面前，脸庞贴去："爸爸，这是我和保新在家里，看到您所设计的慈禧御盒上盖的效果图。我俩经过多次研究，现把对它的理解讲一下。要是说得对，您可动一动手指。"张迎新说完目光落向保新和母亲的脸上。

"爸爸，无论现在您手中的这个御盒底部，还是要复原出的那个消失的上盖，从胎里到胎外都要掐丝与点蓝，既要与众不同，又要独树一帜！"

话声落地，随即张迎新、张保新和母亲的目光一齐来到父亲的面前，眼前这只伸在床旁布满沧桑的右手食指微微动了动。

"我们还认为，您所设计的上盖中的太阳要用一颗鲜红的玛瑙，而盖内的月亮则要用一粒上好的和田美玉，其上的海水江涯更要采用金丝镶嵌，以及最为纯洁的釉料，进而御盒里里外外整体则分别代表着日月星辰和山川大地。如此去再现当年慈禧御盒的完美，使之重现身于世界。"

接着仨人的目光再次来到眼前，父亲右手食指又轻轻动了动，眼眶里轻弹出了几粒晶莹的泪珠，慢慢滚落在了枕边……

"爸爸，您就安心休养吧。我们一定能按照您的心愿和理想，把这个御盒给完整无瑕地制作完成，'景泰之家'也一定能重新地回归！"

前方一名护士走来，俯身说了句话后，仨人站起离去。

静静的楼道里家人们仍围坐在一起，只有强强和丽丽陪伴起了孤独的黑国君和漂亮的白雪公主，不时又在这两座宫殿前飞翔了下去。

看到这里，老大张迎新站起后来到两个孩子的面前，伸手就把这座宫殿抄来，打开笼子掏出毫无倦意的黑国君，几步来到窗前把它举向了深色的夜空，泪水顺流而下。

"大哥，你要干吗？"老二张保新心已明白，脸庞颤起。

"我要这个鸟,要听它唱歌!还要听它讲英语!"强强和丽丽马上离开白雪公主,两双小手纷纷伸出。

跟着张保新、李跃进、邢玉芬和杜美娟也来到窗前,大家的目光一齐投去,又不时默默地对视了起来。

"大哥,还是把鹩哥留下吧?毕竟它是有功之臣啊!"老二张保新的眼眶里已有了泪光。

"别放飞,要它跟小京巴做个伴吧,大哥!"杜美娟右手也伸来。

"我要,我要,不要它走!不要它走!"强强哭泣而起,只有近处的白雪公主受到了众人的冷落。

"不要劝了。黑鹩哥本来就应属于大自然,现在就让它回家吧!"

面对这阵阵声浪,张迎新继续托起"小宝贝儿",泪水止住。一转身便向着深沉的夜空,双手一扬送出了黑鹩哥。黑色如箭的身影"扑棱棱"地一响,伴随起"五块钱!五块钱!"的夜半歌声。跟着又是一句"讨厌!讨厌!",飞向了窗外那棵高大的白杨树。

其再回身望了望,继续向着那一轮明月展翅而去,瞬间就在那超大的月盘上留下了一轮清晰的环形山。

"大哥,我明白了。你铁了心,我还有跃进也不含糊!明天一早撤店关张东四时装店……"老二张保新转过身来,也面对起了眼前的家人。

同时李跃进向前两步,泪水不断,双臂紧紧地搂向了大哥和二哥的胳膊。

当晚从医院回来,在明亮的台灯之下,张迎新和张保新坐在桌旁打开了父亲的笔记本,且把用丝巾包裹着的御盒也放在了一旁,还有父亲所绘制好的御盒上盖的设计与效果图。

轻轻翻看笔记本,他们俩又回到了父亲的身旁,聆听到了老爸的肺腑之言:"景泰蓝是中国的国粹,代表着北京的历史和文化。我现在虽是一名耄耋老人,但心还年轻。我就是期待着,让北京千千万万个家庭都摆上精美的景泰蓝;也能有一天让全中国亿万个家庭，和座座高楼大厦里处处闪现出景泰蓝的光辉；更能在世界所有国家，每一座城市都有国粹景泰蓝的身影！

"还要让千百万从世界各国来到北京旅游的客人，在离开这座古都时心里都能发出最为响亮的流行语——'游长城，吃烤鸭，走时带上景泰蓝！'

"因此纵观我所走过的人生之路，也更深切地体会到没有新中国就没有如今的景泰蓝，没有共产党更没有我的今天。所以我要把设计完并制作好的御盒献给国家，献给社会。而它不属于我父亲，也不属于我，更不应属于我自己的儿女，而是要使其年年月月永远去见证我们的历史……"

重拿起父亲所绘制的这张御盒上盖的效果图，眼前展开了一幅万分珍贵的《清明上河图》，分明又是父亲的一个火热胸膛。

同时，月坛街道和南营房的居民们也纷纷来到医院，企盼张成山早日康复，有的还来到家里，陪伴起了王响铃。

再则，公司和厂里共同举办起了"国家级非遗景泰蓝大师张成山珍品展"，从各地而来的人们纷纷拥向这里。在一场接一场的拍卖会上，张成山一系列景泰蓝作品的价格也在屡创新高。他几十年以来用心血所写成的书籍业已出版，更成为职工们学习的教材。而在一场接一场全厂大会上，职工们聆听起他的事迹，人群里时时响起阵阵的抽泣与暴风雨般的掌声。

而在公司技工学校里，学生们更是在学习和颂扬着张成山的传奇。更有一群群的小学生在老师的带领下一次次走进工厂，且在师傅们的指导下，纷纷拿起手中的铅笔、画稿、镊子和蓝枪，设计起了他们各自心中的景泰蓝。随后这批凝结着大国小工匠的心思，又散发着各种各样五彩缤纷童趣的景泰蓝，还要走进国家大剧院，以供广大的群众前来参观和欣赏。

又一个夜晚在无声之中轻轻弹了过去，清晨家人已离开的房间，寂静之中一切还都是原来的样子，双人沙发上那只蜷卧而起的纯白京巴，只把脸庞深深地扎向胸前，嘴里还发出阵阵的呼噜声。

阳台上两盆菊花包裹起层层的彩衣，只静待着灿烂的那一天。随之窗外阵阵微风吹来，重重叠叠的柳枝在漫天起舞，转而道道光影就跳进屋里，遂在地面上拨开闪闪的涟漪，清扫起了屋里的尘埃。

接着远方的天空也慢慢掀去了其微亮的盖头，张开的笑脸投向了大地。

清晨老二张保新来到老大张迎新的家里。随即俩人出了家门，就在外面"咣当当"地拆下了那辆用来拉客的残摩的车篷子，张迎新又撕毁了自己手中的那本残疾证，俩人转身就出了家门。

郊区一处新租下来的院落前，老大张迎新和老二张保新与李跃进，把准备好的"国家级景泰蓝工艺美术大师张成山工作室"的大红横幅挂好，院内也高挂起从家中带来的这块金色横匾"景泰之家"。

窗明几亮的平房里，一排排案子上，整齐地摆放起各种的生产工具，及以往在工厂，大家所获得的"先进生产者""优秀团员"及"突出贡献奖"等各种奖状和奖励。五把梅花镊子也被擦得雪亮，日光灯下闪烁起它那传奇且不朽的光辉。

工作室院门前，已摆上一排排的花篮，大红的横幅和彩旗随风起舞，人们敲起震天的锣鼓，纷纷向前拍照。北京工美集团、厂领导、职工和一些退休的老师傅们，及月坛街道办事处和社区居民们，也纷纷前来祝贺。

前方一辆出租车快速驶来，张爱新一边催促着司机，一边连连望向窗外。

附近另一条道路上，出租车里的张建新，转身掏出身上的"辞职书"，几把撕破扔向了窗外。

院落前两挂大红鞭炮在时时爆响，阵阵青烟也在徐徐升起，仿佛托举起眼前这条红色的横幅,再连接起"景泰之家"金色的横匾,在灿烂的天空里,稳稳浇筑起了一座彩虹之桥。

人群翘首仰望,激动万分,纷纷流下晶莹的泪花……

2014 年 9 月初稿

2023 年 9 月终稿

图书在版编目（CIP）数据

景泰之家 / 尚海著． -- 北京：作家出版社，2024.1
ISBN 978 - 7 - 5212 - 2573 - 0

Ⅰ.①景… Ⅱ.①尚… Ⅲ.①长篇小说 - 中国 - 当代 Ⅳ.①I247.5

中国国家版本馆 CIP 数据核字（2023）第 207474 号

景泰之家

作　　者：尚　海
责任编辑：李亚梓
封面设计：琥珀视觉
出版发行：作家出版社有限公司
社　　址：北京农展馆南里 10 号　邮　　编：100125
电话传真：86 - 10 - 65067186（发行中心及邮购部）
　　　　　86 - 10 - 65004079（总编室）
E - mail: zuojia@zuojia.net.cn
http://www.zuojiachubanshe.com
印　　刷：唐山嘉德印刷有限公司
成品尺寸：145×210
字　　数：315 千
印　　张：12.25
印　　数：001—3000
版　　次：2024 年 1 月第 1 版
印　　次：2024 年 1 月第 1 次印刷
ISBN 978 - 7 - 5212 - 2573 - 0
定　　价：58.00 元

作家版图书，版权所有，侵权必究。
作家版图书，印装错误可随时退换。